JN207454

児玉花外の詩文と生涯

社会的ロマン派詩人

後藤正人

GOTO Masato

文理閣

はしがき——ロマンと友愛の詩人・児玉花外

京都に生まれ、仙台、札幌、青森、大阪などにも暮らし、東京で一生を終えた詩人・児玉花外には、「第一級の社会主義詩人花外」（小田切進氏）か、もしくは「国粋詩人に傾斜する花外」という両極端の評価がある。花外の詩集の内容においても、一流の詩人から二流以下の詩人という評価まである。世間的には、近代詩人のシリーズには、その他の詩人たちと共に「十把一絡げ」の扱いである。やや詳しい花外研究史は本書序章で扱いたいと思うが、たとえば萩原朔太郎の「児玉花外を偲びて」を『萩原朔太郎全集』が見逃していたように、花外が早稲田や札幌農学校の後輩・西川光二郎と編集・発行した雑誌『東京評論』や、同じく編集に携わった大阪の友愛協会機関紙『評論之評論』所収の花外詩文や、大正期の花外の幾多の詩に対する検討をほとんど怠ってきたのは事実であった。

こうした花外研究の現状にも鑑みて、上記の『東京評論』や『評論之評論』を始め、大正デモクラシー期の花外の主な詩文や、同時代の花外研究書や、詩人たちの花外評価も検討してみたい。ただ私の花外研究の特徴は詩や随筆の作品研究というよりも、花外の詩文から花外の主に詩想と人生を検討して、花外が持する種々の観念を解きほぐし、ひいてはその時代の思想状況の解明へ問題提起をすることである。

法社会史や社会科教育学を専攻する筆者が、なぜに詩人の児玉花外を研究するようになったのか、という疑問があるかもしれない。この直接的な源流は、立命館大学人文科学研究所の近代思想史研究会の一員として、「京都の自由主義思想」を共同研究する過程で、小室信介編『東洋民権百家伝』及び「第一　戸谷新右衛門伝」の思想と係わって、紀ノ川沿いの戸谷新右衛門を一八八〇年代に顕彰した和歌山県の地域住民の義民顕彰思想の研究がその主流をなしている。そこでは、義民顕彰の思想を幾つかのタイプに分けると共に、地域の民権派の人々が義民顕彰をいかにして自由民権の目標へと思想的な営為を行い、融合させて行ったのか。またファシズムはいかにして戸谷新右衛門の事績を総動員体制の思想へと結び付けようとしたのかという問題を明らかにしたのであった（後藤「義民顕彰をめぐる自由主義とファシズム」『立命館大学人文科学研究所紀要』六五号、一九九六年）。

さらに自由主義といっても、自由民権という立場から飛躍した社会主義詩人といわれた児玉花外の立場からの義民顕彰の研究を行ったのが、本書第一章の原型となった後藤「児玉花外『社会主義詩集』と大塩中斎顕彰」（同誌七〇号、一九九八年）である。その後、花外に関する一連の研究を行い、その後、後藤『松崎天民の半生涯と探訪記』（和泉書院、二〇〇六年）の上梓の後に、遂に花外研究をまとめる機会が得られた。

元来、人権思想や人権運動史の法史学研究の過程で、地域民権派の義民顕彰の思想的検討は後藤『民権期橋本地域の戸谷新右衛門顕彰と小室信介編「東洋民権百家伝」』（和歌山大学紀州史研究叢書、一九八三年）を通じて行っていたこともあった。

ところで初期社会主義と係わった研究は始めてのことであった。こうした社会文学への導入に私を導いて頂いたのは、当時関西啄木懇話会の会長をされていた親友・安藤重雄氏の賜物である。近世史や経済史などを専門とする安藤氏は、一〇代後半から花外の詩「松を刺して」などの愛唱者であって、与謝野晶子や石川啄木をめぐる社会状況の面白さを語って止むことはなかった。

児玉花外のファンには、私が憲法研究所の顧問に推薦した憲法学者の故・小林孝輔氏などもいたのである。こうして私は啄木に関する多くの著書を通読し、新詩社の同人で弁護士の平出修などの研究にも入って行くこととなった。さらに花外の詩「百穂と芋銭」を追って、日本画家・平福百穂の展覧会を鑑賞して、元同僚の美学教授の教えを頂いたことなどもあった。いずれも関心は広がって現在に至っている。

なお、本書は、『立命館大学人文科学研究所紀要』、『和歌山大学教育学部紀要　人文科学』、『大阪民衆史研究』や

『萩原朔太郎研究会　会報』等の学術雑誌などに発表した二〇点ほどの拙稿と若干の新稿からなっている。各章の成り立ちについては是非「あとがき」を参照して頂きたい。

*

本書では、詩のためのみに生きた情熱的な詩人、しかも社会の出来事に関心を持ち続けた詩人の真実の姿を浮き彫りにしたいと考えている。一言で要約するならば、花外は社会的ロマン派詩人であり、友愛と同情の詩人ではなかったか。その内容は本書の中で具体的に展開されるであろう。

二〇一八年三月

目次

目　次

第三部　児玉花外をめぐる人々

序章　児玉花外の詩情と人生

一　漂泊の詩人・花外

一八七四年（明治七）七月七日に京都で生まれた児玉花外（一九四三年九月二〇日死去）は漂泊の詩人といわれて来た。花外を漂泊の詩人というのも、当たっていない訳ではない。西洋医学者となった父・精斎のやや豊かな資産を基に、花外は同志社、仙台の同志社の分校・東華学校、札幌農学校、東京専門学校（早稲田大学の前身）に入学した。花外は、同志社では新島襄、デビス博士、札幌農学校では新渡戸稲造などのキリスト教的な人道主義の影響を受けている。札幌では中江兆民の面影も伝えていた。花外が新島襄や中江兆民を詠った詩を後に残していくのは偶然ではない。花外は多くの学校に入学するが卒業しなかったとはいえ、同時に多くの若い友人たちに恵まれたことも重要である。

東京では内村鑑三主宰の『東京独立雑誌』へ詩文を発表し、また西川光二郎などと『東京評論』を編集・発行した。その後、九州などにも足を踏み入れたようである。その後、花外は山梨や福井の新聞社に勤め、また関西の新聞社に勤めて、大阪や和歌山の文壇などへ種々の影響を及ぼし、京都に戻ってくる。その後、花外は東京で活躍の後に、一九一四年（大正三）五月に後藤宙外などの秋田時事社に入社し、『秋田時事』の編輯に協力する。しかし二カ月半ほどで退社して（『時事新報』同年七月一九日付）、山形に足を止めた後、同年八月には神田神保町一〇番地の江川方へ居住していた（同紙八月一六日付）。花外は腸を患っていたが、一九一七年一〇月下旬には全快している（『読売新聞』一〇月二五日付）。

一九二三年（大正一二）九月一日、東京で花外は関東大震災に遇い、父の位牌などを持って着の身着のままで、茨城県牛久に小川芋銭を訪ね、やがて札幌農学校時代の学友を訪ねていた。北海道では長くは続かず、同年一〇月から青森県の蔦温泉（現十和田市）に赴き、今年一杯は同温泉に滞留の報道がなされていた（『読売新聞』同年一〇月一一日付）。花外は酒友でもあった大町桂月と一冬を越すのである。その後、父の故郷・現山口県長門市では大歓迎されたが、ここでも桂月に兜を脱がせた花外の大酒豪の評判は大したものであった。この間、花外は青森県の『東奥日報』や、山口県の『関門日日新聞』・『防長新聞』などに詩や随筆を発表し、かつ両県における小学校などの校歌を作詞しただけでは糊口を凌ぐことは容易なことではない。花外は、このような不如意の状況なので、長州では頼まれれば酔余に勤王の志士たちについて詩を多作することもあった。その後、花外は東京に居住することとなるが、転宅やアパートの移転もしばしばであった。客には花外の行きつけの飲み屋を訪問した方が便利であったようである。

花外には肉親との悲しい別離が多かった。母親は幼少の頃に亡くなっており、結婚した姉や、父は自裁し、二人の弟の一人は社会運動のためにアメリカに渡って消息がなく、もう一人の弟も若くして亡くなっている。また花外の最初の妻は二人の間の子供を連れて離婚し、二番目の妻は死別している。花外はその後は寡夫であった。こうしたことも、花外の詩や随筆に影響を与えたことと考えられる。このように花外はさまざまな有為転変を経ているからこそ、知られざる面白味も隠されているのである。

二　毀誉褒貶の多い詩人・花外

また花外は毀誉褒貶の激しい詩人である。花外は、一方では民衆派詩人に強い影響を与えると共に、最高の「社会主義詩人」といわれてきた。なるほど花外は、社会主義生成期において雑誌『労働世界』や『社会主義』に一早く詩や随筆を発表し、また片山潜などのキングスレー館で盛大な送別会を開いてもらい、関西の社会主義色のある新聞

『評論之評論』の編集に係わり、発禁となる『社会主義詩集』という詩集を出版しようとした。また晩年の花外は、他方では「国粋的詩人」といわれてきた。年老いた花外は多発性関節炎の病にかかり、また零落とあいまって東京市の板橋養育院に入院した。花外は国粋的な雑誌にしばしば時局的な詩を発表し、周囲の尽力で『児玉花外愛国詩集』（日本公論社、一九四一年）や、日本文学報国会詩部会編集で『児玉花外詩集』（文松堂書店、一九四三年）が出版されたこともあった。ただ花外はアジア・太平洋戦争に翼賛的な日本文学報国会（会長・徳富蘇峰）の組織的な指導者となったことはなかった。この「国粋的詩人」という評価については、このように晩年の作品にある程度は当てはまる。

若き花外は坪内逍遥の薦めもあって革命詩人のバイロンに心酔し、本書で検討するように、詩人で芸術家そして社会思想家・運動家でもあるウィリアム・モリスの友愛・共同思想に共鳴し、明治末から大正期の詩作では中国の民族革命の指導者・孫文や黄興などを詠い、ドイツに蹂躙されかけていたフランス国民を鼓舞し、世界の女権解放論者を詠っていたのである。つまり、花外は原作詞者となる明治大学校歌「白雲なびく駿河台」などにも展開されたように、人権・女権や民族独立などのデモクラシーを詠っているのである。花外の大正期におけるこれらの作品の研究は、未開拓の分野であった。

三　同情と友愛の詩人・花外

先に紹介したような従来の花外像は、やや一面的に過ぎたと言えるのではないか。従来の花外研究が主な対象とした作品の時期について見れば、第一に初期社会主義運動に共鳴した花外の作品であり、第二に関東大震災直後に大町桂月と交流した青森県での自然美などを詠った作品、同じく父の郷里・山口県における勤王の志士などを詠った郷土に即した作品、そして花外晩年の入院中の作品群である。

第一の初期社会主義運動に共鳴した花外の研究では、先の『東京評論』に所収の花外の詩文（詩一九編、随筆八編）

や、関西の社会主義色のある『評論之評論』に所収された花外の作品群は欠落している。また大正期における花外の厖大な作品の研究はほとんど行われていないのである。さらに花外をめぐる詩人たちの作品から花外を研究することがなおざりにされてきた。

とりわけ花外の還暦祝賀会で「社会主義詩集の時代」のテーマで講演した木下尚江、花外によって始めて評価され引き立てられ、花外を唯一の先生として尊敬した室生犀星、播磨灘に入水して花外に慟哭された生田春月、花外の名詩「馬上哀吟」に感動してしばしば朗吟した富田砕花、花外を「詩人であることの外にいかなる人生をもしらない」と称え、パノンスでの会（「詩の研究講義の会」）で詩人の津村信夫に花外の詩の講演を依頼した萩原朔太郎、花外の詩に磊落と微笑を感得した北原白秋、「社会主義詩人」・花外の後釜と目され、花外にその早世を惜しまれ、その故郷・青森を訪ねられた大塚甲山、『明星』に花外の詩「不滅の火」を掲載した与謝野鉄幹や、『社会主義詩集』発禁前からの花外の古い友人であり、後に『東京朝日新聞』の大逆事件の裁判記事や被告人の刑死に関して同社内で行った発言で啄木を驚愕させた松崎天民などに現れた花外像の研究は始まったばかりである。同時に花外は友人が極めて多い詩人であるという指摘の割りには、花外の友人たちを通じて花外を観るという研究が少ないのである。

これまでの研究でも、花外の作品には階級・階層的に弱い者や小動物などに深い同情の詩情が現れているという貴重な指摘がある。しかし花外が、内村鑑三の『東京独立雑誌』との関係が切れた後、札幌農学校や東京専門学校の後輩・西川光二郎などと発行した貴重な雑誌『東京評論』や、編集・記者を勤めた大阪の新聞『評論之評論』に掲載された花外の詩や随筆には、同情以上の深い友愛と共生の詩情が見られるのではないか。

四　随筆家・伝記作家としての花外

花外には多くの詩集のほかに、随筆集として『東京印象記』、『紅噴随筆』、『哀花熱花』、史伝ないし史伝小説として重要な『源為朝』、『日本艶女伝』、『日本英雄物語』、『熱血鉄火英雄伝』（「批評と紹介」は『時事新報』一九一三＝大正二年二月一日付）、詩文集として『詩伝　乃木大将』、『英雄詩史　日本男児』、『名作童謡　少年の歌』といった作品が知られている。これらの作品については、極一定の検討に止まっているのが現在の研究状況である。

たとえば随筆では、歴史地理学で注目されて最近復刊された『東京印象記』を始め、『紅憤随筆』や『哀花熱花』の中には印象深い幾つかの作品があり、また史伝では博覧強記を発揮した『源為朝』が興味深い歴史的な叙述を含んでいる。花外の以上のジャンルに属する作品群に対する全面的な検討は今後の課題となっている。

五　研究史上の花外

日本における最初の本格的な、しかも第一級の社会主義詩人として評価の定まっている児玉花外であるが、花外の詩、そして詩人としての思想の評価について、従来の幾つかの研究を紹介することにしたい(1)。

まず大正時代における詩の代表的な研究者である福井久蔵は、『日本新詩史』（一九二四年）の中で花外の詩を分析して、次のように高い評価を与えている(2)。

> 児玉花外は熱情的詩人であって、既に明治三十一年頃より自由や革命の思想を謳った……。その思想の急進的で革命を喜び、その想を述べるに恰適の題材を選んだ……。従来の詩人の詠まない点を謳ってゐる。……氏は大塩平八郎に私淑し、常に時の秘（秕）政を憤り民の困苦を救はうとした壮挙に血を湧かしてゐた。……
>
> 二十年前に児玉花外は日本（ママ）社会主義詩集を著して発行を禁止されたが、時勢の進展は今之を免すに至ったのである。併し花外のは革命を謳っても詩味の饒かなものがあった。……

花外が大塩を顕彰したことは度々あるが、最も華々しい出来事は、一九〇三年（明治三六）四月六日に大阪中ノ島公会堂の大衆の前で児玉花外は、「大塩中斎先生の霊に告ぐる歌」を朗吟したことである。大塩平八郎中斎は一八三七年（天保八）一月に起こった大塩事件[3]の指導者である。

明治文学史の上からも、この歌は「社会主義演説開会の歌」などと共に、この時期のものとして「最も優れており、三十年代（明治……引用者）の社会主義詩人グループに大きな影響をあたえた[4]」ことが明らかにされている。

一九〇三年八月に花外の新体詩集『社会主義詩集』（織田東禹画、金尾文淵堂・社会主義図書部予定）は出版する直前に天皇制国家による発売禁止の弾圧に遭い、製本中を押収されるという事件が生じた。「シシュ、キンシサレ、ミナ、オサエラレタ[5]」という電報を受け取ったのは、花外が和歌山市の和歌浦においてであった。出版法に基づく内務省告示第五七号（『官報』同年九月十四日付）によって安寧秩序を害するものとされたのである。

内務省告示第五十七号

一　社会主義詩集　全一冊　大阪市東区南本町四丁目三十六番地屋敷　金尾種次郎発行

右出版物ハ安寧秩序ヲ妨害スルモノト認ムルヲ以テ其ノ発売頒布ヲ禁シ且其ノ刻板印本ヲ差押フ

明治三十六年九月十四日　　内務大臣　男爵児玉源太郎

当時の桂太郎内閣の内務大臣は花外の父と同じ長州出身の陸軍中将・児玉源太郎である。この『社会主義詩集』の弾圧事件は、詩集としては我が国初の抑圧であり、歴史的に観ると、一九一〇～一一年（明治四三～四四）の大逆事件というアナーキスト・社会主義者弾圧の前史であったのである。

次に『社会主義詩集』の弾圧に遭った頃の花外に対する、当時の代表的な詩人の一人・明星派社友の平木白星（一八七六～一九一五年）の評価を紹介してみたい。「我が詩友児玉花外の過去の歴史は、苦闘煩悶の多趣味なる記録であって、現在に安んぜざる彼の思想と、窮愁憂憤の境遇とを有せる彼が、安立の地盤を社会主義の中に発見するやうになったのは必然の結果ではないか、彼が俊邁痛快なる筆を揮って、この主義を提唱し、夢むる人を呼び醒まし、世を揺り起こさむとするのは正当の順序ではあるまいか。社会主義を鼓吹するに適当なる詩人は、我が国の文壇、彼の外に誰があらうぞ、社会主義は彼に於てよき味方を得、児玉花外はこの主義に依って良き詩題を得たといふべきである、社会主義を宣伝することが花外の天職とせば、彼の天職何ぞしかく雄大壮烈なるや[6]」。これは平木の「感而即記」の中の一節であるが、一九〇四年（明治三六）に出版された『花外詩集』に付された「同情録」の一文である。平木は、一九一一年発行の『趣味』（五巻一号）で「真に詩人らしい詩人と」して、花外を岩野泡鳴と共に挙げている。

平民社創立（一九〇三年）の頃の花外がどのように見られていたのかという問題について、著述家の白柳秀湖（一八八四～一九五〇年）は花外に対する「日本のウィリアム・モリス」の期待を述べていた。「児玉花外は人も知るごとく、バイロンばりの熱情詩人で、片山潜氏が、西川光二郎氏と一緒に経営して居た『労働世界』などに盛に寄稿して居た。氏は初め自ら称して社会主義詩人といって居たし、われ〳〵も、『ヒュース・フローム・ノーホエア』（社会小説……引用者）をかいたウイリアム・モリスが熱心な社会主義者で、ロンドンの街頭に立ち、労働大衆に呼びかけて居る事実を知り、日本にも、ウイリアム・モリスのやうな詩人一人や半分は居てもよいと思って居る矢先であったから、花外の将来に多大の望みを属していた[7]」。なお詩人で芸術家のウイリアム・モリスは、平木白星によれば「社会主義者同盟会」の盟主であった[8]。

石川三四郎は、「平民社時代の社会文芸」の中で、以下のように述べている。「詩の方で言へば、社会主義革命詩人たる児玉花外の熱狂詩や、石川啄木の生活詩なぞ、日本の詩史の上に一高位を占むるものと言へやう。英雄主義的ではあったが平木白星の如きも亦一種の社会詩人と言ひ得るであろう[9]」、と指摘した。

戦後、花外の『社会主義詩集』を出版した先駆的な花外研究者である岡野他家夫は、このように述べている。「明治時代の社会詩人、民衆詩人の先駆者としての栄誉を当然になうに値するものとおもう。ただ……彼の社会主義思想の深化徹底と実践において多分に憾みを感ずるのである。生涯を主義に終始したともいえないし、又その詩作においても一貫した態度に缺くるものがあった。畢竟花外は、生得の自由主義と、深い正義感、博い人道愛を基調に有った、社会意識に目覚めた人道主義の詩人だったと考えるのが最も妥当であろうか[10]」。

とりわけ詩人の河井酔茗（現堺市出身）は花外を真の詩人として評価していた。一九三〇年（昭和五）五月一〇日に他の発起人たちと「花外を中心の集い」を催している。酔茗は『明治代表詩人』（一九三七年）の「社会意識の有無」の中で、溝口「白羊のは社会思想といふほどではなかつたが、階級思想の不滿、世相の暗黒面に対する感慨など花外の方向とも接近してゐた。併しそれらの中では矢張り花外が優れてゐたので、素質からしてほんものであつた。好漢惜しむらくは時代と共に社会思想を研究しようなどといふ野心がなかつたので、今日のやうにプロ派の文藝がやかましく云はれる時代になつても、詩も発表せず黙つてゐるにせよ、前に云つた意味で先駆者の一人としてその功労は大いに認めなければならない[11]」、と述べている。また、次のようにも指摘した。すなわち「明治より大正に亘り詩人の数も少なくなかつたが、その人物が根本的に純真の詩人として許されるのはそんなに多くはなかつた中の一人に児玉花外を数へてよからう。人生に対して純なる正義感を抱いて居たこと、自分の天職に奉仕して他を顧みなかつたことなど、一々挙げれば稀に見る優れた人物であつたことが分かるであらう[12]」と。

酔茗の妻・島本久恵は、花外が『社会主義詩集』の「発禁に遭って諸家に同情の寄稿をもとめた時までに彼れには広場から酒屋への後退があった[13]」とする。しかし、歴史の示すように官憲の圧迫は予想されることであるが、後に検討するように、花外は『社会主義詩集』の抑圧後もしばらくは種々の社会主義の雑誌に詩作を発表していくことを見逃すべきではない。島本にはこれらの雑誌に発表した花外の詩についての検討がないのである。なお河井酔茗は、日本文学報国会詩部会の重要な役職にあり、時局に多少迎合する『酔茗随筆』を発表していたのである。

室生犀星がいうように、花外は「詩の中に生きた詩人」であった。また晩年に「苦節の中にゐても、顔に尖がりや針のやうなものを含んでゐない、静かな童顔の人だった[14]」。

詩人に徹した人生を歩んだ花外は、一方において木下尚江と同様の指導者気質があったが、他方において天性の詩人であり、しかも詩才があって、詩も立派であるという柳田泉の言葉[15]（一九五五年）も紹介しておきたい。

花外の詩については、これまで福井久蔵を始め、本間久雄、岡野他家夫、手塚英孝、島本久恵や野口存彌などによって、主に文学史の立場から検討されてきた。これらも参考にしつつ、新しい資料も付け加えながら花外の思想を中心に述べてみたい。

まず花外の詩をめぐる思想については、たとえば「社会主義詩ではなくて、ブルジョア的な個人主義が昂奮して圧制を憤り、悲惨を慨き、自由平等を絶叫してゐるのであつた。そして詩材がプロレタリアやルンペン・プロレタリアに及んでゐる点が他と異るのであつた」[16]、という篠田太郎の論評（一九三四年）がある。しかし、やはり同年になされたA生の評価には傾聴すべきものがあるように思われる。すなわち「個人主義的な立場からであるとは云へ、花外氏がかういふ反逆的意図を芸術的実践に移したことはさういふことを忘れはてゐた当時の詩人中の異彩たることを證明する。ブルジョアジーの発展期に於てこの社会的な慧眼を備へてゐたことは十分尊重さるべきで、今氏の還暦に際し、氏の詩人的生涯に祝意を表しようとするのも、また実にこゝにかかつてゐるのである。……我々はこの純良な老詩人を、似而非仮面を被つて社会国家を云々するファシストの手中に委することなく、我々の正しい発展の中に生かしてゆかねばならない。そのことこそ氏の還暦を祝祭する真意義である」[17]と。

本間久雄の『続明治文学史』（一九四三年）では、『風月万象』（山本露葉・山田枯柳と共著、一八九九年）・『花外詩集』（一九〇四年）・『ゆく雲』（一九〇六年）・『天風魔帆』（一九〇七年）などの分析を通じて、花外の詩の特色を三点にまとめている[18]。「その一つは彼れの詩の何れにも裏づけられてゐる熾烈な情熱である。社会悪の憎悪から出発した憤りの迸りである。……この情熱と憤懣とは、偶々当時湃澎として起つた社会主義的の思潮と結びついて、……彼れの詩をして著しく社会主義的のものならしめることとなつた。……彼れの屡々口にする自由、平等といふ如きも、いはば明治十年代中葉の民権自由の叫びに似た概念的なものであるに過ぎない……」。「第二の特色として挙ぐべきは、その題材の新奇なことである。……そこに漏られた社会意識があまりに露骨であつて、芸術的には推し得ないものもあるが、そこには『闇中田鼠に告ぐる歌』のやうな佳什（作カ）もある。……暖かな同情の情趣などが一篇に漲つてゐて、この作は花外一代の佳什（作カ）である」。「第三の特色としては流離落魄の情趣である。……この作家におけるほど色濃く、而も実感的に迫ってくるものは少ない」。この点は、明治三〇年代初頭の「鶏の歌」などにおける闘志満々たる作品と興味ある対照をなす、と述べている。また、吉野臥城と比較して、臥城のように社会の実際問題を捉えていないが、花外はこうした「実際問題を惹起する社会機構そのものの根本に触れようとしてゐる」、と看取した。

花外の思想については、「キリスト教社会主義の立場から権力への反抗や貧富の差への憤りを激越な口調で歌い、……思想的には未熟で国士風の熱血詩人たる本領は晩年多くの愛国詩を生むことになる。……『新声』選者として三木露風・室生犀星ら後輩を育成した功績も大きい」（『国史大辞典』吉川弘文館）、という現在における一つの評価がある。ただし、この説明には第一に一九〇〇年代における自由を歌った花外の詩の先駆性を始め、弟の星人・小塚空谷・松岡荒村・大塚甲山・山口孤剣（義三）・野口雨情[19]・三木露風などを始め、『天才詩人バイロン』などの著作がある正富汪洋、白鳥省吾、生田春月、吉野臥城などの詩人たちへの重要な影響の叙述が欠落している。第二の問題点として、花外が多かれ少なかれ大阪や和歌山における勃興期の社会主義運動へ果たした役割に関する記述が欠けている。

第二次世界大戦後に岡野他家夫は、「純な詩人肌の熱血漢だった花外は、虐げられる階級への同情、生活苦に対する慰藉、弱い小さな者に対する憐憫等の止みがたい人道主義的な愛情から出発して、やがて、社会層に対する不平不満、階級的反感、人間の権利、正義、自由、平和を、ただひたむきに歌った。したがって彼の詩は出発の当初からすでに人生の暗い一面を対象としていたのだった」、と述べる。そして、「勿論『社会主義詩集』の詩が、すべて深い社会主義思想に根ざしたもの、革命的血潮のしたたるほどのものとはいえないが、なんといっても花外はやはり明治時代の日本の詩人中では、社会主義を信奉する使徒として、真摯熱烈な態度で、社会主義と、自由と平和を声高々と叫んだ一人者であった[20]」、と断定する。

最近では、『明治文学全集83　明治社会主義文学集（一）』（筑摩書房、一九六五年）を始め、次のような研究が行われている。①工藤与志男編『旗と林檎の国　児玉花外詩集』（津軽書房、一九七〇年）、②谷林博『児玉花外　その詩と人生』（白藤書店、一九七六年）、③昭和女子大学近代文学研究室『近代文学研究叢書』第五十二巻（昭和女子大学近代文化研究所、一九八一年）、同第五十三巻（一九八二年）児玉花外著作・資料年表補遺、④桑原伸一『児玉花外詩集

在山口未公刊詩資料』（白藤書店、一九八二年）など、⑤野口存彌「社会主義詩人・児玉花外（一）〜（九）」（『初期社会主義研究』四号〜一三号、不二出版、一九九〇〜二〇〇二年）、⑥後藤「児玉花外『社会主義詩集』と大塩中斎顕彰」（『立命館大学人文科学研究所紀要』七〇号、一九九八年）などの一連の研究、⑦太田雅夫『不遇の放浪詩人　児玉花外・明治期社会主義の魁』（文芸社、二〇〇七年）。

①は、一九二三年（大正一二）一〇月から翌二四年四月にかけて花外が『東奥日報』（青森市）に発表した作品を収録している。②は、これまで最もまとまった伝記であるが、花外の社会主義に係わる行動と思想に関する分析が多かれ少なかれ欠落している。③は、作品研究と共に、最も詳細な文献目録を含むところに特徴がある。しかし、本書が挙げる『評論之評論』や『武侠雑誌』における花外の作品が全く欠けており、挙げられている『新声』にも漏れている作品がある。また②と同様の弱点があることが惜しまれる。さらに、花外には史伝に関する詩は極少ないとする評価は全く当たらない。④は、児玉家の歴史的研究と、山口県に滞在した花外が一九二四年（大正一三）五月から一九二九年（昭和四）九月にかけて『関門日日新聞』や『防長新聞』に発表された詩を復刻・検討したものである。ただし、社会主義詩人時代の作品との比較研究が欠落している。また桑原伸一「児玉花外と『風月万象』―初期詩想の特異性について」（一九八四年）・「児玉花外の新資料―『やまなし』記者時代の未公刊詩文」（一九八五年）のように、先駆的な研究もある。⑤は、副題にあるように、花外の「詩的主体の形成」を詳細に論じている。新資料を駆使しているが、『評論之評論』が抜けているのは惜しまれる。⑦は明治期を扱ったもので、花外の同志社や仙台の東華学校時代に新しい光を与えている。

花外の評価を睨みつつ、主に新しい資料の検討を通じて、花外の「詩情と人生」を明らかにしていきたい。

六　本書の内容

私の研究では、従来の成果に論評を加えたうえで、これまで知られざる、花外などが中心として編集した『東京評論』や、友愛協会の『評論之評論』に現れた花外の多くの詩と随筆を検討し、また大正期における花外の主な詩や随筆、そして『萩原朔太郎全集』に未収録の、朔太郎の「児玉花外を偲びて」（雑誌『女性時代』）を始め、花外をめぐる人々の幾つかの作品を検討することにしたい。

本書の内容であるが、序章に始まり、第一部から第三部、そして終章からなる。中心を成す第一部から第三部の全体は一三の章から構成されている。

第一部は初期社会主義の時代を中心に、花外の思想と人生を考察する。第一章「児玉花外の思想と行動」では、児玉花外の思想と人生を、明治三〇年代後半の詩文を中心として論述する。第二章「『東京評論』所収の花外未公刊詩文」では、札幌農学校や早稲田の後輩・西川光二郎などと発行した『東京評論』所収の花外のすべての詩文（詩二十編、随筆八編）を復刻・検討して、花外の詩文に現れた詩情を検討する。詩と随筆との題名は既に知られているので、割愛する。第三章「『評論之評論』所収の花外未公刊詩文」では、残された『評論之評論』所収の花外の詩文がこれまで検討されなかった初期社会主義の時代の作品であるが故に、この未公刊詩文（詩一七編、随筆七編）を全て紹介して、検討を加える。一七編の詩には「母の墓」、「我が一家」、「藤村操子を弔ふの歌」のような興味深い作品がある。七編の随筆とは、「中斎大塩先生の墓」、「花井お梅」、藤村操について述べた「無痛無恨の死」、「露人は人道の敵也」、西川光二郎・小塚空谷との「木賃宿の一夜」、「米国は偽義侠の国也」、「大挙して来れ」である。

第二部「花外の大正デモクラシー」は、ほとんど研究されて来なかった大正期に絞って花外の詩を中心に詩人のデモクラシーの内実を検討する。第四章「花外の希望と悲哀」では、花外の詩「支那の空へ」・「秋葉散る黄興」と随筆

「鈴虫の死」を対象として「大正デモクラシーの光と影」を考察する。第五章「花外の孫文・中国独立革命観」では、花外の詩「孫逸仙に與ふる詩」・「孫逸仙今奈何」・「孫逸仙を送る」を中心にして、花外の孫文と中国独立革命観を検討する。第六章「花外のヨーロピアン・デモクラシー観」では、花外の詩「仏蘭西国民に寄す」を手掛かりに詩人のヨーロピアン・デモクラシーの観念を分析する。第七章「転換期の相馬御風・小川未明を歌った花外の詩」では、花外の詩「塵の中より――相馬御風君に」・「青い甕――小川未明に與ふ」をめぐって、相馬御風と小川未明の思想的な転換の問題を花外は先駆的に受け止めていたことを明らかにする。第八章「花外と平福百穂・小川芋銭との友愛」は、花外の詩「百穂と芋銭」を手掛かりとして日本画家との交流に現れた友愛の意味を検討する。第九章「青森県における花外と桂月」では、過去の二人の歩んだ路は異なるように見えるが、花外の新しい作品を分析し、そこに存在する両詩人の共通面についても検討する。

第三部は詩人たちの花外評の検討を通じて、花外の知られざる面を明らかにしようとする。第十章「花外と児玉充次郎（怪骨）・小笠原誉至夫」は、充次郎の随筆「詩人児玉花外」をめぐって、社会主義に共感する新聞記者の花外評を検討する。第十一章「花外『社会主義詩集』の抑圧に対する『評論之評論』紙上の批判」は、出版法による同詩集の抑圧に対して、同紙に展開された小笠原誉至夫と松崎天民の随筆、矢野天来と佐伯乱峯の詩を検討することによって、花外の詩情とその役割とを分析する。花外は、その後の『花外詩集　附同情録』のために、そこから何を学び、後世へ残したものを検討する。以上の二つの章は、『評論之評論』時代の花外に対する評価である。第十二章「花外をめぐる『関東大震災記念詩集』の詩人たち」は、詩人たちの花外評を紹介して、私たちの花外像を豊かにしていきたい。第十三章「『萩原朔太郎全集』未収録の「児玉花外を偲びて」をめぐって」は、萩原朔太郎の「児玉花外を偲びて」を始めて分析して、朔太郎の花外に関連する書簡や、花外を唯一の先生と尊敬した室生犀星のことをも勘案しつつの、朔太郎と花外との交差の意味を検討する。補章「吉井勇と花外」は吉井勇の知られざる随筆から、花外の意外な一面を浮き彫りにしてみたい。

終章「花外の人と詩情」では、検討の結果をまとめて、今後の課題を明らかにしておきたい(21)。

注

(1) 第二次世界大戦以前の社会主義については、たとえば渡部義通・塩田庄兵衛編『日本社会主義文献解説』(大月書店、一九五八年)が参考となる。

(2) 福井久蔵『日本新詩史』(立川文明堂、一九二四年)七八〜八一、三七二頁。

(3) 大塩事件については、たとえば中瀬寿一『住友財閥形成史研究』(大月書店、一九八七年)を始め、最近のものに、安藤重雄「四海困窮―一転した泰平の世」(大阪人権歴史資料館編・刊『大塩平八郎と民衆』一九九三年)などがある。奇遇なことに、大塩事件に参加せず、紀州の新宮へ難を逃れた塾頭・湯川麑洞(新、民太郎)は新宮小学校の校長となるが、当時そこに二年間学んだのが後の大逆事件の犠牲者である良心的な医師・大石誠之助であった。森長英三郎『祿亭　大石誠之助』(岩波書店、一九七七年)二三頁。この大石の甥が平民社の活動をし、文化学院を創立して『明星』に関係する芸術家・建築家の西村伊作である。西村伊作については、後藤『権利の法社会史――近代国家と民衆運動』第十章「非戦運動・非戦教育運動と西村伊作」(法律文化社、一九九三年)、同『近代日本の法社会史――平和・人権・友愛』第六章「『教育の自由』の法社会史――文化学院の与謝野鉄幹・晶子、西村伊作をめぐって」(世界思想社、二〇〇三年)などを参照。義民顕彰の諸思想については、後藤「義民顕彰をめぐる自由主義とファシズム―小室信介編『東洋民権百家伝』について」(『立命館大学人文科学研究所紀要』六五号、一九九六年)や、本書第一章を参照。前者の原型は同「民権期橋本地域の戸谷新右衛門顕彰と小室信介編『東洋民権百家伝』――土居通豫「紀伊の記」を主たる対象として」(和歌山大学紀州経済史文化史研究所紀州史研究叢書二五号、一九八三年)である。

(4) 『明治文学全集83　明治社会主義文学集(1)』(筑摩書房、一九六五年)解題(小田切進)四九六頁。本稿では、同じく年譜も参照した。

(5) 高尾楓蔭「児玉花外兄へ」(『花外詩集　附同情録』)、岡野他家夫編著『児玉花外　社会主義詩集』(日本評論社、一九四九年)一六七頁より、再引用。

(6) 岡野他家夫編著『児玉花外　社会主義詩集』二〇七頁。平木白星には『週刊　平民新聞』に紹介されたように、『萬朝報』に掲載した白星調と称される詩を集めた『七つ星』(一九〇三年、如山堂)がある。他に『釈迦』、『耶蘇の恋』、『平和』(一九一一年、如山堂)の著作がある。なお児玉花外「平木白星君」(『趣味』五巻一号、一九一〇年)、河井酔茗『酔茗随筆』(起山房、一九四三年)、杉本邦子「平木白星の詩想」（『季刊　文学・語学』一七号、一九六〇年）などを参照。

（7）白柳秀湖「児玉花外氏を語る――藤村の作品と初期の社会主義運動の一節」（『明治文学研究』一巻七号、一九三四年）八五頁。白柳は早稲田大学在学中に堺枯川・幸徳秋水らの社会主義運動に共鳴して、加藤時次郎が主宰する直行団の機関紙『直言』の編集に従事する。また一九〇五年に山口孤剣・中里介山らと火鞭会を創立するが、後に述べるように児玉花外も賛助者であった。

（8）ウィリアム・モリスの思想は、西川光二郎・児玉花外などの『東京評論』一〇号（一九〇一年四月五日付）に紹介されている（本書第二章四）。モリスについては、服部之総・小西四郎監修『週刊　平民新聞（一）』（創元社、一九五三年）七五～七六頁。なおモリス『理想郷』は、堺利彦抄訳、前掲『週刊　平民新聞（一）』一六五頁から掲載されている。モリスの写真は平民社に掲げられていた。ちなみに前掲『週刊　平民新聞（二）』（一五〇頁）によれば、アメリカではモリス倶楽部という婦人会組織が一九〇一年頃からできており、「自由と美術と友誼とに依りて同胞的世界を建設するに力む」、という。近年の文献では、ポール・トムスン著・白石和也訳『ウィリアム・モリスの全仕事』（岩崎美術社、一九九四年）や、名古忠行『ウィリアム・モリス』（研究社、二〇〇四年）などは有益である。私にも「ウィリアム・モリスと芋銭、花外、熊楠」（黒木三郎先生傘寿記念集刊行委員会編『旅する法学者――八十年の軌跡』東京紙工所、二〇〇二年）がある。

（9）『改造』一九二六年（大正一五）一二月一日付。

（10）前掲岡野編著『児玉花外　社会主義詩集』一一二頁。

（11）河井酔茗『明治代表詩人』（第一書房、一九三七年）三一三～三一四頁。一九三〇年五月一〇日の花外を囲む集いの記事を挙げておく（『東京日日新聞』同月一一日付）。ルビは割愛した。「花外氏を中心の集ひ　十日の夜、日比谷山水楼で詩人児玉花外氏を中心に、四十人ばかりのしんみりした会合が行はれた、発起人ならびに出席者の殆ど全部がすでに明治時代にあって文壇に活躍した人か、又は雑誌『新声』で児玉氏の指導を受けた人で、その前者の一人河井酔茗氏が発起人を代表して児玉氏の詩業を説き、正富汪洋氏は詩人協会を川路柳虹氏は『新聲』時代の投書家を、それぞれ代表して挨拶を述べて記念品を贈呈した後、テーブル・スピーチにうつり、湯浅半月、江見水蔭両氏その他の懐旧談あり児玉氏は感慨深げに杯を傾けてゐた、当夜の出席者は小川未明、徳田秋声、岡野栄、白柳秀湖、生田春月、高村光太郎、下島勳の諸氏」。

（12）島本久恵『明治詩人伝』（筑摩書房、一九六六年）二七九頁より引用。これは、一九六〇年に山口県長門市の大寧寺（大内義隆終焉の地）に建立された花外詩碑に対する酔茗の祝文である。なお、島本によれば、『詩碑建立記念児玉花外郷土詩』に河野良輔「児玉花外小伝」が含まれているそうであるが、未見である。与謝野鉄幹・晶子とも交流のあった酔茗は花外の晩年に至るまで交流を保っていた。酔茗宛の花外書簡（昭和年間）については、前掲島本『明治詩人伝』三〇七頁以下を参照。天皇制ファシズムの頃、発表された『酔茗随筆』（起山房、一九四三年、一〇七頁）の「明治大正　百詩人」によれば、いささか寂しい評価がうかがえる。「児玉花外　養老院行で有名になったなどは困るが、昔ならば畸人伝中の人物、今活躍してゐたら浪花節で詩を宣伝したか知れない。『社会主義詩集』といふのが全国に三冊だけあると愛書家の間に言ひ伝へられてゐるが、その中の一冊は確かに一六銀行に在る事をつきとめたのだけれども、それももう十年ほど前の話」。

(13) 前掲島本『明治詩人伝』三〇六頁。『新声』の誌友会に関する感想（一九〇六年五月）の中で、花外は述べている。「元来、僕、杯を挙ぐれば、頰熱し、火の如き眼中、最早天地人凡て無くなり、盛に罵倒したきが常にて候」。花外は自分の酒に対するアンケートに答えて、次のように述べている。「大勢の人が集った会合の席よりも、私は唯一人、しんみりとして飲むのがすきです。例へば、独座黙々として盃の縁を噛むやうにして酒を飲む。其折の空想の味は、とても忘られんものです。やがて、過去半生涯を思出すと、熱い涙が落ちてくる。もし、此際、淋しい顔した、若い女でも居やうものなら、其の涙を、帯にまでも濺いでやりたくなる。全く私は、謂ひやうもない、センチメンタルな男になって了ふ。葡萄酒はいかない。赤い、強い、男性のやうな酒がほしい」（『文章世界』一九一六年一月）。花外はいまだ青森や山口には行っていない頃、旅のアンケートに答えて、以下のように述べている。「私が熾んに旅行した時分は、叙情詩其の何を見ても美しく、悲しく、殆んど情熱に燃える一線で、見た土地のローカル、カラーも適切に受入れることが出来ませなんだ、で今一度見直せば面白いと思って居ます。然し、能登や仙台地方は拡味でもローカル、カラーが強く出てゐました。紀州熊野浦から志摩鳥羽港までの海岸線の、危巌激浪に、南方的陽光の降そゝぐ処、又讃岐高松から小豆島に渡る、瀬戸内海の多島海美は、其藍碧の静まりなげる波光は、私の胸に深い印象を残して居る」（『文章世界』一九一三年六月）。花外の十和田湖、奥入瀬川渓流や八甲田山、そして長州の自然美を謳った詩については、前掲工藤編『旗と林檎の国』、前掲桑原『児玉花外詩集　在山口未公刊資料』や本書第九章を参照されたい。

(14) 室生犀星「人物と印象　第十六、児玉花外氏」（『室生犀星全集』第一一巻、非凡社、一九三七年）三三一頁。

(15) 柳田泉「社会主義文学の勃興と展開」（『明治大正文学研究』一五号、一九五五年）二八〜三〇頁。

(16) 篠田太郎（文学史家）の文章。A生「児玉花外氏の還暦」（『詩精神』一巻六号、一九三四年、四頁）より引用。

(17) 同A生「児玉花外氏の還暦」。

(18) 本間久雄『続明治文学史』（東京堂、一九四三年）一七七〜一八二、一八四頁。

(19)「船頭小唄」で有名な野口雨情は、若き頃に『社会主義』誌へ「自由の使命者」などの詩を寄稿している。青年期の雨情が、革命と弱者を謳った花外の影響を最も強く受け、かつ交流をもっていたことについては、野口存彌『野口雨情　詩と人と時代』（未来社、一九八六年）一一頁以下を参照。

（20）前掲岡野編『児玉花外　社会主義詩集』九九頁、一〇四頁。
（21）花外研究に関する新しい研究課題に、校歌の作詞者としての分野がある。例えば、後藤「第二章　歴史と文芸　一　児玉花外の詩碑を訪ねて」（同『歴史、文芸、教育――自由・平等・友愛の復権』和歌山大学法史学研究会刊、二〇〇五年）、同「児玉花外作詞・小諸商業学校校歌について」（『大阪民衆史研究会報』一六四号、二〇〇八年）などがある。

第一部　児玉花外の詩文と真実

第一章　花外の思想と人生

一　問題提起

花外の思想と人生を検討する場合に、まずは民衆の悲惨な生活を引き上げるための英雄待望論を挙げることができよう。その最も重要な詩に「中斎大塩先生の霊に告ぐる歌」がある。そして花外の新しい随筆「中斎大塩先生の墓」が存在する。

本章では、まず花外の「大塩中齋先生の霊に告ぐる歌」と彼の随筆「中斎大塩先生の墓」、及び関連する彼の詩「天露」（詞書―大塩中齋を懐ふ）、「夕陽」と「懐旧」を挙げて、花外による義民顕彰に流れる思想を検討する。この「大塩中齋先生の霊に告ぐる歌」が詠まれた当時における花外の詩「社会主義演説開会の歌」、「演説会の帰途」、「労働軍歌」を紹介し、検討することによって、当時における花外の詩情を明らかにする。

次に、新島襄の同志社、新渡戸稲造の札幌農学校や坪内逍遥の東京専門学校などに学んだ花外の学問と行動（主に社会主義の雑誌や片山潜などとの係わり）を、宗教などの背景と共に明らかにする。そして内村鑑三の主宰した『東京独立雑誌』に掲載された詩「鶏の歌」、「紡績工女」、「不滅の火」を始め、「可憐児」、「中江兆民を懐ふ」、「迫害」、「闇中田鼠に告ぐる歌」や、その後の「馬上哀吟」や「ラサールの死顔に」などの詩も検討しておきたい。なお晩年の花外にも触れつつ、最後に花外の思想と人生とを検討したい。

以上のように、本章は本書の基本的な位置を占めることになるであろう。

二　花外の義民顕彰の思想

最初に花外の「大塩中斎先生の霊に告ぐる歌」を検討したい。一九〇三年（明治三六）四月、花外二八歳の作品である。(1)

大塩中斎先生の霊に告ぐる歌
社会主義演説会にて朗吟したるもの

児玉花外

一

時是れ天保八年の
春は二月の十九日、
中斎先生大塩が、
闇の秕政を憤り
民の困苦を救はんと、
洗心洞に燃え立ちし
勇壮義挙の紀念日ぞ。

二

天なる聖き霊の火か、

地獄の底の罰の火か、
社会(よ)の腸(はらわた)を火にかけて
深き腐敗をとゞめむと
血性男児大塩が
至誠一念火を放けて
鬼神感泣(なか)せしその日なり。

三

春なほ寒き朝風に
「救民」の旗翻へし
五百の男児堂々と
賄賂貪る有司等や、
餓ゑたる民に涙なき
富豪の惰眠(ねむり)さまさんと、
鳴らす大砲、叫び声。

四

聞けや、暴吏等、富豪(ふうごう)よ、
涙もあらず血もなくば、
無触無感の死屍と

汝の身をば焼きやらむ、
慾や深くば灰の山、
黄光ほしくば火ぞやらむ、
轟く大砲、見よ焦土。

五

嗚呼、燃えし火や、銃の音
夫れも昔の夢と消え
今は人謂ふ文明の
世とはかはりし大都会、
銃の音より烈しきは
車の響、人々の
競ひ争ふ修羅の火や。

六

黄金は照らす政治界、
地主、資本家跋扈して
社会の陰に民ぞ泣く、
哀れ今の世君あらば
悲憤三斗の血を吐かむ、

嗚呼、金権は地に勝ちて
正義、自由は死せんとす。

七

陽春、花は開けども
社会の底は冬にして
降り積む雪に圧せられ
哀れ民草萌えいでず、
無残、蕾の美はしき
貧家の少女（おとめ）金ゆゑに
花は操と破らるゝ。

八

同じ島根に住みながら
人と人とが殘害す、
皇天何ぞ無情なる
天保の世のそれならで
今東奥（とうおう）に飢饉あり、
嗟呼（ああ）此時に君あらば
怒りて天も地も焚（や）かむ。

九

今年(ことし)三十六年の
春も四月の六日の夜
墓場に君を起さむと
君を演壇(だん)より呼ぶならじ
枯骨は死より甦(かえ)らむや、
再び君を火の中に
惨死さするに忍びんや。

十

西に東に漂泊(さまよ)ひて
よしあし知らぬなにはなる
吾れ大阪に来し夕、
日没(いりひ)の雲を見てしより
おだやかならぬ吾胸や、
夕焼雲を仰ぐたび
胸はもえては君慕ふ。

十一

爪先立て、眺むれば

君が焼きたる難波橋、
天満は彼方、公会堂
吾等同志が世に慨し
声を挙ぐるの社会主義、
怨恨（うらみ）尽きざる君が霊
この夜この会、来りたすけよ。

これによれば、陽明学者・大塩中斎が彼の洗心洞を基盤として庶民の困苦を救わんと義挙に立ち上がり、暴吏や富豪を襲ったとし、地主や資本家が跋扈する世の中に中斎はきっと涙するであろう、現在は「正義、自由は死せんとす」るような状況である。また、花外は国内の惨状や東北の飢饉に同情の目を注ぎ、中斎へ呼びかけるに、この社会主義の会場に来て、我々を助けてほしいと。花外は、中斎の精神に想いを馳せて、現代に蘇らせようとしている。ここに、社会主義詩人による近世の義民との精神的交流がうかがえる。

花外の大塩顕彰の思想を鮮明に示すものとして、編集者となった大阪の新聞『評論之評論』五四号（一九〇三年五月五日付）から花外の随筆「中斎大塩先生の墓」の存在を明らかにして、全文を紹介しておきたい。なお同紙の主張は「労働は神聖なり、戦争は非義なり」である。

中齋大鹽先生の墓　　　兒玉花外

春は去る四月の廿三日は吾に光栄の日であつた。王公貴権の門に伺候したのではない、金殿玉楼に上つたのでもない、実に天保の英傑大鹽平八郎先生の墓を訪ねたのであつた。春にも冷たい數尺一基の墳墓に詣でたのであつた。大阪數十万の人の子が花や浮世の快樂に狂するの晩春に、自分一人は大阪東区東寺町の成正寺に、大鹽先生の貴き御墓に参つたのである。吾は実に先生の徳を養ひ、義血侠血に憧がれ、真勇に服するものである。捨身為仁的の高貴なる精神を慕ふものである。天下滔々たる人間より、吾は中齋先生の冷たき墳墓を敬する者である、墳墓に無限の強き生命を感づる者である、熱血を認むる者である、天下平凡の人間の前に立ち、何の趣味も起らず何等の畏敬すべき念も生せざる自分も、先生の御墓の前に立つと何だか胸の血潮が湧くを覚える、油然として勇気の身に加はるを感ずる、正義人道博愛の念が自分の胸に霊の如く乗り移るやうである、斯る腐敗の世に忍耐する力を与へる、世を厭ふて自殺せずとも立派に男子らしう死す時あるを教へる、冷たき先生の墓は最も雄弁に沈黙悲哀なる自分に告ぐる。実に吾は此日絶大の慰藉を得て帰つた。嗚呼、數尺の一基の墳墓、中斎大鹽先生墓と記され、東寺町成正寺の門内に淋しく立て居る。慕はしき先生の影はなくとも御影石の御墓は立てられてある。誰が手で植えられたものか蘇鐵や種々の樹木が緑に、先生の墳墓を蔽ふ如く清楚なる梅樹が今は青葉となり、先生の貴き墓の上に、青葉若葉が桂冠の如く緑の冕をきせて居る。先生の墓の他に尚二基、大鹽敬高之墓、大鹽成余之墓と彫られて立てゐるが、自分は大鹽家一族を思ふて、何だか悲哀の感を催ほし、躑躅の花よりも紅き涙を落した。先生の懐かしき御墓に名残を惜み、別離の涙の一歩二歩三歩、終りまで涙の道を辿つて家に帰つた。噫、黄塵万丈厭ふべき烟の大阪に、吾の愛するもの二つあり、曰く蒼々たる天、曰く中斎大鹽先生の墓。

花外は大塩の墓に詣でることによって、胸の血潮が湧き、勇気・気力が備わり、正義・人道・博愛の念が乗り移り、死すべき時のあることを教えられたと詠った。

続いて、花外の「天露」を検討する。[2] この詩は先の大塩の詩とほとんど同じ時期にできたものと想像される。

天　露

大塩中斎を懐ふ
昔は蘆の花散りし
今は塵舞ふ大阪の
天満のまちの夕まぐれ
人や車や、星の世に

響き何ぞと感ずらむ。

想ふ、天保飢饉歳(どし)
彼の大塩が孤憤して
ほこれる万家焼きにしが
さても其の火にいやまさる
いま激しさの、熱き世や。

洗心洞にあらなくに
墓の底をし君出なば
かはる浮世に驚かん
争ふまちに、火にあらで
涙の露や濺(そそ)ぐらん。

嗚呼、苦しめる民のため
義人あるなし一人だに
淀の河川ひんがしに
よしや流るも大塩が
再び来り嘆かんや。

土にとかへる果敢なさの
人の涙の雨よりも
神よ、降らせよ天の露
慈悲の眼の一雫
熱き世界のあゝ上に。

先の「大塩中斎先生の霊に告ぐる歌」に比較して、この「天露」の内容は詩の世界から見れば、やや劣っているように評価される。それは歌の力に弱い点を有しているからと思われる。「いま激しさの、熱き世や」と歌ってはいるが、全体的に観れば、「義人あるなし一人だに」と歌い、「大塩が再び来り嘆かんや」というように、現実の惨状に深い同情を表明して、神の慈悲が世界に垂れることを願っている。花外の庶民に対する心の底からの同情と連帯が感じられる内容となっているのである。

同じく一九〇三年一一月三日付の『社会主義』誌に観られる花外の詩「夕陽」は、やはり大塩顕彰に係わったものである。

夕陽

いつか理想界に大坂の
入日の空を仰ぐ時、
天保の世に憤慨の
火をば起して燃え亡せし
彼の大塩を思ふかな、
光りて出でし太陽を見よや
輝き山に沈むなり、

主義の炎と燃え立たば
主義とともにぞ死せんのみ。

この詩は大塩に自らの社会主義思想を託して、主義に殉じることを誓っている。
一九〇四年（明治三七）の『評論之評論』七二号（二月九日付）には、やはり大塩を歌った詩「懐旧」がある。

懐　旧

夕空燃ゆる、胸燃ゆる、
吹けや河風わが胸を、
天神橋の上に立ち
淀の川面（かわつら）望むかな。

不正の家と富を焼き
天保の世に大塩が
同志数人（すにん）と舟に乗り
芦の間に入りにしが、
葭あしあらず、舟あらず、
今も濁流滔々と
たゞ俗人の舟を見る、
欄（らん）干に凭れて帳（悵カ）として
独り涙を落すかな。

この詩は、『社会主義詩集』の抑圧後の作品であるが、思想・出版の抑圧後の花外の雰囲気を伝えている。

なお大塩について、花外は一九一六年（大正五）の『太陽』（二二巻一一号）に発表した「極東の一峯」の六連でも謳っている。

天保癸巳の年、熱血児大塩平八郎
快著、洗心洞剳記一巻を懐中にし
雲徂徠する富嶽の絶頂に立てり
千載の白雪は、洗心洞主人の胸底を照らし
太陽まさに昇らんとして赤き雲霧の中
平八郎の心は汪然として大虚に帰せり
下界なほ夢寐のうちに彼一人さめて
後日大阪の壮挙の閃きを自然に受けぬ

以上のような花外の大塩顕彰の詩情をより一段と理解するために、詩人の「社会主義演説開会の歌(3)」を検討しておきたい。最初に大塩を歌った詩と同じ時期の作品である。

社会主義演説開会の歌
世界の和鐘間もあれど
時計の音は響きたり
さらば始めむ、瓶水はこれ
我等が清き血潮なり
主義を地上に布かむため
誓ひて啜る盃ぞ
葡萄の美酒にいや優り

飲まば気は燃え昂（たか）まらん。

媚びむ言の葉貧しくも
平和の道の使徒らなる
我等が立たん壇上は
愛と正義の神卓ぞ
弊衣を衆に何恥ぢむ
見よや熱光（ひかり）に輝けり
今世に我等弱くとも
主義に依りてぞいと強し。

我らの舌は、労働の
人には花のことばにて
悪しき制度や資本家を
刺すに鋭き剣なり
我等の声に至誠（まこと）あり
満堂、感じ聴く人の
胸に入りては、窓を洩れ
嵐の如く市に吹く。

社会主義者は平和の使徒として現在は弱いが、主義によってこそ強いのであるという。

同じ時期のものであるが、花外の「演説会の帰途」[4]という詩を検討しておきたい。

演説会の帰途

卓上（つくえ）の花も感じけん
演説会は終りたり
光の堂を後にして
門を出づれば、戦ひの
こゝより広き敵地なり
戸は閉されし市中（いちなか）に
働く人の影黒し。

闇をとほして見上ぐれば
神のさだめのそがまゝに
み空に星は照り揃ひ
理想の我世近しとて
地（しめ）すに似たり美はしく
地の上には人々の
涙か露かきらめける。

ここには花外の社会に対する冷静な目と、求道者的な清い心が映し出されている。

花外が直接に社会主義を歌った詩に、これまで挙げたものの他、『社会主義詩集』の巻頭に掲げられた「労働軍歌」[5]がある。これを検討したい。

労働軍歌

神は天地を創造（つく）りたり
吾等は強き腕により
雲に聳ゆる楼閣（たかどの）や
地上の家や衣も食も
世界の貨財つくり出す
吾等も一の創造者
蔭に隠れて善を為す。

月雲花に比ぶべき
都の偉麗壮観も
吾等が飾る美術なり
機械の鉄輪（くるま）まはし出す
世界文明のそが為に
社会進歩のそが為に
吾等は名無き英雄ぞ。

誰かに問はむ、忘恩の
世は何故に吾等をば
奴隷の如く卑しむる

弊衣粗食に労働し
生命(いのち)縮めて死に渡す
吾等は友の仆(たお)る見て
日々に涙と血潮湧く。

吾等は人ぞいつまでか
不幸不運を忍ばむや
無情非道の資本主の
富の犠牲に終らむや
今ぞ、習慣はた制度
不利の貧者のそが為に
不法を挙げて絶叫(さけ)ぶべし。

いざや吾友、団結し
起ちて権利を主張せよ
正義、自由を圧すれば
嗚呼何物も敵とせん
貧富幸福ひとしうす
愛と平和の社会主義
はやく実行望みつゝ。

一つの枝に花と花
咲きて優しく揃ふごと
人と人とが楽しみて
愛の法には義務の律
こゝに始めて光栄の
天日見なむ　諸共に
四海兄弟たるをえん。

花外は社会主義を貧富や幸福が万民のものだという状態だとし、愛と平和の達成だと謳っている。社会主義となれば、世界が真の兄弟となるという。ここには花外の友愛の思想が観て取れるのではないか。この詩について、岡野他家夫は「労働者の未来の光栄を祝福して、その強固なる団結を待望している[6]」と述べている。

以上に挙げた花外の作品は、一九〇三年（明治三六）八月に発禁の厄に遭った詩人の『社会主義詩集』の中にほとんど含まれているものである。詩人はこの詩集について「これらの小詩は吾が宗教とする社会主義の賛美歌にしてまた黄金跋扈の大魔界に対する進軍歌なり[7]」と詞書を付している。また、この中の詩の多くは、かつて内村鑑三の主宰する『東京独立雑誌』を始め、花外が西川光二郎などと深く係わった『東京評論』や、片山潜主宰の『労働世界』や後継誌『社会主義』などに発表していた作品であった。わずかに押収を免れた幻の未製本を手掛かりとして、戦後になって、やっと復刊されたのが岡野他家夫編著『児玉花外　社会主義詩集』（日本評論社、一九四九年）である。情熱と詩情あふれるロマンを歌った花外の明治社会主義の詩の数々は社会の矛盾を感じた多くの青年男女に愛唱されたのであった。

三　花外の学問と行動

花外は幼名を伝八といい、一八七四年（明治七）七月七日に京都市上京に生まれた。父・精斎は元萩藩の勘定奉行であったが、故あって京都に出て、漢方とオランダ医学の折衷の医者となった。花外たちの『東京評論』に多額の寄付をした精斎は、同誌によれば一九〇一年（明治三四）四月頃に岡山で孤児の施療に携わったようである。花外の異母弟に詩人の児玉星人（精造、後に社会主義協会会員）がいる。片山潜主宰の『社会主義』誌における「社会主義小楽園」（俳句・和歌・狂句・狂歌・俗曲）の選者をし、社会主義運動の実践に乗り出していた星人は日露戦争勃発の前年の一九〇三年一一月に渡米し、彼の地で没している。その下の同母弟は伝作といい、京都で染色織物の図案の仕事をもっていた。

花外は京都高倉の初音小学校を終えるが、少年時代からとりわけ講談などの歴史小説を好んだ。その後、父がキリスト教の信者だったことから、花外は同志社中学の予備科に入学し、本科に進んだ。順調に行けば、この先に洋行の道が開けていたのである。その頃のデビス博士や新島襄校長の面影は永く花外に残っていた。一九二一年（大正一〇）に、花外が新島を歌った詩「新島先生を憶ふ[8]」を以下に紹介しておく。

新島先生を憶ふ

赤い平安城に、春の雪ちら〳〵とふる日は、
明治文化の魁、同志社の新島襄先生を憶ふ。
洛東、若王子の翠緑の松の下蔭に掘られし、
墓穴に涙落せし、吾も少年学生の一人なりき。
尚南すれば東山三十六峰には松つゞき、

頼山陽が維新前の豪筆は、松と桜に、
祇園公園には、花外が名づけし『頼山陽桜』がさくならん。
あゝ鐘よ鳴り出でよ。あらゆる先覚者の曙の如く。

此頃洛陽の風のたよりに先生の新逸事、
改族籍に、只平民では面白くないから新平民となろう。
若く肋膜を患、上野の桜を伐り、公札をとって投付、
気と精神を養ひ、病気を治された話。
十五夜の月の縁に、寝もやらず詩吟せし志士の面影。
近世文明の新人、耶馬渓の山水の雄渾の化身、
三田福沢翁にも、この強烈の一面ありしを思出の、
花外は鉛色の現代に、花ならで、反抗の霰を飛ばす。

花外の同志社時代には、キリスト教との交差が当然に存在した。野口存彌も述べているが、後年の詩「女の充実した生（『あれ夕立に』のモデル雛妓浅子の美霊を憶ふ）」（『文章世界』一九一〇年八月）に、「洗礼の葡萄酒は薄い赤い酒であった」とあるように、洗礼を受けている(9)。しかし新島が亡くなり、代わる代わる先生の柩を今出川から若王子までかついだ後、しばらくして花外の同志社への情熱も次第に失せていった。ちなみに姉千代の同志社女学校の同級生には新島の片腕となった山本覚馬や、土倉庄三郎の娘がいた。

同志社を退学した花外は仙台の東華学校へ入学するが、ここは同志社の分校であった。同期生に大阪で共に社会主義大会に参加する三宅磐(10)（操山、東京専門学校卒）がいる。東華学校が廃校となったので、花外は一八九二年（明治二五）に札幌農学校の予科に転入し、卒業する。花外はそれまで思想的影響を受けていたという民権思想家の中江兆民

（当時、北海道在住）について語っている。「余は札幌農学校に学生で在った頃、紙屋の主人としての奇矯なる翁を見たが、予が恰も若い心は躍り時めいて、宛然恋人の家の前を通るの気持——今で想ふと可笑しくもある」[11]と。後に紹介するように、花外は「中江兆民を懐ふ」という詩などを発表している。新渡戸稲造にはカーライルの『フランス革命史』を教わった。花外が新渡戸稲造から社会主義の思想も学んだことは、後に札幌農学校へ入学する西川光二郎（淡路出身、一八七六〜一九四〇年）の場合から推測すれば、大いに可能性がある。[12]

花外は、一八九四年（明治二七）に東京専門学校の文科に学んでいるが、卒業しないままであった。西川光二郎は、この二年後に入学している。花外は早稲田で坪内逍遥などに認められた。このような関係から『早稲田文学』に寄稿する。なお同期には小塚空谷・山本露葉・中島狐島・坪内狐景や、後輩には近松秋江・中村吉蔵・正宗白鳥らがいたという。花外はやがてイギリスの浪漫派詩人バイロンに傾倒することとなり、後にバイロンの訳詩集を出版する。「国は滅ぶとも、バイロンは死なず」という精神を青年期から有した花外は、シェリー、スコットランドの民衆詩人バーンズや、カーライルにも親しんだ。さらに花外は、北村透谷を始め、後には上田敏の『海潮音』（一九〇五年）や森鴎外の詩に影響を受けたことを漏らしている。

一八九八年（明治三一）に、花外は札幌農学校の大先輩・内村鑑三が主宰する『東京独立雑誌』へしばしば詩を寄稿する。花外は内村の詩の精神に感動したのである。その後、花外が詩人となるために上京したのは、次に紹介するように、内村が花外の詩「墳墓を撫して」に大感動をしたことによってである。

記者申す、此作を拝誦する再三再四、其美文上の価値は何であれ、余は感激の涙に咽び、慥かに一回の食を放棄せり。惟願ふ、作者が墳墓に平和を覓むるに止まらずして、溢るる計りの歓喜と、尽きざるの生命とを、其内に発見せられんことを。[13]

こうして上京した頃の花外について、詩人の平木白星は次のように述べている。

八九年前、自分が其頃の高等学校にゐた時であったらう。内村鑑三氏の思想なり人格なりに敬慕してその感化を受けた人の中に、自分も花外君も居た。内村氏の家はやはり今と同じく角筈にあつて、自分は三日に一度は必ずその家を訪ねた。或日、氏と一緒にぶら〳〵散歩に出かけて行つたが、途中で内村氏は片側の垣根を指さして『あれが児玉君の家だよ』と云つた。花外君はその時大阪から出て来たばかりで、細君と子供との三人で暮してゐたと思ふ。自分は何心なく内村氏の教へる家を見ると赤ン坊のおシメがぶら下がつて居る。「あゝ此の人も子供の親だつたのか」と云ふやうな感慨が自分の胸に起つた、児玉君は今飄逸な放浪の生活を続けてゐられるやうであるが、当時を想ひ出されることがあるだらうか。運命といふものは什麽変遷するか解らぬものだと思ふ。[14]

それまで花外は一般の文学青年がするような詩の投稿をしなかった。『東京独立雑誌』に載った花外の詩の影響は、吉野臥城（一八七六～一九二六年）の詩「狂犬」（同誌三四号、一八九九年六月一五日付）にも現れていた。「児玉花外の『野犬』を読みて感慨に堪へずこの詩を作る」[15]と詞書があるからである。同誌には平木白星も精力的に詩や評論を載せており、その後は小塚空谷（一八七七～一九五九年）も詩を投稿していた。

一八九九年に花外は第一詩集『風月万象』（山本露葉・山田枯柳と共著）を出版する。この詩集には後で検討する「鶏の歌」などを収めている。花外は一九〇〇年一〇月には西川光二郎などと共に『東京評論』を創刊する。この辺りから、花外の行動に実践的性格が現れてくる。この間、花外は九州を旅行し、また京都に留まって修養した。

一九〇二年（明治三五）には、『やまなし』新聞や『福井新聞』などの編集にも携わる。同年六月一四日の夜に東京下谷で花外は片山潜・西川光二郎・小塚空谷・山根吾一・原霞外などと「通俗経済学講演会」に出演している。[16]このときは、自作の詩を朗吟したのであろう。

同年八月号の『明星』へ、与謝野鉄幹は内村鑑三の主宰する『東京独立雑誌』に発表された花外の長詩「不滅の火」を転載した。この掲載の経緯は明らかではないが、主に平木白星が仲介したのであろう。この『明星』の「不滅の火」に続けて、白星は花外の思想に連帯して自らの詩を載せている。

『不滅の火』の後に

蓬髪半裸の少壮が
希臘の絵をばさながらに
掌にする火は何ぞ
人情の美はくれなゐに
自由の光明(ひかり)炫(あざ)けき

臙脂(べに)に触れざる唇の
声はあまりに高ければ
衆愚双耳を欹(そばだ)てゝ
『平等』『民主』『労働』の
こゝろを得解く間ぞ遅き

同じ八月に花外は弟の星人、与謝野鉄幹、河井酔茗、平木白星、前田林外、蒲原有明、山本露葉、小塚空谷、生田葵山、栗島狭衣、山崎紫紅と共に、韻文朗読会を結成した[17]。この直後に、岩野泡鳴や島崎藤村も参加した。韻文朗読研究会の初回が同年八月一五日に新詩社で開かれたが、花外は「自作一篇」を朗読している。同年一〇月に神田青年会館で開かれた韻文朗読会の第一回公演で当夜第一の出来と称せられた自作の「アギナルド」を朗吟し、事務局を担当したのは先の平木白星であった。花外は得意の詩「馬上哀吟」を朗吟するはずであったが、嫌になったので、この公演会を欠席したことを明らかにしておきたい。この韻文朗読会の公演の来会者には、森鴎外、黒岩涙香、山県悌三郎、長谷川天渓、佐々木信綱、石井柏亭、馬場孤蝶（民権思想家・辰猪の弟）などがいた。花外の朗吟は定評があり、三木露風は以下のように述べている。「児玉花外君の馬上哀吟。熱烈な口気が迸ッて手に支えた紙がふるえて居た。自分は此熱情詩人の眉間に言ひ難き憤恨の色の閃めくを見つゝ、漫りに感慨に打たれて此声の消え行く所に昵と耳を傾けた」[18]。

やがて一九〇三年（明治三六）二月に花外は大阪へ出発するが、片山潜などは神田のキングスレー館で送別会を開き、激励した。花外はユニテリアン社会主義者・小笠原誉至夫[19]（和歌山出身、元『和歌山実業新聞』主宰）の主幹する友愛協会の機関誌『評論之評論』（平和主義と社会主義の鼓吹を目的、同年一月創刊）の記者となっていくからである。これには片山潜などの推薦があったものと考えられる。ただし小笠原は、ほどなく「ロシア撃破論」に転向する。花外は以後の二年ほどを主として大阪や京都に居を移すのである。

同年三月に片山潜主宰の『労働世界』誌は『社会主義』誌へと改題されるが、『労働世界』の最終号（第七年第六号）によれば、『社会主義』誌には「時に社友児玉花外氏の創作も掲載すへし」、と予告された。早くも同年三月に花外は奥村梅皐（ジャーナリスト、後に『新声』記者、『大阪人物評伝・大阪人物管見』の著者）、高尾楓蔭[20]（元『和歌山実業新聞』記者）らと大阪社会主義研究会を起こした[21]。この研究会の規約の掲載が誌上で予告されていたが、掲載されていない。実態は藪の中である。

同年四月六日に大阪中ノ島公会堂で開かれた日本最初の社会主義者大会の会場で、花外の「大塩中齋先生に告ぐる歌」が朗吟されるのである。この社会主義者大会は、東京の社会主義協会と、関西の同主義者との会合であった。第一回演説会は四月五日の夜七時から中ノ島公会堂で聴衆六〇〇名を集めて催された。学術演説会の届を出してはいたが、当日は北西警察署が警部と共に臨監し、演説の要項を筆記させ、会場の内外を物々しく警戒した。弁士と演題は以下の通りである。西川光二郎「惰怠の福音」、エックスタイン（オーストリアの法学博士）「オーストリア及びドイツにおける社会主義の現況」（安部磯雄通訳）、小笠原誉至夫「戦争廃止論」、片山潜「社会主義の経済」、木下尚江「日本に於ける社会的思想の歴史」、安部磯雄「経済上の不安と社会主義」。散会は夜一一時であった。四月六日には午後一時より大阪西区土佐堀青年会館で、安部磯雄の司会の下に大会が開かれ、先の安部、木下、西川、小笠原、片山の演説があった。小笠原が次のような社会主義大阪大会決議を朗読した。

一　吾人は社会主義を以て人類社会の改善を計るものなり。
一　吾人は日本に社会主義の実行を努めざるべからず。
一　社会主義の成功を期するには万国同主義者の一致協力を要す。

これらの決議は全会一致を以て賛同され、大阪に社会主義協会を設立することを発表して午後五時に散会した。

同六日夜に再び中ノ島公会堂で、小笠原の司会の下で演説会が開かれた。西川「普通選挙の話」、大塩事件に係わる三宅磐「天保の惨劇とその教訓」の演説が終わった後で、児玉花外の美声による新体詩「大塩中齋先生の霊に告ぐる歌」が朗吟されるのである。これを報道した片山潜によれば、花外の「天成瀏朗の声は、満堂に響き渡り喝采湧き起れり[22]」とあり、『評論之評論』では、「最も悲痛なる調を以て朗吟し満場の喝采を博し[23]」たという。

同年五月一〇日に大阪で与謝野鉄幹を中心として関西新詩社清和会が催された。地元にあった花外は、高安月郊・山本露葉・薄田泣菫[24]・小林天眠[25]・松崎天民[26]などと共に出席している。この会は三九名の盛況であった[27]。

花外の『社会主義詩集』が発売を禁止され、製本中を没収されるのは、同年八月のことである。花外は、国家権力による詩集の抑圧に対して、当然のごとく自らの詩をもって抵抗の姿勢を示している。これしきのことで決して筆を折るのではなく、ますます詩業を極めようとするものであった。彼の抵抗の精神を明らかにしておきたい。すなわち「社会主義詩集禁止　花外曰く予の生命の禁止されぬ以上はなか〳〵コンナ事で閉口するものならんや」(『評論之評論』六二号、同年九月二〇日付)という言葉であった。他方で、『社会主義』誌(第七年第二号、同年一〇月三日付)は、今後の花外に期待して述べている。「余はヤサしき足下の、将来我党の理想的人物たるべきを信じて疑はざるものなり、足下請ふ奮励する所あれ。……足下の詩には確かに生命あり、人を動かすの力あり、されば足下よ、請ふ奮励する所あると共に自重する所あれ」。

白柳秀湖は、花外と平民社との関係について以下のように指摘している。社会主義協会の看板が神田三崎町の片山潜宅から、「有楽町の平民社に移される頃(一九〇三年一一月頃……引用者)になると、ぱったり同志の集合に顔を見せなくなってしまった。或る時、僕が花外氏に会って、『なぜ平民社に遊びに来ぬか』ときいたら、『僕は堺が大きらひだ。堺には詩は分からぬ。「天地有情」（土井晩翠作……引用者）の批評でも、まるで成って居ぬ』といって居たことをはっきり記憶して居る」[28]。しかし、大阪に居を移した花外が堺枯川・幸徳秋水などの平民社と無関係でなかったことは後に明らかにしておきたい。

翌一九〇四年（明治三七）一月に『社会主義』誌の労働新聞社へ賀状を送った花外は二月に『花外詩集』を出版する。この詩集には、『社会主義詩集』に含まれた詩は半分にも達しないほどであった。だが、『評論之評論』の広告に「児玉花外の第二詩集にして付録として著者が主義の友詞壇の友、五十有余家の同情録を収む」[29]とあるように、『社会主義詩集』の抑圧に対する「同情録」が付せられていた。寄稿者は、詩人の岩野泡鳴・薄田泣菫・前田林外・平木白星・山本露葉・河井酔茗・高安月郊・小塚空谷・平尾不孤・中島孤島・坪内孤景・高須梅渓などを始め、大町桂月[30]・綱島梁川[31]・徳田秋声・小栗風葉・松崎天民・鳥居素川・後藤宙外・片山潜・幸徳秋水・堺枯川・西川光二郎・木下尚江・安部磯雄などである。他に大阪における花外の社会主義運動の同志となった奥村梅皐・吉田笠雨・高尾楓蔭が名を連ねた。

とりわけ花外と深い交流のあった片山潜は感銘深い言葉を寄せた。これによって、花外は社会主義者に何を期待され、いかなる役割を果たしていたのかが看取される。

……先年君が山梨より帰り将に関西に行かれんとするや余等十数人の同主義者は一夜キングスレー館に君が行を壮とし離別の小宴を催したり、余は同夜君に告ぐるに京都奈良及大阪の名勝古跡を探り一大詩声を振はれんことを期し兼て彼等風光明美の絶勝をして我々信ずる社会主義を謳はしめんことを希望せり、……

君は爾来我党の為めに或は鼓舞作興し或は悲憤忼慨して志士を奮起せしめ或は為めに慰め、悲しみ又楽しみ実に我等多数の心情意気を歌ひ又時に資本家富豪の暴横(ママ)を坑撃し其非を絶叫せり、余は君の社会主義詩集の出づる喜び其社会に供献する所多きを信じたり、君は之に依って吾人社会主義者が演壇に於ても文筆に於ても云ひ能はざる所を自由自在而も遺憾なく面白、悲しく又愉快に論じ来り論じ去り以て社会多数の云はんと欲する思想を歌へり余は実に君に謝す、社会は之を読みしならば如何に多く喜びたりしぞ‼然ども、君悲む勿れ、社会主義詩集の発売禁止！　吁！　又怒る勿れ圧制の処置を‼今や君の詩集は全天下の志士と社会主義者の同情の心眼を以て愛読されつゝあり不幸にして君が詩集は葬埋(ママ)されたりと雖も慥かに君が籠めたる其聖霊は我党の為めにガーデアンヱ(エ)ンジヤルとなれり君乞ふ奮起以て益社会主義の為めに謳歌せよ‼！　（十月三日）[32]

梅皐は花外を「社会主義者の一人たる兄」[33]と呼び、笠雨は、「『社会主義詩集』一篇、斯は健気なる詩人の血也、涙也、其の絶叫や大正義也、大同情也、大平和也。社会主義は破壊を叫ぶ者にあらずして、実は建設を教ゆるもの也、擾乱を起さんとするものにあらずして、却って大平和を希ふもの也、人類相愛の美を歌ひ、人権平和の大義を伝導するもの也[34]」と述べている。また、楓蔭は「兄の詩集の禁止は革命軍に先つ殉死者なり、阿修羅魔王を亡す天帝軍の先没者なり、之によって革命的大軍の許に集り来るなり、やがては自由、平等博愛、正義の敵を滅して我等の天下は来る也、理想は達せらるゝ也[35]」、との言葉を寄せている。なお『社会主義』誌は『花外詩集』を紹介している。また『週刊　平民新聞』も本詩集の「山上感吟」の一、二連を紹介して、取り次ぎ販売を行った。[36]

同年二月七日付の『週刊　平民新聞』（一三号）によれば、「予は如何にして社会主義者となりし乎」のコーナーに登場している吉田笠雨（元『和歌山実業新聞』記者）は、小笠原誉至夫の主宰する同紙や、幸徳秋水・堺枯川・木下尚江・片山潜・西川光二郎との係わりを挙げた後で、「近来は始終児玉花外君等と往来して居ること、それやこれやが総合して何時の間にやら社会主義者に感化されて了ったのであらう」、と述べている。吉田は、『社会主義』誌によれば、前年の一九〇三年一〇月頃に和歌山で先の高尾楓蔭や児玉充次郎（怪骨、非戦論者、元『和歌山実業新聞』・『和歌山新報』記者、後に粉河教会初代牧師、粉河の民権家・児玉仲児の次男）などと社会主義研究会を設立していたという。[37]

和歌山市の紀国座で演説会があった際に、高尾楓蔭から「此人が花外先生であると、紹介」された児玉怪骨は、『評論之評論』に「詩人児玉花外」を発表していた。「花外君の、社会主義から産れた詩や、平和主義から生じた歌や、痛罵あり、不平あり、諷誡あり、刺撃ある紀行文やを読んだが為に、直に同君に同化されて、立ろに同君の知己となられた人は、まさに天下に幾人あるだらふ、……人よ、残忍猛悪なる智慧の檻に投じられてゐる寂寞なる人よ、幸ひに熱き情の海に泛べられんと冀ふならば、すべからく、須らく予輩と与に花外君の詩に泥め、上帝が特に児玉君をして謡はしむる妙なる祝福の声に傾けよ、汝の耳を[38]」、と述べている。また、『評論之評論』には、花外へ坂井義三郎・松崎天民・小笠原誉至夫・矢野天来などから贈られた文章が載っている。従って、花外は大阪の社会主義運動のみならず、高尾楓蔭・吉田笠雨・児玉怪骨を通じて、和歌山の社会主義運動へ多少の影響を与えたことを明らかにしておきたい。

一九〇四年二月二三日付の『評論之評論』七三号によれば、岩野泡鳴・生田葵山・蒲原有明・河井酔茗・与謝野鉄幹・山本露葉・前田林外・平木白星が本郷中央会堂で征露詩歌朗読会を催して、純益を恤兵部に献金しようとした。『週刊　平民新聞』一八号（同年三月一三日付）の「戦争と詩人文士」に、「與謝野鉄幹氏、大武装せる『成功』紙上に『戦争文学』と題して新体詩を載す、氏も亦戦時の詩人たるに背かざる者といふべし[39]」、とあることと照応する。白星によれば、花外も是非出てくれるようになっていたが、突然欠席している。表向きには、花外は甲州へ就職のためであったが、参加することを潔しとしなかったからであろう。

同年六月頃には、「黒旋風の勇気凋落して、空しく平安城の商賈となる。惜しむべし[40]」といわれた花外は、京都で花外堂というタバコ屋をやっている。その後、上京して隆文館の『新声』の詩壇の選者となり、多くの詩や、随筆を発表すると共に、若い詩人たちを育成している。なお同誌に高浜天我や高照千夜などが花外を歌っている。

とりわけ室生犀星が詩人として世に立つ決意をしたのは、一九〇七年（明治四〇）七月付の『新声』に投稿した詩が花外に称賛されたからである。犀星のこの詩がどういう詩であるか調べてみると、「さくら石斑魚に添えて」という詩であることが判明する。従って、花外は犀星の唯一の詩の師匠であった。なお既に紹介されているように、犀星は一九三六年四月頃に、「児玉さんは詩人ではあるが作詩人として現代とは歩調は合はない。併し乍ら詩人である児玉花外氏は俗物ではなかつた。数行の詩作の後にそれを稿料に代へ、寒巷の酒肆に自ら痛飲するの詩人であつた。自分は天下に先生と呼ぶ人を持たず、誰の前でも嘯ける資格をもつた男だが、只、児玉さんだけは自分の比類なき先生であつた[41]」、と述べている。後に犀星は、貧困と孤独感に落ちていく花外をしばしば援助する。花外の死後、一九六〇年に花外の第二の詩碑が大寧寺（長門市）にできるが、この時に犀星は、「けふ此の処にあなたの碑が立つ／永く何時までも、お休みになれるように[42]」、に始まる「詩碑に寄する」の詩を贈っている。ある時の花外の慰労会には、案内を失念されていた詩人の富田砕花（旧制盛岡中学出身）が出席して花外の詩「馬上哀吟」を朗読したこともあった[43]。

一九〇六年（明治三九）に、花外は後に石川啄木も憧れる野口米次郎（英米で名声を博した詩人、彫刻家イサム・ノグチの父）らの「あやめ会」に参加する。あやめ会の詩集『豊旗雲』に花外も岩野泡鳴・小山内薫・薄田泣菫と共に作品を発表した。一九〇七年に花外は詩集『天風魔帆』（平民書房）や、訳詩集『バイロン詩集』を出版した。『天風魔帆』の出版案内は、再興平民社の『日刊　平民新聞』第一号（同年一月一五日付）の新刊紹介に載った。

一九〇八年に花外は同志と共に自由と平等を標榜する『火柱』を創刊している。同誌の成り立ちについては、花外の談話「『独立雑誌』と『火柱』」（一九一八年八月、連載）が参考となる。詩人の高浜長江が青山学院の職員時代に相談に来て、花外に顧問を依頼したことが契機となった。この二人を始め、柴田柴庵・杉村俊夫・勝屋錦村・竜居枯山・北原末子を同人とした。表紙絵は、『週刊　平民新聞』『光』『直言』『日刊　平民新聞』などにも挿画を描いた小川芋銭が担当した。寄稿家には山路愛山[44]などがいた。ちなみに、花外は「百穂と芋銭」（雑誌『面白倶楽部』所収）なる平福百穂と小川芋銭という二人の有名な日本画家についての詩を残している（本書第八章）。花外は『火柱』創刊号の巻頭に「宣言」の詩を、三号には詩「鶴嘴」、随筆「墓中の火」を発表している。その他の号に詩「薔薇花」「初雷」「涼風」「頼三樹五十年祭の歌」や、随筆「文壇の星亭出でよ」「ゾラの改葬」「地獄の図に就て」などを発表している。

花外は『中学世界』の「せゝらぎ集」という随筆に馬場辰猪・西郷隆盛などを論じている。また、同じく「英雄偉人　青山墓地印象記[45]」という随筆は乃木希典・大久保利通・落合直文・元良勇次郎・小村寿太郎・後藤象二郎・山路元治・尾崎紅葉・広瀬中佐と共に、児玉源太郎を紹介しているが、『社会主義詩集』の抑圧者としての内務大臣・児玉源太郎の記述はなかった。

この頃、花外は先の『新声』を始め、『ハガキ文学』や『中学世界』の新体詩の選者であった。当時発表された「初めて見た先生」に登場した児玉花外は次のように紹介されていた。

先生は情熱詩人である。成る程眉宇の間に狷介な熱性を凝めて居らせられるが、お見受け申した処、先づはお優しい、応揚な若旦那風話の調子の低いあたり、人懐かしげな御表性(情)をなさるあたり、正宗先生とは正反対な意味に於て、一度先生の謦咳に接したものゝ、永く忘れる事の出来ぬ処のものである。お色は白く、御髯を剃ったあとでお目にかゝった為か、美しいお方と思ひまゐらせた[46]。

これ以後の、主な詩作などを紹介すると、一九一三年（大正二）に「孫逸仙に与ふる詩」や「尾崎愕堂に与ふる詩」を『太陽』へ、一九一五年に「御大典奉祝歌」を『冒険世界』へ、一九一六年に「義人リンコルン」「革命の花と散った人々」を『雄弁』へ、「黄興君を迎ふ」を『新日本』へ、「支那女権大会」を『太陽』へ、「傑人セシル・ローズ」を『学生』に発表した。一九一七年には「仏蘭西国民に寄す」を『太陽』に、「犬養木堂に与ふ」を『雄弁』へ、「塵の中より――相馬御風君に」を『早稲田文学』へ、「嗚呼山路愛山」を『新公論』へ、「青き甕――小川未明に与ふ」を『文章世界』へ、一九一九年に「ルーズベルトの柩」「板垣自由伯の死」を『太陽』へ、一九二〇年（大正九）に「大廟参拝の春」を『帝国青年』へ、「ウヰルソンの平和賞」を『太陽』へ、一九二一年には「新島先生を憶ふ」を発表した。このうち、花外の幾つかの詩をめぐっては、本書第二部で検討したい。

この間、一九一四年（大正三）五月に後藤宙外の『秋田時事』へ山田枯柳と共に一時入社していた。一九二三年に花外は明治大学校歌「白雲なびく」の原作詞者となり、同年九月に関東大震災で焼け出され、北海道へ渡った。同年一〇月には、青森県の蔦温泉に大町桂月と滞在して、地元の『東奥日報』（青森市）へ自然美を謳う多くの詩を発表した。翌一九二四年五月に父の郷里・山口県大津郡三隅村（現長門市）に帰郷し、大歓迎を受けて、同年の夏まで滞在する。青森の場合と同様に、地域の小学校の校歌を作詞し、請われるままに長州の幕末維新の英雄や自然美を謳い、地域の新聞にその詩は掲載されている。

一九二五年に花外は『楠木正行』を出版し、一九二七年（昭和二）に「御大典奉祝歌」を『国本』へ、一九二八年に映画のために軍歌「進軍」を作詞して、レコードも売り出された。しかし日中戦争の開始頃には世に忘れられたという。一九二九年には「不服従　ガンジー火の叫」を『日本及日本人』へ、一九三〇年に「献身報国の歌」を『向上』に、一九三一年に「国難打開の歌」を『国本』に、一九三二年には「松岡代表に寄す」を『向上』へ発表している。一九三九年には「爆弾投げ節」が『キング』に掲載された。

さて一九三四年（昭和九）七月に「児玉花外氏還暦記念講演会」が明治文学談話会の主催として「帝大基督教青年会」で行われた。講演予定者は、児玉花外、木下尚江、千葉亀雄、正富汪洋（『週刊　平民新聞』に「血涙吟」などを投稿）、室生犀星、秋田雨雀、白柳秀湖、武林夢想庵、柳田泉、徳田秋声である。とりわけ木下尚江は、「社会主義詩集の時代」のテーマで講演して感銘を与えた。出席した秋田雨雀は、後輩の詩人たちに慕われて感激する花外を以下のように書き残していた。「七月八日　晴。午後一時キリスト教青年会館へ行く。社会主義運動の初期には青年であった児玉花外はもう老人になっていた。酒で身体をこわしているようだ。木下尚江、正富、柳田（泉……引用者）、神崎（清……同）、荒井徹（新井、詩人……同）の諸君と共に感想をのべた。非常に感激している」[47]。

大正・昭和期の花外には、民衆的立場から近代の社会思想を摂取して自由を歌った白鳥省吾によれば、明治大学校歌「白雲なびく」と共に、「満州事変」のときの詩などによいものがあるという[48]。花外もこの時期の詩を否定したが、ただ「白雲なびく」を自薦していた。概して大正中期から、国粋主義的な雑誌などに発表した花外の詩には粗大との評価が多少あり、大変な孤独と飲酒と共に悲しまれた。花外が情の詩人であり、その詩には、考える詩人・河井酔茗の調和的な詩と対照的に、形式上欠如している点があることは既に明治三十年代に指摘されていることであり、花外自身は早くからよく知っていたことであった。

花外は作品・著作として詩集『ゆく雲』・『少年の歌』・『児玉花外愛国詩集』や、随筆『紅噴随筆』・『哀花熱火』などを出している。東京板橋の養育院に不遇の身をかこった晩年には、花外は日蓮宗に帰依した。公刊することはほとんどなかったが、時局に迎合した作品が多くなった。その頃の俳句には、「日の丸と菊に埋めん世界中」などがあると共に、「紫春のみ空より／遠く御寺の鐘が鳴り／平和に楽し総家庭／国のため又人のため／清き務を尽さなん」のような平穏な詩も作った。なお、「辞世、信覚上人背をなで給ふ大慈愛有りがたし」が紹介されている。(49)

詩人に徹した人生を歩んだ花外は、一方において木下尚江と同様の指導者気質があったが、他方において天性の詩人であり、しかも詩才があって、詩も立派であるという柳田泉の言葉を挙げておきたい。(50)

四　花外の思想

花外は、一九世紀初頭の詩人達の悲哀や、とりわけ社会主義詩人・花外の後釜と目された大塚甲山（一八八〇～一九一一年）について、一九一五年頃に次のように述べている。

『新小説』の詞藻欄に、僕の詩が引續いて掲載せられた。僕は『雲の歌』や『雲の乙女』や花に燕に、この僕の遺るとしても遣り所もない熱い思ひを寄せて、盛んに歌つてゐたと覺えてゐる。東京にては勿論のこと、甲斐の峡中から、大阪の市の座より……僕は此の熱烈で且つ悲哀の凝塊であつた僕自身を、今からは寧ろ可憐であり、そして、又懐かしくも考へられて仕方がない。去り乍ら、此僕と同時代の詩人達は、其若き頃の作物や詩集に對して、僕と同様な青春をおもふて涙を絞られはせまいか？『新小説』は数年前東北の奥州で肺患に仆れた、詩人大塚甲山があった。渠は天性の田園詩人で、それで又不平悲痛の胸三寸から去らぬ人で『新小説』には幾篇もの好短詩が出されてゐる。僕はこの回顧録を書綴って、この若く夭折した大塚甲山のために思出の紅涙を捧ぐ。[51]

なお大塚甲山もかつて一九〇四年（明治三七）頃の詩「ソネット」第一連は「児玉花外に」であった。[52]

さて花外という雅号について、花外は頼山陽に関する文章から見つけ、一九一三年頃に「終生『人生の花を見ず』と云ふ意味です」[53]と述べているが、一九一六年頃の詩「世界改造の声」の中で、「平時にも詩人の墓より尊貴きはない／花はなくも彼の生涯は世にたぐひのない花だ／迫害された運命の人は皆寂しかった」[54]と謳っているのが象徴的である。この詩は、詩業に徹した花外の人生に照して、味わい深い意義を覚えるのである。

花外が社会主義を理想とし、自らの『社会主義詩集』を社会主義思想の宣伝としても出版したことは、一九〇二年（明治三五）八月に花外などと韻文朗読会を組織した平木白星が花外への質問および花外の回答を紹介した中に明白である。これは、先の「同情録」（一九〇四年）へ寄稿した白星の「感而即記」の一部である。ここには花外のキリスト教的な社会主義観が出ているので挙げておく。

白星問ふて曰く、「足下は社会主義を理想とせらる丶や、又この主義を社会に実現する事を期せらる丶や」。

花外答て曰く、「然り」。

白星再び問ふて曰く、「足下の著『社会主義詩集』は社会主義宣伝の手段として作られたるや」。

花外これに応じて曰く、「然り、予は社会主義を一の宗教として信奉するものなり、足下請ふこれを諒せよ」。

……著者花外の真意ある所を余が問ふて、花外がその問に答へたる私書の一齣である。児玉花外は此の如き社会主義の人なので、彼が猶予なき答辞はかくの如く壮んであった。[55]

花外は、内村鑑三が一八九八年（明治三一）六月に発刊した『東京独立雑誌』（終刊一九〇〇年七月）へ多くの詩を発表している。「童謡」「墳墓を撫して」「鶏の歌」「森のさすらい」「憐れなる鼠に」「蛇」「松を刺して」「野犬」「紡績工女」「瓶の鼠」「海辺の古寺」「石わる子」「雲」「消防夫」「支那パイプ売」「農夫」「不滅の火」「梅花」「雲雀」「蛇籠つくり」「良妻」「童子と燕」「雹」「流」といった詩である。花外自身は、これらの詩を通じて「専ら自由平等判明する。

の理想を歌った」(『文章世界』一九一五年八月)と述べている。花外は、大正期の談話の中で、内村鑑三を高く評価した。とりわけ、花外が詩人として一本立ちできると決意したのも、内村が花外の詩を評価したからだ、ということが判明する。

「独立雑誌」の内容は、何しろ内村さんなのであるから、クリスト教主義を基調としてゐるものであったが、寧ろカーライルのやうな社会を警醒するといふやうな立場にあったので、当時そんな雑誌は無いのであったから、非常に全国に反響したものだ。そしてクリスチャン以外の青年の間に於ても非常に熱読されたものだった。……わたしはその時分には、京都にゐて初めて新体詩を作って内村氏へ寄せた。それは「墳墓を撫して」といふ一篇であった。それを内村氏が読んで、ために食事を廃した……とまで言って呉れたので、それに私は感激した。……やがて、私は上京した。……

「独立雑誌」は、宗教よりも文芸がゝったものであった。然し、明治になってから、この雑誌のやうに純宗教に、文芸を加味して、深く広く、青年の頭に染み込ませ、思想上の革命を起こさしめたものはあるまい。……今から考へても我々の敬仰すべきは、植村正久氏と内村鑑三氏の二人だと思ふ。

先づ、日本人の中に西洋型の宗教的文芸家を求めたら、あの人(内村鑑三……引用者)より無いと思ふ。当時から、カーライルの物は無論のこと、樗牛より前に、ホイットマンを読んでたやうに思ふ。そして恐らく日本に於けるホイットマンの先駆者だらうと思ふ。氏の書くものは無韻の詩であった。散文詩が重であったが、その根底は宗教問題、思想問題社会問題を論じてゐた。(56)

これらの詩のうちで評価の高い「鶏の歌」、「紡績工女」と「不滅の火」を取り上げておきたい。「鶏の歌」は『東京独立雑誌』一六号(一八九八年一二月一五日付)、「紡績工女」は二八号(一八九九年四月一五日付)、「不滅の火」(57)は六二号(一九〇〇年三月二五日付)に発表されている。

まず花外の「鶏(にわとり)の歌」を検討してみたい。

鶏の歌

革命をそれ鶏の
声になぞらへ歌わん乎。

眠むる天地を一声に
のどけく高く呼びさます
力はにたり光なき
死せる此世に声揚げて
生命（いのち）をよばふ人のごと

暗きねぐらに独りさめ
光を慕ふ眼のさまは
自由の燭を手にとって
闇世を照らす人のごと

いぶせく狭きねぐらより
闇を破りて鳴く声は
世を導かむ英雄の
あぐるに似たり呱々（ここ）の声

空にきらめく星の色
地には勇みの鶏の声
やがて其の星消えゆかば
黎明(しののめ)うまる雲裂けて

朝　東に輝きて
人のつくりし冠(かんむり)の
脆きにもにぬ紅(くれない)の
鶏冠(とさか)を照らすあさぼらけ
小だかき丘にかけのぼり
力をこめし羽(はば)たきに
いまはと高く鳴き渡る
姿の優にけだかしや

野に出て餌(えば)をあさる時
毒の科鎌(とがま)の首たてゝ
ひそむ蝮もかひなけん
繊弱(かよわ)き草に威をふるう
阜螽(いなご)の騒ぐをかしさや
義人一たび世に出でて

風にも堪えぬ民草を
蹂り枯らする奸物の
影をかくすに似たる哉

矛の形の黄距もて
敵に向へるさまみれば
革命軍の兵士の
血を見でやまぬ如くにて
神の稜威を剣にぬり
不義を斃すが如くにて

薄き羽がひのそがなかに
ひとしく雛をへだてなく
守りそだつる愛情の
火炎もゆると誰か知る

睦じいかな牡鶏に
心くばれるふりをみよ
餌をわかえの優しさは
鳥と鳥との恋なれや

偽善の白衣身にまとひ
媚ぶる鸚鵡の舌なくも
人をいましむ言あり

籠にありての静けさは
民の頭に残虐の
斧振り上げし暴君が
肘をとらえて牢獄に
埋められにし人のごと

餌ふりまきし人の手の
喉に触れて悲鳴して
死眠に落つるそのさまは
民権自由を唱へたる
涙と血との大丈夫が
絞殺台の朝露の
光と倶に消ゆるごと

今われ歌をうたふ身は
あやめもわかぬ闇の夜に

自由の光輝きて
天地に充つる歓喜(よろこび)の
声湧く日をば待ちかねて
鶏と共音(ともね)に歌ふかな

花外は、自由と民権の思想を鶏の声になぞらえ、時を告げる革命の声にたとえている。「民権自由」を唱える者は闇夜に「自由の光」を投げかける、と歌っている。

次に、最も典型的な賃労働者層であった紡績工場の女性労働者を謳った「紡績工女」を検討してみたい。

紡績工女

東の窓よりながむれば
山はみゆなり故郷の
西の窓よりながむれば
河はみゆなり流れゆく

工場の中は塵たちて
地獄極楽みするなる
あゝ見せ物の鬼のごと
車を廻はす苦しさよ

女の身にて猿(ましら)啼く
山は一夜に越えうとも

嫁入りすべく金ためて
衣をも帯も櫛さへも
買ひて帰らんそれまでは
家の戸開けんものかはと
誓ひて出でし我村の
土をいかでか蹈みうべき。

涙の珠のかずよりも
多き痛みと悲みに
骨は刺されて肉そがれ
かくてある日の耐へがたや

「つらいつとめも
　今晩かぎり……」
節おもしろく謡へとも
鐘の響にさまされて
臥床はなれば悲しやな
地獄の中の地獄にて

東の山をいで丶太陽は

西へ西へと月もまた
われは東の古里の
河に契りていでし身の
水に入るべき運命(さだめ)かと
夕暮れごとに窓により
涙をおほう我身かな。

ここでは、抽象的ではあるが、工女たちの悲惨な労働環境や、居るも地獄、去るも地獄という深刻な運命を謳っている。

さらに「不滅の火」の詩の思想を検討してみたい。

不滅の火

むかし麁服(そふく)の偉人あり、
天(あめ)と地(つち)とに燧(ひ)をきりて
誓ひて曰へり、世よ醒めよ
楽の声より咀はむと。

大臣(おとど)議員の舞踏場
先づ一発は放たれぬ、
花の如きの貴婦人は
耳を蓋ひて仆れたり
男子(おのこ)も共にたふれたり

黒煙(けむり)は屋根よりたちのぼる。
二発は飛むで弦の鳴る
酒楼の玻璃を射ぬきたり
妓楼焚く〱天風に
火の粉は霊の火の如く
愚民惑はす俗僧の
籠る堂宇を焦土とす。

大厦焚かるゝ数多く
都の男女集まりし
幾劇場は閉されぬ、
まだ骨脆(もろ)き可憐なる
童男女(わらわ)の清き血を絞る
幾興業物(みせもの)は戸をとぢて
侏儒や不具者は他の国へ
荷物の如く運ばれぬ。

時の政府は騒ぎたり
ひる犬、夜は梟の
警察官の剣鳴れり

放火の凶徒捕へんと
国家の賊を縛(ばく)さんと。

何処よりかは風の如
偉人の声は響きたり
狢(むじな)の古巣、蛇の穴
偽りの世の惨景や、
慎戒(きず)け、貴族ら富豪等よ
まだ覚めざらむ暁は
剣ぞ肌に寒からむ。

美味に舌打つ汝等の
衣を脱げよ宝石の
指環を去れよ金銀の
杯売って大なる
養老院を設くべし
兵営こぼち数万の
憫れの孤児を容れよかし。

野の鳥実をばうるがごと

花の露にしぬるゝごと
終日（ひねもす）かせぎいそしむも
妻子はぐくむしろもなし
貧しき民に分てかし
廃疾、寡婦を救ふべし
辛苦をおもへ小農の。

土地の私有は狼の
法を知らずや重税は
猿の種族の律なるぞ。
賃金低き労働者
機械の音は血の薄き
肉喰ふ獣の哮ゆるなり、
振へ、代々経し階級の
塔の蔭にぞ泣く民よ
上に血に飽く鳶とまり
下には餓ゑし鼠あり。

彼は野に寝ね明星に
涙溢れて叫びたり

正義の光永久にあれ、
命短き悪意なき
虫よ自由に歌へかし、
暁早く巣を出でゝ
鳥よ楽しく歌へかし。

神に飼はるゝ白妙の
火鳥のわざと噂して
竊かに祝ふ衆ありき、
東西南北（かなたこなた）の焼跡に
幸を拾ひに群れ来る
乞丐（かたい）の袋重かりき。

嗟吁、予言者がその前に
悔改を説きたれど
覆亡（ほろび）近しと告げしかど
口笛吹いて聴かざりき、
強きは富みて勝ち矜り
弱きは圧され屈辱に。

彼れ沈黙を破りたり、
堪忍（しのび）の緒をば千切りつゝ、
火なり〳〵と叫びたり
社会の腸を火にかけて
いざや腐敗を止めむと。

地獄（よみ）の底なる火に比せば
人の怒りて放つ火は
草葉にとまる蛍火の
小さき微かの光なり。

虚説と虚儀の化狐
尾をば焼かれて怖れたり、
美服を着けし人を見ず
虚栄の街はしづまりて
花の散りたるあとの如
太古にかへるさなりき。

浮かれ烏の官奴（かんど）らは
蒼き顔して奇漢子を

捕吏の犬めに捜むれど
暴虐（しいたげ）加ふる力なく
札を出しぬ四つ辻に、
放火魔人の首を得ば
黄金千枚を与へんと。

昼には凋む蕣花（あさがお）の
はかなく土に落つるごと
侠気あらぬ人の手に
かゝりて首は売らるとも
人類（ひと）をば思ふ一片の
赤心誰れか買ひ得べき
よし帝王の富みあるも。

最後の札は立てられぬ、
姿怪しき旅人や
糧追ひ歩く宿無しや
乞食の徒等をかりたてよ、
罪なき人は牽かれ来て
牢屋（ひとや）はために増されたり。

草間に潜み耳たつる
兎に似たる義の人は
衣を裂いて泣き伏しぬ
吾は行かざるべからずと、
自ら名のる門の前や
今は羊にかはらねど
唾吐き汚され罵られ
鉄鎖（くさり）の痕（あか）のつかぬまに
火刑柱にて焼かれたり。

焚きたる家の火はきえぬ、
火刑の台の火もきえぬ、
その身は灰になりたれど
胸に燃えたる炎こそ
日月照らす地の上に
長久（とこしえ）滅（き）えず輝けり。

これによれば、花外は小農の辛苦や労働者の低賃金を訴えるとともに、土地の私有を狼の心と見做し、重税を課す法は「猿の種族の律」だと把握している。また、「社会を浄め」ようと、「人の怒りて放つ火」を挙げることによって、最後のフレーズに「その身は灰になりたれど」、「胸に燃えたる炎こそ」永久に不滅の火となるであろう、と歌っている。この「不滅の火」こそ『社会主義詩集』に収められる最後を飾った作品である。この詩について、岡野他家夫は

「幾多の社会史上の事件を叙事しつつ社会主義思想の最後の勝利と不滅性とを、感激の詩情をもってうたったものである」[58]と述べている。花外の『社会主義詩集』の書名に引き付けて主観的に解釈したものと考えられる。花外が社会主義の言葉を使用していないことも考慮しなくてはならない。従って、この花外の詩に読み取らなければならないことは、自由と平等と友愛に関する共同思想の不滅性である。

花外が一九〇〇年（明治三三）に西川光二郎・我孫子貞治郎・坂井義三郎などと創刊した『東京評論』（一〇号で廃刊）には、花外の作品が毎号に掲載されている。二〇編の詩と、八編の随筆である。翌一九〇一年には花外は雑誌『小天地』へ「雪に放ちし鼠」や「雀に与ふ」を発表した。

片山潜主宰の『労働世界』へ花外の詩は、一九〇二年（明治三五）以降に「雀の宴」、「銃声」、「歓喜の涙」、「工女」、「橋上の乞食」、「運転手嘆きの歌」、「寒袷（小塚空谷へ与ふ）」が掲載された。一九〇二年五月に同誌へ発表された花外の随筆「浴場小話」や、同じく同年八月の「毒盃」には、彼の平等観と、庶民の飲酒に対する同情が現れていた。また同誌の後継誌で、社会主義協会の機関誌『社会主義』（片山主宰）へは翌一九〇三年以降、花外の「壁一重」、「幸か不幸か」、「四月三日」、「大塩中斎先生の霊に告ぐる歌」、「本能寺の跡に立ちて」、「長屋の朝顔」、「迫害」、『社会主義詩集』の弾圧を告発する「神の怒」、「夕陽」や「英雄の碑」の詩が載っている。

さらに花外が編集者となった『評論之評論』には、残されたものだけでも一九編の詩と七編の随筆が掲載されている。随筆「花井お梅」や「木賃宿の一夜」は西川光二郎・小塚空谷と東京の本所業平町に宿を取った際のものであるが、いずれも興味深いものがある。とりわけ藤村操を論じた優れた随筆「無痛無恨の死」（一九〇三年六月発表）と、詩「藤村操子を弔ふの歌」（同年七月発表）とは、同年六月に石井十次が和歌山に来た際に、小笠原誉至夫が和歌山市で開催した岡山孤児院慈善音楽会での、藤村操をテーマにした「文士劇」と関係するものと考えられる。花外は本人役で出演しており、沖野岩三郎、高尾楓蔭や児玉怪骨なども参加していた[59]。この頃、花外の父・精斎は岡山県における石井の社会事業施設で医療活動を行っていたのである。

花外の『社会主義詩集』には、社会主義を謳ったものが一部にあるが、その基調は階級的に劣悪な状態に置かれた貧しい人々に対する心の底からの同情と友愛との歌である。次の花外の「可憐児」は、そうした詩情を謳った詩である。

可憐児

春の水ゆく川岸の
浅緑なる柳かげ
哀れ母子(おやこ)の乞食あり
玉とめづらむ嬰児(みどりご)を
襤褸(つづれ)に被ふ石の上

げに初花のそが如く
あな愛らしの稚子かな
綾や錦に包まらば
世の名門の捨子かと
人や拾はむ、立ち寄りて。

この世の苦をばしるしたる
母のおもわに似もつかで
いとゞ美はしこの顔も
日々につれなき世の為に

天をも怨む目とならむ。

衣は雪と墨にせよ
人に差異のあるべしや
社会主義者の父と称ぶ
カール・マルクスの名によりて
吾は抱かなむ、可憐児よ。

一九〇二年（明治三五）から一九一〇年にかけて、花外は社会主義者で詩人の原霞外（『直言』記者）が編集に従事していた雑誌『成功』へたびたび寄稿していたこともこの時期の特徴である。

なお花外は依然として民権思想にも深い関心をもっており、また自由民権が実現しなかったことを堺の浜寺（現浜寺公園）に残された中江兆民の孤屋に託して歌っている。一九〇三年九月に花外が兆民を追憶するために発表した詩は次のようである。(60)

中江兆民を懐ふ

高師の浜の名にたかき
白砂、青松、浜寺に
吾は来りぬ、夏の朝、
塵の巷を遠ざかり
清き遊びは鶴の如。

涼しき風にあちこちと

松の木の間を踏みゆけば、
淋しく立てる孤屋(ひとつや)は
これぞ東洋ボルテーヤ
吁(ああ)、兆民の住みし跡。

戸は閉ざされて、叩くとて
病みにし君が声やする、
軒端(のきば)の雀悲しげに
歌ふか吾や佇みて
哀慕(あいぼ)の情(おもひ)、口を洩る。

波打際にきたりては、
君がいくたび逍遥に
歩みし姿偲ばれて、
涙流れてほろ〳〵と
砂(いさご)や貝を濕(しめ)したり。

想ふ、独逸の大詩人
ハイネや長く病みにしが
紅恨(うらみ)ぞ残る筆とりぬ、

運命（さだめ）は薄き東西の
去るにのぞみて悵（ちょう）々と
なほ顧（みかえ）れば松の間に
閉し、家ぞ見ゆるなる、
噫（ああ）、君逝きて吾國は
いとゞ淋しき心地する。

一九〇八年（明治四一）四月に、花外は先の随筆「豪筆」（『火柱』第一巻第二号）で中江兆民の思想の意義を次のように捉えていた。

日本のルソーと詠んで、誰れか異議を差し挿む者がある？明治年間民主々義の開祖、親玉として、熱烈なる愛敬と真情を捧げぬ天下青年があるか！否、中江氏は、日本開国以来の詩人、文豪で在った。彼の筆端から、白熱の光明は血の夕立と交々降って、四千万の蒼生は悉く驚異の眼で仰いだ。……

吁、春の行かぬ間に是非に一度、兆民居士の碑を訪ねたい（。脱）数年前泉州浜寺の松林、其処には翁の「一年有半」の躯を横たへられた古家を見舞ひ、白砂の上に熱涙の流れを止めかねたが、近日に必ず亀井戸（ママ）に一基の自然碑を尋ねたい、故郷なる寺院の母の墓前に熱情を感ずる如うに、痩せた我が腕に、翁の碑を抱擁いて春の日の暮れる迄も、一人で側に佇尽すであらう。頃日冷たい自分の胸に血潮が湧出ぬかぎり、朧の月の入る迄も、石と辛抱較べをするであらう。

その数日後に亀戸天神社を訪れて、中江兆民の碑と対面した花外は、随筆「中江兆民翁の碑」の中で兆民を描いている。

吁、東洋のルーソー！日本の民主々義の開祖！自分は絶叫ぶよりも激しい、□黙の情を捧げた。石亦た声あって大なる秘密を返した。暖かい四国の端、土佐に生れた自由の子、此処に華やかな生涯を埋めてゐる。多量血涙と情感、大文章と弁舌、幾坪の土は之を掩ふて、再び現世に発せしめない。南から吹く風も、南海の消息を伝へる風ではない[61]。

さて『社会主義詩集』が発売禁止となった花外の心境はいかなるものであったのであろうか。この感情を歌った花外の詩「迫害」（『社会主義』第七年第二一号、一九〇三年一〇月三日付）を検討しておきたい。

迫害

社会主義詩集発売禁止の翌日朝顔を見て

昨夜、悲憤に寝もやらず
靠（もた）るゝ窓の下白う
朝顔さけり美はしく、
花も自由に開くもの
人の思想の何故に
残忍の手に破（やら）はれし、
噫（ああ）戦場を楽園（その）にかへ
花を咲せん心をば。

朝日を砕き、潮を堰（せ）き、
雲を消すべき術（すべ）あらば
世紀を越えて勃興（おこ）りたる
社会主義をぞ圧しえん、

涙に濕し人々の
蒔きに蒔くなる愛の種子
失せず、滅びず、華開き
平和の世界とはなりぬべし。

これによれば、「戦場を楽園にかへ、華を咲せん心」をもった自由の思想をなぜ「残忍の手」は破ろうとするのかと詠み、「思想の自由」の擁護を詩人の心で歌った作品である。

『花外詩集』（一九〇四年）から、高い評価を得ている「闇中田鼠に告ぐる歌[62]」と「馬上哀吟」とを検討しておく。

闇中田鼠に告ぐる歌

昼来し墓地の側の
畑につきし一筋の
田鼠の跡をとひみれば
夜風は枯れし草吹きて
魂魄さそふ響きあり、

月は欠ぐれどわが胸の
あふるゝばかり悲哀を
泄さんよしもありやとて
梟啼ける森もぬけ
さみしき野路たゞひとり、

終日闇に棲む友よ、
生まれて人の毒の矢に
心の眼傷きし
人ぞ、青葉のそよとだに
聴かずや、あはれ土の下、

人と獣のけじめあれ
同じ非運のわが儔よ、
饑えし鼠の厨にて
板を穿たむそれならで
力の限り掘りしよな、

それも光を見んためか、
頭の上の輝きは
汝に似たる醜しき
衣まとへる農夫の
振りあぐ鍬のひかりなり、

やめよ、益なき企計の
身をば亡ぼすわざぞかし、

吾も幾歳もとめしに
天の恵みもあらざりし
たゞ欺かる幼童（わらべ）のみ、

いかに荒れしよ、冬の野辺
木の葉を家の生物（いきもの）は
霜と嵐に苦しめり、
雪の筵とかはりなば
小鳥や餌に苦しまむ、

さらば安かれ慮（うれい）なし、
造化（かみ）にへだてやあらなくに
人のさだめに一片（ひとひら）の
土塊だにもなき人に
比べば富めり、むぐらもち、

よしや生れて卑しくも、
香もなき泥（ひじ）も饒（ゆたか）なり
貧しき人に一粒の
米も汗なる真珠なり

価なくして得られんや、

人と人との血の塗れ
嫉妬、闘争、わづらひの
塵の地上をおもひみよ、
さても静けき土の中
天上の福にぞしかねども、

都も鄙も腐敗れたり、
悪魔の如くわが息を
なれに吹かなん願くは
族と共に、呪はれし
人住む家の底をほれ、

是れぞ空しき夢ぞかし、
死こそ一切のおはりなれ
汝のすぎし道のごと
人や喘ぎて行く終極は
たゞ一すぢの墳墓のみ、

物影なきを窺ひて
田鼠や穴を出でもせん
人や一たび埋れては
またも見ざらむ現世（うつしよ）を
元の土へと帰るらん、

弱き小さき獣とて
光りはなくもふさはしき
処あたへし神に謝せ、
情も氷る寒き世に
吾れ放たれて恨みあり、

明朝（あす）は勤（いそ）しむ農夫（たづくり）の
来らばこゝにつぶやかむ、
消してかへらめいざゝらば
晴は花咲き照すとも
姿あらはすことなかれ。

ここでは、モグラというほとんど詩題に上らない小動物に託して、下層の人々に対する極めて深い同情と愛情が読み取れるのである。

美声で知られた花外が最も好んで知人の前で朗吟したのは詩壇の評価の殊に高い「馬上哀吟」（『新小説』一九〇三

年八月）である。(63)

馬上哀吟

重き愁の身をのせて
馬の歩みの遅きかな、
桔梗、小萩は咲き乱れ
露にたふるゝ女郎花、
鶉啼くてふ野を過ぎて、
その名も高き信濃なる
浅間の山に来りけり。
こゝ秋風の蕭条と
麓を辿る旅人吹き、
松のみ多しこのあたり。

仰ぎ見すれば、空ぎはに
浅間の山の吐く煙、
鳥は迷はず、木は生ひず、
いきたる物の影も無く
高く聳えて、遠く延ぶ。
山の威霊におのづから
首（こうべ）くだれば、わが袖と

馬の鬣、灰白し
夕陽をよけて進みゆく
まごの笠にも積るかな。

壮なるかな永劫(とことわ)に
天に炎をあぐる山、
小さき胸に火は燃えて
われも天地に怨みあり、
人の思想を圧すなる
世をば焼かむか、憤恨の
火にて燃果えむかおのが身は
寧ろみ山よ、もろ共に
裂けてくだけて冷えんかな、
呪咀(のろい)の世にぞ吾は帰らじ。

この詩は、花外が明治国家の思想弾圧を弾劾している歌である。この憤激を信州の浅間山の噴煙に託し、世を焼かんという情熱を歌っている。花外は終生この詩を愛吟した。このことによって、「思想・表現の自由」は花外の終生叫ぶところであったことが窺えるのである。

ところで『社会主義詩集』の発禁を批判する「同情録」の編纂には「思想・表現の自由」の精神を喚起したい気持ちが花外にあったことを看過してはならない。というのは、「同情録」に寄せた平木白星の「感而即記」に依れば、以下のようである。「児玉花外は余が親友某に書を与へて曰く、『この詩集を禁止する如んば、詩にては国家のことも政治のことも謳へず、詩は洵に狭きものと存候、詩人の筆を縛し口を箝するものにて候』」[64]。従って、花外は『社会主義詩集』を発禁にすることが、詩にとっては国家や政治を謳えなくするものであり、詩を狭小なものとすることであり、かつ「表現の自由」を侵すものであると認識していたのである。

かつて社会主義協会に出入りしていた花外が平民社に同情の精神を有していたことは、一九〇三年（明治三六）一一月一五日付の『週刊　平民新聞』第一号の「同情を寄せられたる諸氏」のコーナーに「（大阪）児玉花外」として紹介されていることでも判明する。花外は、同年一二月末にテキサスで米作に従事し、次いでアムステルダムの第二インターナショナルの大会へ参加するために横浜からアメリカへ向かう片山潜[65]へ社会主義鼓吹の決意をこのように書き送っていた。

拝呈、廿九日愈よ、御渡米之由、御海路恙なく御健康の程を祈り候、御母君を亡ひ玉ひし御不幸なる、二人の御子様の上に殊に優渥なる天福と、人間の情けの多からんことを切に祈り候、吁、……大兄よ、小生は政府、社会、及ひ人間に大怨恨を抱き居り候、幼少より小生は恨み骨髄に徹し居り候、小生は厭世主義を廃して大に健闘の覚悟に候、吁小生よりまた〳〵薄命なる人、世を恨みつゝも何もよく言ひ得ぬ人に代りて小生は大に叫ふ覚悟にて、一生を勇ましく戦ひて討死する覚悟に候、今大兄の御出発に際し、無限の情緒を抱て御送申候、何卒御無事御帰朝を今より祈り候、早々　不宣[66]

しかし、この片山との浅からぬ関係を偲ばせた、花外のこの覚悟は後年まで全うされたのであろうか。

翌一九〇四年一二月三日に花外は平民社の小田頼造（野声）と山口孤剣（義三）の訪問を受けた。彼らの「伝道行商の記」には、「京都へ着いて同志渡辺道雄、児玉花外の諸氏を訪ひ[67]」とある。その夜に花外は小川実也という人物と共に小田と孤剣を訪れて、亡き社会主義詩人・松岡荒村のことを語り合っている。この小川という人物は、加藤時次郎などの直行団の団員の小川美明なのであろうか。花外は、一二月五日に「相変らず二人の探偵に尾行されつゝ市中を行商して歩」いていた小田と孤剣へ餅菓子を与え、二人の活動に連帯する手紙を与えていた。「重ね〳〵の迫害に、君等の宿る所もなき様な次第、昨夕も兄等の悄々たる後影を眺めて、小生の胸中何とも云へぬ無量の感慨湧き来たり候、昨夜は如何遊ばれしか案じをり候、兄等の道中定めて行路難からん、涙を揮って進み玉へ(68)」。

やがて一九〇五年（明治三八）二月の『直言』（加藤時次郎主宰）へ、花外は出獄した西川光二郎を歌った詩「白熊兄に」を発表していた。同年五月には平民社に呼応する火鞭会の賛助者となり、『火鞭』創刊に際して発起人となった。同五月二〇日に開かれた第一回の火鞭会に出席した花外は、「青春血躍る会員諸君の思う存分、意のまゝにやられんことを望みます(69)」と述べ、バーンズ流に、大坂城と共に消えた木村長門守重成を偲んだ詩「英雄の碑」を朗吟した。同年一二月には西川光二郎・山口孤剣らの『光』へ、花外は「ラサールの死顔に(70)」という評価の高い詩を発表している。なお、ラサールはドイツにおける労働運動の指導者で、ある女性との恋愛から決闘で倒れた社会主義者である。

ラサールの死顔に

眠れよ、父よ、安らかに、
涙ぞまじる平民(たみ)の声、
雪の白布に蔽はれて、
国を愛しゝますらをは
花の少女(おとめ)の恋に果つ
ああ死顔の美(うるわ)しき。

栗鼠(りす)と自由の棲むところ
今もドイツの森の寺、
眼は星よ、口は鐘

「吾れ若し死せばいで同志よ
枯骨の中より起てよかし」
雲より濤に響くなり。

再興平民社の『日刊　平民新聞』の後継紙『週刊　社会新聞』第一号（西川光二郎・片山潜が中心、一九〇七年六月二日付）の「同志の消息」のコーナーに花外は登場し、「酒に鬱を遣りて、……」と述べていた。花外は、同〇七年一一月に訳詩集『バイロン詩集』（評伝「バイロンの生涯」と訳詩四〇篇、大学館）を出版する。訳そのものは、ほとんど他の人物の仕事といわれているが、不明である。この訳詩集にはバイロンの自由の精神を称賛する花外の重要な序文がついている。「バイロンは熱烈太陽の如き天才なり。又アルプスの大雪なり。地中海の波濤なり。吁、バイロンの詩は剱なり、旗なり。苦痛の胆滴なり。現今、我が詩壇活気なきこと秋の夕の大墓場の如き時に際し、偉才バイロンの感情と精神に依って、死人の群に光咻の火を投ぜられれば幸なり」[71]。

花外などが中心となって結成された、ほのほ会の『火柱』創刊号（一九〇八年）に花外の「宣言」という詩が巻頭に登場した。その第一連を掲げておきたい。

日本暦、
二千五百六十八年、
吾曹が焼くる若き手に
空前絶後の火の柱、
立てり彫むに「自由」「平等」

これによれば、「日本紀元」という天皇制的問題と「自由」・「平等」とが同居している点には注目しなくてはならない。要するに、ここに現れた「自由」「平等」の概念は天皇制概念と矛盾しないのであろうか。

花外が詩壇の選者となっていた『新声』に発表した彼の「四十二（明治……引用者）年の詩界」（一九〇九年一二月

一日付）に依れば、花外は岩野泡鳴・河井酔茗・相馬御風・北原白秋・加藤介春・人見東明・三木露風・福田夕咲・川路柳虹を評価して、蒲原有明などに期待していた。

この頃における花外の英雄主義は、博覧強記振りを発揮して編まれた一九一〇年（明治四三）発表の『源為朝』によれば、次のように現れている。

正義もなければ、人情もなき世には、唯だ強者となりて、腕白を事とせんのみ。為朝が性格は実に之れを為すに適当したりしなり。而かも、為朝は必ずしも当代の社会主義者にはあらざりしなり。彼れは、当代に於て、破壊の事業を為すべく、自然が生みし腕白児なりしなり。……吾人は曾て思へらく、英国の詩人バイロンは、詩人にして英傑の資を有するものなりと。今や吾人は、為朝の事蹟を探究叙述するに当りて、端なくも思へらく、為朝は英傑にして詩人の資を有するものなりと。見よ、彼れバイロンは、ペンを握るの人にして、希臘の革命軍に投じ、一身を捨てゝ以て英雄の事業となせるに非ずや。又た見よ、わが為朝は、弓を手にするの人にして、至る所に、奔放にして痛絶快絶なるの詩を描けるに非ずや。然り、為朝は実に其の強弓を以て壮美の詩を作れり。是れ其の後世をして、永く彼れを愛慕せしむる所以なり。[72]

花外は、自由奔放な為朝の生き方に英雄主義を認めた。花外によれば、中世における為朝の強弓は、バイロンの進歩的な詩に通じるものであった。このほかにも、一定の天皇崇拝の考えが現れていたことも挙げておく必要がある。後の「御大典奉祝歌」などを勘案すれば、花外には一定の儒教思想が存在したものと考えられる。

その後、たとえば花外の知られざる作品を挙げれば、一九一八年（大正七）の『武侠雑誌』に、花外は「嗚呼秋山中将」や「常陸丸と博多丸」といった詩を発表していく。

一九二〇年に花外が明治大学から依頼されて作詞した草稿（一番から六番）から二、三、五番を紹介しておきたい。花外の原作はその後に西条八十などの修正を受けている。しかし「花外の歌詞は現在歌われているものとは、全く似て非なるものであった[73]」という評価は正しくない。すなわち花外の詩には「権利自由の揺籃／強き力に動かす社会／

学の誇」、「立ちて時代の暁の鐘」、「明治維新の栄担ふ」などの現在の明治大学校歌の基本精神を先駆的に力強く明らかにしているからである。ただし花外の「正義平和を突き出す世界」に現れた「正義平和」は現行校歌にはなく、逆に現行校歌の「独立自治」は花外の原稿にはなかった。

二　権利自由の揺籃は茲にはじまり
　今も尚　強き力に動かす社会
　明治　明治！　学の誇は我等が明治！
三　白雲湧ける駿河台　立ちて時代の暁の鐘
　正義平和を撞き出す世界
　明治　明治！　学の誇は我等が明治！
五　文明の潮開拓の　明治維新の栄担ふ
　更に未来の国家の事業
　明治　明治！　学の誇は我等が明治！

この「白雲なびく駿河台」は時代の進歩を切り開く若人に期待する名歌であり、花外がかつて詩を贈った相馬御風の「都の西北」（早稲田大学校歌）などと共に日本の校歌の中で白眉と称せられるのも当然である。花外には、早稲田の後輩・御風が郷土へ引き籠もった際に歌った詩「塵の中より――相馬御風君へ」がある（本書第七章）。

晩年に至るまで「国は滅んでもバイロンは死なず」と語っていた花外が自らの社会主義の詩について聞かれたときの様子はどのようなものであったのか。同時に、花外は小塚空谷や片山潜について語っていた（一九四一年冬……引用者）。

明治三十年代の社会主義文学の話には、どうしたわけか、彼はふれるのをこのまぬような様子がみえた。話題がこのことにふれるといつも来訪者をこころよくむかえ、率直でこころおきのない対応者であった老詩人は、急に黙りこんでしまうのであった。それも、ただ黙りこんでしまうというふうなものではなかった。彼はぼんやり、なにか考えこむようなふうだったが、ふかい想いにおちこんでゆくかのようにみえた。あるいは、なにかきれぎれに浮かびあがってくるものがあるのであろうか、彼は眼を静かに閉じ、顔を少しもたげるようにしながら、込み上げるかのように見える弱々しい語気で、喉元がかすかにふるえるように動くのであった。……

一九四三年五月のある日のことであった。……私は小塚空谷のことを尋ねた。空谷は「労働世界」の改題された「社会主義」の文芸欄の選者などをしていたその頃の社会主義詩人の一人で、花外の親しい友人であった。

「面白い人でしたよ、ずいぶん貧乏していましたがね」

私は最近みつけることができた十冊ばかりの「社会主義」のことを話し、掲載されている花外のいくつかの詩をつたえた。そして、片山潜のことを尋ねた。

「無骨な人でしたよ、人柄のいいかたでね」

彼は、ぽつりと、そう云った。[74]

晩年の花外をファッショと化したと石川巌が述べているが、「花外存在の理由」いうなれば花外の詩人としての意義は、とりわけ青年期の一八九八年（明治三一）頃から大正中期にかけて、「自由や革命の思想を歌って常に権威に反抗し、弱者に同情し、人生の悲惨事に熱涙を灑いだ若き革命詩人であった[75]」ことにあると考えられる。花外が明治社会主義詩人といわれる所以である。

ただし、これを補うべき点は、花外が大阪や和歌山へ社会主義の影響を多かれ少なかれ与えたこと、大正デモクラシー期に謳った「自由と革命」には、歴史におけるフランス・アメリカの革命の称賛や、とりわけ孫文・黄興などを謳って、中国の民族独立革命に対する期待が織り込められていたことなどである。

五　結びにかえて

これまで児玉花外の詩文をめぐって、花外の学問・行動と、その思想とを検討してきた。近代文学の一人の父であり、社会主義詩人そしてプロレタリア詩人の先駆者としての花外は、弟の星人・平木白星・小塚空谷・吉野臥城・松岡荒村・大塚甲山・山口孤剣・野口雨情を始め、正富汪洋・白鳥省吾・生田春月・三木露風・室生犀星・萩原朔太郎などの詩人たちに多大の影響を与えた。同じように詩を通じて花外は、とりわけ日露戦争前後の生活に苦しんだ庶民たちへ自由・平等・友愛の思想を高めたことも確かなことであろう。ここでは花外の思想と学問・行動とを中心として小括してみたい。

ある程度まで富裕な家庭に育った花外は、同志社中学・仙台の東華学校・札幌農学校・東京専門学校での学問を通じて、思想的にはまず主として自由民権思想を学んだように考えられる。彼の言葉では、中江兆民の影響が大きかったという。札幌農学校では新渡戸稲造から習ったフランス革命や社会主義思想も意味があった。同時に、同志社から札幌農学校時代にかけては、キリスト教の宗教的影響も受けていた。

これらのことは、花外の初期の詩に観られるように虐げられた人や動物に対する心の底からの同情や正義感を与え、また花外の社会主義の詩に「自由」と「民権」の言葉を与え、そして花外の社会主義観にキリスト教の強い理解を生み出したものと考えられる。東京専門学校では坪内逍遥の影響を受け、とりわけバイロンを敬愛するようになり、『早稲田文学』に詩を投稿した。内村鑑三の思想や詩の精神に痛く感動して、彼の主宰する『東京独立雑誌』に多くの詩を寄稿した。一八九八年（明治三一）の「鶏の歌」や一九〇〇年の「不滅の火」などの詩に観られるように、この頃には花外は自由・平等・友愛の共同思想の持ち主であり、同時に社会主義思想にも強く共鳴していた。こうして西川光二郎を中心とした『東京評論』や、片山潜主宰の『労働世界』や『社会主義』誌などに、主に詩や、随筆を発表したのである。

花外は大塩顕彰の歌を作る一九〇三年（明治三六）の直前までには、とりわけ同志と共に大阪において社会主義系の雑誌の編集者となり、また大阪社会主義研究会を組織した。このメンバーを通じて、和歌山の社会主義にも影響を及ぼしている。大塩顕彰歌の作成や、『社会主義詩集』の弾圧後も、平民社や社会主義思想と深い関係をもつ『直言』や『光』に関係して、詩を発表している。この間、平民社に呼応する火鞭会の賛助者となった。また『日刊　平民新聞』の後継紙『週刊　社会新聞』第一号（西川・片山時代）では社会主義者の同志の扱いを受けている。この頃の花外には飲酒の徴候が生じていた。一九〇八年（明治四一）には、花外たちは自由と平等を標榜する『火柱』誌を創刊する。従って大塩顕彰の歌を作成した頃が花外にとって最も思想的・政治的に高揚の時期であった。

さて精神的に最も高まっていた花外は、自らの社会主義的人道主義・正義感から、自らそのように見た地主・資本家の跋扈する世の中にあって悲惨事の渦巻くのを目の当たりにし、幕末において民の困苦を救おうと立ち上がった大塩中斎の義挙に想いを馳せ、中斎の思想を当面する社会問題の解決に二重写しにして顕彰したのである。花外の中斎顕彰の歌は、大塩事件から六六年後のことであるが、場所がずばり大阪ということで人民大衆の胸中に深く入り込むことができたのであろう。世に虐げられし人々や、悲惨な状態にテーマを求め続けて来た詩人の目も挙げなくてはならない。同時に、単に感情や感覚だけではなく、これまで指摘されていないことであるが、とりわけ同志社中学・札幌農学校・東京専門学校などの学問が大塩事件の歴史的背景の理解に資するものであったことが考えられる。

なお『社会主義詩集』の抑圧については、理由が挙げられないままに「大塩中斎先生の霊に告ぐる歌」が忌避に触れたとする説があるが、社会主義の広がりを恐れる官憲にとって、惨状に立ち上がった大塩中斎の義挙を歌った詩集に社会主義の名が冠せられていたことが弾圧の主たる理由となったものと考えられる。

以上の花外に関する分析によれば、一生を通じて花外には社会性やロマンが備わっており、また同情と友愛とに満たされているように思われる。明治三〇年代における花外の社会性やロマン性には時代を先取りする内容が濃厚であったが、後には時代と共に変化していることが読み取れる。また花外の同情と友愛については、主に勤労者、階級的弱者や小動物・昆虫といった弱い生き物を対象とした時代から、後の時代には対象とするものに相違があり、変化を帯びていた。これから、こうした花外の社会性や、ロマン・同情・友愛の推移の具体的な全体像を追究していかなくてはならない。

注

（1）『評論之評論』第五三号（一九〇三年四月二〇日付）。『社会主義』（第七年第一一号、一九〇三年五月三日付、一五〜一六頁）。岡野他家夫編著『児玉花外　社会主義詩集』（日本評論社、一九四九年）七〜一三頁によれば、花外による以下のような詞書がある。「明治卅六年四月六日大阪中之島公会堂に於て開きたる日本最初の社会主義者大会にて即吟したるもの」。なお『社会主義』誌によると、花外には詩の即吟が予定されていた。

当時、花外に続く社会主義詩人の一人・小塚空谷（愛知県海部郡出身）は『労働世界』に「佐倉宗吾」や、『社会主義』誌に「社会講談　大塩平八郎」などを発表していた。なお山田貞光『木下尚江と自由民権運動』（三一書房、一九八七年）二七二頁以下を参照。

一九〇五年（明治三八）一月に発表された西川光二郎「百姓一揆」（服部之総・小西四郎監修『週刊　平民新聞（四）』創元社、一九五八年、二七五〜二七九頁）によれば、大塩平八郎の乱を「チト百姓一揆の中へ入れ難き趣あるも、平八郎飢民の惨を見るに忍びずして乱を起せしものなれば」、と述べている。『大阪平民新聞』にも『平民講談　大塩平八郎』がある。ちなみに、幸田成友『大塩平八郎』が出たのは、一九〇九年である。

本稿で利用した『労働世界』、『社会主義』、『直言』、『光』、『日刊　平民新聞』、『週刊　社会新聞』や『大阪平民新聞』などは労働運動史研究会編の復刻版（明治文献資料刊行会）である。

（2）前掲岡野編著『児玉花外　社会主義詩集』三七〜三九頁。先の『明治文学全集83』にも、ほとんど収められている。

（3）前掲岡野編著『児玉花外　社会主義詩集』六八〜七〇頁。

（4）同上七〇〜七一頁。

（5）同上三〜六頁。この詩の解釈には、たとえば『日本近代文学大系　第五三巻　近代詩集Ｉ』（角川書店、一九七二年）がある。

（6）前掲岡野編著『児玉花外　社会主義詩集』一〇六頁。
（7）同上三頁。
（8）『太陽』一九二一年四月一日付。
（9）野口存彌「社会主義詩人・児玉花外」（『初期社会主義研究』五号、一九九一年）四三頁。
（10）三宅磐は後の『横浜貿易新報』社長兼主筆。たとえば赤塚行男「管野スガと同志の仲」（『神奈川新聞』一九九七年五月二日付）。
（11）児玉花外「豪筆」（『火柱』第一巻二号、一九〇八年四月一五日付）。
（12）松沢弘陽「札幌農学校と明治社会主義」（『北大百年史　通説』一九八〇年）六七頁。なお西川光二郎については、田中英夫『西川光二郎小伝』（みすず書房、一九九〇年）が詳しい。西川は、北海道時代に晩年の石川啄木と交流があった。
（13）『東京独立雑誌』一三号、一八九八年一一月一五日付。キリスト教図書出版部の複刻版。
（14）平木白星「兒玉花外君」（『趣味』五巻一号、一九一〇年三月一日付）七四頁。
（15）吉野については、城戸昇編『吉野臥城評伝的著作略年譜』（吉野臥城研究会、一九九四年）が有益である。最近の研究に、西田朋「郷土の詩人吉野臥城（一、二、三）」（『海棠』七六、七七、七八号、二〇〇四、五、六年、海棠の会〈宮城県角田市銭袋、及川方〉がある。
（16）岡林伸夫「ある明治社会主義者の肖像――山根吾一覚書」（『同志社法学』二四三号、一九九五年、二〇〇頁、後に岡林『ある明治社会主義者の肖像［山根吾一覚書］』不二出版、二〇〇〇年に所収）による。
（17）『第参　明星』一号（一九〇二年）一〇二頁。前掲岡野『児玉花外　社会主義詩集』の「児玉花外略年譜」によれば、花外はこの韻文朗読会の第一回公演に自作詩「断腸」を朗読したとあるが、正しくない。というのは、『第参　明星』六号（同年一一月）に収められた当日の詳しい「韻文朗読会の記」によれば、花外は欠席していたからである。
　文化学院の創立にも参画した石井柏亭の『柏亭自伝』（中央公論美術出版、一九七一年、一〇七頁以下）によれば、韻文朗読会は一九〇四年頃に第二回が開かれ、山本露葉、白木白星、前田翠渓（純孝）などが中心であったという。翠渓（兵庫県出身）は、『明星』を通じて平出修（露花）と、そして相馬御風（共に新潟県出身）と親しい友人であった。なお岡野他家夫は岩野泡鳴が最初から韻文朗読会へ参加したように述べているが、結成直後に参加したというのが正しい。
（18）『新声』（一九〇六年五月一日付）九三頁。
（19）小笠原については、手塚豊「自由民権運動関係小暴動事件拾遺」（『法学研究』四〇巻一号、一九六七年）、武内善信「ユニテリアン社会主義者小笠原誉至夫と南方熊楠」（『キリスト教社会問題研究』三七号、一九八九年）、本書第一部第五章「児玉花外『社会主義詩集』抑圧への『評論之評論』の批判」などを挙げておく。なお南方熊楠については、後藤『南方熊楠の思想と運動』（世界思想社、二〇〇二年）を参照。

和歌山の明治社会主義については、関山直太郎「和歌山における初期社会主義運動」（安藤精一編『紀州史研究2』国書刊行会、一九八七年）などを参照。

(20) 高尾については、武内善信「高尾楓蔭小論——初期社会主義とお伽芝居」（『ヒストリア』一五〇号、一九九六年）や、本書第十章「花外をめぐる紀州の児玉怪骨（充次郎）たち」を参照。

(21)『社会主義』第七年九号（一九〇三年四月七日付）二五頁。大阪社会労働運動史編集委員会編『大阪社会労働運動史（第一巻）戦前編・上』（有斐閣、一九八六年）三二一〜三二二頁を参照。ただし同書が児玉花外たちの大阪社会主義運動を後の大阪平民社の社会主義運動の前史と見る見解には、理由が乏しい。社会主義運動の一貫した潮流があったのである。

(22)『社会主義』（第七年第一〇号、一九〇三年四月、二六頁）。この大阪社会主義者大会などについては、手塚英孝「児玉花外について」（『文学』一七巻二号、一九四九年）も参照した。なお武内善信「一枚の古写真——社会主義大阪大会を巡って」（『初期社会主義研究』六号、不二出版、一九九三年、一一九頁以下）も興味深い。手塚は花外の生まれを岡野他家夫と同様に山口県としているが、京都市上京が正しい。『明治大正文学美術人名辞典』（国書刊行会）、『明治文学全集』（筑摩書房）も誤っていた。

(23)『評論之評論』五三号（一九〇三年四月二〇日付）。

(24) 同誌五七号（一九〇三年六月二〇日付）には、薄田泣菫の詩「笠置落」が掲載されている。

(25) 近年の研究に、安藤重雄「小林天眠とメセナ」（上田博・富村俊造編『与謝野晶子を学ぶ人のために』世界思想社、一九九五年）がある。

(26) 松崎天民「善友悪友珍友奇友」（『中央公論』一九二五年三月）が「酒の児玉花外」として触れている。「忘れ得ぬ友達として、私は児玉花外君を思ひ出すことが多い。詩人としての情熱や、その作品などは問題で無い。素面で居る時は、淋しそうに見えるが、飲めば止めどもなく奔放になって、『おい。こら、松崎……』などと云ふ、あの酒の児玉花外君をわたしは長かるべき将来にも、遂に忘れることが出来ぬであらう。それほど児玉花外の酔態は、私に親しさと懐しさとを、感じさせて居る。相逢はぬこと、思へば六七年にならう」。

天民については、本書第十一章の他、後藤「杉村楚人冠の社会思想と啄木」（紀南文化財研究会『くちくまの』一一七・一一八号、二〇〇〇年、和歌山県田辺市。同誌は『熊野』と変更）・『近代日本の法社会史——平和・人権・友愛』第五章「『時代閉塞』の法社会史——大逆事件をめぐる東京朝日新聞社の松崎天民と石川啄木」（世界思想社、二〇〇三年）、後藤『松崎天民の半生涯と探訪記

――友愛と正義の社会部記者』（和泉書院、二〇〇六年）・監修・各巻解説『松崎天民選集　全一〇巻』（クレス出版、二〇一三年）を参照。

(27)『明星　卯歳』七号（一九〇三年）五五～五六頁。

(28)前掲白柳秀湖「児玉花外氏を語る」八六～八七頁。花外「『新体詩』壇の回顧」（『文章世界』一九一五年八月）によれば、花外は晩翠の『天地有情』などに高い評価を与えていることが判明する。晩翠の花外への弔電が残されている。本書第十二章を参照。

(29)七二号（一九〇四年二月九日付）。

(30)どちらも酒豪であった花外と大町桂月との交流については、本書第九章の他、桂月「蔦温泉籠城記」（『桂月全集』別巻上、復刊、日本図書センター、一九八〇年）、前掲工藤『旗と林檎の国　児玉花外詩集』、前掲島本『明治詩人伝』二九七頁以下、後藤「鉄幹・晶子の法師・星野温泉と桂月の蔦温泉」（和歌山大学学芸学会『学芸』四三号、一九九七年）を参照。

(31)花外には、「綱島梁川の墓に詣づる記」（同『東京印象記』復刻版、大空社、一九九二年）がある。思想・倫理の分野で青年に多くの影響を与えた梁川の思想については、たとえば川並秀雄『石川啄木新研究』（冬樹社、一九七二年）六八頁以下を参照。これによれば、啄木が一九〇五年（明治三八）五月に明星派の前田林外の紹介状をもって綱島梁川の病床を見舞い、詩集『あこがれ』（一九〇四年）を贈呈したこともあった。

(32)片山潜「敬友　児玉花外足下」（「同情録」前掲岡野編著『児玉花外　社会主義詩集』所収、一六二頁）。

(33)同書一五九頁。

(34)笠雨生「迫害」（同書一六五頁）。

(35)同書一六八頁。

(36)服部之総・小西四郎監修『週刊　平民新聞（一）』創元社、一九五三年）二九五頁。

(37)『社会主義』第七年二一号（一九〇三年一〇月三日付）。武内善信「日清戦後における紀北の労働運動と初期社会主義運動――小笠原誉至夫を中心に」（『和歌山地方史研究』一五、一九八八年）四七頁に指摘がある。

(38)『評論之評論』五五号（一九〇三年五月二〇日付）。

(39)前掲服部・小西監修『週刊平民新聞（二）』（一九五四年）三一頁。

(40)『評論之評論』八一号（一九〇四年六月二一日付）。

(41)室生犀星「先生」（『薔薇の羹』八二号、改造社、一九三六年）八二～八三頁。

(42)さしあたり、前掲谷林博『児玉花外その詩と人生』二四一～二四二頁。

(43) 前掲室生「人物と印象　十六、児玉花外氏」三二九頁。なお岩手出身の富田砕花は、佐渡出身の土田杏村の「自由大学へ」によれば、一九二五年頃に自由大学の「文学概論」の講師を予定されていた。佐々木敏二「土田杏村と自由大学――恒藤恭、山本宣治との関係を中心に」（『立命館大学人文科学研究所紀要』六五号）一一二～一一三頁。
(44) 児玉花外「『独立雑誌』と『火柱』」（下の一）」（『読売新聞』一九一八年八月三〇日付）。
(45) 『中学世界』第一六巻一三号（一九一三年一〇月一日付）一四三～一五六頁。
(46) 『ハガキ文学』第四巻一二号（一九〇七年一一月一日付）三一頁。
(47) 尾崎宏次編『秋田雨雀日記Ⅱ』（未来社、一九六五年）四〇〇頁。
　最近、秋田雨雀の新資料を発掘したことがあった。後藤「［復刻］秋田雨雀『津軽の湯宿』について」（『月刊　部落問題』二六四号、一九九八年）。一九一四年（大正三）頃における雨雀の、庶民の生活や文化が戦争によって失われてはならないという非戦思想を窺うことができる。なお秋田雨雀の石川啄木研究についての新しい考察として、後藤「秋田雨雀の啄木研究の意義」（和歌山大学教育学部『学芸』五四号、二〇〇八年）がある。
(48) 白鳥省吾「児玉花外氏に就いて」（前掲『明治文学研究』一巻七号）九一頁。
(49) 渡辺信勝『不二美　巻二』（大見山上行院内、一九七六年）三二四、三四七頁。花外の最晩年の状況については、岡田道一・田中野狐禅「古老芸術家慰問の会（第一回）――児玉花外翁と伊藤銀月翁と」（『書物展望』一九四三年一一月）などがある。田中は花外を詩聖と呼んでいる。なお銀月（現秋田県由利本荘市亀田出身）には、「枯川と秋水」（前掲服部・小西監修『週刊　平民新聞』（一）』二四～二五頁）がある。銀月は、花外を尊敬する自由派の詩友であった。
　東京板橋の宗仙寺で行われた花外の告別式には、友人代表の河井酔茗が弔詩を捧げている。酔茗の弔詩には、花外が「暗夜墓畔を走る一匹の田鼠にも／運命の悲しさを感じ」たと謳っており、花外の詩「闇中田鼠に告ぐる歌」を評価していたことが看取される。文学報国会会長の徳富蘇峰の弔文、土井晩翠の弔辞が残されている。花外の法名は霊山院超脱日靖居士、詩碑を兼ねた墓は現静岡県伊豆市中伊豆町の日蓮宗上行院にある。なお山口県長門市の大寧寺には上行院の墓の土を一部持ち帰って作った花外の墓がある。
(50) 柳田泉「社会主義文学の勃興と展開」（『明治大正文学研究』一五号、一九五五年）二八～三〇頁。
(51) 花外「『新体詩』壇の回顧」（『文章世界』一九一五年八月一日付）六〇頁。
(52) 大塚甲山遺稿集編纂委員会編『大塚甲山遺稿集　第一巻　詩集「蛇蛻」』（青森上北町文化協会、一九九九年）一八二頁。
　『明星』にも登場していた大塚甲山（現青森県東北町上北町出身）は、『新潮』（一九〇四＝明治三七年一一月号）に、「不平詩人児玉花外先生の後釜としては、劣らずと雖も遠蛙」、と評価されていた。きしだみつお（小倉三生）『評伝　大塚甲山』（未来社、一九九〇年）一四六頁。きしだみつお「詩人大塚甲山研究（1）――『鴎外日記』に現れた奈良農夫也の生涯　甲山と花外との接点を探る」（前掲『初期社会主義研究』一一号、一九九八年）も参照。

(53) 花外「雅号の由来」（『時事新報』一九一三年一〇月八日付）。

(54) 『文章世界』一九一六年五月一日付、三二一頁。

(55) 前掲岡野編『児玉花外　社会主義詩集』二〇六頁。

(56) 児玉花外「『独立雑誌』と『火柱』」（上）（中）」（『読売新聞』一九一八年八月二七、二八日付）。

(57) 『東京独立雑誌』の花外の詩「不滅の火」は、後の『明星』や前掲岡野『児玉花外　社会主義詩集』のものとは内容がいくつか異なる点がある。花外にも推敲の努力があったのである。なお、鈴木千代志・松沢弘陽「『東京独立雑誌』の青年群像」（『内村鑑三全集』月報6　第七巻、岩波書店、一九八一年）を参照。

与謝野鉄幹は一九〇三年一〇月号の『明星』にも林田春潮（当時中央公論記者、美術評論家）「文芸の奇遇――詩は社会主義を歌ふによりて累せらるべきか」を載せている。また、大逆事件の犠牲者となっていた紀南の崎久保聖一の妹が新宮の牧師・沖野岩三郎に弁護人を依頼するが、鉄幹は一九一〇年にそのための弁護士として平出修を紹介する。さらに鉄幹は、平出に対して『明星』を支えていた森鴎外の下で社会主義・アナーキズムの講義を受けるように勧めている。平出は一週間ほどの講義を受けた。これらのことは、鉄幹が大逆事件の犠牲者・大石「誠之助の死」という詩を作ることに引き継がれるものである。後に鉄幹は文化学院でハウスキーパーをする大石誠之助夫人の息子・舒太郎に『明星』主催のデッサン展覧会の受付をしてもらっている。

他方、沖野は大石誠之助の遺族の援助を始め、大逆事件の真相や、医師でもあった大石の良心的な人格などを小説『煉瓦の雨』『宿命』『生を賭として』などに描いていく。野口存彌『沖野岩三郎』（踏青社、一九八九年）に詳細である。

鉄幹夫人の晶子も大逆事件の犠牲者たちを「産屋なるわが枕辺に白く立つ大逆囚の十二の柩」と歌っている。また、大石夫人・エイへ冤罪を仄めかす歌を贈り、大石の娘・鱶について、「紀州のおふかさん」を書き残している。前掲後藤『近代日本の法社会史』第六章「『教育の自由』の法社会史――文化学院の与謝野鉄幹・晶子、西村伊作をめぐって」を参照。

平出が同事件の崎久保と高木顕明（新宮・浄泉寺住職）の私選弁護人を引き受け、その弁論は幸徳秋水や管野スガらに感動を与えている。さらに明星派の石川啄木が平出修の「大逆事件意見書」や、大逆事件の「予審調書」などを学び、大きな思想的展開を果たして行くことは注目すべきことである。なお、関西啄木懇話会編『啄木からの手紙』（和泉書店、一九九二年、一八四頁）で平出を「官選弁護人となり」、と述べているのは誤りである。

(58)前掲岡野編『児玉花外　社会主義詩集』一〇七頁。
(59)前掲武内「高尾楓蔭小論」六四～一六五頁。
(60)『成功』二巻六号、一九〇三年九月一〇日付。同雑誌の編集者に社会主義者で文学者の原霞外がいた。翌年一月には先の『直言』の記者となっている。
(61)『読売新聞』一九〇八年四月一九日付。
(62)前掲『明治文学全集83』三一七～三二〇頁。
(63)同上三二四頁。花外の「闇中田鼠に告ぐる歌」や「馬上哀吟」は彼の「夕陽」、「懐旧」、「中江兆民を懐ふ」、「迫害」や「ラッサールの死顔に」と共に、『社会主義詩集』に含まれてはいない。
(64)前掲岡野編『児玉花外　社会主義詩集』二〇七～二〇八頁。
(65)岡林伸夫「山根吾一と雑誌『社会主義』」(『同志社法学』二四五号、一九九六年)一四六～一四七頁。後に前掲岡林『ある明治社会主義者の肖像』に所収。
(66)『社会主義』第八年三号(一九〇四年二月三日付)一九～二〇頁。
(67)前掲服部・小西監修『週刊　平民新聞(四)』(一九五八年)二一七頁。
(68)同二四三頁。なお山口孤剣については、田中英夫『山口孤剣小伝』(花林書房、二〇〇六年)が詳しい。私にも、「〈新資料〉山口孤剣『自由に大胆にあれ』」(『大阪民衆史研究会報』六六号、一九九九年)がある。
(69)『火鞭』創刊号(一九〇五年九月一〇日付)五二頁。
(70)『光』第一巻二号(一九〇五年一二月五日付)五頁。なお西田長寿「『光』解説」は花外を山口県人としているが、誤りである。
(71)前掲岡野編『児玉花外　社会主義詩集』一一三頁より引用。
(72)児玉花外『源為朝』(箐莪堂書店、一九一一年譲受、同一二月三版発行)一三〇～一三一、一九二頁。
(73)飯澤文夫「明大校歌歌詞の成立――西條八十の自筆原稿を追って」(『明治大学図書館紀要　図書の譜』創刊号、一九九七年)三八頁。
『明治大学六十年史』(一九四〇年)四〇頁以下によれば、一九二〇年五月に、学生の牛尾哲造と武田孟が笹川臨風教授を訪ねて校歌のことを謀り、その紹介状をもって与謝野鉄幹を訪ねたが不在であった。さらに花外を訪ねると、「氏は大いに感激し」て、作詞したのであった。作曲は山田耕筰(後に文化学院教師)に依頼したが、作曲になじまない点があったので花外の了解を得て、西条八十と山田の加筆の末、現在のような明治大学校歌ができたという。なお飯澤文夫「明大校歌歌詞の成立　補論――西條八十補作の裏付け資料」(『明治大学図書館紀要　図書の譜』二号、一九九八年)も参照。

(74) 手塚英孝「晩年の花外」(『新日本文学』一〇巻九号、一九五五年)一五七～一九頁。

(75) 石川巌「老詩人花外翁逝く」(『書物展望』一九四三年一二月)三八七～三八八頁。

第二章　花外の『東京評論』所収の詩文

一　はじめに

児玉花外は、一八九八年（明治三一）一一月以来、内村鑑三主宰の『東京独立雑誌』に精力的に詩文を発表したが、同誌の編集に加わっていた盟友の西川光二郎などが内村と袂を分かち、同誌が廃刊となった後は、西川などと『東京評論』を発刊することとなった。この『東京評論』は一九〇〇年（明治三三）一〇月五日付で創刊号が発行され、一九〇一年四月五日付の第一〇号をもって終刊となる。わずか六か月間の雑誌であった。だが僅か半年の期間に一〇冊を発行したのであるから、随分精力的に編集されたことが判明する。『東京評論』の発行兼印刷人は安彦貞治郎、編輯人は西川光二郎（光次郎）である。ただし全体の編集は西川であるが、詩文については実質的には花外の役割が強かったことと考えられる。

『東京評論』は、花外が詩文について全面的に編集したもので、従って花外の詩情や思考などが率直に出ているという重要性の割りに、管見の限りでは、これまでも研究されることはほとんどなかった。同誌の花外の詩は、わずか一編を除けば、花外の多くの詩集には採られていない。とりわけ花外の随筆は、管見の限りでは、花外の多くの随筆集に全く採られていないのである。

このような意味で、同誌に所収された花外の詩文を、詩に関する二つの評論を除いて、全て紹介して検討をしてみたい。なお二つの評論とは、一つは「鴬ごろも」（『小天地』第一巻第四号）と、高安月郊『夜濤集』とに対するものである。『東京評論』のコーナー［詩林］に発表された花外の詩は二〇編、［同情録］などに発表された花外の随筆は八編である。編集者としては随分精力的に発表していたことである。

本誌に発表された花外の詩文の歴史的な位置づけについて、あらかじめ述べておきたい。従来の調査によれば（昭和女子大近代文学研究室『近代文学研究叢書　五二巻』）、花外は一九〇〇年（明治三三）六月一五日付の『東京独立雑誌』に二つの詩（「雹」、「流」）を発表した以後、次に作品を発表したのは同年一〇月五日付の『東京評論』第一号である。この間、四か月ほどの空白がある。このことは、花外が一八九八年八月に最初の詩を『東京独立雑誌』へ発表して以来、珍しいことである。実は花外の詩が掲載されていた雑誌はほとんどが『東京独立雑誌』であった。『東京独立雑誌』の終刊号は一九〇〇年七月五日付であるが、花外にとって、詩人として身を立てるに際して拠り所となったのは詩「墳墓を撫して」に対する内村鑑三の激賞であったから、花外の苦悩は深かったであろう。

花外が『東京評論』に詩文を発表していた間に、作品を発表できたのは僅かに雑誌『活文壇』（月刊、大学館）と『小天地』（月刊、平尾不孤・薄田泣菫・角田浩々歌客編集、金尾文淵堂）だけであった。なお花外は、一八九八年（明治三一）一〇月に結成された社会主義研究会（初代会長・村井知至、参加者は安部磯雄、片山潜、幸徳秋水など）が一九〇〇年一月に改称されて創立された社会主義協会に係わったとされている。しかし『東京評論』では、花外の詩「紙鳶」に「革命来」や「革命来る時」の言葉が散見されるにすぎないのである。

他方、花外の随筆は、管見の限りでは、この『東京評論』に発表された作品が公のものでは最初である。作品は短いものが多く、やはり特定の感情がほとんどにうかがわれる。しかし、最後の「海に行け」は作者の心境が露に出ており、当時における花外の考えをある程度は推察できるのではないであろうか。多くの作品には同情・友愛といった感情が多く見られるが、花外の初期の随筆『紅噴随筆』（岡村盛花堂、一九一二年一月）や、同『哀花熱花』（春陽堂、同年五月）には『東京評論』のいずれの作品も収められてはいない。本随筆集は花外の初期随筆集であり、その後の花外の随筆集には収められていないが故に、検討する特別の理由があるものと考えられるのである。以下では、『東京評論』に所収される花外の詩文について、すべて復刻すると共に、検討をしておきたい。

二　『東京評論』所収の詩

ここでは、花外の二〇編の詩について検討する。

（一）詩編

1．第一号：一九〇〇年（明治三三）一〇月五日付

①　大工と燕

兒玉花外

人と車と馬かよふ
田舎の街道（みち）の片側に
住むよ大工が朝夕に
鉋（かんな）の屑と埃とに
埋れて妻子（つまこ）はぐゝめり、

濃き紫の美はしく
翼休むるひまもなく
塵に打たれて燕（つばくら）は
おほくの雛を育つなり

大工の軒に巣をくひて、

本詩は、人力車や馬車が通う田舎の街道にある大工の家と、その家の軒に巣を作る燕との関係を詠ったものである。一方の大工は鉋屑と埃の中で妻子を養い、他方の燕はそこに作った巣の中で懸命に雛を育てている。こうした二者の関係の中に、共生関係を感じることができる。大工と燕との慎ましい描写には、家庭に恵まれない花外の願望が現れている。

② 偶　題　　　　同　人

風吼ゆ眞晝窓により
我は外面を眺めけり

虚空を截つて音もせで
無數の木葉飛んで行く

一羽の雀、畑越えて
翔けり過ぎけり高低（たかひく）に

梢ふるはれ澁柿の
一つ残るが落ちんとす

垣根に枯れし牽牛花（あさがお）の

蔓は亂れて騒ぎつゝ

笠傾けて旅人が
途を急ぎて歩み行く

あゝ荒寥のその中に
見えざる神の力あり

秋風の強い日、窓から花外は何げなく外を眺めている。無数の落葉の乱舞、一羽の雀の躍動、まさに落ちんとする渋柿、枯れた朝顔の蔓の萎れた様子、旅行く足速の人の姿、こうした荒涼とした動向の中に、花外は神の力というものを感じるのである。

③　鼠に與ふ　　　　同　人

冷たく寒き、いぶせき部屋に
夜陰に立てる墓の如くに、
食斷つ教徒黙するごとく
愁ひを抱き獨り座りぬ。

畳を鳴らす物の響きに
閉ぢたる眼(まなこ)かすかにあけば
歌をしるせし紙の小片(こぎれ)に

鼠の來たり噛まんと寄れり。

可憐の友よ、破壞の驕兒
大なる晝、小さき吾に
恐れで來にし膽のふとさよ
暗に住む客、ま近く來たれ。

廢れし宮の木偶（もくず）の如く
吾を見てにか、慰むとてか、
寒き汝が巣を蓋はんために
小（ち）さき蒲團を得んがためにか。

餓にえ堪へて潛み入りにし
盜（ぬすび）と知らぬ好き竊盜（ぬすびと）よ、
無益（むやく）よ紙は味もあらじな
人の乞丐（かたい）に花の如くに。

若しも意ありて爲すわざならば
そを曳き行けや歌書きし紙片（かみ）
わが歌わが詩、世に讀まれずも

巣を温めば吾樂まん。

夜冷たい部屋に憂いを抱く詩人は、詩を書いた紙片が鼠に持って行かれるという情況を設定して、譬え自分の詩が読まれずとも、鼠の巣を暖めるとしたら、どんなに楽しかろうと詠ったものである。目立たない小動物との交流、自分の詩は目立たないが、自己の詩に対する密かなる自信を逆に感じさせてくれる。

2．第二号：一九〇〇年一〇月二〇日付

④　籠の雲雀

兒玉花外

行手(ゆくて)は險し浮世路や
都はづれの馬車宿の
軒に釣らるゝ網籠に
雲雀歌へり聲高く

營利に急ぐ商人や
憂愁(かなしみ)もてる旅人も
待つ間(ま)着く時、樂歌聽き
鞭とる男和し謠ふ。

碧(みどり)の空に舞ひ上り
天の讃美の歌者なりし

雲雀よ籠に捕はれて
こゝにて何の曲をなす

廻る車の軋る音
馬の嘶き、人の聲
優しき調を亂せども
歌ふ心の知りがたき。

問はんとせしが悟り得ぬ、
塵みつ暗き世なれども
疲れし人を立たすべく
汝(いなし)にならひ吾も歌はん。

郊外の馬車宿に吊るされた編み籠に捕らえられた雲雀と、詩人を比定した作品である。捕らえられた雲雀の調べに悲しみを感じ、その歌う心を推し計りつつ、雲雀に倣って歌おうとするのである。花外は何物かに捉えられながら、歌っていると意識していたのであろうか。

⑤　山百合　　　　同　人

夕べの山にちらばりて
草より高く咲く百合花(ゆり)の
萎むを見たり、人の子が

運命（さだめ）の前に悲みて
頭垂（こうべ）る、と吾は見し

谷より谷へ鶯が
影はみえねど鳴き渡る
聲は御神（み）の憐みて
弱き心にさゝやくと
耳傾けて吾は聴きゐし

夕べの山に草よりも高く咲く百合の花が萎んでいる。そうした光景に、詩人は厳しい運命の前に頭を垂れる民の子と見て取ったのである。また谷から谷へ鳴き渡る鶯の声は、神が憐れんで弱き心に囁くものと、詩人には感じられるのであった。

3．第四号：一九〇〇年一一月一五日付

⑥　紙鳶あぐる子

兒玉花外

「天道さん〳〵
もつと風吹いてくれ」
紙鳶をかゝへて童（わらんべ）の
空うち仰ぎ叫ぶなり

やがて風吹き來る時
揚げよ童よ糸のべて。

憂ひにとぢ窓に倚り
自由思想をつたへたる
詩巻抱きて詩人(うたびと)は
革命来を歌ふなり

やがて革命きたる時
詩巻手をとき起てよ詩人。

風を欲する凧揚げの子供に寄せて、革命の来ることの願望を優美に歌った詩である。憂いの中で、閉じられた窓に身を寄せつつ、詩人は自由思想を伝え、詩集を抱いて革命の来ることを歌っている。やがて革命が来たときは詩集を持つ手を放して、詩人たちよ起ち上がってほしいと。

⑦　胡弓ひき

宵は賑ふ縁日に
電信柱(ちゅう)の蔭により
十二にたらぬ女(め)の童
歌に合せて胡弓ひく、

前を照らせる煤燈(かんてら)は

七ッの螢あつめたる
ほどの小さき火黙れど
風吹くたびに消えんとす、

空に耀く永劫の
星に光を與へたる
神よ問はなん大なる
店の熾(さか)りの火を守る、

せめて佇む人あらば
裾や袂にさへぎられ
風来んすべもあるものを
顧みもせで人の過ぎ行く。

胡弓の物悲しい音色を響かせているのは十二歳にもならない少女である。その前には、蛍でいえば七匹ほどの明るさの火があるばかりである。このか細い火は風の吹く度に消えると思うほどである。せめて周りに若干の人が佇んであげるならば風を遮るものを、無情にも人々の過ぎ行くことであるよ、と詩人は哀れさと同情を歌っている。

⑧　蛙

書(ふみ)繙く部屋の前にして
半坪ばかり掘られたる
小さき池に何時しかに

一匹（ひとつ）の蛙生まれけり
黙想（しじま）に耽る折〳〵に
頭（かしら）擡げてながむれば
水より金の眼を出し
慰め顔に此方（こち）を見る

夜は美妙（いみじ）き歌よみて
悲しき吾を引きつくる
衾（きん）を被りて泣きし時
夢に入りしも幾宵（いくよさ）か

樂しかりける童にて
一たび吾は田園の
子として聽きし其聲を
都にきくも懐かしや、

筆の穂先の短かくも
汝（いまし）に寄する歌なれり
今われ庭におり立つも

恐れて底に入るなかれ。

詩人の小さな書斎の前の、やはり小さな池に蛙が鳴いている。京都で幼き時に聴いた蛙の声を懐かしく思い出していた。詩人が庭に降りたとしても、蛙よ自分を恐れて、池の底へ飛び込まないでおくれ、という辺りに、小さな蛙との共生の気持ちが表れている。

4．第五号：一九〇〇年一二月一日付

⑨　わが歌

児玉花外

われ逍遥の折〳〵に
登る高地（たかぢ）の麥伸びて
獨り友なる吾杖に
今は少しく丈長し、

仰げば高しあまつ空
天の樂師の如くにて
響く雲雀の歌きけば
卑（ひく）き調（しらべ）のわが歌を愧づ。

逍遥の折に登って行く高地の麦が伸びて、今や詩人の友というべき杖よりも丈は伸びている。天を仰ぐと、天の楽師のような雲雀の声を聴くにつけ、我が歌の卑しき調べを恥じる詩人であった。

⑩　花のなげき

芹田のなかの紅き花
せりの伸るにしたがふて
日陰の身としなりければ、

花はつく〴〵思ふやう
今ひとたびは日の光
見んよしあらば嬉しきに、
その願事（わぎごと）も徒（あだ）なれや
またも光りを浴びん時
独り路邊（みちべ）に捨られん。

芹田の中に咲く紅き花は芹の伸びるにしたがって日陰の身となったので、日の光を観たいとの願いはやがて自身がむしり取られて、路傍に捨てられるという、定めの歌を詠っている。詩人の栄光と悲哀とにからませて、歌っているかのようである。

⑪　芹拾ひ

夕日、影さす野の川に
若き農夫の四五人が
足をば浸けて芹洗ふ

流れの下（しも）に子を負ひし
女房二人穢多町の

童男女むれつゝ芹拾ふ

小濁りして淀みたる
水は新にかはりつゝ
擇りたる屑を載せて行く

夕べの川に農夫たちが芹を洗っていた。その下流に子を背負う女房と、やはり被差別民の子供たちが一緒に芹を洗っている。水は少し濁って、また屑を載せて行くが、その流れは止まることを知らない。花外が詩の中で「穢多町」と述べた例は、管見の限りでは、他に見いだしていない。表現自体には問題があるが、この作品には強い差別感情を見いだすことはできない。

⑫　巖陰の草

波打際の巖陰に
見知らぬ草の生ひゐたり

海吹く風のあたらずも
受けんよしなし日の光

いつかいかなる鳥の來て
種を落して去りにけん

花と光に歌あらむ

鳥の行衛はとはねども
巖の上より見おろせば
萎れし草に涙かゝりぬ

波打ち際の巌陰に健気に生える草に託した作品である。この草は風には当たらずとも、日の光には恵まれている。かつて鳥が種を落としていったのであろうが、巌の上から観ると萎れた草に涙がかかっていたという。この草は花外自身のことではないだろうか。

⑬　雀と阜螽

秋の夕ぐれ監獄の
塀より内へ小猾（こざか）しき
飢ゑし雀の下りにけり、

童に追はれ怒りたる
阜螽（ばった）はツイと飛んで來て
また飛び上り入りにけり

やがて雀は見しかども
氣早き阜螽哀れなり
再び出でず草生ふる土

雀と飛蝗と、監獄とを取り合わせした花外独特のテーマである。秋の夕暮れの監獄へ飢えた雀が入り、また子供に追われた飛蝗も飛び上がって入ったが、雀は出てきたが、飛蝗はどうしたものか、哀れなことになったのである。雀と飛蝗は何を象徴するのだろうか。

5. 第七号：一九〇一年（明治三四）一月一日付

⑭　少女と雀

兒玉花外

貧しき少女（おとめ）米買ひに
三町さきの家に往（い）て
社（やしろ）をぬけて歸りみち

袖に掩ひし風呂敷の
解けて悲しや過ちて
命の米のこぼれけり

人もやあると小走りて
顔赧らめつ立停り
後（あと）見かへれば憎らしや

隙を覗ひ二三羽の
雀の來り啄ばめり

人のみぬ間に幸ありと

優しき心追ひもせず
また過ちて掌をうてば
雀はパッと飛んで行く

貧しき家の少女が米を買っての帰り道、袖に抱えていた米を入れた風呂敷の包みが解けて、米が散らばってしまったという。それを窺っていた雀たちがやってきて啄んだ。心優しい少女は雀を追うことをしないまま、なぜか感動して手を打った処、雀は飛び去ったという。詩人の素直な気持ちが出ている絵画的な作品である。

⑮ 百合花

世を離れたる山里の
里の入り口崕ありて
崕に白百合花咲けり、

横にかゝれる一輪の
花は静けき此里の
門を飾れり朝ゆふべ、

老いも若きも過ぐる時
頭の上にやはらかき
清き香ひをふり灑ぐ、

都の名ある畫工（えだくみ）の
彼のベツレヘムの星の如（ごと）
慕ひ來りて寫しけり。

吾れ曉に光茫の
形は百合の花に似し
一つの星を見出しぬ、

永久（とわ）に煌く星の下
今なほ迷ふ衆生に
あゝ悵（うらみ）として嘆くかな。

遠い山里の里の入り口の崖に、白百合が咲いている。この里の門をいつも飾っている山百合の花はここを通る人たちに柔らかい、清い香りをふりまいている。都の有名な画家はこれを慕って絵を描いたが、詩人は暁にこの山百合の花のような一つの星を見たという。詩人は、きらめく星の下でいまだ迷っている民衆に恨みを感じて、嘆くのである。

⑯　蝶と囚徒

兒玉花外

曠野（の）に働ける二人の囚徒
荊棘（ばら）と鬼薊（あざみ）に渡しかけたる
蜘蛛の網にし小蝶かゝるを
可憐の情（おもい）寄りて破りぬ

飛び去る蝶をながむる二人
何時かふたつの苦魂釋かると
身と身と繋ぐ黒き鐵鎖の
端と端とを持ちつゝ泣きぬ

広野で懲役の労働に従う二人の囚徒がバラとあざみに渡したクモの糸に胡蝶の掛かっているのを見て、可憐の情のあまり、この糸を破って放してやった。飛んで行った蝶を見て、いつか身と身を繋ぐ二つの鉄鎖が解かれるのかと、この黒い塊の端と端とを持って泣いたという。哀れさと同情が汲み取れる佳作である。本詩は花外の『社会主義詩集』に収められた。

6. 第九号：一九〇一年三月五日付

⑰ 孤愴吟

兒玉花外

晴れしは昨日けさ雪となる
空さだめなき、げに冬の日や
あゝ復行くか牛と牛追ひ
足には共に草鞋をつけて
牛は重げに材木の荷車を
見よや輓き行く、誰の大厦の
建築地に急ぐ工女泣かする
鐘なる場から、顔嚴めしき

人居るとこか手綱(つな)をゆるめて
男は唄ふ牛追ひの歌。

風吹く午後に川沿ひの野に
砂の盛られて小丘(こおか)をなせる
上に役人(ひと)あり下に少女等
白手拭(てぬぐい)かぶり紅襷(たすき)をかけて
繊(ほそ)き手に手に篩(ふるい)を振りて
砂をばこせり歌聲高く
寒き畠の農夫の歌に
通ひて響く節も哀れに
花に舞ひたる胡蝶の跡に
袖をふれるよ貧家の娘。

海の彼方の西にあたりて
緑の野邊にふせる羊の
毛色西に似たる人種のありて
金(きん)装の聖經(ふみ)誦(ず)し博愛説けど
帝國主義は名こそよけれ
一朝なれる虎狼の心

男、女の平和の邦に
蠻歌うたふて撃入る英軍
夕暮獨り杜國の事を
思へば書（ふみ）は涙に濡れぬ。

天候の定めなき日、牛が重そうに材木を運んで行くが、工女を泣かせる工場の建築であろうか。川沿いの野で少女たちが手に篩を持って砂をこしている一方、畑では農夫が歌っている。最後には「帝国主義」や「蠻歌うたふて撃入る英軍」が歌われ、厭戦を詠った杜甫の国・中国を想えば、手にする書も涙に濡れると謳った。前年にあたる一九〇〇年（明治三三）の義和団事件を切っ掛けとする八か国連合軍の北京侵入を彷彿とさせている。

なお本詩と同じ題名の別な詩が花外の詩集『ゆく雲』（隆文社、一九〇六年一月）にある。これは、浅間山を主題とする作品である。花外は、この詩集で孤愴吟の作成を一九〇五年三月としている。花外は「孤愴吟」という詩を詩集『ゆく雲』所収の浅間山を詠った作品に限ってしまったのである。

7. 第十号：一九〇一年四月五日付

⑱ 暮　鴉　　兒玉花外

夕燒紅し西の空
岡に登りて見渡せば
彼方の森の上にして
千羽の鴉むれて舞ふ、

沈める心何時しかに
翔り行きけり脱けいで、
天津み國に遊ぶ如
静けく舞ひぬ環につれて、

光をおさめ日はいりぬ
鴉は森に隠れつゝ
獨り淋しく遅々として
心は再び胸の中に。

夕焼けの西の空の彼方、森の上に沢山の鳥が群れをなして飛んでいる。花外の友人・平福百穂の夜の名画（たとえば「杜鵑夜」一九二九年）を思い出させる光景である。詩人はこの鳥の群れを見て、天国に遊ぶような気分に浸った。やがて陽が沈み、鳥が森に隠れてしまうと、その自由な気分が消えて、心はいつもの胸の内にあるものへと変わっていく。本詩は、『花外詩集　附同情録』（赤尾文淵堂、一九〇四年二月）に採録されている。

⑲　偶吟　　　　同

田面にさせる日の光
霜の消ゑたる後にして
野道の辺に佇めば
影に驚く野鼠の
迷へる姿みゑなくに

黒く瘠せたる土の上(へ)に
蒔かれし種を見たりけり。

如何なる種か農夫(たづくり)の
胸の希望(のぞみ)や是ならん。
種の名問はじ鳥ならは
啄ばみ去らん吾はしも
智慧を學ばん農夫の、
疑問(うたがい)胸にをさめつゝ
また立ちて見む春の日に。

日の光が田圃にかかり、霧の消えた野道に野鼠が姿を隠してしまった。黒く痩せた土の上に、詩人は蒔かれた種を見つけた。農民の希望の種である。鳥はその名を問わないであろうけれども、詩人は農夫に疑問を学びたいが、また春の日に見に来たいという。

⑳ 夕暮の雲雀　同

落暉(いりひ)は西山(やま)に沈みたり
名殘の熱に紅かりし
雲は敗亡(ほろぶ)るけしきあり
物悲しげの夕ぐれの
空に雲雀の聲すなり。

春の光に眼を病(うれ)ふ
「詩人の時」のたそがれに
誰(た)ぞや、たのしきその歌は
雲雀か汝(なれ)は野育ちの
空に知られて樂師なれ、

光は消えぬ、薄闇の
帳(とばり)かゝれり温かき
草の棲家にかへれかし
一日(ひとひ)の陰を惜まずも
汝(いまし)に春や長からむ、

天の啓示(さとし)か有情の
言葉は胸に響きたり、
詩人よ歌へ永久(とこしえ)の
春を慕ひて泣かんより
汝(な)が琴とれや人と「自然」に。

落日に泣く雲雀の声は、黄昏の詩人の声と比べれば、音楽家のようである。雲雀には草の棲み家が待っており、来るべき春も遠いであろう。しかし詩人は春を慕って泣くことよりも、人と「自然」との調和を歌うべきであるという。

以上によれば、主に叙情性を歌った詩は①、②、③、④、⑤、⑦、⑧、⑨、⑩、⑪、⑫、⑬、⑭、⑯、⑱、⑲、⑳

である。これに対して、明白に社会性を歌った詩は⑥、⑮、⑰に過ぎない。しかも、この三つの詩には社会主義的な様相を見ることはできない。すなわち、花外は『東京評論』では専ら叙情性を歌い、社会性を歌った詩は一部に過ぎなかったということが明らかとなった。その叙情性の中にも、花外らしいヒューマニズムが多少垣間見せていたことも事実である。

三 『東京評論』における随筆

ここでは花外の八つの随筆について検討してみたい。

1．第一号：一九〇〇年（明治三三）一〇月五日付

① 〔同情録〕二人の孤児

兒玉花外

神樂坂の下で、そう二三年前の事、遇つた二人の孤兒。今に忘れることはできない。人間は固より神の眼から見たら、孤兒同様であらう、其人間の眼から人間を見て、尤も憐れに思はしむるものは、あゝ世に便りない孤兒の身であらう。

物思ひに沈んで、何を見るともなしに歩いてゐると、前に現はれたのは、今いふた二人の孤兒である。揃ひの着物、其縞柄は母親の好みで買つたのであるまい。華族とか金持の娘子供は學校にやるにしても、人間の共進會か展覧會でもあるやうに、綺羅を飾らして人に誇る。貧乏人の子供は又それ相應古いものを繼ぎはぎしても見苦しうないやうに、親は帶が切れて居つても子供に着せるのが、世間の母親の情愛ではあるまいか、けれども、二人の着てゐた着物は、何となく世の中にこの子は眞から世話する人のない、不憫の身の上であるといふ事を表は

す様な風と、しょんぼり淋しげないた〱しい姿と、數十年浮世の荒波にもまれて、温い血をうばひ去られた人の顔に見る様な蒼ざめた顔とて、吾は忽ち孤兒と見てとつた。「お前は孤兒院か……」われは胸も塞がるやうな思がして、先づ切り出した。が、何にもお前といつても、警官が人を呼ぶ場合、叱る場合に用ふる鋭い言葉でなかつたと信じてゐる。全く咄嗟の間適當な言葉がなかつたからで、とはいへ知らず〱にせよ、お前なんて云ふやうなさげすんだ調子が出るのは、孤兒の様な者は世間が一般、輕蔑したる言語を以て取扱ふてゐるからだ。實に斯る薄命者に對して用ふる常語を考へても、實に〱社會の罪だ。社會が賤い者とみくびつて價を付けてゐるからである。日々新聞の上にのぼる溺死、縊死、喉突き又は狂死、さては鐵道往生などは、社會が殺して社會に報告するのである。正直な人が個人から、或は社會から苦しめらるゝ結果は、遂に狂氣に爲るのである。不意に掛けられた言葉に、二人は吃驚(びっくり)したやうな容子で、少時(しばし)可愛らしい眼を吾の方に注いだ。二人は唯「はい……」といつたばかり、頭を垂れてしまつた。恰も山百合が夕日に、萎れてうつぶくやうに、人に涙を受けたことのない二人の頭は、面覗(おもはゆ)げに下へ垂れた。その容子は決して恐怖を抱いて居らぬ氣勢(かはい)が見えた。冷たい氷のやうな小さい胸でも同情の春に逢ふと、流石に血の動いたものか、子供を教育する學校の先生が、心底から出た愛ではなく、唯機械的に、嚴格に、子供を懲らす時、子供が顫へて頭を擧けぬのとはちがつて、體(からだ)のふりが何となく、身の孤兒であるのを恥づる様な、父も母もないのを悲む様な、情けありげの言葉に嬉しくて、嬉しくてたまらぬげな、具合が見えた。東西南北何處の誰か見も知らぬ他人に、優しさうな言葉をかけられて殆んど佇むに堪へぬやうな態度は、どれ程世の中が冷たく此子を取扱つたかがわかる。繼子いぢめしたかゞわかる。微弱なる胸に傷があるのかがわかる。あゝ口に言へないが、軈(やが)て二人が顔をあげた時は、瞼に美しい牽牛花(あさがお)に置くやうな露がたまつて、泣きたさうな顔をしてをつた。つらひ時にも、うれしい時にも、人は泣くもの。人に虐待され、運命に苦められ、さま〲の悲い事があつても慰めも同情もなく、誰れも居らぬ淋しい部屋や、小屋の中や、又は木の蔭などに隱れて、人知れずしく〱泣いて、瞼を腫らしつけてゐる人間は、たま〱喜ばしい事に逅ふと、一時に涙が流出るものである。今迄の心配苦労を忘れて、身もとけるばかりに、感謝に溢れて泣くものである。如何に悲しい烈しい、生涯を送つた人でも、此刹那の歓びは決して永久忘るゝ事はあるまい。此の狂するばかりの時には、誰しも死を願ふであらう。喜ばしい瞬間、微笑して死んだならば、罪人の靈魂(たましい)でも、天國に行くやうに思はれる。二人は既に泣いて居つたのである。自分も泣きたくなつて、生まれ故郷の事や、短い命の首途(かどで)で邂ふた憂き艱難の始めを聞いたり、想ひやらるゝ現在をも尋ねやうと思ふた。けれども、自分は此時、人生の果敢なさを思ふて、晝日中夢の様に歩いて居つた矢先、不意に目の當り見た、その場の悲劇に、胸は掻き亂されるやうになつて、言葉も出ずに、茫然として別れてしまつた。言葉は唯の一言かはしたばかりだけれど、悲みを分けた仲の好い、朋友か別れるように、名残を惜んでむかう一歩、こなた一歩、二歩三歩と、振りかえりながら、姿の見えなくなるまで、見返り別れてしまつた。袖ふり合すも多少の縁、はからず遇つた、今の哀れの物語、懐ひだすも涙の種である。

濠の水は今も碧(みどり)を湛へてかはりはない、朝な夕なに、北に南に橋を渡る人、坂を上がり下る、あ、得意の人、失意の人、道行く人は多いけれど、再び二人の可憐兒には逢はなかつた。

雲となり雨となる、人間の運命、あはれ二人の孤兒の行衛は。

神楽坂の下で出会った二人の孤児に対して、花外が発した「お前は孤児院か」の言葉に自省の念が興った。お前というさげすんだ言葉が出たのは、社会の罪であり、社会が賤い者と見くびって価を付けているからだとしている。二人の子どもは決して恐怖を抱いていないような感じであった。また「情けありげの言葉に嬉しくて、嬉しくてたまらぬげな、具合が見えた」という。一瞬ではあったが、花外と子どもたちの間には心が通じ合うような一時があったのであろう。詩人の心は、同情の気持ちと、不用意な言葉を使った気持ちとの間に揺れていた。

2. 第二号：一九〇〇年一〇月二〇日付

② ［同情録］小石川橋　　花外

　夏の眞盛り、砲兵工廠の瓦がてら〳〵と光つて、立並ぶ烟突が黒煙(くろけむ)を炎天に吐きかけてゐる。數千の職工が、汗びしよりになつて働くは今が最中。人を殺す兇器を蝗のやうに生む機械の油がジリ〳〵と流れて、中は宛然(さながら)地獄の如きであらう。カン〳〵と響き渡る音と、短命子の蝉が声を限りに鳴くのとか聞える。

　三崎町より右に折れて來ると、小石川橋の上から、四五人の子供に大人が交つて、笑ひ興じ乍ら河の中へ石を投げ込んでゐる。自分は向ふ岸の蔭に一匹の駄馬が、車を重さうにひつぱるのを眺めて、あはれ畜生の因果者よと、恁(こ)う思ひ乍ら橋に近づく途端、不意に眞黒い裸躰漢が、けれども痩せ男が岸から躍り上つた。抑(そ)もこれが話の主人公――人生の破産者なので拙い自分の筆にうつされる、花も實もない男である。乞食の行水だと一人が叫ぶと、車夫の仲間がスハと礫を拾ふた、石は雨の如く降つた。裸躰(はだか)は着物をきる隙もないので、小脇にかひこんで其儘□げ出す、子供らは鬨(とき)をつくつて追撃する。蝉を捕る竿が恰度(ちょうど)槍のやうに見えて、敗北した敵を笑ふ声は彼等の凱歌であつた。足を停めた道行く人――倶に弱き人間の子、誇るは少時(しばし)、愁ひは長き運命を持てゐながら、誰か憫れと思ふたらう、只鳴くものは松の樹の寄客！例の悲しい蝉先生であつた。

　嗟吁さま〳〵なのは浮世の冩眞、立揚る黒い烟は職工等の熱い、苦しい、切ない息ではあるまいか。日暮になると魂のかへつた枯骨の群が、小躍りして地獄の門を出て行く。これが不便(ふびん)な勞働者――手にとまるものならば、玉の汗の一滴(ひとしずく)でも、世の金持共に見せてやりたい……ならば乞食の椀に載せて……。さて其前には夏も知らずの晝遊び、餓ゑた鴉が家根(屋)で鳴かう富士見楼では、浴衣の紳士が河風涼しと麥酒に酔ふて居る。又その下には泥船が通る。板底の小さい房(へや)には、数人の子供が蒸されて――親は日に晒されて――これも同じく人なのだ。

　欄干に倚りかゝつて、流るゝ水に問ふたならば、我らは人間に呼ばれる約束はもたぬ、行くべき處に急いで――併し満足して、行くと答へるであらう。

砲兵工廠の煙突から黒煙が炎天へ吐きかけている夏の小石川橋の上から見ると、行水をしていた一人の乞食へ人力車夫の仲間が石を投げ、子どもらが追撃していた。それを哀れと見る者は蝉の他にはいないようである。詩人は黒煙に職工たちの熱い苦しい切ない息を見る。日暮れには労働者たちが地獄の門を出て行くが、その門前の富士見楼では昼から紳士がビールに酔っている。川には泥船が通るが、板底には数人の子どもが蒸されている。流れる水に問うた処で、ただ満足げに流れるばかりである。詩人は、文明社会における諸階級・諸階層の人たちの存在の在り方を淡々と描いているばかりである。

3. 第三号：一九〇〇年一一月三日付

③［同情録］泣き小僧

花外

山河美はしい吾が故郷で、これは見た話なので――自分は塵埃(ほこり)多き街を歩ゐて居ると、道傍の溝板の上に小僧が泣いてゐた。見れば少ッぽけな瘠せた小僧で、奉公してから未だ間もあるまいと思はれた。側には此者の荷物でもあらう風呂敷包を置いて、恨めしさうに涙の目で、夫れをながめては泣いて居る。半ば好奇心にかられた人達は、眼を怪しく光らせ乍ら見物してゐた。若しも其内の一人が、可哀想なは此子でござい親の因果が此子に報い……代は見てのお戻り……とでも叫んだなら、これぞホンの體裁(てい)の好い興業物(みせもの)であつた。遊戯(あそび)を止めた子供らは、首を傾けて邪(つみ)のない眼で覗込み。守歌をやめた子守(こもり)女は、背の兒に肩を一搖りゆすつて、指で教へて見せてゐる。自分は小僧を泣かせるのは、風呂敷包――餘り大きくはなかつたが、必ずそれだと悟つた。けれども何であらうか、その重さに堪へきれないので、思はず泣き出したとは、誰しも氣が付たであらう。然らば本尊は何であらうか、弟か妹の赤ん坊が死んで、貧乏の悲しさは、それを葬る費用が無いので、人に知れない處に捨て、來いと、親に吩咐(いいつ)けられたのであらうか？又は可愛がつた忠義者の犬が倒れて、死骸を河の中へ、投げ込みにでも行くのであらうか。扨は賣りに行く商品でゞもあるのか、人の心を陰鬱に導く日の沒り時といひ、自分には不思議でならなかつた。が、一人の発言で、奇躰な包物を解く事となつた。けれども、主命大事と正直な頭に、一圖に思ひこんでるのだもの、いかで保護せずに置うか。渠は追剥にでも逢つた様に、懸命の力を出して拒んだ。悲みと、恐れと、怒りと、小さい頭腦を亂して、唯泣くばかりであつた。が、魔術師の袋のやうな包は、容赦なく解かれた。驚いた――、それは石であつた、唯の庭石であつた。涕くのも道理、大人でさへも、重さうな石だもの、可弱い肩に負ふて、何町歩むで来たであらうぞ。過酷なは此子の主人――非道な、吝嗇な心とはいへ、餘りの事に、皆々茫然として、面と面とを見合するより外はなかつた。其の垢染みた着物を脱がして見たなら、笞の痕は幾所あつたらうか。常の虐遇が想ひやられて、哀れに堪へなかつた。ところが、世の中には、鬼ばかり棲んではゐない。酸いも甘いもわかつた老人が、車夫に金を渡して、此子を先方まで、石諸共送るやうに命じた。併し小僧はなか〳〵に、乘らうとはしない。正直な頭に、疑惑の念を起して烏鷺々々と迷ふばかり。家の主人に、叱られる叱られると叫んで、復も泣き出したが、車に乘せられた時は、涙に霑ふた目は、夢を見た様で、亦一倍の哀れを増した。吾は今でも、小僧の泣き顔と、情け深い老人の顔と、黒い風呂敷包とを、眼の前に浮かべる事が出來る。

　あゝ人間誰しも、大小の差ひこそあれ運命てふ石を背負ふて、崎嶇たる憂世の路を、辿り行く旅人ではあるまいか。泣いたとて、願つたとて、誰が重たい石と、代つて呉れる人があらうか。只々慈愛ある神に乞へよ、永遠の土を蹈む迄は、罪を悔い、心を清くして、神の前に平伏せよ。然すれば、惱める心に、慰藉と平和を得るであらう。

詩人の故郷・京都での出来事である。重そうな風呂敷を側にして、小僧が泣いていた。心配した者がそれを解くと、ただの庭石であった。詩人は「垢染みた着物を脱がして見たなら、笞の痕は幾所あつたらうか。常の虐遇が想ひやられて、哀れに堪へなかつた」という。一転、花外は人間を誰しも運命という石を背負って行く旅人にたとえている。

誰もこの石を代わって運んでくれる人はいない。ただ神に乞いて、「永遠の土を踏む迄は、罪を悔い、心を清くして、神の前に平伏せよ。然すれば、悩める心に、慰謝と平和を得るであらう」とする。

4．第四号：一九〇〇年一一月一五日付

④［同情録］可憐女

花外

構への大なる、しかし古びた、下宿屋の中庭に、新たに堀(掘)られた井戸がある。

毎朝鶏(とり)が鳴くかなかぬに、太い長い―恰度蛇を繋いだ様な釣瓶縄に縋るのは、小さい女童の手である。

もう鶏(にわとり)は、とつくに鳴いた。けれども、未だ釣瓶の音がしない。

家の内で、女の鋭い、怒鳴る聲が聞えた。二分三分五分――續いて聞えたが、これは宿婦(おかみ)の聲で、頓て家探しでもする音とかはつた。

荒石で縁をとつた井戸の側に、小さい女の下駄が、ちやんと揃ふて並んである。

古参の饒舌(おしゃべり)の、意地の悪い婆の注進で、これが見出された時は、さすが殘酷な――女獅子の様な――油ぎつた、赭ら顔の宿婦の顔が眞蒼になつて、今は家中の騒ぎとなつた。

名譽と金錢とを夢みてゐる書生は、楼上楼下に立並んで居る。皆々愁然たる容子(さま)である。

彼女は盗んだ。實に盗んだ。無論罪人である。けれども何？葉書一枚？金にすれば、富んだ家の部屋の隅に、落ちてあらう大小の銅貨二個……謂はゞ葉書盗人(ぬすびと)である。此の家で虐待される悲しさ、こはさ、つらさを母親に知らす爲に、小兒心に企むだ罪である。

あゝ罪、罪、罪、切なかりし夜の折檻――今は死、死、死、人類は死のやうな清い少女を失つた。

毎朝の鐘の音と並んで、少女が引く釣瓶の音がしない。しばらくして発見されたのは、この井戸の側に小女の小さな

下駄が揃えて並んでいたことである。これを知って、さすが残酷な女主人の顔が真っ青になったという。少女はこの家で虐待される悲しさ、怖さ、辛さを母親に知らせるために葉書一枚を盗んだのである。夜の切なき折檻の結果が、薄幸の少女を死に至らしめたのだった。花外の悲惨と同情を描いた絵のような作品である。

5. 第五号：一九〇〇年一二月一日付

⑤［同情録］農夫　　花外

つくねんと二階の手摺に、血の冷えた體(からだ)をもたせて、雲の行衛を追ふてゐると、ふと下なる聲が無心の境より墜ちた。聲は板塀の外で、一人の女と、二人の男が立話しをして居る。女は銘酒店か小料理屋の若い女狐らしい、晝の化け方が亦格別。男は慥かに勞働者——砲兵工廠の御通ひ、と、見たは僻目(ひがめ)か、女は甘たるい調子で、蛇のやうな舌を振ふて、頻りと勧誘してゐる。男は、唯もう點頭(うなづ)くばかり、恰度女王の前の臣下、と云ふ様な具合。これが悪魔のつかふ僻聲(こわいろ)、であるとは氣が附かん。日のある間は家根(屋)の下で、窓から見ゆる鴉を羨んで、働いた辛苦の金、貴とい金、夫れを今夜は、深い深い罪悪の洞の中へ投げにゆく——と思ふと、寧ろ憫れに堪へぬ感じがした。併し、互ひの笑ふ聲には、どれ程の面白さ、樂しさが籠るだらうと、想はるゝ位であつた。

道傍に、小百姓とみえる若者が、糞桶の荷車を卸して、それに腰を据ゑて、この有様を、さも不思議さうに、珍しさうに、ケロリとして、而も口を開いて瞻視(なが)めて居る。其の顔付で察すると、自分等はきたない着物を着て、美味(うま)いものも食はず、爾(そう)して人の嫌がる物を扱つて、休む隙も無いのに、都の人の氣樂さ……さも羨しさうに、否寧ろ、憎らしく思ふたかも知れん。

吾れは此時、何事も忘れた。唯斯(こ)う言ひたかつた——正直な田舎漢(いなかびと)よ、君は知つて居るか。紳士とか名のつく醜族が、公金を詐取したり、人類の膏血に舌打ちして、藝妓と戯るゝ宴會夜會。君等の村では、とても見る事の出來ぬ大廣間に、晝を欺くばかりの燭が、一パイに煌くをみたならば、其の驚きは如何ばかりであらう？ 無論、野邊に立つて、清い星の光を眺めてる目に、こんな浮世の榮華の光は見せたくない。けれども、一片の心、君に告げたいばかりである。吾は不平もいはず、何んにも知らず、牛馬の様に働く君を見ては、いと氣の毒に、なさけなく思ふのである。

吾は唯斯（こ）う言ひたかつた。

とある板塀の外で、「若い女狐」が一人の男を盛んに誘うように話している。それをじっと見つめている「小百姓とみえる若者」との状況に対して、花外はこの若者の知らない目映いばかりの背徳の世界があることを見せたくないとする。ただ花外は勤勉な若者に「いと気の毒に、なさけなく思ふ」ことを伝えたいだけであった。

6. 第六号：一九〇〇年一二月一五日付

⑥［譚　苑］酢　壺　　　花　外

世の中に、迷信といふものがある。鶏屋の女房の顔が、日に絞る生物の怨念で、鶏に似てきたなど。牛がものを言ふたり。或は森の中で、巡禮の兒が殺されて、血汐のかゝつた石が、夜な〳〵悲しさうに泣くとか、荒誕なる怪しい話が、さま〴〵に言傳へられる。秋と冬との風が、草木を枯凋さする様に、この冷たい——冥土から吹いて來るやうな——不可思議といふ風が、人間の胸を撫づると、どんな傲慢な惡人でも、一度は必ず、戰慄（みぶるい）をするであらう。自分は思ふてゐる。科學が進んで、學者が權力を握る今日、まだ無稽の説が、老若男女の、信仰を惹いてゐるのは、人間は血肉と、骨ばかりではなく、燒いたならば、灰のほかに、何ものかゞ殘るであらうと、云ふ事にもなるだらうし。暗きに居る良心——罪の眞暗い底の方で、何かを聞きつけて啼く……小さい虫の様に悶ゆる……良心を苦しめる声と、とればとらるゝ怪説の、一つを自分は話さう。

浮世は、酢屋の跡で、間口の廣い――古びた家があつた。が、誰しも住む者はない。それは其の筈、化物屋敷の名は、界隈に隠れないので、女、子供は夜になると、家の前を通らぬ。雀でも、此屋敷の家根（屋）から飛んで來ると、縁起が悪いと云ふて、直ぐ追ふてしまふ。だから、たま〳〵住む人があつても、唯の一晩で、夫れが借家札とかはる。爲に、何時も空家となつてゐた。庭には、梅や山吹が咲くけれど、折りに來る人もない。いや誰が殺されたの、首を縊つたの、いや、酢藏に棲んで居る狸のわざだなど、噂はまち〳〵で、慾の深い地價持が、地面の値が下がるかと頭痛をやむだ位であつた。ところが、茲に面白い話は、世の辛酸を嘗め盡した人が、此家に一人で、住む事となつた。おほかた人の心の恐しさよりか、怪物の方が、少しは優しいと思ふたかもしれぬ。貧乏人の事だから、少しの道具を、それも自身で運んで、移つた其晩の丁度眞夜中――鼠がゴトリともさせぬのに、床の下で、何だかざわ〳〵する様な、囁く様な音が聞えた。さすがに胸は動悸が打つたが、耳欹だてゝ聽いて居ると、だん〳〵その音が大きくなって、近づいて來る様子……よつく聽くと、大勢の人の輕い足音のやうな。と思ふ中に、障子の破れ目、壁の孔から、子供の一群が、躍り乍ら出て來た。躍るばかりではない、歌をも謠ふて來た。疊の上で拍子揃へて、謠ひ乍ら踊る。歌は――スツ、ポ〳〵、こう言ふて踊る。果ては蒲団の上でも、スツ、ポ々々々、盛んに躍つた。が、もう夜の明けるには、間もあるまいと思はれる頃、忙しさうに、我れ一と隠れてしまふ。實に不思議でならない。これが二晩も三晩もで、毎晩同じ時刻に遊びに來て、同じ時刻に退く。ところで、正直な貧乏先生、妙な事を想ひついた。幾杯かの飯を減じて、古い太鼓を買つて、爾しておどりに來た時に敲いた。すると踊るは〳〵、スツ、ポ々々々、面白さうに調子合して、充分に踊つて、矢張り刻限がくると、怪しい子供等は隠れてしまふ。其れがどうも、床の下から來る様に思はれる。で、餘りの不思議に、ある日の事、床下を調べて見ると、一つの酢壺があつた。緊く密閉してあるのを、開けて見ると、驚くまいか……小さい骸骨が入つてをつた。

人の話しでは、此酢屋の主人といふのは、天の罰で、零落した揚句死んで仕終（しも）ふたけれど、金持で、吝嗇（けち）で、酷い男であつたさうだ。察するところ、悲惨の名残……壺に盛らるゝ骸骨は、折檻された――可哀想な――小僧のであらう。

花外にとっては、珍しい怪談話である。誰も怪しんで住むことのない空き家があった。とうとう「世の辛酸を嘗め盡くした人が……一人で、住む事となつた」。「移つた其晩の丁度眞夜中」に、怪しげな音がし始め、「障子の破れ目」などから大勢の子どもたちが飛び出して、踊りや歌を盛んにやるのであった。そんなことが繰り返されたが、住人の男はそれがやって来るらしい「床下を調べて見ると、一つの酢壺があつた」。それを何とか空けて見ると、「小さい骸骨が入つてをつた」という。

花外は、この骸骨を「金持で、吝嗇（けち）で、酷い」酢屋の主人が折檻した可哀想な小僧のであろうと、結んでいる。そこに花外のヒューマニズムが底流している。印象深く、また忘れ難い作品である。

7．第八号：一九〇一年（明治三四）二月五日付

⑦自殺したる囚徒　　花外

野に植付けられた一帶の稲が、油となつて流れ様と思はるゝ夏の極熱。看守に引率された囚徒共が、童子に追はるゝ蝗のやうに、最も強壮なる農夫でも、泣かせると云ふ汗を垂らして、嚴命の下に働いて居つた。其内の一人の囚徒――夏痩でもあるのか、イヤ、夏痩と云ふ様な、上品な優しい病は、此の社會には流行（はや）らない。顔の色は草よりも蒼く、肉は落ち骨ばかりなのが、餘り咽喉が渇いて苦しいので一杯の冷水……蝸牛の殻に満てる程の水でも、飲みたいと願つた。が、小川の水は、其處には流れない。よし天國を流るゝやうな―清い澄きつた水が、美妙の音樂のやうな、音を立てゝ流れてをつても、自由に飲むことは出來ない。畜生と、人間界でいやしめらるゝ―あの馬さへ、草が喰いたかつたり、水が飲みたかつたりすると、どんな苛酷な、情け知らずの馬士（まご）でも、緑りの草地や、水邊に導くではないか。けれども、囚人には許されない。凡ての欲望は、暗黒裏の人には、一切

無用であるのだ。此時の囚人の思ひ……水ある方にあくがるゝ念力——宛然蝴蝶が、小川の水面に、ひら〱と下る様に、魂は霎時、苦しむ形態を残して、狂蝶の如く、水に行つたであらう。實に、鬼の様な看守が與へる——短い短い休憩の時間のほかには、自分の手足も、自身のものでない。だから、仕方がない、絶躰絶命!!咽喉がヒリツク、躰躯は焦げる、男泣きに、泣く涙が、凹い目に沸えかへる。慣れなる囚徒は、看守が他面を視る隙を、野鼠のように窺つて、イヤ恐怖をも忘れて、地獄にある溜りとでも云はふか、濁つてゐる—黒ずんだ泥水が、丁度足下に、非運悪運!うねつて在るのを、亡者の様に痩せ細つた兩手を伸して、一掬ひ、……グイイと、呑み干した。嗚呼、此時の相貌!有名な地獄の圖を描いた—畫伯の筆でも、寫す事は出來まい。讀者よ何と、慣れの話ではないか。夫れから夜になつて、腹痛を覺えた。次第〱に度が増して、烈しさが嵩じた。劇しい勞働の裡にも、一ト月二月と堪へたが、人の子が受くる、最も激甚の煩悶后、世を怨み、人を恨み、天をも咀ふて、遂に、あゝ遂に、自殺して果てた。靈魂までも殺して仕終つた。罪悪の應報と云ふ人はいへ、吾は此事を聞いて、戰慄ひをすると共に、今は現世になき靈魂に、満腔の同情を表する。冷たい躯を、監獄の中に、哀れや横たへてから、醫者達は、餘り不思議の、未聞の病症であつたから、解剖に付すると、慘又慘……、幾何百と知れぬ虫が、蛆の如く棲んで居つた。

玉花外

灼熱の野外での囚人労働者が喉の渇きに耐え兼ねて、看守の目を盗んで、黒ずんだ泥水を飲み、後に激しい腹痛に耐え切れず、自殺した話である。決まった時間以外には休息が与えられない囚人の置かれた苛酷な状況をリアルに描いた作品である。

8. 第十号：一九〇一年四月五日付

⑧［感想録］海に行け

人の一生は旅に譬へられてある。空には鳥が飛び樂歌を謠ふ、樹に美しき花が咲く。けれども天に向ふ眼は少ないのである。土より作られた人だから、眼も心も土にあるのは道理でもあらう。自然の眺めは美はしいのに、平和の徽號は輝いてあるのに、人間獨り頭を低れ、胸を抑へて、地の上を西に東に北に南に踏み廻る。立停る人に安息があるのでもない、走る人に歡喜があるのでもない。悲しき形態を保ちて風に從ふ籾殻の如く、流れに浮かぶ萍の如く、暗き淺瀬を上り下る小魚の如く、さても悲しき旅人の袖ふれ裾ふれ世には多きことよ。一ヶ月前の事であつた。自分は人間の面に飽き果てゝ、一夕巖頭に立ちて親しく波と語らんが爲に、奇岩突兀を以て鳴る紀州沿岸に旅した。旅衣汐風に濕つたけれど、人間の臭い息もかゝらず、塵も觸れず、太洋の莊嚴なる顔は慈父の如く、陸地で苦しめられし幸薄い者に優しく慰めくれた。吾に復活の祭壇であつた。海の氣で育つた鳥は、充分に翼を展して天空に飛揚する鳴く聲を聽けば勇者の歌のやうで、身を苦むる籠もなく、足を繋ぐ紐もない。渺茫たつ蒼海の上に、點々翻る長閑さは、階級も壓制もない自由の民の如くであつた。激浪に浮沈して平然たる鴎の姿！、生死の間に、境遇の變化に、忽ち泣き忽ち笑ひ喜怒哀樂常ならぬ人間の愚かさ憫れさ。歴史といふも畢竟情の發動に過ぎない、野蛮と云も一時、文明と云も一時である。自分は鴎の前に、幾度か面を掩ふたのである。目はあれど蚯蚓の友なる地上の人よ!!土龍の兄弟よ、塵を吸へる長大の動物よ、汝の惰弱心を驅て一度び人なき荒磯の邊に立て。汝は小さき貝よりも、石よりも、はた砂よりも哀れである。蟹は汝よりは聰明である、勇氣があるのである。濱風に吹かるゝ松の形、是は堅忍の跡を示してゐる。否、無限大の海が天を盛つてゐる。汝は霎時にても俗念を離れて、無我無想の境に沒入するであらう。清烈の靈氣に打たれて、太古の人の如く自然と合躰するであらう。人間の皮膚の立像が神の像の如く立つであらう。吁一帶の白砂の上、人を見ねば復讎心もなく、嫉妬心も起らず、名もなく利もなく、淺墓な人と人との戀愛もなく、家族、隣人、村と村、國と國との爭闘を見せらるゝ事もない、聞かせらるゝ事もない。海に行け、海に行け。美はしき陸地は、今や惡魔の支配に歸しつゝある。不義不正の醜草はいや繁つて、人情の微妙なる雛菊は隠れんとしつゝある。胡蝶の如く睦しかれよ、と、神の定めし共同の花園に、紅ゐの花にはあらで、人は血を流しつゝある。黄色白色の人種は男も女も、世界の夕暮には悪魔の奴隷と爲り終るのだ。嘗ては柔順なる子羊を導いた、宗教も今は力がない。著述も頼むに足らない。野に叫ぶ義人はある、其聲悲調を帯べど誠實がないのだ。僞善者は正直な人を迷はす道標であるのだ。海に行け、海に行きて岸打つ波を聽け。而して默思せよ、而して汝の靈性に立歸れ。若し夫れ割れたる貝殼を見、朽ちたる船の半ば埋れて、砂上に横はるを見るならば、時には人生を觀じ來れ。何處の岸よりか流れ寄りたる―香も艶もなき木片を拾ふて、人間の約束されし運命を懷へ。質朴なる色黒き漁夫や、脛露はなる蜑の少女に逢ふても、人間以外の感じがする。小兒心に立戻り爛々たる満天の星を數へなば、汝に百年の思がする。願くば一日の無益なる、企と煩ひの日を海邊に費やせ。際涯のない太洋は、或は高く或は低く永劫の教を宣べて、汝は土地の子、時の子、罪の子たるを忘れる。形式の遵奉者、習慣の順禮者たる事を忘れる。大説教師の前に、汝は平和を得る事が出來る。嗚呼、浮世の海に漂へる者よ、海岸に走りて汝の安息を得よ。

花外は「人間の面に飽き果てゝ」、「紀州沿岸へ旅した」という。海の長閑さには「階級も壓制もない自由の民の如くであつた」。花外は思う、「歴史といふも畢竟情の發動に過ぎない、野蠻と云も一時、文明と云も一時である」という。「人を見ねば復讎心もなく、嫉妬心も起らず、名もなく利もなく、浅墓な人と人との戀愛もなく、家族、隣人、村と村、國と國との爭闘を見せらるゝ事もない」。「美はしき陸地は、今や悪魔の支配に歸しつゝある」。現在は、宗教も著述も頼むに足りない。こうした観念は、花外には小さな底流としていつまでも残っていくのではないであろうか。最後に花外は、海に行けば、「形式の遵奉者、習慣の順禮者たる事を忘れる。大説教者の前に、汝は平和を得る事が出來る」と結んでいる。

以上、花外の八つの随筆を分析してきたが、その内容は主に社会的な弱者について述べた①、②、③、④、⑤、⑥、⑦の随筆と、自然に対して社会関係の反映や人間関係の克服の期待を見ようとする⑧の随筆とに、大別できるように考えられる。①は孤児、②は乞食、③は店の小僧、④は大家の幼い下女、⑤は若い小百姓、⑥は酢屋の小僧、⑦は囚徒の、いずれも悲惨な境遇が描かれている。これらの随筆は、ヒューマニズムを背景に、感情豊かに叙述され、いずれも叙情的・絵画的様相を呈するのは詩人の資質によるのであろう。他方、⑧の随筆では、自然を海と陸地に分け、陸には人々の慣習や煩わしい人間関係があるのに対して、海にはそういったものがなく、自由と平和があると捉えられていた。

四　結びにかえて

これまで『東京評論』所収の花外の詩を検討してきたが、その二〇編中、一七編が叙情性を謳ったものである。従って、『東京評論』における花外の詩は主に叙情性を帯びているのである。ただし、これらの詩には哀れと、同情とが通底して、止まることを知らない。そして花外らしいヒューマニズムも多少紛れていたことも指摘しなくてはならない。なかには⑳の「夕暮の雲雀」のように、自然と人との調和を主題にしているが、やがて花外得意の「雲」のモチーフへと発展する可能性を秘めている。これらの詩とはやや対象的に、社会性を歌った詩は三編に過ぎない。しかも社会主義的な内容は感じられないのである。

他方、『東京評論』所収の花外の八編の随筆は多かれ少なかれ社会的弱者を扱ったものが七編、自然に対する社会的関係の反映と、人間関係の克服の期待を観ようとする一編とに分かれる。前者には社会的な関係が色濃く反映するが、積極的な対応を謳っているのではない。あくまでも社会的境遇の劣悪さや醜さを述べて、その被害者の哀れさや同情を謳っているのである。

『東京評論』（一〇号）には、イギリスのウィリアム・モリス（詩人・美術工芸家・社会主義運動家、一八三四～一八九六年）の次のような言葉が紹介されている。

誠に兄弟等よ、同胞相愛は天国にして、同胞相愛の欠乏は地獄なり。同胞相愛は生命にして、同胞相愛の欠乏は死なり。然れば、汝等が地に於て為す行為は凡て同胞相愛より由来するなるべし。[1]

花外の随筆には、人間関係や慣習の醜さが謳われ、それを海を通じて克服しようとする姿勢がある。海の自由は、花外が新天地を目指して関西へと旅立つ跳躍台となったのではなく、実は花外は一九〇一年（明治三四）二月には京都へ旅だっていたのである。このように花外は、『東京評論』発行の後半には、人間関係に疲れたのか、旅先で人のいない海を絶賛して、そこに真の自由の存在を見いだそうとしていた。だが、これは花外にとって、まだ一時的なことであった。

『東京評論』（九号）の「本社の現況」は花外の消息を次のように報道している。これによれば、同年二月には京都から書簡を送り、さらに豊前中津（現中津市）より同月一八日付で東京評論社ないし同社員宛へ書簡を発信し、大分県の耶馬渓に足を踏み込もうとしていた。

▲花外の西遊『小生は明日より旅に出で申候頭を自然の懐に突き入れて尚ほ心の底を叩き可申候東京に往きたく候へ共足を鞭てば十の指一つ〳〵が泣くを如何にすべきや懐しき諸兄よ小生は西に旅すべく候併し旅行は何日に捗るも圖られず歸り次第御報導可致候』是は花外が二月の初に京都の寓居より寄せたる書信の一節なり、彼れ悲酸なる新愁を洗はんが爲めに、暫らく行雲流水と親まんとて旅に出しが、今は何處の花と笑ひ何處の月と語りてあるやらん、天涯地角杳として消息なし。嗚呼花外！兄は此浮ヮ氣なる社會に處するには餘りに順良なる心根を抱き又た餘りに眞面目に人世を見るが故に世は兄を容れず、兄も亦た世と容る丶能はざるなり、然り兄の心は常に理想を逐ひ兄が情は常に詩美を覓む、兄は此故に悲み此故に哭す。花外！泣けよ人生に泣けよ自然に泣けよ、兄の涙は是れ詩なるにあらずや。兄の泣き兄の歌ふは是れ即ち兄の天を樂む所以にあらずや。余等も兄の爲めに泣き又た兄と共に人生及自然を泣かん。我等は到底世の所謂樂天家のすなる滑かにして熱あるなく囂しくして意味なき輕薄なる笑聲と調を和すること能はざるなり。

斯く書き終わりたる時恰も花外の郵簡に接しぬ、二月十八日豊前中津より來れるもの、中に曰く『旅に日を重ねて當地まで彷徨ひ來り候是より耶馬溪に足を踏入る積に候』云々、よし飽くまで自然の秘中に進み入りて詩美を獲來れ。

やがて再び東京に帰った花外は、神田のキングスレー館において片山潜などによる歓送会を経て、決意を披瀝し、和歌山出身の小笠原誉至夫が主宰する地域社会主義色を帯びた関西の友愛協会機関紙『評論之評論』の編集者となって、大阪へ数年間であるが腰を据えるのである。

注

（1）この言葉は、ウィリアム・モリスが一八八八年（明治二一）に社会主義同盟の機関紙『コモンウィール』に連載した『ジョン・ボールの夢』のなかの言葉である。

アダムが耕し、イヴが紡いでいた時
誰がそのころジェントルマンだったのか

の語句の後に、この言葉が来るのである。

兄弟よ、フェローシップが天国であり、それがなければ地獄だ。フェローシップが生命であり、それがなければ死だ。あなたがたが地上で行う行為は、フェローシップのために行われる。フェローシップのなかに生命がある。それは永久に生き続けるだろう。あなたがた各人は、その一部なのだ。

以上については、名古忠行『ウィリアム・モリス』（研究社、二〇〇四年）一二五〜一二六頁。

第三章　『評論之評論』における花外の未公刊詩文

一　はじめに

一九三六年（昭和一一）七月に「児玉花外氏還暦記念講演会」が東京大学のキリスト教会館で開催された際に、木下尚江は「社会主義詩集の時代」というテーマで講演した。この講演原稿は存在するのであろうか。尚江の講演は、秋田雨雀や柳田泉などによって感激をもって拝聴されていたのである。花外の『社会主義詩集』を始め、『評論之評論』のような新聞や、『東京評論』・『労働世界』・『社会主義』のような雑誌を検討することが困難であるという状況の下で、花外に対する論評を残している日夏耿之介『明治大正詩史』や、島本久恵『明治詩人伝』などは資料的な限界を当然に免れなかったのである。また吉田精一『鑑賞現代詩　明治』（筑摩書房、一九五五年）などの評価の誤りは桑原伸一氏によって指摘されているが、花外に対する従来の評価には訂正されるべき諸点が明らかとなってきた。

この『評論之評論』は、管見の限りでは関西では残っていないようであり、関東でも全て揃ってはいないのである。本書序章における研究史の整理の中で触れたように、詩人児玉花外の作品に対する資料に基づくより正確な評価は、正に世界的な激動期である一九九〇年代以降にこそ客観性が保証される可能性を秘めているものといえるであろう。

さて『評論之評論』に発表された花外の詩や随筆は検討されることがなかった。昭和女子大学近代文学研究室『近代文学研究叢書　第五二巻』（同大学近代文化研究所、一九八一年）や同五三巻（一九八二年）は児玉花外を採り上げているが、この『評論之評論』における花外の作品は全く欠落しているのである。

まず本紙に発表された作品の歴史的位置づけを考えなくてはならない。残された『評論之評論』によれば、花外の詩文が掲載された最も古いものは一九〇三年（明治三六）四月二〇日付の第五三号である。そしてまた花外が発表した最も新しいのは翌一九〇四年三月二二日付の第七五号である。『東京評論』以後、『評論之評論』五三号の間では、これまでの調査によれば（前掲『近代文学研究叢書第五二巻』）、花外の作品が発表されたのは、主に『小天地』、『労働世界』、『新小説』、『成功』や『社会主義』誌などである。『評論之評論』所収の花外の詩文には、社会主義や帝国主義の言葉が散見し、蜂起に係わる表現も若干見受けられるが、その基調が社会主義だということはない。

ただし花外は社会主義協会や平民社に多かれ少なかれ係わったので、これら初期社会主義の動向を覚書風に述べておきたい。社会問題研究会の結成（樽井藤吉・中村太八郎など）は一八九七年（明治三〇）四月、社会主義研究会の結成は翌一八九八年一〇月、これが社会主義協会と改称されるのは一九〇〇年（明治三三）一月である。社会民主党の結成は一九〇一年九月（二日後に禁止弾圧）、花外の『社会主義詩集』が頒布発売禁止となったのは一九〇三年九月一四日（『官報』日付）である。また花外が同志と見なされる平民社の結成は同年一一月、荒畑寒村などの赤旗事件は一九〇八年（明治四一）六月であり、同年に裁判も終了した。さらに大逆事件の最初の検挙から死刑執行の時期が一九一〇年（明治四三）五月から翌一九一一年一月である。

とりわけ一九〇三年四月五、六の両日に大阪で花外も主催者側として開かれた大阪社会主義者大会（官憲によって演説の要綱が筆記され、物々しく警戒された）の夜の演説会で、「大塩中斎先生の霊に告げる歌」を朗吟して痛く民衆を感動させていた花外などは内偵されていたのである。当然に『評論之評論』における花外の文章は当局に注目されていたことは間違いのないところであろう。こうした内偵の延長線上に、『社会主義詩集』の頒布発売禁止という処分と弾圧があったものと考えられる。このような歴史のドラマの中で、本紙に発表された花外の詩と随筆の歴史的な背景は明確となってくる。

『評論之評論』は、一九〇三年（明治三六）一月に大阪で発行されたユニテリアン協会ともいわれた友愛協会の機関紙である。主宰者は和歌山市出身の小笠原誉至夫（旧姓・有地、浅井姓の頃もあった）で、毎月二回発行された（後に月三回）。同年二月に東京神田のキングスレー館で、花外の詩をこよなく愛した片山潜などは盛んな歓送会を開いた。それまでは一九〇二年九月から『やまなし』新聞社で記者及び編集をやっていたのであるが、『評論之評論』での活躍を勘案すれば、編集にも係わっていたものと考えられる。一九〇三年三月頃には『評論之評論』の編集に携わり、すでに述べたように地方の若い社会主義の共鳴者たちと大阪や和歌山で「社会主義研究会」を創設して、大阪や和歌山の社会主義運動に一定の影響を与えたのである。友愛協会は「世界の平和と人類の幸福」を目指すキリスト教的な精神団体であり、その主張は「労働は神聖なり、戦争は非義なり」、である。

なお『評論之評論』に掲載された友愛協会の規則は次のようである。

友愛協会規則

一　友愛協会は世界の平和を保全し人類の幸福を増進せんことを目的とす
一　本会は友愛労働及び黙思を奨励す
一　本会の趣旨に同意し其住所氏名を通知せられたる人は全て会員と称す
一　本会は精神団体にして会員間に権利義務を生ぜず
一　本会の主唱者は本会の進歩及び会員間の交通に関する必要なる諸般の事務を処理す
一　本会の費用は会員随意の寄付金を以て支弁す
一　本会は『評論之評論』を以て機関とす。但し購読は随意たるべし

これまで『評論之評論』の名前の由来についての考証はなかったが、『東京評論』の「海外新潮」にイギリスの雑誌『評論之評論』が紹介されており、これを借用した可能性を指摘しておきたい。『評論之評論』には、花外『社会主義詩集』が出版法第一九条による内務大臣・児玉源太郎による「発売頒布禁止処分」にあった直後に、花外はこの抑圧に批判的・同情的な同志たちの詩文を掲載したのである（本書第十一章）。

残された『評論之評論』によれば、児玉花外の詩は一九〇三年（明治三六）四月二〇日付から翌一九〇四年三月二二日付の間において一九編の作品が存在する。花外の随筆は、一九〇三年五月五日付から同年九月五日付の間において七編の作品が残されている。全ての作品名を掲載順に挙げておきたい。詩は、「大塩中斎先生の霊に告ぐる歌　大阪社会主義演説会で朗吟したるもの」、「蘆に問ふ」、「岡の草」、「我が一家」、「母の墓」、「藤村操子を弔ふの歌」、「流人の舟」、「悶えの人」、「長屋の朝顔」、「朝顔に対して（我が詩集の発売禁止の翌朝）」、「夕陽」、「『長剣短刀』に題す」、「暮鴉」、「山百合」、「歌」、「懐旧」、「風雨水雷」、「鶏鳴」、「泉の辺にて」、である。随筆は、「中斎大塩先生の墓」、「花井お梅」、「無痛無恨の死」、「露人は人道の敵也」、「木賃宿の一夜」、「米国は偽義侠の国也」、「大挙して来れ」である。

これらの作品の中で初出は詩が一三編（？）、随筆は七編全てが新資料である。初出及び新資料の作品名を以下に挙げておく。詩では、「大塩中斎先生の霊に告ぐる歌」、「蘆に問ふ」、「岡の草」、血族の不幸を歌った「母の墓」と「我が一家」、「藤村操子を弔ふの歌」、瀞八丁に寄せて歌った「流人の舟」、「悶えの人」、「歌」、大塩事件を歌った「懐旧」、「風雨水雷」、「鶏鳴」、「泉の辺にて」である。随筆では、「中斎大塩先生の墓」、「花井お梅」、藤村操に寄せた「無痛無恨の死」、「露人は人道の敵也」、「木賃宿の一夜」、「米国は偽義侠の国也」、「大挙して来れ」である。

最も興味深い作品は、大塩事件に係わる二つの詩を始め、藤村操を歌った詩と随筆を始めとして、随筆については花外が大塩中斎の精神に呼応する「中斎大塩先生の墓」、後輩の社会主義者・西川光二郎や、花外に続く社会主義詩人・小塚空谷と下谷万年町を見聞して、本所業平町に同宿した「木賃宿の一夜」、花外のユダヤ人問題に係わるナショナリズム思想を示す「露人は人道の敵也」・「米国は偽義侠の国也」や、樺太のロシア人について述べた「大挙して来れ」などである。

本章では、すでに本書第一章で詩「大塩中斎先生の霊に告ぐる歌」・「夕陽」（同誌六五号、一九〇三年六月二〇日付）・「懐舊」（同誌七二号：一九〇四年二月九日付）と、随筆「中斎大塩先生の墓」の全文を検討したが、なお多少の論及を試みておきたい。なお筆者の関心から、主に随筆が中心となったことをお断りしておく。

二　『評論之評論』における花外の詩

ここに挙げた一九編の詩は、最後の「泉の辺にて」を除いて、ほとんどすべてが七五調の定型詩である。「泉の辺にて」は二連ずつからなる七七調の文語定型詩である。桑原伸一氏の研究「児玉花外と『風月万象』[1]」を参考にして、（A）社会性を強く帯びた詩、（B）詩人の抒情や感動を主観的にうたった詩、とに分類してみると次のようである。

収録詩	分類	掲載誌名	転載詩集
大塩中斎先生の霊に告ぐる歌	A		社会主義詩集（一九〇三年四月） 天風魔帆（一九〇七年一月）
蘆に問ふ	B		
岡の草	A		
母の墓	B		
我が一家	B		
藤村操子を弔ふの歌	B		
流人の舟	B		
悶えの人	A		
長屋の朝顔	A	社会主義（一九〇三年九月）	？
朝顔に対して	A	社会主義（一九〇三年一〇月）	花外詩集（一九〇四年二月）
夕陽	A		花外詩集
『長剣短刀』に題す	A		花外詩集

暮鴉	B	東京評論（一九〇一年四月）	花外詩集
山百合	B	東京評論（一九〇一年一〇月）	
歌	B		
懐旧	A	新小説（一九〇三年四月）	
風雨水雷	B		
鶏鳴	A		
泉の辺にて	B		

これによれば、主に社会性を帯びる詩は七編、主に抒情性を帯びる詩は一二編である。花外の詩では、Aに分類される詩はたとえば「大塩中斎先生の霊に告ぐる歌」などに鮮明に窺われるように抒情性を帯びているのが特徴である。またBに分類されている詩にも例えば「風雨水雷」に「憶（ああ）、洪水や、雨や風／雷を一つにあつめたる／わが身の思、神ぞ知る、／知らぬも惘れ、社会よ人よ」と謳うように、社会面との部分的な関連が認められるのである。なお、花外が大阪に来る前の『やまなし』新聞社時代の詩及び随筆については、桑原伸一氏の研究「児玉花外の新資料[2]」を参照して頂きたい。

まず大塩事件を歌った三つの詩であるが、「大塩中斎先生の霊に告ぐる歌」は一九〇三年（明治三六）九月の花外『社会主義詩集』や一九〇七年（明治四〇）一月に発行された花外の詩集『天風魔帆』（平民書房、東京市本郷区弓町）などに転載されている。また「『長剣短刀』に題す」は『花外詩集』（一九〇四年二月）に転載されているが、その際には「『長剣短刀』序詩」と改められた。この転載の場合に花外は、管見の限りでは、必ず推敲して掲載している。従って初出の作品と後の作品とでは微妙な違いがあるので、留意しなくてはならない。

次に詩「夕陽」（『評論之評論』六五号、一九〇三年六月二〇日付）は、花外が大塩の義挙に思いを馳せて、社会主義思想が燃えた暁には、自分も主義に殉じることを歌った作品である。ちなみに花外の決意はその後全うされたのであろうか。また詩「懐舊」（同紙七二号、一九〇四年二月九日付）は、前半は天神橋の情景を謳い、それの二倍余りからなる後半部分は大塩事件と詩人の落魄とを謳っているという、変則的な構成を採っている。難波の天神橋をめぐる大塩中斎たちの故事に託して、『社会主義詩集』出版抑圧に直面した詩人の心を切々と訴えた作品である。この「懐舊」の初出は『新小説』であったが、その原題は、「天神橋に立ちて」であった。

1．第五三号：一九〇三年（明治三六）四月廿日付

①　蘆に問ふ　　　　　　　　　　花外

月影うつる湖の
ほとりに立ちぬ、あやしくも
胸に湧きづる悲みを
歌へば蘆のわなゝけり。
蘆よ問はなん、霜白き
土に夜な〳〵水掻を
つけて啼くなる水禽(とり)と
いづれ哀しき、わが歌の。

この詩では、風にそよぐ蘆に、「霜白き土に夜な〳〵」啼く水禽と、自分の歌のいずれが哀しいか問うているもので、花外の歌がどうしても哀しみを伴わざるを得ないことが謳われている。

2．第五四号：一九〇三年五月五日付

②　岡の草　　　　　　　　　　花外

町のはづれに佇立みて
眼放てば遠方の
眺望に吾は飽きしかな
されども前に魔の如く
小高き岡に草伸びて
今は吾目を遮ぎりぬ、
花美はしく咲きしかど。

疲れし心やすまする
場所隠し、草にわれ
恨みのなきにあらねども
焼かず刈らずも自づから
日を経ば萎れ枯れ果て、
緑の幕の曳かれなば
復も景色を立ちて見ん。

世に罪草の繁くして
理想の國の見えずとて
嘆くな弱き吾が心、
やがて時たち時移り

幾多義人の流したる
血潮の價（あたい）あらはれて
世に永遠（とこしえ）の春や開けん。

この詩は、生えては枯れ、また生え茂る岡の草を眼の前にして、自らの理想の国が見えず弱い心にもなるが、しかし時が経ち、「幾多義人の流したる血潮の價」が現れて、やがて世界には「永遠の春」が開けてくるであろうと、謳っている。

③　母の墓

秋に迷へる蝶〳〵の
翼に似たるわが思ひ、
人に縁（えにし）のいと薄う
唐紅の血や春の
泉の如き胸よりも
母の冷たき墳墓（おくつき）の
胸に飛ぶなり、あくがれて。

ある夜遙けき故郷（ふるさと）に
向けるさみしき窓に凭（よ）り
思ひの囁（ささや）き聞ゆなり
星の囁き聞ゆなり
「墓に生命（いのち）の色彩（いろ）なき、

冬の石床(どこ)たづぬ子よ
汝(いまし)の母や天(あめ)の園」

露のまなこに、母の目の
如き星をばながめつ、、
「悲しや吾ぞ人なるを
光り輝やく天(あま)つ空
心かよはすよしあらじ、
罪のわが靈魂(たま)世を去るも
母ます國にいりて逢ふべき」

花外が五歳のときに若くして亡くなった母への思慕を、遥かな母の墓へ向かって、切々と謳った歌である。母への哀惜の情が好く現れており、罪ある我が霊魂が世を去っても、母のいる国で逢うことができるとの詩情には深い感傷が窺える。

3. 第五七号：一九〇三年六月廿日付

④　我が一家　　　　　　　　兒玉花外

契りはかなき蝶だにも
神の惠みのありときく、
あはれ幸なき吾が家や、
いかなる雲か雨注ぐ

濕(しめ)りがちなる十の袖。

我らに長き冬の夜や、
運命(さだめ)の霜は、髪白き
頭(こうべ)打つなり、紅(くれない)の
小さき頬も凋(しぼ)む見よ、
若きは背(せな)にきびしけれ。

母と姉との墳墓(おくつき)は
霜の冷たさ、いたさをも
感(おぼ)えざらまし、山と寺、
廿(はた)とせ一つ春秋(はるあき)を
泣きし妹(いもと)の新墓(にいばか)も。

涙、涙のわが家(いえ)や
涕(なみだ)と命盡くるとき、
長き悲み、恨みなう
春に入らなむ、天つ國、
會ひて樂しきわが家に。

花外は母や姉、そして妹には全て先立たれてしまった。「春に入らなむ、天つ國／會ひて樂しきわが家に」という結びは、そうした物悲しさを象徴的に表している。花外の父・精斎が長門から京都へ出て五人の子供を儲けたが、花外には同腹の姉・千代、異腹の妹・千鶴江があった。千代は明治二〇年代に、千鶴江も養家に馴染めずに死去してしまう(3)。

ちなみに異腹の弟・精造（星人）も花外に続く社会主義詩人となるが、この詩が発表された数年後には渡米して、彼の地で没する。また同腹の弟・伝作は同志社に学んだ後に、西陣織の図案家となるが、父に一年先立って明治四〇年代の初めに亡くなるのであった。

4. 第五八号：一九〇三年七月五日付

⑤　藤村操子を弔ふの歌　　児玉花外

み顔も知らぬ、逢ひもせね、
宿世（すくせ）いかなる縁ある
君を慕ひて堪へやらず、
五月雨（さみだれ）空のほと〻ぎす
わが魂夢に鳥となり
日光山に啼き来れば、
華嚴の瀑（たき）は轟々と
谷間に響き物凄し。

頭（こうべ）を垂れて草を藉（し）き、
落つる瀧つ瀬（せ）みあぐれば、

一たび消えし面影の
現はるよしもあらねども
吾が想像の力もて
優しき君がみ姿を
眞白き清き瀧の中、
あらはし出して吾ぞ泣く。

涙をはらひ瀑の上の
茂みのあたり打見れば、
樹をば削りて書したる
彼の「巖頭之感」明かに
暗きが中にきら〳〵と
星の如くに見ゆるかな、
われは腕に木を捲きて
聲をばあげて哭せんか。

十八年の露の命、
君が心は月や水
澄みて入りにし瀑の前、
かこつは吾の迷ひかや

迷ひもよしや、人なるを、
春は花ちり、秋は葉の
深き淵にぞ浮ぶとて、
君や再びかへりこじ。

あゝあゝ遂にかへらねば、
問はず、こたへず、永久（とこしえ）に
瀧よ、烈しく落ちよかし、
雲も動けよ、滿山に
涙の雨を濺（そそ）げかし、
吾は土にぞひれ伏して
夜すがら泣かん、熱涙の
血の紅（くれない）にかはるまで

花外の藤村操に対する哀惜と愛情とを切々と謳ったものである。恐らく花外の多くの詩作にあっても名詩の一つではないかと思う。後に述べる花外の随筆「無痛無恨の死」と併せて、検討されるべきものである。

5. 第六十号：一九〇三年八月五日付

⑥　流人の舟　　　　　兒玉花外

瀞八町の淵いで、
わが舟くだる熊の川、

月をのせ行く雲ならで
塵の身載する船一葉、
早き流れに浮びつゝ。

白沫（みなわ）たばしる船縁に
ついと飛乗る鶺鴒よ、
去（い）ねや、尾を振り歌ふ子よ、
流人の舟ぞ、悲哀（かなしげ）に
憑（つか）れて病める人ぞ我。

荷船、柴船、其のほかに
上り下りの通ひ船、
たゞ我舟に遊ばざれ、
幸ある岸を汝（な）は忘れ
行衛（ゆくえ）も知らずさすらはむ。

自分を流浪の人に譬えて、熊野川上流の瀞八丁の淵を漕ぎ出で、我が乗る船を流人の船と見立てている。悲哀を込め、「幸ある岸を」忘れて、行方を知らぬ舟を謳う感情は、その後の「漂浪の詩人」花外を予言するような詩である。

6．第六一号：一九〇三年八月二十日付

⑦　悶えの人　　　　　　　　　　　　兒玉花外

怜(さと)くやさしき川蝉は
青き水にて魚をうる、
餓ゑて哀しきわが魂(たま)は
何を得るとしなけ(れ)ねども
迷ひて河の岸にあり。

緑の蘆は空に向き、
水は流れて止まねども
共に平和の形(かたち)あり、
蘆にもあらず、水ならず
われは煩悶(もだえ)の人にして。

川面にはカワセミが見事に魚を得るが、飢えた我が魂は何も得るところがない。蘆は空を向き、水は永遠に止まないが、共に平和の形があるという。詩人の魂は蘆にも水にもならぬ悶えのままである。この詩は、詩人の煩悶の様を謳ったものである。

7．第六二号：一九〇三年九月五日付

⑧　長屋の朝顔　　児玉花外

哀れも、人も集めたる
長屋の庭に珍らしや、
誰(た)が栽(う)ゑしとにあらねども

こゝにも降れる白露に
ぬれて朝顔はな咲きぬ。
淋しき庭を照らすごと。

細き生活（くらし）に、ほそき蔓、
はかなき命、もろき花、
老も少（わか）きも朝毎に
重き瞼をよろこばす、
わけて天真（まこと）の乙女子に
姿、心の鏡にて。

噫（ああ）、世の人に告げまほし、
歴史の空に輝かず
香りの名をば残さずも
人を慰さむ花たれよ、
朝（あした）に起ちて夕（ゆうべ）には
死するも美なる命数（いのち）なり。

花外は、長屋の庶民たちに親しまれた朝顔の早急に萎れる花に託して、自らの『社会主義詩集』が忽ち頒布発売禁止になったことを哀しむが、自らの詩が「歴史の空に輝かず／香りの名をば残さずも／人を慰さむ花たれよ」と人類への慰謝となることを願った。

8. 第六四号：一九〇三年十月五日付

⑨ 朝顔に対して

兒玉花外

（わが詩集の発賣禁止の翌朝）

昨夜（ゆうべ）、悲憤に寝もやらず
凭（もた）るゝ窓の下白う
朝顔さけり美はしく、
花も自由に開くもの
人の思想の何ゆえに
残忍の手に裂れたる、
吁（ああ）、戦場を樂園（その）とかへ
花を咲かむ心をば。

朝日を砕き、潮を堰（しおせ）き、
雲も消すべき術（すべ）あらば
世紀を越えて勃興（おこ）りたる
新たの思想壓しえん。
涙に濕（しめ）し人々の
蒔きに蒔くなる愛の種子（たね）
失（う）せず、滅びず、華開き
平和の世界（よ）とはなりぬべし。

本詩は、本書第一章に紹介した「迫害」と基本的に同一の詩であるが、花外の推敲の足跡を示す事例として紹介・検討しておきたい。ここでは、「戦場を楽園と」代えようとする「人の思想」は何ゆえに「残忍の手に裂かれ」るのか。「世紀を越えて勃興」した新しい思想を抑圧できるだろうか。この「愛の種子」はきっと「華開き平和の世界」となることであろう。花外は「自由と平和の思想」の不滅性を歌っている。

9．第六七号：一九〇三年十一月廿日付

⑩「長剣短刀」に題す

兒玉花外

世界の教主耶蘇曰へり
「吾はこの世に劍をば
出さむために來れりと」と、
友よ長劍短刀を
世には出すは何の為め、
君に寄するの希望あり。

右手に正義の劍を把り
左手、眞理の刀握り
世の荊棘を拓くべし、
愛と平和の理想境
進みゆく〳〵血にあらで
流すは君よ涙なり。

この詩は、キリストの言葉に寄せて、両手に剣を握るが、右手の剣は正義の剣であり、左手の剣は真理の剣であるとする。花外は、この詩によって、世界に愛と平和を打ち立てることが理想であると謳っている。

10．第六八号：一九〇三年一二月五日付

⑪ 暮　鴉

兒玉花外

夕焼紅(あか)し西の空
岡に登りて見渡せば
彼方(かなた)の森の上にして
千羽の鴉むれて舞ふ。

沈める心いつしかに
翔(かけ)り行きけり拔けいで、
天津み國に遊ぶ如(ごと)
靜けく舞ひぬ輪につれて。

光ををさめ日はいりぬ
鴉は森に隱れつゝ
獨り淋しく遲々として
心は再び胸の中に。

夕焼けの空にカラスの群れの舞につれて、詩人の心もいつしか天国に遊ぶような心地がした。しかし日が沈んでカラ

スが森に沈むや、やがていつもの寂しい心が胸に沸いてくるのである。花外の寂しい心は、外界と身内に亙って実に深いものがあった。

11．第七〇号：一九〇四年（明治三七）一月十二日付

⑫　山百合　　兒玉花外

夕べの山にちらばりて
草より高く咲く百合花（ゆり）の
萎むを見たり、人の子が
運命（さだめ）の前に悲みて
頭（こうべ）垂るゝ、と吾は見し、

谷より谷へ鶯が
影は見えねど鳴き渡る
聲は御神の憐みて
弱き心にさゝやくと
耳傾けて吾は聽きゐし、

花外は、夕べの山のそこかしこに咲く山百合が萎むのを見るにつけ、人間が過酷な運命の前に頭を垂れるのも同じことだと考える。谷あいの鶯が、恰も神の憐れみを容れるかのように、弱き心にささやくと、詩人はその理想の言葉へじっと耳を傾けるのであった。

12. 第七一号：一九〇四年一月廿六日付

⑬　歌

花外

春が來たとて村外れ、
親の恩みの晴衣着て
羽子(はね)突き遊ぶ女(め)の童、
羽子は舞ふとも歌なくば
樂しき場(にわ)に興(きょう)うすし。

歌ぞ知らずば我歌を
教ふか、されどわが歌は
なべて悲哀(かなし)きふしあるを、
魂(たま)に響かば沈む如(ごと)
羽子は迷ひて落ちぬらむ。

されば、をかしき鄙歌(ひなうた)に
合せて高く突きねかし、
あるは林に鳴く鳥の
歌にまぬるもふさはしや、
翼に似たる羽子なれば。

楽しいときには歌がなければならないという。歌を知らなければ、自分の歌を教えようか。だが、詩人の歌は悲哀を帯びている。羽子板の歌には、高く飛ぶ鳥の歌声が相応しい。どうしても物悲しい花外の歌であった。

13．第七三号：一九〇四年二月廿三日付

⑭　風雨水雷　　兒玉花外

熱氣、冷氣と觸るゝとき
嵐となりて世に荒るゝ、
烈しき長き嘆息（ためいき）の
さらばつゞかば何となる。

緑、波うち行く河の
水嵩（みかさ）まさらば洪水（おおみず）や、
湧きて流るゝ紅涙（こうるい）の
さらばあふれて何となる。

空に水蒸氣（じょうき）の上（のぼ）るとき
雲となりては雨と降る、
これ滿腔に鬱（うつ）す血の
さらば発して何となる。

陰陽（めお）の電氣の逢ひてかの

天地響かす雷(らい)と鳴る、
世に憤怒(おこ)る胸の火の
さらば燃えては何となる。

噫(ああ)、洪水や、雨や風
雷を一つにあつめたる
わが身の思、神ぞ知る、
知らぬも憫(あわ)れ、社會(よ)よ人よ。

この詩は、風雨水雷が時として激する無限の力に、自分の詩想を込めたものである。詩人の『社会主義詩集』が内務大臣の「頒布発売禁止」の処置によって世に現れなかった痛恨の激烈な詩想を謳ったものと考えられる。自然・抒情・思想の調和のとれた印象の強い詩である。

14．第七四号：一九〇四年三月八日付

⑮　鶏　鳴　　花外

たのしき夢の消えぬれば
愁は長し暗(やみ)の中(うち)
一番鶏(どり)の鳴きしかど
さても秋夜(あきよ)の明けがたき、
草地(くさぢ)にあらぬ床の上
涙は置きて乾けるに

などてわが世は朝ならぬ。

罪ある人類(ひと)よ醒めよとて
基督、釈迦や、豫言者の
西に東に叫びしが
世界の闇はまだあけじ、
涙を待つを、あゝ義人
聖者續きて聲あげば
早もしののめ光見む。

秋夜に一番鶏が鳴いているが、自分の世はまだ明けることがない。キリスト、釈迦などが東西に叫んだが、「世界の闇はまだ」明けていない。本当の義人が叫び、聖者たちが続けば、東雲に光明を見いだすであろう。この詩は、大塩中斎の顕彰と、『社会主義詩集』の抑圧の問題をモチーフにして構成した詩想を謳い上げたものである。

15. 第七五号：一九〇四年三月廿二日付

⑯　泉の邊にて　　兒玉花外

森の樹(こ)の間に白く光れる
泉に來り今日も立ちたり

ふと吾顔の映るを見れば
あゝ窶(やつ)れたり頬青白う

愁ひ悲しみ夜は悪夢に
泣きつ恨みつげに幾歳(いくとせ)か
憶(おも)ひぞ出づる幼なき時よ
泉に來り遊びもせしが

西に東に燕の如く
春を尋ねて疲れて病みぬ
目に土ぬりて盲(めしい)となりて
枯葉を耳にあつべきものを

血多き胸にはかりさだめし
人の希望や美はしかれど
幼童(わらべ)の手にて掬(むす)びし水の
漏れてはあとに嘆きあるのみ

詩人の感傷的な心境をうら悲しく七七調の定型詩に乗せて謳っている。この非常な寂しさの背景に、血縁の度重なる不幸と、自信作であった『社会主義詩集』の「頒布発売禁止」という国家権力による弾圧があったものと考えられる。

三　『評論之評論』における花外の随筆

　ここでは、花外の七編の随筆の内では、「露人は人道の敵也」、「米国は偽義侠の国也」と「大挙して来れ」は花外の民族観念が披瀝された一連の内容と考えられるので、この三編は順序を変更して、「木賃宿の一夜」の後に紹介・分析しておきたい。この三編はとりわけ初期社会主義思想や運動に熱烈に共感していた「社会主義詩人」の民族主義観念を知ることができる好個の資料である。これらの三つの随筆は、主に朝鮮の植民地争奪を目指す帝国主義戦争としての日露戦争の前夜に執筆された作品であり、こうした意味でロシアやアメリカに対する花外の一定の考えが示されている。また「木賃宿の一夜」は、花外の最下層の人々に対する観念を示すものであり、当時の同地域の報道を織り込んで論じておきたい。

　まず花外「中斎大塩先生の墓」についてであるが、花外は大塩中斎を熱烈に敬愛していた。その詩想は、先駆的な社会主義詩として最も著名な「大塩中斎先生の霊に告ぐる歌」に鮮明である。それと並んで、花外は「中斎大塩先生の墓」なる随筆を発表している。花外の大塩顕彰の思想は本文に明白である。「これによれば、花外は中斎の墓に詣でることによって、胸の血潮が湧き、勇気・気力が備わり、正義・人道・博愛の念が乗り移り、死すべき時のあることを教えられると述べている」。

　なお現在と相違する点について、一、二のことを論究しておきたい。花外が当時詣でた成正寺の大塩一族の墓には「中斎大塩先生墓」の他に、「大塩敬高之墓」と「大塩成余之墓」の二基の墓があったことは重要である。現在は、「中斎大塩先生墓」と「大塩格之助君墓」の二基、及び「大塩成余之墓」と「大塩敬高之墓」を目の当たりにすることができる。ちなみに成正寺の住所は、花外が訪ねた頃は東区東寺町であったが、現在は大阪市北区末広町一丁目七番地である。

「大塩平八郎終焉の地」の碑が、一九九七年九月に大阪市西区靭本町一丁目一八番地に建てられ、同月二七日に盛大に式典が行われたことは、大塩事件研究会『大塩研究』第三九号（一九九八年二月）に詳しい。

1．「花井お梅」（第五五号、一九〇三年五月廿日付）

花井お梅　　花外生

例の江戸兒氣質を以て鳴る二六新報が、花井お梅の血と涙の悲劇ともいはる、入獄仕末より、出獄以后現在の有様を日々記者が同情の涙と義侠の血に筆を染めて紙上に登しつ、あるが、余は之を深き趣味と深き同情を以て読むの一人である。弱き一婦人花井お梅が、一時の憤怒に胸を燃せて殺人の大罪を犯し、一時の狂より覚むれば身は既に法庭の人、獄裡にては懺（慙）愧後悔の涙に十六年目を泣き腫らし佛の教へ、耶蘇の道を聴き、清浄潔白青天白日の身と先頃なりし彼女の將來は如何ならんかと、氣遣ひて筆を揮ふ二六記者の言を聞き、吾も彼女を憐み記者と同感に堪へぬのである。去る九日の二六紙上「お梅は何になる?」と題して縷々記しある文字の中、お梅が花の凋衰の姿で世捨人の言葉を吐きし後に、「ホヽ、此間も貴方横浜へ参る時停車場（すてーしょん）で皆様が切髪に眼を着けるんでせう、夫れに羽織の丸の花菱紋を見て何だかコソ〳〵いって跡から尾（つ）いて來るんでせう、イヤですから急いで汽車へ飛込んぢまひましたの、ツイ昨日も家から人に見られまいと傘を差したってワヤ〳〵騒がれるんでせうモー外へ出るのは懲り懲りしました」。余は此の記事を読み此言葉を聞き、彼女（かれ）に同情して哀を催したのである、憐れなる彼女の現在及び未來を想像して落涙したのである。殘酷なる社會を憎むのである、冷酷なる世間を怒るのである、一時の狭き女氣の狂ひて罪を犯したれど、其の罪の応報として鬼でも弱る牢獄に長き苦しき月日を送る十六年、漸く出獄して天下晴れて御日（ごひい）さまを見た聖浄尼の如き彼女（かれ）を、好奇心とはいひ乍ら、冷笑の目をもって見、物珍しげに騒いで尾行する世間の人、實に悪むべきは情けも涙もなき社會の人心である、彼女（かれ）の恥づるを思はず、大道に目袖を引く如きは誠に殘忍の仕方である。彼女（かれ）は有名なる殺人犯花井お梅なりと、人々寄て道々に廣告すると同様なる仕方は、實に何たる亡状ぞや、何たる無情酷薄の社會ぞや、吾は此の悪むべき冷鐵の社會を憤ると同時に彼女を怪しげの光を以て見た人間の目を呪ふのである。斯くの如く社會が、今日潔白の身となり爾后餘生を奇麗に送らんと思へる彼れお梅に、耻を與へ、蔑視し社會に齒ひ出來ぬ的に遇したならば、彼女は果して如何なるであらうか、折角の改悔も、社會人心の無情を恨む彼女の憤りの爲に、破裂せずはすまいか、さなきだに女性として血の氣の多き彼女は、憐れ堕落して、自暴自棄して魔道に陷り又元のお梅になりはすまいか、實に氣遣はれ憐れに堪へかぬるは此事である、元彼れ弱き女性が強き男性より苦しめられ、劍の力を籍りて大胆にも恐るべき罪を犯したが、爾后彼女が大なる社會より殺人犯視され社會の婦人より輕蔑され、遠けられ、疎情にされ苦しめらるゝ結果は如何なるであらうか、激し易き彼女の胸の血は再び沸騰して、或は再び悲劇の主人公となるや測り難いのである、よしや以前と同じ罪は犯さずとも以前にも増す心の罪を犯すか蓋し期し難いのである。吾は二六紙の記事を讀み實に感じたのである、社會は宜しく彼女に同情して、永らく暗黒なる牢獄にありし彼女、然り心偏して氣鬱して心的に死人なる彼女を優しく遇し、社會に必ず繼子根性となれる彼女を冷笑の眼を以て見る事なく、同等に交際場裡に立ちいらしめねばならぬ。彼女を爾后堕落させて殺すも活かすも皆社會の仕方にあるのだ。吾は此事を社會に痛切に希望するの一人である。ユーゴーの哀史を讀んだ人は知る、彼のジョンボルジアンは餓て一片の麺包を盗みしより、憐れむべし永獄の身となり、漸く出獄しても社會の人は、彼は出獄人なり牢屋者なりと嘲弄して、金あれども宿屋は泊めても呉れず、遂に無宿者の彼れ、人間社會の温かみをしらざる彼は、春の愛情のかはりに社會の冷酷の嵐に吹かれ、遂に又元の罪を犯すべく餘儀なくせられたのである。憐れなる社會の繼子は慈母の腕に抱かれず、殘酷なる繼母の手然り以前にも増して殘忍なる繼母に虐待せられて再び罪を犯したのである。是れ實に弱き個人の罪には非ず、實に社會の罪である、今や花井お梅に於ても、社會は大に親切に優しく遇せねばならぬ、罪の大小を論ぜず一般の出獄人に対して、社會は宜く慈母の愛を以て遇せねばならない。人間は愛なければ此世に生きて甲斐なき者である、厚き社會の愛と情さへあらば鬼か蛇か悪魔の如き罪人も、忽ち天使の如く鳩の如く生まれ変り得るのである。嗚呼社會の温き同情親切こそ洵に罪人を潔白の人たらしむる唯一の道である、方法である。今日の出獄人のみに非ず、獄裡の人も又天下滔々たる縄目無き罪人にも、社會の同情を以てせば、一挙にして正直なる民たらしめ得るのである。巨額を投じて宏大なる監獄を建つる必要もなくなるのである。光る劍も冷たき重き腰の鎖も必要がなくなるのである。嗚呼今や花井お梅が血と涙との悲劇を讀んで、吾は斯くの如く痛切に社會と個人との罪の関係を感じたのである。世間幾多の人々よ、殺人よりも重き罪爾り人の心を、心を以て残殺しつ、ある天下滔々たる人々よ、汝等は果して罪なしと感ずるか、吾は此の憐むべき孤獨の花井お梅を、冷酷なる目を以て見ない事を願ふのである、何となれば我等は皆罪人なればである、否此世に相愛して生活せざるべからざる人間同士なればである。

「花井お梅」について

この随筆は、社会主義に強いシンパシーをもって多くの詩や随筆を執筆してきた社会主義詩人が、かつて芸者として殺人の罪を犯し、刑期を満了して出獄した婦人に対する社会の冷酷な仕打ちに如何なる態度を以てしたかを示す好箇の資料である。なお新婦人叢書の第四編として、児玉花外『日本艶女傳』(聚精堂)が一九一二年(明治四五)三月付で出版されるが、これには「花井お梅」という同名異文が所収されている。これはお梅の芸者時代と出獄後の有り様を「艶女」という視点から描写した全くの短文であり、『評論之評論』の「花井お梅」の倫理的高さには決して及ばないものである。この二つの書物の性格は異なるという問題があるが、この二つの書物を執筆した時間差に、花外の心境の変化があるのではないだろうか。すなわち両者の書物の間には、その一つとして石川啄木のいう「時代閉塞の現状(強権、純粋自然主義の最後及び明日の考察)」(一九一〇年八月)が反映しているのではないか、と思われる。

「箱屋峯吉殺人事件」(一八八七=明治二〇年六月)で有名になってしまった花井お梅(一八六三=文久三〜一九一六=大正五年)については、かつて種々の書物に書き現わされたが、信頼できる資料は『公判傍聴筆記』と『懺悔譚』であるといわれている。高橋お伝と並んで明治の毒婦と誤って云われることもあるが、お梅が毒婦ではないことは既に弁護士で裁判史研究者・森長英三郎が指摘している。また、河竹默阿弥の『月梅薫朧夜』や川口松太郎の『明治一代女』も実説に遠いものであることも推定されている。お梅の人間像、箱屋殺しや「公判と判決」を始め、文献については森長英三郎『裁判自由民権時代』（日本評論社、一九七九年）を参照して頂きたい。なお森長はお梅の墓が東京都港区西麻布二丁目の長谷寺（ちょうこくじ）墓地の塀際にあり、戒珠院梅顔玉英大姉と刻まれていることも紹介している。

花外は『二六新報』に紹介された、お梅の入獄から出獄直後までの記事を見て、強い関心を抱いたのである。一九〇三年四月一七日に、一六年目にして刑期を終えたお梅は自己の社会生活について一般の人々から彼女の切髪などが注目され、後を付けられたりするので、外出を控えているということを感慨深げに述べていた。まず花外は「彼女に同情して哀を催し……、憐れなる彼女の現在及び未來を想像して落涙したのである。殘酷なる社會を憎むのである、冷酷なる世間を怒るのである」。このような社会の態度では、お梅の折角の改悔も破裂し、哀れにも「墮落して、自暴自棄して魔道に陷り又元のお梅になりはすまいか、實に氣遣はれ憐れに堪へかぬるのは此事である」と、花外は深い洞察を示している。そこで、花外が社会に期待するのは、「社會は宜しく彼女に同情して、……彼女を優しく遇し、……同等に交際場裡に立ちいらしめねばならぬ」ことだと述べ、「彼女を爾后墮落させて殺すも活かすも皆社會の仕方にあるのだ」と断言して憚らなかった。

現実に出獄後、お梅は汁粉屋や小間物屋を営み、あるいは旅興行の舞台に立ち、その後は流浪の末に不幸な生涯を閉じていくが、花外のこのような指摘は不幸にも的中していくのである。花外も、多くの初期社会主義者がそうであったように、社会の経済的な改造のプランを持っていなかった。花外は、彼特有の詩人の心から詩や随筆で以て、社会の人々の精神的な変革に働きかけようとしたのである。

また、花外は「国民詩人」と尊敬する闘う詩人・ビクトル・ユーゴーの一代傑作『レ・ミゼラブル』（一八六二年刊）の主人公ジャン・バルジャンを紹介しつつ述べている。ジャン・バルジャンの再度の罪は、「是れ實に弱き個人の罪には非ず、實に社會の罪である」と。従って、お梅の場合にも、「社會は大いに親切に優しく遇せねばならぬ、罪の大小を論ぜず一般の出獄人に対して、社會は宜しく慈母の愛をもって遇せねばならない。人間は愛なければ此世に生きて甲斐なき者である」。「社會の温き同情親切こそ洵に罪人を潔白の人たらしむる唯一の道である、方法である」。かくして花外は、「痛切に社會と個人との罪の関係を感じたのである」。最後に花外は、我らは皆罪人であり、「此世に相愛して生活せざるべからざる人間同士なればである」、と結んでいる。

ここには花外のキリスト教的観念が示されているが、それよりも札幌農学校や東京専門学校の後輩である西川光二郎などと発行した『東京評論』に登場していた芸術家・社会主義者のウィリアム・モリスの言葉が考えさせる内容を有している（本書第二章四）。

デモクラシー（民主主義）の内容は「自由・平等・友愛」であり、最も到達度の低いのは「友愛」であると考えられる現在、モリスや当時の花外の言葉に現代人は襟を正すべきではないであろうか。

2.「無痛無恨の死」（第五六号、一九〇三年六月五日付）

無痛無恨の死　　花外生

去る廿六日の夜、吾は天地の暗黒の裡(うち)に苦悶呻吟し、仰で星斗の光を認むる能はず、俯て小さき弱き胸を抱いて、靈の火の光をみる能はず、社會てふ巨大なる黒影然り悪魔の巣なる社會に在て、靈魂は傷ける小鳥の如く啼て死せんとするの時否死せんと欲して現世の執着に死す能はずして苦痛するの時、新紙は吾が悲める心を奮はしめたり。光明の來りしにあらねど赤色の新聞の一節は、確かに吾が暗黒の胸を照らしぬ、那珂博士の甥華厳の瀑に死すてふ悲惨なる題目を見て、先ず吾胸の血は悲哀の波を打ちぬ、何の此若き火とに吾れ縁あらねど、新紙を持つ吾が手顫(ふる)ふて之を讀めば、堰(せ)き出づる同情の涙ありながら、吾は此の大胆なる潔き男子らしき死に依て、大光明を得たるの感ありき。或る疑問の解決せられたる如き感ありき。嗚呼この悲壮劇、吾は女々しき紅涙をこの若き哲學者否詩人のために流さむよりも、吾血管の血潮は湧き立ちてこの苦しさ辛き人生を脱却して悔なく、この万有人生を『不可解』の文字に斷じて安心立命を得て身を日光山の奥に懸れる六十丈の飛瀑に投じたる、彼の藤原（村）操其人こそ、寔の哲人真の詩人否哲学者詩人の最後を全ふしたるなり。凡人の悲しとし苦しとする死に臨みて、彼は巌頭に立ち、心も清く澄める刀を以て、樹を白げ書したる貴き文字を見れば、「悠々たる哉天壌、遼々たる哉古今、五尺の小躯を以て此大をはからんとす。ホレーシヨの哲學竟に何等のオーソリテーを價するものぞ、萬有の眞相は唯一言にして悉す、曰く『不可解』、我この恨を懐て煩悶終に死を決す、既に巌頭に立つに及んで、胸中何等の不安ある無し、始めて知る大なる悲観は大なる楽観と一致するを」。嗟吁何等の貴き何等の明快なる金玉の文字ぞや誰か知らんや是ぞ不可思議なる塵の浮世に生れて、十八年の春秋を見たる若き人の口より出でし言葉なりとは、熱き血潮を滿腔に湛へたる、若き人の死前の言葉として、洵に立派なる、實に大哲學者大聖者の臨終に見るが如きを思はしめずや古來の哲人詩人の傳へたる貴き書冊を翻へして、尚宇宙人生の疑問解けやらず、死生の間に苦悶する讀書子も、この樹を削りて書き遺されし文字に、朦朧たる心眼を開かれし者幾許ぞや、疑問の雲晴れて電光を見否生死に迷ふの問題を所斷せし者幾許ぞや、ジヨウペンハウエルの数千万文を明かに認め得ざりし疑ひの子がこの死と伴ひし數行の字句を見て、悟道を得、直覺を得し者蓋し尠きにあらざるべしと信ず。吾はこの悲壮なる出来事を聞き傳へて、實に涙よりも血潮の双眼より流れ出るを覺えたりき。嗚呼頭半白の哲學者、白髪長髯の詩人等が一生を費して宇宙人生に對して些の解決を得ず、天地の頭半白大に対して小なる木葉ほどの智識を得ずして、長きア、、なる恨みの言語を吐て蚯蚓の如く地上に輾々煩悶して死するに比せば、この少壯の哲學者こそ眞個に早くより大悟徹底せし人にあらずや、曇りなき胸の明鏡は砕けしと雖も、些の遺憾なきなり、惜むべきにあらざるなり。吾はわが曇りたる鏡なる胸を打て、轉た悲しみを感ず。現世に執着して徒らに煩悶する吾が愚を自ら嗤ふて果ては泣かんと欲す。吾が勇氣なくして女々しきを嘲らんと欲す。吾はこの若き人の自殺を稱する者にあらずと雖も、而も一端万有『不可解』と斷定するや直に、浮世の情縁羈絆を切りて、現世の卑しき慾望誘惑に打勝ち、脱兎の如く『死』に往きし決斷の勇氣に服す。この世の汚れたる塵を吸ひ、毒と知りつゝ此世の人間の避くる能はざる毒を飲みて尚、卑むへき肉欲に迷はされ欺かれ居る天下滔々の人の子の中に、この若き青春にして迷はず、生きて甲斐なきと悟りて一露と消えざりし人を敬す。今や社會を挙げて現世の快樂慾望に憂身を窶し、日夜営々齷齪として小なる名誉野心に駈られつゝある今日に、この若き眞面目なる人ありしを喜ぶ。今日の如く學者も實利的に走りつゝあるに當りて、眞面目に万有人生を思ひし所謂考ふる人ありしを喜ぶ。今や君去て又此世に在らずと雖も、天下亦君の如き人もあらん。君は生命を捨てゝ如何に今の世を醒したりけむ、君の死により迷へる哲学者疑へる詩人は毒夢より覚め、人生の迷路に呻吟する多くの人の子は茲に悟道に入りたるならむ。現世の卑しき快樂に沈面する世上多くの人等が、眞面目に宇宙人生の問題に心を留め、生死の問題を考へ人間の靈性に復活せむ、實利的の學問に熱意する多くの學生等が貴き人生問題を討究すべき思到らむ、君の死により眞に多くの學者世人は覺めむ。嗚呼古來の哲人の糟粕を嘗めて哲學者を気取り、生悟りして半ば浮世の快樂に滿足し、慰められて此世を疑問の中に終わる今日の哲學者は、宜しく君の清き死骸の前に慚死すべきなり。一生を迷ひて、泣いて、神よ〳〵と叫び狂ひて往生を遂ぐる詩人は宜しく、君が平和なる死屍の前に愧死すべきなり。人間青春血に富みて、戀に酒に將た功名利達に憧がれ、滿足して頭は半白となる者多きに、君の如きは洵に篤學の士、思想界の一方に心を馳せて身も心も汚れず、若くして安心立命を得、宇宙の神秘『不可解』と一語に悟り、この眞理を最後に得て死せしが如きは、現今滔々たる現世主義の青年に稀に見る所なり。嗚呼厭ふべき銅臭の中、君の如き精神的清香の人は誠に少きを信ず。吾は君に依りて疇昔希臘の青年學者を追想して、愉快を感じ高尚を思ひ、現世以外に遊ぶの感あり。年齒尚一八の青年にして、大哲人も及ばざる死を遂げし君こそ、この世の土に咲き出でし稀世の名花なり、腐敗堕落銅臭のこの世に芳烈なる精神の香を残して散りて惜まるゝ美花なり。君より年多く迷ひ多き吾は、君によりて覺され、光明を與へられぬ。浮世の快楽を輕蔑しつゝも誘惑せられ易き憐むべき吾は、君によりて警醒され注意を與へられぬ、吾も亦君の前に恥あるの一人なり。幾度か悟らんと欲して悟る能はざる意志弱き吾、吾や生命と活動なき君の死屍よりも價なきなり、君の生命なき死屍よりも此身は腐敗し易きを愁ふ、嗚呼茲に到って吾は涙なき能はず、吾や愚生厭ふべき現世に尚執着して轉々反側す、誠に自ら憐むべき哉。永遠の廣き天を戀ひながら、清き理想に憧れながら、現世の快樂を軽蔑しながら屢々肉慾に誘惑されて堕落す、嗟吁吾が身も魂も君の死屍の前に耻づべき哉。吾れ今や君の死を傳へ聞き、吾が汚れたる身心を思ひ、慚愧吾身を抱いて慟哭す。今や罪悪深き吾、人間皆肉の身、靈と肉との人生罪なきを得ず、吾や意志最も弱くして此世の土に彷徨する憐むべき迷兒なり。君は廣大なる穢土の上に、憫むべき人の子が肉慾の奴隷となり相残害しつゝ闘ふを見て、如何に哀を感じたりけむ。複雑なる競争烈しき社會に貧者弱者の壓迫せられ、虐遇せられ、苦痛を感じながら悲しき生命を持つを見て、如何に不憫に感じけむ、多感多涙なりしと思はる、君は必ず彼等の爲に同情を表し玉ひしならん、此の世智辛き苦痛多き社會に、死に優る苦患を忍んで望みなき生命を保ちつゝある人々を見て、君や如何に考へ玉ひけむ、甚深なる生活の苦痛に死を冀ひ乍ら、現世の宛にもならぬ希望、果敢なき泡沫のごとき快樂に欺かれつゝ、一家を辛苦経営する民を見て、如何に無常を感じ玉ひし、君は理想に憧がれ宇宙人生の問題を解釈して、遂に悟道を得て死しぬ。世人現実の肉慾快樂に迷ふて悟り得ず、長く恨みを抱いて慟哭号泣して逝く憐むべき哉世人。君や生れて十八年、君や万有人生の大問題を考ふること極めて短日月未だ以て宇宙間人生の問題を解決し、眞理を討ぬるには日最も少なし、一滴の水を以て大海を想像するが如きなり、而も君が到底『不可解』と断定して、不迷不恨生を辭せしは最も潔く哲人聖者の死様なり、吾や自殺を喜ぶ者に非ずと雖も、君の死こそ實に吾等に或物を教ふるを信ず。嗚呼君や安心立命を得て穢土を去り未見の吾や未だ迷ひて此世に在り、憐むべく亦愚なる哉。誠に君は日光山中華嚴瀧の飛瀑の泡と消えぬ、哀い哉、爾后日光山中雲霧深きことありとも、君や再び迷はず、吾れ期を得ば、君哲人の跡を其山中に迷ひ行き、瀑の音に和して君を思ふて泣かむ。

「無痛無恨の死」について

第一高等学校の若き哲学学徒・藤村操が弱冠一七歳にして華厳滝に投身したことは世間に強い衝撃を与えた。藤村は、日本紀年に史実と合わぬ延長があることを指摘し（『上世年紀考』）、「東洋史」という概念を初めて用いた那珂通世（一八五一～一九〇八年）の甥である。哲学青年であった藤村操（一八八六年生まれ）は、一九〇三年（明治三六）五月二三日に人生は「不可解、我この恨を懐いて煩悶終に死を決す」の遺言を日光の華厳瀧上の樹幹に記して自裁を図ったのである。当時、「新しい思想の生成期における哲学学徒の死」として衝撃を与えたことは周知のことである。新聞・雑誌は論評を載せ、とりわけ東京高等師範学校の教授であった那珂通世は『萬朝報』に追悼文を寄せ、同社社長の黒岩涙香は「時代に殉じたる死」と演説したことはよく知られている。社会主義を熱望する詩人・児玉花外は、藤村操の哲学上の死に対して深い洞察と哀惜に裏付けられた随筆と詩とを発表したのである。

藤村操が提起した哲学上の問題については、たとえば「藤村によって『何のオーソリティーに値するものぞ』と痛烈に問われたものは、井上哲次郎以来のアカデミー哲学、とりわけその人間観であり、別の人間観の要請の切実さこそ、操事件を大正教養派の原点たらしめた基本エネルギーであった」（助川徳是『「時代閉塞の現状」をめぐって――啄木と折蘆』洋々社、一九八三年）、という見解がすでにある。また一高校長の木下広次、狩野享吉や新渡戸稲造、そして学生の側では個人主義の安倍能成・阿部次郎などの教養派と、魚住折蘆の教養左派などと位置づけながら検討がなされている。

さて詩人としての花外がこの「無痛無恨の死」の中で読者へ伝えたかったことは、哲学青年・藤村操の「決斷の勇氣」、汚れたる世を一露と消えたこと、人生の万有を究明しようとした真面目さであるが、結局は身命を賭して「眞面目に宇宙人生の問題に心を留め、生死の問題を考へ人間の靈性に復活せむ、實利的の學問に熱意する多くの學生等が貴き人生問題を討究すべく思到らむ」としたことである。また花外は、「今や社會を擧て現世の快樂慾望に憂身を窶し、日夜営々齷齪として小なる名譽心野心に駆られつゝある今日に、この若き眞面目なる人ありしを喜ぶ。今日の如く學者も實利的に走りつゝあるに當りて、眞面目に万有人生を思ひし所謂考ふる人ありしを喜ぶ」のである。花外は、藤村が「若くして安心立命を得、宇宙の神秘『不可解』と一語に悟り、この眞理を最後に得て死せしが如きは、現今滔々たる現世主義の青年に稀に見る所なり」と述べている。さらに花外は、「嗚呼古來の哲人の糟粕を嘗めて哲學者を氣取り、生悟りして半ば浮世の快樂に満足し、慰められて此世を疑問の中に終る今日の哲學者は、宜しく君の清き死骸の前に慚死すべきなり」、と主張する。但し花外は自裁を決して肯定しているのではなかった。

花外にとって、「浮世の快樂を輕蔑しつゝも誘惑せられ易き憐むべき吾は、君によりて警世され注意を與へられぬ。吾も亦君の前に恥あるの一人なり。幾度か悟らんと欲して悟る能はざる意志弱き吾、吾や生命と活動なき君の死屍よりも價なきなり、君の生命なき死骸よりも此身は腐敗し易きを愁ふ、嗚呼茲に到つて吾れは涙なき能はず、吾や愚生厭ふべき現世に尚執着して輾々反側す、誠に自ら憐むべき哉。……吾が汚れたる身心を思ひ、慚愧吾身を抱いて慟哭す。今や罪悪深き吾、人間皆肉の身、靈と肉との人生罪なきを得ず、吾や意志最も弱くして此世の土に彷徨する憐むべき迷兒なり」と述べて、詩人としての深い反省の文章となっている。しかし、晩年の花外にとって、この節を全うすることは困難だったのではないであろうか。

私たちの前には地球規模での新しい哲学上の諸課題がある。と同時に、当時の青年・藤村操が前にした哲学の困難な課題とを併せて、読者と共に更に考えていきたいと思う。

3.「木賃宿の一夜」（第六十号、一九〇三年八月五日付）

木賃宿の一夜　　花外生

世を厭ふ自分より見ると、下界は穢ない破れかぶかれ(ママ)の木賃宿に過ぎない。立替わり入替る人間は、心に襤褸を着た人物ばかり、寶玉に輝ける冕冠(べんかん)、頬被(ほっかぶり)の鼠色の手拭と、何の異る所があらうぞ。で、木賃宿も格別珍らしくはないが、此の宏大なる木賃宿中の本當の木賃宿は、まあ如何(どん)なものであらうか、浮世の生活の戦場から、剣折れ矢竭(つ)きての落武者が、如何に落ち合つてるであらうか。敗軍の大将の失策談や、妻に別れ子を捨てたる涙物語りをも、聴きもし見もしたひと思ふた結果は、西川光二郎、小塚空谷(こづかくうこく)の二兄と共に行く事になつたのであつた。処は東京は木賃は鳥渡名代の本所業平町、業平町とふと何だか好男子の巣窟のやうに聞えるが、イヤハヤ垢だらけの不好男子ばかりだ、否天性の麗質如何に貧乏しても零落しても掩ふべからずで、頗る業平に似た者も居るだらうが、一人として昔の業平の如く貴族的なのはないのだ。皆平民中の平の平なるものばかりだ、自分等は神田から本郷の切通坂を下り、城郭の如き壮麗なる岩崎家を左手に見て、同じ人間の懸隔を今更の如く感じ、斯る豪奢不平等を見つゝ、不忍池の畔に出た。自然は不相替美だ、公平だ、神は貧者にも富者にも等しく天地の偉麗を見せしめ目を樂ませ耳を悦はしめる、はかなげの水禽でさへ平安なる棲家を得て欣々如として遊泳して居る、誠に貧者や憐れなる労働者は鳥よりも憫れ、一夜を寝る家もない者もある。併し是れ不都合なる社會制度の致す処だ、大なる不調和不自然である、人間は衆と共に等しく樂むべく造られてあるのに、万物の靈なる貴き人間が、其の平和が生活が鳥にだも如かぬとは何となさけない次第でないか。自分等は斯く感じ乍ら、鴉が鳴く上野の森を通抜けて、貧民窟として有名なる下谷万年町を見舞つた。此処は全くの別世界だ。小さい低い家屋の穢いのはいふには及ばぬ、到る處一種の臭氣が鼻を撲つ、若し富豪貴公子等を茲に立たしめば忽ち卒倒するであらう、職業は孰れも下賤なものばかり、紙屑屋あり襤褸屋あり人力車夫あり古下駄を山の如く積みし家あり、種々様々な職業する者や労働者が貧乏比べをして居る。此處の辺に遊んで居る子供は皆襤褸の化物だ、汚れたる顔と手足、見るからに中々に憐れだ。眼には一種の怪むべき光を帯びて居て、何だか幼少の今から社會に向つて投ぐる恨みの光のやうで、子供が可愛らしいといふよりは寧ろ悲惨悽愴の感に打たしめるのだ。而して其の遊戯の方法たるや何れも他日罪悪の稽古下拵へと思はるゝ仕方だ、誰ありて之を叱る者も正す者もないと見える。斯くの如くして社会は此辺に知らず他日の罪人を養成してゐるのだ。貧民窟の細い街は大方這んなものであるが、一つ憐れにも亦優美に感じたのは、人力車夫の娘が、小さい狭い台所で巻煙草の職をして居つた。彼女は服装は勿論汚ないが、粉飾臙脂の藝娼妓や醜業婦よりも大に優つて居る。労働の何物たるを知らず扮装と遊藝と芝居に浮身を窶す貴族や富家の娘に優る万々だ、彼れ車夫の娘は煙草を巻いてその繊弱い指先より一家の食物の幾分を造つて居るのだ。是ぞ誠に泥中の蓮、塵塚に咲く白菊、とでも形容すべきであらう。却説愈よ吾等は、今夜は何処に宿らん旅鴉の、本所の方面を探険してお終ひに夕暮の業平町に木賃宿を見出した。吾等は怪しげな風をしてゐたものゝ、木賃宿は未だ始めてだから、流石這入りにくかつたが、一晩大枚六銭（泊りだけ）と約束して、三人は薄暗い穢ならしい小部屋に通された。畳といへば無論古び（ママ）で真黒である（無宿者には貴き玉の臺であらうが）暫時するとモー日は暮れきつたが、追々と人力車夫や土方抔が歸つて來る、また夜稼ぎに出て往く者もある、一日汗と膏を流して働いて帰つた父親にお土産をねだつてる小児もあれば、何かと貧乏世話を焼く細君もある。是等の労働者は夫は外に働き、女房は家で内職して居るのであらうが、木賃宿を年中籠城の家として居るのであらう。此處で初声を挙げて生れる嬰兒の運命は亦茲で死の枕に着く事であらう。産褥より墳墓に到るまで彼等の一生は、無教育と飢餓と貧乏と烈しき労働と不幸との一筋道、哀しむべく憐むべしである。此宿の怪しげな主婦さんが、暗くなつたので小さな豆ランプを持て來た。自分等の隣りの部屋には跛の客が居たが何の労働者かわからなかつた。彼の孰れ悲惨な経歴を聞かうと襖（？）越しに物を言ひかけたが、先生遠慮して中々出て来なかつたのである。或は吾等の一人が眼鏡にコイツ探偵でもあるかと恠しんだのであらうか、得て此種の労働者は上の役人を怖はがる、何の罪もなくとも平生の習慣で常にビク〳〵して居るのだ、然り彼等は社會から虐待さるゝ継子だもの、この樂しい世を狭めて居るのだ。それから一寸いふのを忘れたが、自分等が六錢の辨當をパクツイて居ると、客の子供等が破れた障子の穴から飢えた猫の如く眼を光らして覗いた。夜も最早十時頃になつたが、寝るにも蒲団のその穢なさ、半風子の恐ろしくて中々好き心地もせぬのであつた、跛先生と反対の隣室には此處には數人の雑居と見えて、若者あり老婆も居る様子、彼等が種々な寝物語の中にて其の老婆の話すのには、イヤ〳〵何處の塩煎餅が安い厚くて醤油がどうだとか、饅頭がどうだとか、総て些細な下等な食物の批評だ、彼等の慾望の表白研究である、此婆さんは大方物貰ひであらう、何處〳〵の貰ひが多いだの少ないだの大に氣焔と愚痴を吐いて居たが、其話の中に恐るべし彼の老婆は盗賊の墓を讃美したのである、稲葉小僧（？）の墓には始終線香や花が絶えぬエライものだと大に感嘆して若者等に話した。彼女（かれ）は此世の何物をも有難がらず貴（たつと）まず讃美せず獨り義賊の墓をのみ感賞したとは、此僅かなる言語の中に如何なる意味があるであらうか、諸君よ想像し玉へ、吾等は罪な事ながら耳を聳て、聴いて居る中、皆の者は一日苦しい労働の疲れで早く眠て了ふて、今や睡眠の平安国平等国に遊んで居るのであらう、氣焔家の婆さんは南無阿彌陀佛と大方口吻（くちぐせ）の念佛二つ三つ唱へて、その後は隣室は鼾のみ高く聞えた。自分は其夜蒲団の気持悪いのと、何か感じに打たれたのと例の神經が昂ぶつたので遂に冷たき夢さへ結ばれなかつた。吁（ああ）、年が年中心の苦痛多き余よりは、隣室の客の方が或は幸福であるかも知れぬ。軈（やが）て侘（わび）しげな木賃宿の軒には雀が歌ひ、夜が明けたが、折悪くの雨に吾等は傘はなし、仕方がなけれど、ドウセ自分等の一生の運命は此通だと、風に吹かれ雨に濡れて神田三崎町の吾黨の寓に歸つた。

「木賃宿の一夜」について

この随筆は、花外が札幌農学校・東京専門学校の後輩の社会主義者・西川光二郎と、同じく花外に続く詩人・小塚空谷と共に東京の貧民窟として知られた下谷万年町を見学し、本所業平町の木賃宿に泊まり、「社会主義詩人」の目で観察して文章化したものである。

花外が描写した木賃宿とは東京の本所業平町にあり、西川と小塚と一緒に泊まった素泊まり六銭の宿であった。社会主義協会に出入りした三名の詩人や社会主義者による意識的な「木賃宿の観察」である処に、特徴があるといえよう。ここには社会主義詩人の観た「貧民観」が極めて率直に出ているものと思われる。

花外の「木賃宿の一夜」は、従来の労作である山田貞光『木下尚江と自由民権運動』（三一書房、一九八七年）や田中英夫『西川光二郎小伝――社会主義からの離脱』（みすず書房、一九九〇年）にも触れられていなかった新資料である。

ところで日本の下層社会に関する主なまとまったルポルタージュとしては、鈴木梅四郎が一八八八年（明治二一）に発表した『大阪名護町貧民窟視察記』（『時事新報』連載）、桜田文吾が一八九〇年に発表した『貧天地饑寒窟探検記』（『日本』新聞連載）や、松原岩五郎が一八九二年に発表した『最暗黒の東京』（『国民新聞』連載。岩波文庫、一九八八年）がある。このうち、『貧天地饑寒窟探検記』が一八九三年六月に、また『最暗黒の東京』も増補されて同年一一月にそれぞれ公刊されて版を重ねた。これらの記録は全て産業革命以前の日本社会を描いたものであるが、片山潜と西川光二郎の『日本の労働運動』（一九〇一年）は日本の労働運動に影響を与えた明治二〇年代の著作四冊の中に、桜田と松原の上記の書物を含めていたことに注目しなくてはならない。なお、花外を評価した関西のジャーナリスト・松崎天民にも当時の大阪を対象とした「木賃宿」の労作がある。(4)

さて、日清戦争後には産業革命が起こり、近代的な労働者が出現して、労働運動や社会主義運動が開始される。近代的労働者像を描いて有名なのは、一八九九年（明治三二）に世に問うた横山源之助の『日本の下層社会』である。社会主義に共感する花外の「木賃宿の一夜」はこうした時代の木賃宿を詩人の立場から描いたものである。文中の「神田三崎町の吾黨の寓」とは片山潜の家に同居していた社会主義協会のこと、ちなみに「半風子」とは虱のことである。

ちょうど花外が観察した頃に、天風生なる人物の「下谷万年町」と題する報告が残されている。この「下谷万年町」執筆の目的は、最下層の人々が「平素如何なる境遇に在るか、亦日露戦争は如何なる影響を其生活の上に与へつ丶あるかと云ふ」という問題意識の中にあった。この「下谷万年町」（雑誌『世界』京華日報社、『［復刻版］明治大雑誌』流動出版、一九七八年、に拠る）という報告は余り知られざる資料であるが、一九〇四年（明治三七）七月一〇日付で発表されたものである。この作品は、日露戦争開始の直後における下層民の生業と生活の変化を知る上で固有の意義を有し、かつ花外の「木賃宿の一夜」の背景とを理解する一助ともなる有益な資料なので、この内容の要点を簡単に紹介しておきたいと思う（後藤「日露開戦直後における東京の最下層民の状態」『月刊部落問題』二七三号、一九九九年）。

当時にあって「最窮民の巣窟としては、万年町三丁目、山伏町、入谷町、新入谷町の四ヶ町約一千余戸の間が、最醜最穢の場所となって居る」ことが挙げられている。これらの一万余りの人々について、第一に職業、第二に「住居の体裁」、第三に「屋賃」、第四に食糧事情、第五に金融機関として「質屋」と「日済」に触れている。

　第一の職業では、「最も多きを占めて居るのは人力車夫で、次が日雇人足である。灰買、紙屑拾、納豆売、硝子毀、古下駄買など」、この頃「戦争に由つて生れた号外売など」も第三位であるという。「車夫の労銀」は低落して、一日に「三十銭より五六十銭を以て一人前と呼んで居る」。この低落の一原因として、「昨年来の不景気につゞく戦争の打撃」が挙げられている。「日雇人足の賃銀は、衛生人夫、車力、土方のそれ」も低落して、「二十銭以上四十銭以下と云ふ安値となつた」。「号外屋」は、一時は流行って三百軒を越える勢いであったが、現在その多くが「兵糧攻めに」あっているという。なお、「乞食は世の不景気を知らぬ虫の好い商売で、一日の収入は二十銭以上四五十銭、運の好い時は一円にもなると云ふ」。「掏摸、掻攫が、親分に取られる分割は七三から四六の間で、……。淫売は大抵四六で、一円の収入があれば、宿へ四十銭、引手へ二十銭、残高四十銭が自分のものとなる」。「一切自分でやる」と、「宿や引手に睨まれて、三日にあげず、暗い所へやられるので、税金と思つて、収入の六部を捨てるのが多い」。

　第二に「住居の体裁」では、家屋は「九尺二間の十軒つゞき、若くは十五軒つゞきの棟割長屋で、其うち尠きは二家族、多きは四五家族雑居して、布団も、鍋も、茶碗も一家族に一つづゝ、中には共有のものもあ」るという。

　第三に「屋賃」では、日に二銭か三銭であるが、「乞食となつても日に四五十銭から、時には一円の金が得られると云ふにも拘らず」、なぜ払えない場合が多いのかといえば、「雨風の日は勿論、仮令一食たりとも家に残つてある間は、決して稼ぎには出ない」からであるという。

　第四に食糧事情では、金がある場合は米にありつけるが、金が「無ければ薩摩芋の皮、それさへ買へぬ場合は、水を飲んで寝て居る」と述べられている。「此部落付近の米屋は、大抵一日七八円以上十二三円の小売があるのに、降雨三日とつゞけば、直ちに其売上高は減少して、一日漸く三四円に止まる事がある」という。「茲に戦争に由つて部落一同が意外の賜物を得たと云ふのは、彼の兵隊めしと称する残飯の供給が多くなつた事で、此部落は何れの兵営にも遠ざかつて居るので、芝新網、四谷鮫ヶ橋の如き、多量の残飯を得るには難いが、それでも頃日は、日に二三の残飯屋が入り込むで居る。此残飯は、至つて廉なるもので僅か三銭を投ずれば、一日の食を得るに充分だと云ふ事である」、という。

第五に金融機関では、「万年町の附近には八軒の質屋と、三人の日済貸とがある」。「質屋」は各店平均年に二万口以上の質物を取扱い、「日済貸は各自平均年額五百円内外の金を運転して居る」。一方、同町二丁目の足立屋という質屋によれば、「其品物の最高額は三円の上に出る事は稀で、少なきは五銭十銭から、四十五十のところが一番多いと云ふ」。「質物のうち、一番品数の多いのが布団、鍋釜の類で、中には飯の入つて居る櫃を其ま丶預けて行くのもあると云ふ」。他方、「日済の方法は、一円の金を借りるに天引二十銭の利を刎ねられ、正味八十銭を受取つて、一円の証文を書き、一日二銭づ丶六十日間に支払ふので、一寸軽便な貸借のやうに思はれるが、よく〳〵珠算盤玉に当つて見ると、八十の金に対して四十銭の利息を払ふと云ふ、驚くべき高利の借金となる」、などと結ばれている。

この資料によって、朝鮮支配をめぐる帝国主義的侵略戦争としての日露戦争は、その開戦直後には早くも下層民の生活を極貧化に落としめていたことが判明する。それ故に、こうした相対的な貧困問題の一般的な存在は下層民の賃金や生活の向上を謳った社会主義運動の重要な一つの基盤作りをなしていくことが推測される。日本における社会民主党は、自由民権思想家・植木枝盛の世界平和協議機構を構想した「無上政法論」[5]を蘇らせて、「軍備全廃と非戦」を目標の一つに掲げていた。実に社会民主党の綱領は、日本国憲法の戦争のない平和主義の源流をなしている（田畑忍『近現代日本の平和思想』ミネルヴァ書房、一九八三年）。

本所業平町を活写した花外の随筆「木賃宿の一夜」は、この「下谷万年町」と共に、当時の片山潜・木下尚江・堺枯川・幸徳秋水・西川光二郎などの社会主義思想や運動に対して直接・間接に資することがあったものと考えられる。社会の現実と、それに対する感情とが相俟って、社会変革の必要性とその運動、そしてその理論が探求されて、社会の変革へと向かうのであろうか。

4．「露人は人道の敵也」（第六十号、一九〇三年八月五日付）

露人は人道の敵也

児玉花外

去る四月十九日は世界に於て最も暴擧殘忍の行はれたる日なり。獨り露西亞のキシネッフに於ては天日輝かず悲風慘憺數百の猶太人が虐殺されし日なり。猛悪虎の如く獅子の如き露西亞人に依て無辜辛憫むべき猶太人が、子羊の如く屠られ、鬼の如く噛まれし日なり。野獸淫悪なる露人に依て母も娘も強姦され節操を破られたる日なり、爾り此日は露國の天には神無かりし日なり、太陽は常の如く西に向って回れど、神は顔を人界に向けざりし日なり。實に近世數百年間に於て人を殺すことを以て名誉とする戦争にだも、斯る殘虐は行はれざりしと謂ふにもあらずや。嗚呼此日は基督教國なる露國にては、彼の聖日として知られたるイースター祭日なりしにあらずや、暴行は實に此の日の麗かなる朝に於て行はれたり、淨き白露に濕りし地は忽ち血潮の河と變じたり。寺院の高塔に懸れる鐘は地獄の鐘の如く響き、讃美歌の聲には悪魔之に和して、地獄の歌の如く、禮拝式に列せし善男善女は忽ち悪鬼羅刹となりしに非ずや、是等悪むべき數万の排猶太人党は聖経をポケットにし、劍を把りて憐むべき猶太人の男女を慘殺せり。大慈大悲なる神の式に列し畢りて難有涙に頬を濡しけむ猶太人等は頭を低れて禮拝堂より出るや否、世界は忽ち修羅の巷と變じて悲慘なる虐殺に逢ひにき。猶太人の家屋は破壊され、財寶は奪掠され、血あり情あり亦涙ある婦人は憐れ強姦の辱を受けたり、野獸の衣を着けたる露西亞人は繊弱天女の如き婦人を腕力に依て耻しめたり、否其清淨を汚さるゝを厭ひて泣て拒みしを怒りて彼等獸的露西亞人は、毒刃を以て雪の如き婦人の肌を刺しゝに非ずや、あたら清き血汐を、汚れたる地に流して、これをくれなゐに染めしにあらずや、何の罪なき老人小児も殺され、累々たる死骸は大道に犬の屍の如く横はり、如何なる悪魔も面を俺ふて涙を流すべき大虐殺を露人はなせし也、吁(ああ)世界の人類は永久に記臆せよ、悪むべき露人が、憐れ國なき猶太人に対して行ひたる蛮行を決して忘る勿れ、吁このキッネッフに於て露國人が行ひたる殘忍酷薄の大罪悪、地獄の記録に、炎々たる焔と臭き臭き唐紅の血とを以て鬼の書くべき此日の出來事を記臆せよ、永劫より永劫に亘りて人間の胸に心あり正義正道が人間界を支配する間は、この暴虐の歴史を忘るゝ勿れ。人道の永久の敵として露人を憎むべし、天神假令露西亞に天福を降すとも、願くば我等人間の胸には此の罪悪を子孫より子孫に傳へて記臆して、以て露人を罰し、罪悪の應報の恐るべきを知らしめざる可からず、憐むべき彼の猶太人弱氣に乗じ、之を輕蔑し、之を虐遇し、終に猛獣だもせざる大殺害を企てたる露人は人道の敵として悪むべきなり、基督教國の民てふ名を冠し乍ら、僞善の衣を纏へる彼の露人は實に世界人類の敵なり、斯る事に向って皷を鳴らして攻めざらば天下亦攻むべきの罪悪あるや、實に世界各國は猶太人のため否人類同胞兄弟の爲に露人の罪を問ふべきなり、これ些々たる權利問題に非ず、神聖なる人道が濫りに蹂躙されたる大問題なり、大罪悪を懲すべき大審判なり、人間の貴き命に、將た心に加へられたる殘虐の罪を糺すの大裁判なり、我等人間は宜しく正義正道の大神に代って之が大審判を爲すべきなり、之が大罪悪を問ふべきなり。世界各国か露國に押寄せ同胞人類が辱められ苦められ殺されし罪を糺すべき也、正当なる制裁を乱暴なる頭上に加ふべき也、國と國との權利関係より前に、この緊急なる貴重なる人道の大問題を糺すべきなり、米國は流石自由の生まれたる國なり、自由の棲める國なり、この憐むべき猶太人に同情を表し之を救ひ是が移住を引受くると聞く、宜しく文明を以て誇る世界各國は露人の今回の大罪悪を赦すべからず、国際問題は人道問題よりも輕きなり、國と國との利益問題は後にするも先づ今日に於ては露人の此の大罪悪を攻めざるべからず、是れ露國に於て行はれたるなりと雖も、同じ地球の上に棲息する同じ人間の數百が故なく虐殺されしを見て、これを殺せし者を攻めずして止むの理あらんや、然らざれば世は全くの暗黒なり、世界には正義正道の光なきなり、人道の花も實もなきなり、人間の胸に心なきなり道徳倫理宗教なきなり、小窃盗小争闘人を牢獄に投込む法律を作りし文明人が、今回の露國の大罪を問はざる理由は何処にある、これを攻めざれば全くの矛盾なり、世界の人間たらば男も女も老人も小兒も正義のために、蹂躙されし人道の爲めに、否無辜訴ふる無き猶太人のために、絶叫して露國に制裁を加へざるべからず、吾は敢て銃剣を以て戦争せよといふにあらず、筆に可なり口に可なり露國政府に忠告して、これが罪人を正當に所(処)罰し、正當に始末を付くるべく注意を與へざる可らず、然らざれば不正勝ち罪悪跋扈し世界は全くの暗黒なり、文明も何の價値かある假想的の形式なり、この大問題こそ凡ての利益問題を忘れて世界各國が、進んで露國に迫るべき必要あるなれ、基督教國も佛教國も將た儒教新教國も、堂々皷を鳴らして之が罪を問ひ、これが審判をなし正義真理の勝利を擧げざる可らず、正義正道が人界を支配し罪の報ゐある事実を明にせざる可らず、然らざれば宗教何の要ぞ道徳何の要ぞ、是れ形式也、小は罰して大は罰せざれば是れ大なる不公平也、宗教道徳凡て偽善也、吁、世界各國は衣食住を忘れて迄も、今やこの問題の解決を着け(ママ)ざる可からず、國と國とは利益問題黄金問題土地膨張主義に熱意して、斯る人道の大問題を輕々に付するとは、吾輩實に遺憾に感ずるなり、嗚呼、世界の大教主キリストを出せし人種、詩人ダビデ情熱の詩人ハイネを生みし彼の猶太人種、昔は神の民と誇りし彼の猶太人種、今や何の様ぞ、一たび國を失ひしより、世界に散在して漂泊の生涯を始めしなり、寔(まこと)に亡國の民ほど憫れなるはなし、世界各國到る所にて輕蔑され、咀はれ、實に犬の如く追はれて安全なる枕定むべき土地もあらず、露國の如き専制野蛮國に於ては最も平常より苦しめらるゝなり、嗚呼嘗ては神の子を降せし天も無情、今は猶太人種を忘れたるか何ぞ夫れ憐れなる、吾人は彼の亡國の民なる人種を想ひては袖を絞るなり、吾れ生れて猶太人種なるものを見し事もあらねど、嘗て彼等か悲しむべき歴史を讀みて常に同情の涙を惜しまざるなり、勿論彼等の人種は拝金宗にして感服に値せぬ者ありと雖も、是れ所謂繼子根性なり、他人種よりの迫害に対する妨拒なり、唯一の黄金を以て僅に細き權利生命を保護せんとするなり、彼等の胸中心事實に憐むべき也、國なく力なく唯露よりも果敢なき生命ある彼等にして、財産なければ何に依りて立たんや、此世に黄金なる物が勢力あるこそ彼等に誠に幸福あるなれ、今は神の光よりも黄金を彼等の貴ぶも敢て無理ならぬ事なれ、嗟吁(ああ)、昔は神の國の民として、神より特別に選ばれしと誇りし國民として、今は賤むべき黄金に依りて生命を保護する彼等は憐むべきかな、勝てば官軍の譬へ彼の露國人の如きは目下強國の權勢を頼みて此の弱き人種を苦しむ、實に悪むべきの極みなり、噫、一滴の涙ある人はこの人種の爲に泣け、花に泣き蝶に鳥に涙を灑ぐの人よ、此有情の人種の爲に万解(斛)の熱涙を惜しむ勿れ、況んや義侠を以て古來任ずるの民は立て、これが救済の道を構ずべきなり、愛の大なる翼を拡げて彼等を救ひこれを保護せさ(ざ)る可らず、弱きを助けさ(ざ)る可らざるなり、否人道を破壊したる露國の罪を問ひ、正義正道の此世に力あることを天下に告白せざる可らず、これを黙して罪を鳴らさゞるに於ては世界は悪魔の勝利なり、人道の敗滅なり、最早神も佛も人もなきなり、吁、世は野獣の跋扈のみ、露國の大を以てしても人道に徹し得ざることを証せしめざる可らず、其の不正なりしが故に無道なりしが故に大國民の露國に、小弱人種の猶太人の前に叩頭して罪を謝さしめざる可らず、是れ国の好みなり人の好み也、人類が同胞人類に対する愛情友誼なり、然らざれば國際公法何の要ぞ、利益関係より打算したる国際公法何の要ぞ、形式的にして人道に要なきものなれば直にこれを裂て捨つべきなり、否國として立つも人間として活くるも何の要ぞ、噫、人間の面と手と足とは何の要ぞ、吁、世界各國の人と、起て露國の罪を問へ、蹂躙されし人道のために義憤を発せよ、是れ今日の世界の最重大の問題なり、噫、神よ、人よ、此時に激せざらば、怒らざらば、汝は既に死せるなり、生命無きなり、嗚呼廿世紀の劈頭に爛漫花の如く火の如く開かるべき大審判、大裁判、否既に定まれる罪を問ふべき大事件は是なり。

「露人は人道の敵也」について

まず花外の「露人は人道の敵也」は一九〇三年四月一九日にキシネツフ（Kishinyov　当時の表記はキシネフ。以下キシニョフ、現モルダビア共和国首都）に起こったロシア人によるユダヤ人虐殺事件を論評したものである。花外は、この事件を「神聖なる人道が濫りに蹂躙されたる大問題なり、……人間の貴き命に、將た心に加へられたる虐殺の罪を糺すの大裁判なり、我等人間は宜しく正義正道の大神に代って之が大審判を爲すべきなり」と述べて、この事件を人道問題と捉えて、ロシア政府に犯罪者の処罰を要請する。そしてユダヤ人に同情して移住を引き受けたというアメリカを、「流石自由の生まれたる國なり、自由の棲める國なり」と賛美する。

翌一九〇四年（明治三七）四月二八日付の『東京朝日新聞』（復刊『新聞集成明治編年史』第十二巻、本邦書籍、一九八二年）によれば、「キシネフ虐殺事件猶太人排斥の奨励」の見出しの下に、処罰の報道と、日露戦争の真っ只中という時局を反映してロシア人に対する一種の偏見とが示されている。

キシネフ虐殺事件の関係者中、一名は四ヶ年の禁錮に處せられ、十六名は其輕重に従ひ、四ヶ月乃至一ヶ年の禁錮に處せられ、三十六名は放免せられたり。彼の如き大虐殺に對して處罰の輕るきに失するや言を俟たず、露國が虐殺好きにして、殊に猶太人排斥を奨励する所以なりともいふべし。

5.「米国は偽義侠の国也」（第六一号、一九〇三年八月二十日付）

米國は僞義侠の國也　　花外生

万朝は米國の滿州問題調停と題して例の大々的蛮行キシネッフ虐殺事件に対する猶太人（ゆだやじん）の露帝へ贈るべき建議書を以て滿州問題に関する反露の感情を暗示したる米國の外交政略その圖に中（あた）りてか、露國は頗ぶる米國に譲歩し、米國はために右の建議書本文を露帝に贈らずして終われるが（花外曰く如何に國と國とが自國の利益のために大切なる人道問題迄も弊履の如く捨去れるを見よ）この露國譲歩の結果として、米國は露國の内意を承けて滿州問題調停の任に当たることとなれりと

現に清廷が滿州事件に就て米國の援助を仰がんとするに至りしも全く露の機略に出でたるものに外ならず、去れば米國は遠からず滿州問題解決の案件を列國に提出すべしとは外交界一般の推測する所なり

米國の調停案は如何なるものか知る可からざるも、或は滿州二三の市場を開放して而して實權を露國に帰せしめ米國は特に通商上一種の好遇を在滿州露國官吏より得るが如きものにあらざるかといへり』。吾人は欺かれたり、曩（さき）に米国は彼のキシネツフ猶太人虐殺事件あるや、率先して無辜の猶太人に同情して米國に移住を促すのみか健氣にも露帝へ建議書を贈る由傳へられ、吾人は今日帝國主義に傾きつゝ、世界暗黒とならんとする落日（いりひ）にも、流石米國は自由の生まれたる地、自由の未だ棲む處、正義博愛未だ地を拂はずと讃嘆措く能はざりしが、何ぞや、噫（ああ）何ぞや、大いに欺かれたり、馬鹿信じをなしたり、彼等米國人は到底商賈（あきんど）根性のみ、利益問題にのみ汲々たる

黄金の虫のみ、一端義侠心を振ひ起して猶太人の爲に盡くさんと公然世界に誓ひながら、一朝滿州問題のために自國の商業上利益の爲に狐狼の露國と握手したり、可憐なる猶太人を振捨てたり、始めは涙を以て或は書きたるならん露帝への建議書を反古となしたり。人道の敵、神の敵と絶叫したる露國と相抱きて、負傷したる不憫の猶太人を後足にて蹴飛ばしたるなり。咄、咄、咄、米國は世界を欺き猶太人を欺きたる憎むべき國なり、一端無告の民のため義憤を発せしからは天摧け地裂くるとも、國の體面男の體面上爾り、實に人間の體面上何事をも忘れて、これが爲に極力盡瘁せざる可らざるに、今回の米國の行動の如きは實に前後矛盾の所爲なり、僞善の沙汰なり、不道徳不倫理なり、吾人は僞善を憎む、正義の面を被りて、悪を行ふ者を大に憎む、米國の如きは即ち是なり、猶太人は即ち米國に賣られたるなり、誠に憐むべからずや。吾人は米國が建國の偉人ワシントンの意志に乖き、其の肖像と、自由獨立の國旗とを汚し、帝國主義を取り卑しむべき商業根性現金主義にのみ傾き、自由の光輝よりも黄金の光を愛するを見て甚だ遺憾の思ひあり、彼國の富豪、學生及び處女の氣質、吁、米國は罪悪堕落の黄昏なり、否歐州各國も今や全世界を擧げて利益問題に熱意し、野蠻なる殺人法なる戦争熱に浮かされ、黒暗々の大魔界となりつゝあるなり。人よ、最早人を信ずる勿れ、東洋の人よ、基督教國の民たりとて容易に信ずる勿れ、中には眞実の宗教家はなきにあらずと雖も、彼等は彼等の聖経に記されたるが如く、多くは「綿羊の姿をなしたる狼」たるなり、今や親しく見ゆれども、イザ自國の利益問題の湧上るや忽ち前の處女は脱兎と變ずるなり。噫、淡泊にしてお人好しなる東洋の人よ、今回の米國人の行為に鑑みる處あり、爾後大に注意緊褌一番を要す。予は世界に孤獨にして流浪民たる猶太人に同情す、神よ、昔を忘れずば、彼等に恵みと憫みとを垂れよ。

「米国は偽義侠の国也」について

この随筆は、アメリカがキシニョフ虐殺事件に関する建議書をロシア皇帝へ送ることを取りやめたこと、その背景に満州におけるアメリカの通商上の権益確保をロシアから得ることがあったことを示唆する『万朝報』の記事を紹介して、アメリカの非人道的態度を批判したものである。花外は、「一端義侠心を振ひ起して猶太人の爲に盡くさんと公然世界に誓ひながら、一朝滿州問題のために自國の商業上の利益の爲に孤狼の露國と握手したり、可憐なる猶太人を振捨てたり、……露帝への建議書を反古となしたり」、と捉えた。

また花外はアメリカ及び欧州が商業主義と戦争熱に浮かされていると見た。すなわち、「米國が建國の偉人ワシントンの意志に乖き、其の肖像と、自由独立の國旗とを汚し、帝國主義を取り、卑しむべき商業根性現金主義にのみ傾き、自由の光輝よりも黄金の光を愛するを見て甚だ遺憾の思ひあり、……、吁、米國は罪悪堕落の黄昏なり、否歐州各國も今や全世界を擧げて利益問題に熱意し、野蠻なる殺人法なる戰争熱に浮かされ、黒暗々の大魔界となりつゝあるなり」と。

6．「大挙して来れ」（第六二号、一九〇三年九月五日付）

大擧して來れ　　　花外生

聞く樺太に在る數萬の露國人、本國の壓制にして其氣候の酷烈なるが如く殘酷なるを厭ひて、近來大に我日本を慕ひつゝありと、一朝日露開戰の曉には海を越えて日本に味方し大いに戰はん決心なりと。吾人は之れを聞て愉快に感ずるなり、元來樺太在住の露人は本國にて犯罪ある者（露國の如き貧民の活路を得ざる國にては當り前也）國事犯人（露國の如き野蛮の先制國にては當たり前なり）又は西比利亞より移されたる追放人なるが、憐むべし彼等は樺太に住し露國の酷烈暗黒なる法文の天を戴き居りては終生自由の身となる能はず、本國へ帰る能はず、苦役の極は空しく荒涼たる樺太の土となるを思ひてなり、今は西比利亞の政治を讃美するが如き濤の音、岸邊を春も秋も吼るが如くに打つ波の音を聽ては靈魂終に浮ばれざるを以てなり。吁、嚴寒氷雪の樺太にては土に埋るゝ死骸すらも露西亞の法律の夫れの如く人間に堪へざるを思ふてなり。樺太は一度日本の有たりし故彼等は其の徳政を知居り聞傳へて日本を慕ひつゝあるにや、我日本を暗黒なる樺太の地より涙を流しつゝ望みつゝあらむ、數萬の俊寛が本國ならぬ異郷の日本を望みて憧れつゝあるならん。我は是に於て我意を強ふするなり、腐敗したりと雖ども我國未だ異邦人より慕はれつゝありと思へば欣ばしく思ふなり。吁、樺太にある數萬の露國人よ、來れ、來れ四海悉く同胞なり。我國人は汝連の痩せ衰へし身を抱く双腕あり、我国狭しと雖ども君等を安全に住ましむるの地、食物を産するの土あり、山水の美は世界の公園と稱せらるゝ程麗しきなり、以て多年衰へたる身體を健全にし、泣き腫らしたる眼を大によろこばすに足るべし。吁、來れ來れ、日本の光明に身を照らさる可く來れ、生きては本國露西亞へ還られず、自由を得ずして苦役しつゝある數萬の人よ來れ、君等は罪を犯したりと雖も鬼にもあらず蛇にもあらざるなり、弱き人間が活路を得、露命を繋がんとして余儀なく罪を犯したるならむ。由来人間の犯罪の動機たるや大抵些少の事たるなり、殺人者と雖も其罪の原因を深く探り其心根を酌めば譬へば野の鬼薊（あざみ）の涙催さる点もあるなり、大小を以て論づるの罪之を探れば大に同情を價するものあり。我等は君等を其罪人の故、追放人の故を以て怖れざるなり、況んや君等は我日本に頼みつゝある也、吾國義として君等を捨てんや、噫、君等は人生の荒野に如何に淋しからん、天地の美もなく人生の愛もなく同情もなく（君等の間には涙の常に悲しき同情あらん、否互に長き悲哀に終に言葉も出でざらむ）春夏秋冬を泣きつゝあるならん、否春や夏の如き好時節はあらざるなるべし、吾等は西比利亞の雨や風に泣く囚人に常に同情を有す、鞭撻鐵鎖激しき苦役露西亞の冬空の如く嚴しき看守の顔、如何に怖ろしきぞや、サーベルの光（何処にも怪光冷光を放てり）之れに加ふるに天然の嚴峻、吁如何に西比利亞の囚人が泣きつゝあるか、嘗て予は文豪ドストフ（エフ）ヒスキーが露國の壓制を憤り自由を唱へたるより罰せられ、彼の西比利亞の氷雪と刑史の鞭と其の苦役に泣くこと多年終に忌むべき病に罹りたるを讀み、悲慘凄愴巻を閉ぢて泣きし事ありき、其の激しき風雪苦しき囚徒の労役を想ひやりて竦然として戰慄したる事ありしが、実に西比利亞は熊や狼に適當の地、人間が住み得べき處にあらず、況んや労役して生くべき所にあらざるなり。否横暴壓制なる露國の天地は鬼こそ住み得れ、到底人間が住み得べき地にあらざるなり。來れ、來れ樺太島數萬の人よ、來りて疲れたる重き頭を安んぜよ、香ばしき空気を吸へ、君等を慰むる人間の同情あり、野には美はしき花もあり、清き水もあるなり、人間到る処青山あり、君等の墳墓の地はあるなれ。樺太の如き処にて死せんか、靈魂終に天に達する能はざらむ。實に樺太の空は天國に通ずるべく道なければなり（下界は次第に天國と遠かざり其道塞がりつ、あれど）。吁、來れ、來れ海を渡りて大擧して日本に來れよ。吾れ是卑文を草す、試みに樫の箱を造り之を収めて、樺太に達するべく願を込めて海に流さば、神明吾が哀情を憐み波路を越えて彼等が泣ける濤荒き樺太の海岸に無事に達するや否や。

「大挙して来れ」について

これは、樺太にある数万のロシア人が本国の圧制を嫌い日本を慕うという報道に鑑みて、大挙して日本へ来ることを訴えたものである。花外は、樺太のロシア人を「本國にて犯罪ある者」、「國事犯人」、「西比利亞より移されたる追放人」と見做している。花外は、前二者をロシア帝国では当然に生じる問題とし、後者を「露國の酷烈暗黒なる法文の天を戴き居りては終生自由の身となる能はず……苦役の極は空しく荒涼たる樺太の土となるを思ひてなり」、と考えた。また花外は、「數萬の俊寛が異郷の日本を望みて憧れつ、あるならん。……嘗て予は文豪ドストフヒスキーが露國の壓制を憤り自由を唱へたるより罰せられ、彼の西比利亞の氷雪と刑史の鞭と其の苦役に泣くこと多年終に忌むべき病に罹りたるを讀み、悲慘悽愴巻を閉じて泣きし事ありき」、「否横暴壓制なる露國の天地は……到底人間が住み得べき地にあらざるなり」と述べ、「來れ、來れ樺太島數萬の人よ、來りて疲れたる重き頭を安んぜよ、香ばしき空気を吸へ、君等を慰むる人間の同情あり、野には美はしき花もあり、清き水もあるなり、人間到る處青山あり、君等の墳墓の地はあるなれ」、と同情あり自然ある日本に来ることを奨めているのである。

花外の「露人は人道の敵也」、「米国は偽義侠の国也」、「大挙して来れ」という三つの随筆は、多くの問題が関連している貴重な作品である。そこには、ロシアにおいて抑圧されたユダヤ人や、樺太における同情すべきロシア人も描かれている。花外の同情主義や友愛の精神を見ることができる。しかしロシアにおける勤労人民たちの思想や運動に対する明確な認識は見えて来ないのである。従ってこれらの随筆に現れた限りで述べるならば、樺太における抑圧されたロシア人を受け入れようとする花外の民族主義的な観念は窺われるが、世界における勤労人民との連帯の精神は明確ではなかった。この点では、片山潜に強く連帯してアメリカへ渡って活動したといわれる花外の弟の詩人・星人との一定の差異があるようにも思われる。

五　結びにかえて

これまで『評論之評論』紙上に現れた児玉花外の未公刊詩文を紹介して、検討を加えてきた。それによると、社会性を帯びた詩は少数であり、多くは叙情性を帯びる内容であった。勿論、両者の関係が多かれ少なかれ不可分の関係にあることが特徴といえよう。従って『評論之評論』以後における花外の詩の検討においては、同紙に現れた花外の詩想を十分踏まえた研究に期待したいと思う。

とりわけ残された同紙における花外の七点の随筆によれば、『やまなし』新聞社時代における花外の残された貴重な随筆「入社の辞」、「子規とハイネ」、「日蓮研究に就て（二）」、「社会主義の声」、「富士山（上）」に比べると、そこに新しい特徴が認められる。それは、本章の随筆「花井お梅」・「無痛無恨の死」・「木賃宿の一夜」のような社会問題や、「露人は人道の敵也」・「米国は偽義侠の国也」・「大挙して来れ」の如き民族・国際問題に対する花外の関心が飛躍的に拡大しているという点である。花外のこうした問題への関心の内容については、上記に述べた通りである。その後の花外の思想や行動の検討に際しては、ここで明らかとなった諸点を踏まえて行うことが肝要であると考えられる。従って花外の初期社会主義への強い共感は、こうしたことも考慮に入れながら、今後検討されなければならないものと考えられるのである。

注

（1）桑原伸一「児玉花外と『風月万象』――初期思想の特異性について」（『宇部短期大学学術報告』二一号、一九八四年）。

（2）同「児玉花外の新資料――『やまなし』記者時代の未公刊詩文」（『宇部短期大学国語国文学会『宇部国文研究』一六号、一九八五年）。
（3）同『児玉花外詩集――在山口未公刊詩資料』所収「熱血放浪の詩人児玉花外」（白藤書店、一九八二年）など。
（4）後藤「二十世紀初頭、大阪における木賃宿の状態――キリスト教ジャーナリスト松崎天民『木賃宿』の復刻と分析」（『和歌山大学教育学部紀要人文科学』五四集、二〇〇四年。補訂の上、後藤『松崎天民の半生涯と探訪記――友愛と正義の社会部記者』（和泉書院、二〇〇六年）第五章「大阪の木賃宿」に所収。
（5）後藤『平和・人権・教育』第一章「日本国憲法の平和主義の源泉――植木枝盛『無上政法論』と、その軌跡を中心に」（宇治書店、二〇〇四年）、同「近代日本の平和思想」（澤野・井端・出原・元山編『総批判改憲論』法律文化社、二〇〇五年）。

第二部　児玉花外の大正デモクラシー

第四章　花外の希望と悲哀

一　はじめに

晩年の萩原朔太郎は「児玉花外を偲びて」（『萩原朔太郎全集』未収録）のなかで、重要な花外評を残していた。朔太郎は、花外を「明治時代に於いては、一代に鳴らした有名の詩人である。その晩年の悲惨な姿は、東西共に變わらぬ『詩人の運命』を表象して、まことに感慨深く傷ましい思ひがする」、「この生まれたる純情の詩人は一生を通じた詩人であり、詩人であることの外にいかなる人生をも知らないのである」（『女性時代』一九三六年一一月）、と述べていた（本書第十三章）。

その後における花外の主な人生を見るならば、遥か以前にこうした意味の言葉を残していたのではないであろうか。そして花外自らがこうした言葉の意味の通りに自分の詩の人生を見通して、人生を送ったのではなかろうか。こうした花外の心情を述べた大正期に発表した随筆「鈴蟲の死」（『読売新聞』一九一八＝大正七年八月二五日付）をまず検討しておきたい。この随筆には、朔太郎の花外評に係わる重要な内容と共に、花外が中国の民族独立革命に共鳴して、革命家として献身した黄興や陳其美に触れた内容がある。

ところで花外が、辛亥革命後の一九一二年（大正四）から一五年にかけて中国の民族独立革命に連帯して謳った詩には中国革命や孫文などを謳ったものなどが多少あり、中国革命に対する花外の詩想の全体像は後考を待たざるを得ない。しかし、この「鈴蟲の死」の中で、花外は東京神田に住んでいた頃を回想するなかで、中国の民族革命に共感して盛んに謳い、また革命家の黄興や陳其美の悲壮な詩を謳ったと述べている。さしあたり陳其美の死と東京神田とを謳った花外の詩「支那の空へ」（『太陽』第二二巻第九号、一九一六＝大正五年七月）と、同じく黄興の死を悼んだ詩「秋葉散る黄興」（同誌第二二巻第一四号、同年一二月）とを検討して、花外に現れた「大正デモクラシーにおける希望と悲哀」について明らかにしておきたいと思う。ちなみに黄興は、孫文と並んで、神戸にも関係の深い人物であった。花外のこれらの随筆や詩は、管見の限りでは、紹介も検討もされていない作品である。

以上の随筆及び詩の全文を紹介して、検討したいと思う。原文は旧字、旧仮名遣い、総振り仮名付きである。振り仮名は極一部に現代仮名遣いを付した。なお明白な句点の欠落は補った。

二　花外の随筆「鈴蟲の死」

（一）　花外「鈴蟲の死」

鈴蟲の死　　　　　　　　　　　　　　　　　　　　　　　　　　　　　　　　　　　　　兒玉花外

今朝、朦朧とかなしい瞳を開くと、ゆうべ醉て買つて戻つた鈴蟲の小籠が、疊の上に置かれてあつた。四谷から夜遲くに、かなり醉て居たとも思ふが、それでも自分で釣つたものか、薄い墓の色のやうな蚊帳の中に、死んだ樣になつて獨りで臥てゐた。

蚊帳の裾の方には、脱いだ浴衣や、解いた兵兒帶が亂雜を描いてある處に、鈴蟲の小籠は捨てられた樣に見られた。

夏の曉の薄蚊帳のうちで、夜間の醉後、なほ意識はぼんやりとしてゐる今。よくそれでも鈴蟲の籠だけは持ち歸つたものと思ふ。懷中の紫の財布は路で落したのか無くなつてゐた。

青い墓の蚊帳から身を起した私は、鈴蟲の小籠に見入つた。可愛い、黒い鈴蟲は、動かないが無事で活きてゐた。明るい灯と酒と女と、昨宵の光景と感興とに比べて、いかに此は悲寥なる有様ではあらうぞ。あゝ、鈴蟲は鳴かねど、私からして堪らず泣きたくなつた。

麹町の家に、獨身生活を私は八ケ月も續けてきた。一日は無言の業をし暮らしては居るが、夕景からは岩窟から出て行く人でもある如に、定つて街へ散歩をするのである。實は昨夜の出來事もその散歩からのかけらの一つだ。

一軒の家に獨居してゐると、是迄には知らなかつた深刻なる人間味が分かつて來る。と同時に、複雜らしい世間の狀態が自づと覗はれる。

私の家を差挾んで、兩側は電話を持つ家であるが、一日中は石のやうなこの耳にすらも、かの浮世の音は絶えずに波みたいに囀傳へる。

其一方は會社の課長であるが、日夕にする電話の容子では、何でも實社会に於る活動交際は頗る派手であるらしい。八百屋物一つでも、女中がチリンとやれば早速に小僧が飛んできて用が足される。此處には米の問題なんど、そんな風すらも吹いて來ないらしい。

原稿も書かないで、ぼんやりと何やら沈み考へてゐる時に定つた様に、隣家の電話の鈴はいろ〳〵と私を刺激し、廣い世間に向けてむほん氣を起させるのだ。

時には長い間の文士生活、型にはまつた原稿生活が單調で莫迦らしくなると、この獨居生活がまた俄に淋しく馬鹿らしく感じる。

嗟女よりも深くなじんだ藍罫の紙を焼き、筆を折つてから、私は奮然として面白さうな世間へ出直さうかと考へる。金のことなぞも胸に溢れてくる。

今一軒隣には大勢の小兒が居るのだが、此處では又いつも人類の深い、あの厚い母親のその子女に對しての愛情の聲が聞える。

恁(こ)うした時には、氷山に取り殘された如な獨身者は、その不自然な荒寥(涼)極まる今の生活が、味ひのある人情生活に背いて、何だかある明るみに罪を犯したらしく感じる。で私は、ある温かい如なものが戀しい心となる。陰鬱な塊みたいな私は急に爆發をして、恁うした時には寂しい家を飛び出さずにはおけない。昨夜四谷の灯明るい街の家で醉つたのも、それが斯うした動機からだつた。私はいつも心の破裂から酒に往つて悲劇を生む。

淋しさから酒、酒から死に落とされた鈴蟲は、げにも可憐な運命ではあるまいか。

内に獨居して隣家の電話のリンに世間的の刺激をうけ、又其隣の家からは母親の愛情の肉聲に、人の世戀しくなつて家を飛出した私は、更に此處にて測らずも他人の女に情緒を波たゝせた。

以前も麹町にゐた時分、飲みにきた此家の小娘は、もう四五年にならうか、今夜ふと氣紛れに入つた私の目に、彼女は若女房となつて帳場に座る姿が映つた。

娘の頃は可愛いかつた。今でも容色は美しい若女房振りだが、その私が今年の今夜に見たのは少しの髷の傾き、白い胸元さへも明いて見える家妻らしい悲しさ。

享樂の俗な場所柄ですら、人形みた如だつた小娘は、たぶん養子でも迎へたものか、今では其年齢(とし)に似合はぬ髪形の若女房振りは、可愛い盛りの娘時代を急に飛越してから、その若額には算盤勘定の刻印さへも顯はれてゐる。

浮世の商賣といふ事が、少女みたいな娘の純美を、急に丸髷姿に變へてしまつた運命が、私には殊に傷ましくも思はれた。況(まし)てや普通の商賣屋の養子なるものは人の娘を賊する日本の例だ。

夜の白玉のやうに匂ふ彼女の顔その黒い髪。ことに私には、その帳場に慾の見張りの様に座る若女房の赤い手絡(てがら)、横にちらりと灯に映り輝やいたのが、情緒的な悲しいものにした。

でも此女は、こちらで想像をするよりも實際は、幸福な善い月日を送つて居るのかも知れない。今に見る此娘が女房となり、華美な手絡を髪髷(まげ)に掛けるそれ迄には、様々な樂しいローマンスがあつたであらうも分からぬ。

此娘が赤い手絡で色彩るまでの間に、私は方々と引越して歩いた。元麹町に住つた時に初めて此家に少女として見てこのかた、今又麹町に舞戻つて四谷に若女房姿で再會をした此日まで、四五年の間に私は女が紅い手絡にまで變つた濃い情趣の間に、私は神田の篠懸(すずかけ)の並木の街に住つて、赤い支那の革命に心醉をしてから歌ひ續けた。茲に黄興と陳其美の悲壯なる死を歌ひ弔つた。

少女は赤い手絡で裝ひ女美を發揮したのに、赤い革命に狂ひ歌つた此身の現在はいかに。その問題の支那は赤く揚つた義の革命の火の手は衰へた今日、尚南北は混沌として老いた様な見苦しい灰色を呈してゐる。かく言ふ私自らも興味を缺いた刺激の乏しい生活、この青春過ぎた赤い血を殺風景にやたらに浪費し盡くした心持ちがする。

家を出た時分から感傷的になつてゐた私は、今はもう、此女にも灯にも酒盃を見捨てゝからに何時かは知らず此享樂の場所を立ち離れてしまつてゐた。

何でも大分醉つて鈴蟲の小籠を買つたのは其後であつた。情に飢ゑた自分は凡ての愛情をこの小動物にあつめるつもりだつたらう。

紫の財布は道路に落したに拘らず、此蟲籠を無事に家へ持戻つたのは、私は幾ら酩酊ては居ても流石にも、注意を此鈴蟲の小籠に集注(中)をして居たものと受取られる。しかし乍ら道々醉漢の手にしたる動搖に、可憐な小蟲は身も魂もデングリ返したであらうよ。

二日醉の頗る弱りきつた早曉、私は青い墓のやうな蚊帳の中に死んだ様に横はつてゐた。此時には可愛い鈴蟲はまだ動かないが活きてゐた。

胡瓜を與へることも私は知つてゐた。が、私は身体を動かすには昨夜の疲れが、私をして外に胡瓜を買ひに行かすには大儀でもあつた。固より獨身生活の、私よりほかには使用人とて居ないのだから、而して私自身も蟲と同じく飢ゑてゐた。

この朦朧たる悲しい瞳に、この小さな鈴蟲は甚だしく弱つた如に見られた。玩具みたいな小細工の籠の中に、それの形がまるで黒點程にしか思はれない。

昨夜(ゆうべ)からの強い感興からして感情を動かし過ぎた私は、遂いつとはなしに疲れた神經が、うと〳〵と睡眠の夢のうちに誘われ落ちてゐた。

丁度その時、その青暗い如な夢かうつゝかの中間にて、今その鈴蟲がふるへる美しい銀みたいな、それは極めて細い声を立てるのが聞かれた。後で思へばこれが此小詩人の最後の歌であつた。

青の蚊帳の墓の中にて私は目を半ば開きつゝ、あゝ鈴蟲は無事だまだ活きた歌つ(て)てゐると、熱い嬉し涙が頬に傳ひ流れた。

然し〳〵、夕暮前に、私が稍(やや)生氣を回復して蚊帳から起出たときには、哀れもう可愛い小さな鈴蟲は死んでゐた。

胡瓜も与えられず、歡樂興奮の酒から、私の過失で、とうと優(う脱カ)しい此小蟲を殺してしまつた。

嗚呼、世の狂熱の詩人に養はるゝものは、蟲でも妻でも不幸なるかな。

ああ鈴蟲よ。孤独悲痛なる詩人の私も汝の運命の跡を辿るであらうよ。

(二) 花外「鈴蟲の死」について

この随筆は、酩酊中の花外が買った鈴虫を自らの過失から死に至らしめたことを通じて、かつて飲み屋の可憐な娘が今では「その若額には算盤勘定の刻印」が窺われることを憂い、プラタナスの並木の街・神田に住んでいた頃に中国の民族独立の「革命に心酔をしてから歌ひ續け」、また革命の指導者・黄興や陳其美の死を謳ったこと、そして狂熱の詩人に養われた虫や妻も不幸に落ち、そして詩人の自分も鈴虫の運命と同じ跡を辿るであろうという予言的な内容である。実際に、花外の最初の妻（増栄）は一年ほどで一九〇〇年（明治三三）に花外との間の一人娘（光子）を連れて離婚した。二度目の妻（おさく）はその連れ子（一八、九歳）と共に幸福そうな生活を一九一五年（大正七）頃には送っていたが、肝臓病を患い、懐妊を機に亡くなってしまうのであった（昭和女子大学近代文学研究室『近代文学研究叢書』五二巻、同大学近代文化研究所、一九八一年）。

正に、この作品は花外に先んじて亡くなる萩原朔太郎が花外を評して述べた「詩人としての外にいかなる人生をも知らない」、「その晩年の悲惨な姿」を象徴するような内容である。ちなみに花外がこの随筆を発表するのは、死の二五年ほど以前なのである。花外は、世俗的な関心の強い多くの詩人たちと違い、自らの人生を詩人としてのみ生きたのである。こうした意味において、全く見事というほかはない。

なお花外はこの随筆で「その問題の支那は赤く揚つた義の革命の火の手は衰へた」と述べているが、後の一九一一年（大正一二）三月に「支那統一の曙光」という詩を発表していく。

三　花外の詩「支那の空へ」・「秋葉散る黄興」

（一）詩「支那の空へ」

支那の空へ

兒玉花外

街頭に市民の目を怡まし夏に茂る
吾は篠懸（ぷらたなす）の並木の側を通るたび
肺を患ひ國事に瘦し陳其美の
蒼白き顔が青い葉の間に見ゆる心

『怨敵袁世凱は死に滅ぶ天兵殺到り。』
あまりの懐かしさに陳其美と呼べば
若き革命黨の髪も紊れて葉にかゝり
水晶眼鏡の好男子が紅らみ微笑む如し。

袁世凱の急死の飛電來るや
神田の支那料理店の夏の宵は
慷慨悲憤の留學生で大繁昌
熱酒は青年などの血ににじみ歌となる
吾も神田の憂鬱の二階に祝盃をあげ
革命黨のため機運萬歳を唱へたり
折しも梅雨ちかく蒸暑き西の空に
雲切る間に勝利の赤き星は煌る。

記憶するらん波よ侠日本の波なれば
大森は陳天華の遺書し投身したる處。
大森の曙樓の花の女中
若く三十八で花を散した陳其美に泣け
日本の活動した丸橋忠彌か陳さんは。
吾は牛込を通かゝり目に涙

姉妹娘で名高く宗教仁居りし林家
門柱は朽ち白く張られし賣家札
松も檜も青ざめて薄命の宗君を偲ぶ。

袁世凱のため監禁され筆を扼されし
文豪章炳麟の晴天を見たるを聞き
吾は歡喜にあふれ雀躍せり
今日久し振江戸川畔を散策し
葉櫻や柳や色鮮かに南風に梳り
古來志士仁人の自由の魂の翔るに似たり
吹け〳〵緑の薫風に吾が夏帽子。

故山座公使の三年忌に當り
吾は小禽と青山の墓地を訪ふ
紅白の手向の花は華々しき生涯を偲ばせ
允子内親王殿下御用取扱を仰付られし
賤香夫人よ、社交界の花と匂ひ玉へ
山座公使は北京に活躍されし詩的豪傑
噫支那問題の曉近き今日を見せしめば。
袁も五十七年の悪夢さめて土の底。

吾は神田の迫合ふ屋根廂の間より
碧空を眺め獨り樂しみなぐさむ
漠々と湧浮ぶ濤のやうな白雲が
若しも帶ならば白縮緬の長いのを
この熱血の肉體に卷いてみたし
青簾、岐阜提灯、風鈴、愛らしい金魚
團扇に追へば艶哀な螢の逃れとぶ興
東洋の夏期は英雄の日や趣味の月。

自由と文明を慕ふ燕か雁か
支那留學生が巣とし群居せし
神田街の柳や篠懸の葉よりして
東方の波と波とが激し接吻(くちづけ)るやう
隣邦土の緑と無限に連續しめむ
東洋民族の理想を實現すべく
茲に大亜細亜主義の花盛りを見ん迄は
友よ吾と共に鐵に血に謳ひ歌はむ。

詩「支那の空へ」について

この花外の作品は花外の中国のブルジョア民族独立革命への期待を謳っただけではなく、次の詩「秋葉散る黄興」

と同様に、日本における中国の民族革命家の状況を考える場合に、手掛かりを与えてくれる貴重な作品となっている。花外が神田の並木の側を通る際にしばしば見かけたという陳其美（一八七七〜一九一六年）は、蒼白い顔をした「水晶眼鏡の好男子」であった。日本に留学した陳は、一九〇五年（明治三八）に東京で結成された中国革命同盟会に加盟して、一九〇八年（明治四一）に帰国、上海独立を成し遂げ、同地の都督となった。一九一二年（明治四五）に唐紹儀（一八六〇〜一九三八年。袁の帝制問題で第三革命に参加）内閣の工商総長となったが、第二革命で敗北して日本へ亡命した。彼を花外が見かけたというのはこの頃だと思う。やがて帰国した陳は袁世凱に反対する革命を遂行したが、上海で暗殺されたのであった。その袁世凱が急死するや神田の中華料理店では、悲憤慷慨する沢山の中国留学生が祝杯を挙げて、「革命黨のため」に万歳を唱えていた。

また花外は、東京の大森海岸へ投身自殺した陳天華（一八七五〜一九〇五年）を謳っている。花外の『社会主義詩集』が頒布発売禁止となる一九〇三年（明治三六）に陳天華は日本へ留学し、翌〇四年に結成された華興会の中心メンバーとして、同年一一月に黄興などと長沙蜂起を企てて失敗したが、排外・反満の革命思想を広めるために、『警世鐘』などを発表し、翌一九〇五年に先の中国革命同盟会の発起人として参加して、宋教仁の指導する同会機関紙『民報』の編集委員を勤めた。陳天華は、日本政府の中国人留学生取締強化に抗議して、中国民族への「絶命書」を残して世を去ったのである。

花外は、日本における薄明の革命家・宋教仁（一八八二〜一九一三年。孫文夫人・宋慶齢などの兄）の隠れ家・林家に触れている。当時は主人の宋教仁をテロで失った家には売札が張られていたという。宋教仁は黄興と共に長沙に先の華興会を組織して、同地の蜂起に失敗、日本に亡命して中国革命同盟会の結成に参加した。一九一一年（明治四四）一一月の辛亥革命後、南京臨時政府法政院の総裁となり、臨時約法の制定に活躍した。袁世凱政権後は、袁の権勢を抑制するために、政党政治の実現を期した。このために中国革命同盟会を改組して中国国民党を結成し、国会選挙に勝利するが、一九一三年三月に袁による刺客の手によって暗殺されたのであった。

さらに花外は、袁世凱に監禁された文豪の章炳麟（一八六九～一九三六年）が解放されたことを聞き、「歓喜にあふれ雀躍」したと謳っている。古学の章炳麟は変法派の康有為などと対立し、民族革命を唱えて、一九〇一年（明治三四）に日本へ亡命した。一九〇六年（明治三九）に上海で活躍中に、孫文などに請われて来日して先の『民報』を主宰することとなった。しかし辛亥革命後、排満に反対したために孫文などと対立する。

花外は山座円次郎（一八六六～一九一三年）の三年忌に手向けの花をもって青山霊園に詣でている。玄洋社系の人物と関係が深い山座は、一九一三年（大正二）に中国公使となり、中国の第二革命が起こった際に、日本が絡んだ三つの事件（兗州・漢口・南京の各事件）の処理に当たった。山座は確実な外交を行い、陸軍の介入にも批判的であったが、翌一四年五月に北京で急死したのであった。また朝香宮鳩彦夫人・允子内親王（明治天皇第八皇女、母は園祥子、『天皇家系譜総覧』新人物往来社、一九八六年）の「御用取扱」を仰せ付けられていた山座賤香夫人に声援を送り、「支那問題」の解決が近いと感じた花外は山座円次郎に今日の状況を見せたかったと謳った。賤香夫人は丹後出身の政治家・神鞭知常（一八四八～一九〇五年。元立憲改進党員、対露同志会の中心人物）の長女である。この部分は、花外の「中国革命」礼讃の質を示す看過できない箇所である。

最後に、花外は「東洋民族の理想を実現すべく」、孫文が欧米の帝国主義に抵抗するアジアの被圧迫諸民族の団結を唱えた「大亜細亜主義の花盛りを見ん迄は／友よ吾と共に鐵に血に謳ひ歌はむ」と結んでいる。孫文最後の来日中の神戸県立高等女学校における講演（演題「大アジア主義について」）の記事を見た南方熊楠は、かつて一八九〇年代のロンドン亡命中の孫文などに「イギリス人を東洋から追い出すこと」と披瀝し、「孫文の大アジア主義は熊楠の指摘から案出したこと多し」と書簡に認めていたのである。その後の二人の交流は同志的な内容である。最近に明らかになった事実を一つだけ挙げるならば、孫文はマリアーノ・ポンセのフィリピン革命の書『南洋之風雲』を、中国革命の日本人同志を紹介してくれた熊楠へ贈っていたのである（後藤『近代日本の法社会史——平和・人権・友愛』第七章、世界思想社、二〇〇四年）。

（二）　詩「秋葉散る黄興」

秋葉散る黄興

兒玉花外

秋は悲しや、東方は殊に秋風秋思ふかし、
十月卅一日、星影青白き午前四時
『黄興氏上海に於て逝く』
急電は火燕のやうに全世界に傳はる、
渠(かれ)が一生は、國家民衆のため奮闘碎身の連續
燦爛民國政體の確立に先ちて、獨り冥闇に入りぬ、
理想家の孫逸仙と、支那名物男として謠はれし
実行家の巨擘(きょはく)、革命の巨花黄興死せり。

黄興氏の一代は、火と血と劍の活歴史、
光緒廿五年、唐才常と擧兵を皮切に
明治廿七年、花と武と義さく日本に來たり
章炳麟、陳天華、宋教仁、劉揆一等と『華興會』を起し、
三一年、三年、四三年、遊説に、暴動攻撃に遑あらず
遂に第一革命の武漢に、赤く爆發するや
漢陽漢口に轉戰大功、大元帥となり
南京政府に、陸軍部總長兼参謀長に任ぜらる、

後、宋教仁事件に袁世凱と衝突し、米國に放浪。

黄興の抱擁力は海のやうに廣く、
其の膽力は生々、山の如くに重く、
徳望は花と高く薫り、友黨部下を醉はせり、
千辛萬苦、劍か縄、身は幾度か危險に瀕し
一代怪物袁世凱の毒黒手も、赤誠眞實の人に及ばず
功名も、義の爲に、生命も土塊の如く思ひ
南北協和政府が、勲章贈るには答へ
『同志の白骨を胸に佩びるのは嫌だ』
一語凛然として、後世榮達家を愧死(きし)せしむ。

黄興は、命がけ革命道樂の外に
撃劍、圍碁、正宗酒(まさむねのさけ)、書、東洋の趣味、
國事を畫策す少閑に、植木盆栽をながめ
殊に日本の幽雅濃淡菊の花を愛したり、
渠が死せしは恰も東方に、紅菊の花さく頃
同胞志士が血を濺(そそぎ)成る、民國政府の建設半ばの瞑目よ、
廣東怪我したる時、波ひゞく寢臺に横はり
日本の浴衣を着たしと願ひし人、洒落(しゃらく)の快男子。

革命と波、英雄と詩人は永遠に侶伴なり、
上海佛租界の『霞飛路』の街の窓より
赤き雄魂は弾丸のやうに、秋の蒼空に飛びぬ、
最初革命の旗破れ、其身は張子洞一味に捕はれ
知人の獄吏の情に遁れしも、上海の獄舎、
櫛風（しっぷう）沐雨十八年、祖國に新生命を與へんと
南船北馬に狂奔し、旅の衣も鹽と土臭き幾歳月、
今ま雲の上に、君が名は清く鶴の如く舞ふ。

吁嗟（ああ）、黄興々々！其名の短的に男らしさ
折しも日本の秋に、公孫樹（いちょう）は黄に染みて美はし、
吾は夕陽の銀杏樹（いちょう）の幹に凭れて
英雄の艱難の生涯と、悲壮の末路を懐ふ、
君は西郷南洲の人物を、火の如く敬慕せり
堂々二十三貫の堅忍不抜の支那豪傑よ、
今上野の秋に、南洲の銅像に、銀杏葉が散りて照らす、
黄興が記念像は、須らく揚子江畔の波打際に立つべし。

門柱の標札にやさしく『中田（なかだ）』と書いた
黄興氏亡命當時の目白の隠家

老母と、正夫人と、主人が調度道具も涙の種、
末女節子が花モスリンの支那服は愛憐
曉星中学の次男厚端よ、若き支那の星となれ、
同志孫逸仙、宮崎滔天も、血族の家人さへ
同居ながら、突如胃潰瘍の急變に
枕頭、淋しく死目に遭はざりし悲劇よ、
古來奇傑は、孤獨に生き、孤獨に死するが運命か。

あゝ南方、南といへば太陽に熱き涙おつ、
黄氏が故郷、湖南人の發起にて
秋十一月五日、帝國教育會講堂にて、
留學生の追悼會は、菊花を飾りし十八日
大手町の大日本私立衛生會にて、盛大に行はる
香典料二萬元、國葬費五萬元、儀仗兵も何等の光榮ならじ
逝し國士黄興氏には、祖國民の眞自覚と、涙一滴にて足れり、
曾て生前三十萬兩の懸賞の首が、今や天下の惜しむ寶物。

吾は此弔詩を綴る十一月九日朝
『蔡鍔死す』新紙を見て手は顫ひぬ、
噫、支那革命青年黨の首領蔡鍔は

黄興氏は四十四、蔡鍔君は三十五。
君は黄氏と湖南に生まれ、同じ革命に殉じて死せり
今次の革命戰に、魁第一、
君は唐繼繞と共に雲南四川に兵を擧ぐ、
袁氏が帝政を布き、皇位に登るや
福岡病院にて癌を病み、痛波のやう死す哀れ、

吾は神田篠懸の青葉の蔭にて
陳其美の横死に泣き、今黄興、蔡鍔の死を聞傳へて悲む、
嗚呼、天東方に幸せず、将星（しょうせい）しきりに隕つ
獨り民國のため太だ惜むのみならず
黄色人種中に、非凡傑物を失ふに嘆く、
黄君が平常（つね）に口癖のやうに
『東洋の事は日支親善に俟（また）ねばならぬ』
東方の波と波、人と人とは堅く手を握れ！
黄興氏、吾は此の熱ある一言、在天の英霊に捧ぐ。

詩「秋葉散る黄興」について

この花外の詩は、黄興（一八七四年生）の急死に際して（一九一六年一〇月）、孫文の片腕として不屈の革命家であった黄興の霊に捧げた弔詩である。花外は、八面六臂の活躍をした彼の英雄的な事績を鮮やかに謳い、また堂に

入ったその数々の趣味を称え、亡命当時の黄興や、死去の際における家族に触れて、その子たちを励ましている。さらに花外は、日本における留学生による黄興の追悼会を述べて、支那革命青年党の指導者・蔡鍔（一八八二〜一九一六年）の死と併せ、黄興の言葉を引用して、東洋問題における日中親善の重要性を指摘した。

まず花外は、黄興の死が世界へ衝撃を与えたこと、これを「革命の巨花黄興死せり」と謳った。そして黄興が一八九九年（光緒二五＝明治三二）に唐才常（一八六七〜一九〇〇年）と自立会で挙兵したこと、日本に亡命して（明治二七年ではなく、一九〇一＝明治三四年）、一九〇三年に帰国して先の章炳麟、陳天華、宋教仁や、劉揆一（一八七八〜一九五〇年）などと華興会を組織したことなどや、数々の決起に触れている。やがて黄興は武漢の革命に勝利して大元帥となり、南京政府の陸軍総長、兼参謀長に任じられたという華々しい武功を称え、宋教仁テロ事件で袁世凱と対立して、米国へ放浪したことを描いている。ただし華興会は湖南で決起を計画したが、事が漏れて黄興は日本へ亡命し、先の中国革命同盟会を孫文などと結成した。また黄興の米国行については、宋教仁事件で袁世凱と対立したからというよりも、一九一二年（明治四五＝大正一）の第二革命で止むを得ず南京に蜂起して敗北したが故に、アメリカに亡命したのである。

黄興の人となりは「胆力、徳望、赤誠真実の人」であり、功名や栄達も眼中になかったことは、南北共和政府が黄興に勲章を贈るに際して、「同志の白骨を胸に佩びるのは嫌だ」という言葉に鮮明である。「万骨枯れて一将なる」と批判された日本の将軍たちは、耳の痛いことではないか。また黄興の趣味では、撃剣、囲碁、銘酒「正宗」の飲酒、書（福井市立歴史郷土館に黄興の達筆あり）、盆栽や日本の浴衣を愛したことが挙げられている。

黄興は最初の蜂起に破れ、変法派を抑圧した張子洞（一八三七〜一九〇九年）一派に捕らわれて上海の獄舎に繋がれ、「知人の獄吏の情けに遁れ」たのも、徳望のなせる技であった。ちなみに、神戸市の須磨海岸にある孫文記念館（移情閣）には、泰然自若とした恰幅の良い黄興を描いた油絵がかつて掛けられていた。花外は黄興の名を追慕して、「英雄の艱難の生涯と、悲壮の末路を懐ふ」のである。そこで黄興が尊敬する人物として西郷南洲を挙げ、上野の森の南洲像（高村高雲作）に思いを馳せつつ、揚子江畔に黄興記念像を建てようと謳うのである。

やがて花外は日本における黄興に思いをめぐらせ、日本亡命中の黄興が東京目白の隠れ家に「中田」と書いた表札を掲げたこと、亡くなった黄興に残された老母、夫人、末女節子へ愛情の目を注ぎ、「暁星中学二年の次男厚端」に「支那の星となれ」と期待した。上海で胃潰瘍で急死した黄興には、孫文や宮崎滔天、そして家人さえも「死目に遭はざりし悲劇」があったが、それこそ正に黄興こそが「奇傑」たる所以であると花外は顕彰したのである。黄興の追悼会が一九一六年（大正五）一一月一五日に黄興の故郷・湖南の人々の発起によって東京の帝国教育会講堂で、また同月一八日に在日中国人留学生によって東京大手町の大日本私立衛生会で開かれた様を叙している。花外は、高額の香典料や国葬費などは黄興にとって光栄ではなく、ただ「祖国民の眞自覺と、涙一滴にて足れり」と謳ったのである。ここに花外らしい真骨頂を見ることができる。

さらに花外は、同一一月九日の朝に「蔡鍔死す」の記事を見て、手が震えたという。福岡病院で死んだ蔡鍔（一八八二～一九一六年）の足跡を花外は次のように述べている。袁世凱が皇帝となった際に、やはり湖南出身の蔡は参謀の唐継曉（一八八二～一九二七年、日本の陸軍士官学校卒、後に西南軍閥を組織）の協力で雲南省や四川省に挙兵し、さらに袁世凱の帝制問題に反対して第三革命を起こしたが、発病したのであった。花外は病名を癌と述べているが、一般には結核といわれている。同郷人として、若くして死亡した黄興（凡そ四二歳）・蔡鍔（凡そ三四歳）が同じ湖南人として、同じく革命に殉じて亡くなったことに奇遇を感じる花外であった。

なお花外は蔡鍔を同時期に発表した詩「世界外交壇の秋」（『太陽』第二二巻第一三号、一九一六＝大正五年一一月付）の第七連において歌い上げていたので、併せて紹介しておきたい（引用の方法は先に同じ）。

雲南、四川に風雲の先驅、蔡鍔將軍、
祖国の古き癌腫を取除かんとして
身先づ熱絶叫其聲を嗄せしか、

喉頭(のんど)に癌の病をえて、竹の如く細り
福岡の波の打際の病院に呻吟せり、
血若き君の快癒を、火のやう切に祈る。
千代の松原の榮えて波に揚がる樂の
何時か、東亞の全盛時代に入らんは！

最後に、花外は黄興の言葉「東洋の事は日支親善に俟ねばならぬ」を紹介して、「東方の……人と人とは固く手を握れ！」と、結んでいる。

四　結びにかえて

児玉花外は、先に述べたように『社会主義詩集』が一九〇三年（明治三六）夏に頒布発売禁止となり、落魄しつつも翌一九〇四年二月に『花外詩集　附同情録』（金尾文淵堂）を出版した。同年一月に渡米した片山潜へ熱烈に連帯する書簡を雑誌『社会主義』へ発表している。花外は一九〇五年（明治三八）二月に『週刊　平民新聞』の後継紙『直言』に平民社の西川光二郎を謳った詩「白熊兄に」と、同じく『光』にドイツの革命指導者を謳った詩「ラサールの死顔に」（同年一二月）を発表した後は、社会主義をほとんど謳わなくなる。先に触れたように、この一九〇三年頃から一九〇五年頃は日本における中国革命の組織的高まりはピークに達していたのである。このような時期に、花外は東京などで先の黄興、宋教仁や陳其美などを見かけ、あるいは報道で接することがあったのであろう。

初期社会主義運動の動向については、一九〇三年一〇月における片山と西川との対立や、一九〇六年（明治三九）に生じた日本社会党の「議会主義論」と「直接行動論」との分裂や、結社禁止（一九〇七年）などが生じていた。こうした動向は、もともと社会主義思想家ではなく、片山潜などを信頼する熱烈な社会主義の同調者であった花外の詩

想を多少変えたのではなかろうか。

その後の花外は、ここに些か紹介・検討したように、大正前期には社会主義ではなく中国の民族独立革命などを謳い、中期にはフランス革命に共感して、ドイツ軍国主義の脅威に晒されたフランス国民へ連帯する詩なども謳っていくのである（本書第五章、第六章）。

本章では「詩人であることの外にいかなる人生をも知らない」花外の生き方、中国民族独立革命を謳った詩や、そして黄興、陳其美や蔡鍔などの革命家の死去を謳った詩とを検討することによって、児玉花外に現れた「大正デモクラシーの希望と悲哀」を明らかにしてみたのである。

第五章　花外の孫文・中国独立革命観

一　はじめに

詩人・児玉花外にあらわれた「大正デモクラシーの希望と悲哀」（本書第四章）を検討する際の資料とした詩「支那の空へ」や「秋葉散る黄興」には、黄興を始め、陳其美、陳天華、宋教仁などが詠われていた。

しかし、花外はこの頃に孫文（一八六六～一九二五年）も詠ったのである。これまでほとんど研究がなおざりにされてきた花外の詩「孫逸仙に與ふる詩」（『太陽』一九巻三号、一九一三＝大正二年三月一日付）・「孫逸仙今奈何」（『雄辨』一九一五＝大正四年九月一日付）・「孫逸仙を送る」（『太陽』二二巻七号、一九一六＝大正五年六月一日付）を検討して、花外の孫文観を探り、そして花外の中国独立革命観を考えてみたい。孫文については、主に鈴江言一『孫文伝』（岩波書店、一九五〇年）を参考とした。

なお、花外が孫文を主体にしたその後の作品には、「函嶺の孫逸仙」（『太陽』一九一八年七月）、「消失せる孫文の写真」（同誌同年一一月）、「公孫樹と孫逸仙」（同誌一九一九年一二月）が知られている（昭和女子大学近代文学研究室『近代文学研究叢書　第五十二巻』）。これらは残念ながら未見である。

二　花外の詩「孫逸仙に與ふる詩」

（一）花外「孫逸仙に與ふる詩」

孫逸仙に與ふる詩

兒玉花外

大正二年春風に梅花やゝ綻ぶ所
隣邦の巨人孫逸仙來る！
嗚呼多年自由の火の兎は獅子と化り（かわ）
革命の大塊孫逸仙來る！
憲政の芽出度たき春の風初めて吹き出でし
日本の二月の夜は暖かに星燦き
隣邦の志士の獵虎（らっこ）附外套を快よく香（にお）はす。

一行十名の壯士を従へし孫領袖
船は其名ゆかしき山城丸
革命の勝利者を乗せて濤にゆら〳〵
遠く上海より長崎に着けり
白雲は自由の鼓吹家の頭上に漂ひ
浪は騒ぎ轟き革命王を謳歌せり。

二月十四日午後八時の東京新橋の夜の光景よ
鐵車革命王の瀟洒小作の姿を吐出すや
黒山を築き日支人は拍手し叫ぶ萬歳の聲
あゝ新橋の夜よイルミネーションも狂ひ光り
ハンカチ取出し瞼を密かに拭へるは
祖國の救世主の來迎に歡極つて泣く留学生。

吾をして熱狂し汝の名を呼ばしめよ孫逸仙
地名佳いかな廣東省は君が故郷
花の香山縣（こうざん）はこの壯（わか）き革命兒を出（いだ）せり
古來廣東は自由の氣の鬱勃し英雄多く海賊の群れし處
あゝ廣東は支那に眞の男兒の生るゝ所
君は水呑百姓の次男も英雄の天の才
彼の詩人的長髪賊洪秀全を理想とし
少年農業の隙に書を讀む活ける自由の文。

由來南方は自由の氣の燻醸さるゝ處
少年去つて往しは布哇の耶蘇學校
日夜暖國の燈に繙く熱烈の正義眞理の書
南方の太陽は若き理想家の頭脳を強く照し

亦医を上海に學びしも志は經國鴻業
刀圭を捨てゝ把りしは赫奕支那の爲に
他日大革命を遂げし荒療治。

嗟革命の事業は辛きかな櫛風浴雨
孫氏や革命好きの痛ましき道樂か
惠州、萍郷、潮州の叛亂は劍と血や
決死の徒と革命の旗を擧げし殉教軍
幾くりかへし旗は破れ人は散り〴〵
斷頭臺や牢獄の鬼と化りし血慘史。

機運は知らず熟すや支那の一角
秋は到れり風雲は支那四百餘州に立現はれ
湖北武漢に突發す革命の地雷火
長江一帶浪は煮へ沸く民衆の熱血
噫漢人よ多年の夢は日前に嬉ばし
此の革命の成就に倒滿の大事業
北京南京は家毎の國旗も輝く中華民國。

亞細亞の豪傑は奇氣と蠻骨に富めり

革命將軍黃興、黎元洪、袁世凱、英傑雲の如し
彼等の手の舞ひ足の動く所血煙揚がり
近き革命の華々しき成功も
多く孫逸仙が鼓吹宣傳の威力なり
噫家なく國なく自由の脱兎は歐山米水の間に轉々放浪し
往く處吹き吹けり勇ましき自由愛國の喇叭
少壯今に及ぶ四十餘歳君が胸裡に蓄へし
理想いま美花と咲きぬ中華民國。

嗚呼李白杜甫の國水滸傳の國
吾は極愛す尨大夢殘るローマンチックの鄉土
見よバルカン半島にして哀々の衰亡の民
悲しいかな土耳古半月旗の萎む時
怪奇黃龍旗をして亞細亞の風に誇り得べく
天よ黃色人種の上に天福あらしめよ
熱血に奮闘努力に伴へば強き東洋民族。

君は詩のバイロン、政論のマヂニーか
今ま支那に国民黨は熱烈に大總統に君を推す
理想家は布衣にして虛榮虛名を忌む

よし大總統の高職に就かずとも
一平民の思想家として世界を踏み歩め
嗚呼終生を暮らす不羈自由の一書生
男児生まれて痛快回天の革命道樂も面白や
亞細亞は亞細亞自らにして治むべし
日支同盟は黄色の手と手に固く結び
孫氏よ壮快なる自由凱歌を吹け〳〵喇叭を快調勇律に
嗚呼一世の鼓吹者よ無冠の革命王孫逸仙！
君乞ふらくは淹留二月春深く
日本憲政花開き、櫻花を待つて一枝を土産に還り給へ。

（二）「孫逸仙に與ふる詩」について

花外はまず一九一三年（大正二）二月にやって来た「革命の大塊」孫文を詠っている。孫文は、一九一一年一〇月の辛亥革命の結果（首都南京）、同年一二月に臨時大総統に選ばれ、翌一九一二年（明治四五）一月一日に中華民国が成立する。三月に袁世凱（一八五九～一九一六年）に臨時大総統の座を譲った（首都北京）。とは言うものの、孫文は中華民国の代表として、鉄道敷設の援助を始め、日本政府による中華民国の承認を目的として来日したのである。なお同一二年一月には大倉組は中国革命政府へ三〇〇万円の借款を供与していた。同一二年二月や翌一九一三年二月の来日中の孫文の発言や、とりわけ後者の時期における孫文が出席した全生庵における山田良政（孫文の同志）の建碑式の状況については既に紹介・検討してある（後藤「東京谷中の全生庵に残る孫文撰並書『山田良政君碑』」『月刊部落問題』二七五号、一九九九年）。この間の一九一二年の一二月には、憲政擁護第一回大会が開催されていた。さらに孫文は、一九一六年（大正五）七月にやはり同志であった山田純三郎（良政の弟）の父・浩蔵の見舞いのために、かつて股肱の革命家といわれた戴天仇（戴季陶、戴伝賢、後に国民党右派）を遠く青森県弘前市へ派遣している（前掲拙稿）。

なお花外によれば、一九一三年二月に「革命の勝利者」・孫文は上海から山城丸に乗り「一行十名の壮士」を従えて夜の長崎に上陸した。同二月一四日の夜に、孫文の一行は東京新橋駅に到着するが、黒山の日中の人々は拍手し、万歳の声で一杯であった。中国の留学生のなかには、「祖国の救世主の來迎に歓極まって泣く」者もいた。孫文の故郷・広東を「自由の氣の鬱勃し英雄多く海賊の群れし處」、「眞の男兒の生る、所」と詠った。孫文を太平天国の乱の最高指導者・「詩人的長髪賊洪秀全を理想とし」たと述べていた（第四章）。

さて花外は孫文の革命運動の叙事詩へと移っている。ハワイのキリスト教学校、医学を学んだ上海（正しくはマカオ）、恵州・萍郷・潮州での革命蜂起の失敗、やがて武漢での勝利が革命成功の端緒となり、漢人の多年の夢は「革命の成就」となり、「倒満の大事業」となった。辛亥革命には、「革命将軍黄興」を始め、黎元洪（一八六四～一九二八年）、袁世凱といった「英傑雲の如し」であった。こうした力も「多く孫逸仙が鼓吹宣傳の威力」によるのである。「自由の脱兎は」「自由愛国の喇叭」となり、今理想の美しい花「中華民国」が咲いたという。

花外は、遠くバルカンではトルコの旗が萎んだが、李白・杜甫・水滸伝の国は蘇ったと捉え、黄色人種に天福あれ、「熱血に奮闘努力」が伴えば、東洋民族は強力だと謳歌した。花外は、孫文を花外の尊敬する革命的ロマン派詩人のバイロン（一七八八～一八二四年）、政論家の「マヂニー」に譬えた。後者はイタリアの社会運動家マッツィーニ（一八〇五～一八七二年）のことであろう。マッツィーニは共和制の実現や労働運動の発展に力を尽くした人物である。中国では国民党は孫文を大総統に推すが、一平民の理想家として不羈自由の一書生として生きるもよし、「回天の革命道楽も面白」いであろう。「亜細亜は亜細亜自ら治むべし」、黄色民族として「日支同盟」を堅く結び、孫文は「自由の凱歌」を吹き鳴らすべし。日本の憲政も花開いた、孫文よ中国へ渡って彼の地に憲政の花を開かせてほしいと熱情的に歌っている。

三　花外の詩「孫逸仙今奈何」

（一）詩「孫逸仙今奈何」

孫逸仙今奈何

兒玉花外

赤坂に在りと聞く、自由の赤き兎の如き人
君はいづこの屋根瓦の下に隠潜(ひそ)みつゝありや
胸に燃ゆる火をジツと押し鎮めては貴公子振
長く日本の風光人情に親しみしも、素他郷の客
花と青葉と今は螢の夏の夕涼み
我は赤坂辨慶橋の欄干に凭れ佇みて白浴衣
不遇の月に悲嘆(なげ)くらむ君を偲べり
易水壯士を吹く風を送らん事を欲せり。

神田は廣東料理の樓に我は登るとき
壁間横額『日暮郷關何處』と奇傑何海鳴の書あり
我は飲み且つ此額を仰ぎては感慨多し
獨り淋しく啜る高粱酒も味ひ甘美(うま)からず
孫逸仙、黄興、李烈鈞、陳其美、柏文蔚(うつ)の諸雄

南方錚々たる革命黨の志士等の面影は盃の波に映り
各(みな)祖國のため流落亡命の悲しく黒き運命に哭す様
日支全亞細亞、萬歳の祝盃あぐるは果して何の時ぞ。

嗚呼李白杜甫、諸葛亮と項羽の國
劒俠義烈の水滸傳はローマンチックの郷土
其の文明に於ても古來三千年の歴史の誇矜(ほこり)
現時支那の衰頽無氣力を看ては涙湧く
君は詩文を作らずも赤き革命を以て始終する
實際政治運動の生々浇刺の詩を描け
我は撃劒と縱横の術を喜びたる詩人李白を愛す
筆を把るも、劒を握るも、天馬空行の豪快人物をおもふ。

夏八月の炎暑に蝉のやうに氣を熬焼(もや)し
牛込新小川町支那民報社跡に來り訪(おとな)ふ
一時日本支那と仲良く交りし風は茲に吹き
「民報」紙も盛んに雲と舞行けり西四百餘州
江戸河畔、今は殆んど支那學生の影も見ず
當時の主筆、文豪章炳麟先生の消息は杳
目下彼地操觚者は徒らに日支鬩牆(げいしょう)の筆を曲はす

大陸に住ひ眼光豆の如きは其愚や嗤憫（あわれ）むべし。

見よ罌粟の紅色と印度藍の濃筆との大抒情詩
印度にかの大詩人タゴールは出でゝ、詩を以つて西歐より
柔婉（やわら）かき情熱に全世界を魔し風靡しつゝあり
君支那に唯一人の偉詩人なきは甚だ憾なり
文章の邦に文獻なく、武力の處に武器乏しく
富財なく、反撥なく「領土保全」の空名に翫弄（もてあそ）ばる孫逸仙
是れ單に支那のみに非らず、古き文明國
東洋一般の大なる深憂疾患なり、覺醒（さ）めよ。

今廣東は洪水に苦悩（くるし）む蒼生一萬人
寧ろ如かんや古昔の支那一流の尨大夢想を實現し
黄色人種の大洪水を世界に漲溢（みなぎら）し行はしめよ
去月戴天仇君の『日支親善論』の血演説ありきと
我は「雄辨」を讀み、麹町の寓に昴奮し雀躍せり
噫孫逸仙よ。
若き愛國愛民の士は天下雲の如からん
乞ふ支那のため、東洋のため、赤坂の蘆を出でよ自由の牡獅子
孫君、西方に向ひ、猛然活躍すべき時機（とき）や臻（いた）らば！

（四、七、二八）

（二）詩「孫逸仙今奈何」について

一九一二年三月に孫文の協力によって臨時大総統となった袁世凱は革命派を抑圧して、翌一三年に初代の大総督となり、独裁政治を行っていく。この間の一九一二年八月には中国革命同盟会などの革命諸団体は国民党を形成した。日本では一九一三年四月には非常特別税法などが廃止され、同年六月には軍部大臣現役武官制が廃止されるなど、大正デモクラシーの影響も現れて来た。日英独仏露の対華五国借款団は同一三年四月に袁世凱政府と二五〇〇万ポンドの借款協定を行っていた。ところが同年八月に袁世凱軍による山東省兗州で日本将校を監禁する兗州事件や、漢口で日本将校を拘禁する漢口事件も生じていた。そして翌九月には袁軍によって南京において日本人殺害事件が起こった。同九月には外務省政務局長・阿部守太郎が軟弱外交を攻撃する壮士に刺殺され、中国出兵要請を対支問題国民会議は決議し、花外が数年後に詩「支那の空へ」（本書第四章）の中で触れることとなる駐華公使・山座円次郎は上記の三つの事件につき袁政府へ抗議した。日本においては好戦的雰囲気も高まりつつあった。しかし日本は同一九一三年一〇月に英露仏独など一二カ国と共に中国を承認するのである。

革命の指導者・孫文は一九一四年（大正三）七月に東京で中華革命党を組織した。同年八月に第二次大隈重信内閣の日本は、イギリスの要請を受けてドイツに宣戦を布告して第一次世界大戦に参戦する。同年九月に日本軍は山東省に上陸を開始するが、中国政府は日本軍の進駐に抗議した。日本海軍は翌一〇月から一一月にかけて赤道以北のドイツ領南洋諸島を占領し、青島を占領した。翌一九一五年一月に、中国は日本軍の山東省からの撤退を要求するが、日本政府は袁世凱へ対華二一か条の要求を突き付けていた。同年二月には東京で中国留学生たちは「二一か条の要求」に抗議する大会を開催した。しかし日本は同年五月に対華二一か条の最後通牒を発動する。中国はこれを受け入れて、同五月二五日に条約が締結されたのである。花外の詩は、こうした日中関係の中で生まれたものであった。

花外は、東京の赤坂に潜みつつ「胸に燃ゆる火を」秘めていた孫文に思いを馳せて、その不遇な状況の孫文を謳っている。花外は神田の広東料理店に「日暮郷關何處」という飾られた額を観て、感慨に耽っていた。中国革命の英雄たる孫文、黄興、李烈鈞（一八八二～一九四六年）、陳其美（一八七七～一九一六年）、柏文蔚（一八七六～一九四七年）の面影が盃に映って、「日支全亜細亜、萬歳の祝盃」を挙げるのはいつの日かと待ち侘びるのであった。花外は、一九一五年（大正四）八月に、牛込新小川町の『民報』社跡に来たという。ひと頃は政党政治家・宋教仁（本書第四章）の指導する『民報』（東京で組織された中国革命同盟会の機関紙）は中国で盛んに読まれた。花外には、当時の『民報』の主筆・章炳麟（一八六九～一九三六年）の消息を未だ掴めないのである。

一転して花外は、インドにタゴール（一八六一～一九四一年）という大詩人がいるが、近代中国にはいないという。「文章の邦に文献なく、武力の處に武器乏しく／富財なく、反撥なく『領土保全』の空名に翻弄ばる孫文」と謳い、中国国民に覚醒を促している。また花外は洪水に悩む広東の人々に同情を示していた。同年七月には、かつて一九一二年（明治四五）二月に孫文に従って来日した戴天仇が「日支親善論」と題する血を吐くような演説を行ったことも伝えている。花外は、このことを『雄辨』を読んで知ったのであろうか。

最後に、花外は「支那のため、東洋のため」「自由の牡獅子／孫君、西方に向ひ、猛然活躍すべき時機や」至らばと叫んでいる。

四　花外の詩「孫逸仙を送る」

（一）　詩「孫逸仙を送る」

孫逸仙を送る

兒玉花外

大正二年春君を迎へし以來(このかた)
花さき花ちりて空青くも
遂に孫逸仙が天下とはならず
君が赤坂に兎の如く潜めるに
我は辨慶橋の欄に寄佇(た)ち
螢と共に情の瞳を輝やかし
夏の宵ひそかに君を偲びたり
秋の銀杏の風にちりしくに
英傑孫逸仙を嘆きし事もあり
冬の雪にも亡命客(かく)の熱き血を。
櫻を見ずも青山の宿を立つ雁か
他日憲政の花實のなるを樂しみに
西の空さして君急ぎしよ
船に搖らるゝ夜半もみる革命成就の夢
孫逸仙よ流離艱難は丈夫の常
革命の波に任せし身ならずや
君が見し日本の太陽は愛に紅く
山も河もます〳〵碧(あお)に君を忘れず
今花あやめ過ぎて牡丹さく
其牡丹の情熱もて英雄の前途を祝す。

（二）詩「孫逸仙を送る」について

この詩を花外が発表したのは一九一六年（大正五）六月である。すでに一九一五年一〇月に日英露の三国は共同して袁世凱へ帝制延期を勧告したが、一一月に中国は帝制実施を通告した。一二月一一日に袁世凱は中国参政院によって皇帝へ推戴される。参謀本部は翌一二日に上海へ青木中将を派遣して、華南における反袁活動を支援させている。同月二五日には、花外にその死を惜しまれる蔡鍔（一八八二〜一九一六年）や、唐継堯（一八八二〜一九二七年）などが雲南省で挙兵して（南軍）、第三革命が開始され、以下に述べるように一九一六年六月に終結する。すでに一九一六年三月に袁世凱は帝制計画を撤回していた。中国へ帰った孫文は同年五月に袁世凱討伐宣言を上海で発した。その袁世凱が翌六月に死去し、かつて宋教仁などが制定した臨時約法が復活して、軍閥の段祺瑞（一八六五〜一九三六年）が国務総理に就任するという目まぐるしい時期である。そして同一六年八月に入ると中国の国会が再開されるのである。

この間、日本では同一六年三月に閣議で先の南軍を中国における交戦団体として承認し、民間有志による排袁運動支援を黙認する方針を決定した。同三月には参謀本部は宗社党の支援のために土井市之進大佐などを派遣していた。同年七月には第四回日露協約が調印されるが、これは中国が第三国に支配されることを協力的に防止する秘密協定であった。翌八月には鄭家屯に駐在の日本軍は奉天軍と衝突し、翌九月にかけて蒙古軍が宗社党を援助するために満鉄沿線の郭家店に到着したが、撤退中に朝陽坡で張作霖軍と交戦して、日本軍が護衛のために出動した。このように、いわば日中両軍は吉林省各地で衝突していたのである。

花外は、辛亥革命後、袁世凱によって「流離艱難」の雌伏を余儀なくされた孫文にいよいよ運命が再びほほ笑みかける様を中心に謳っている。花外は、「憲政の花實のなるを樂しみに」「西の空さして」急ぐ丈夫・孫文がきっと「革命成就の夢」をみることを確信し、孫文の「革命の前途を祝」して結びとした。

五　結びにかえて

花外は、洪秀全（広東省出身、一八一四～一〇四年）を理想として、医者の道を捨てて革命家となった孫文を自由の人と捉えた。また数ある革命家の中でも、孫文を衆に勝れた革命指導者であるとした。花外にとって、孫文の革命は満人が支配する清国を漢人が打倒する民族独立革命であり、またアジアはアジアが治めるべきであり、西洋の帝国主義に侵されない革命である。こうして成立する革命中国は「憲政の花實のなる」国家でなくてはならなかった。これは花外の理想とする革命像や国家像との緩やかな共通面を有していたようである。

ただし花外は、当時の近代天皇制国家に対する感慨や評価を謳ってはいないのである。このことは、日本の帝国主義的な侵略の動きに目をつぶることであり、花外にとって中国革命における真の理想像が抽象的であることを示している。ここに、関東大震災の犠牲の後に次第に鮮明化される花外の国粋民族主義的な思考の萌芽を見ることができるのではあるまいか。なお花外は、孫文死去の後は、孫文をほとんど謳っていないようである。その意味を含めて花外の中国独立革命観の全体像は今後の課題である。

［付記］前掲後藤「東京谷中の全生庵に残る孫文撰並書『山田良政君碑』」に述べた、青森県弘前市における貞昌寺の山田碑文には、その後の調査で、全生庵の碑文と相違するなど種々の課題のあることが判明した。さしあたり、後藤「弘前市の貞昌寺にある孫文同志・山田良政の顕彰碑」（『大阪民衆史研究会報』八〇号、二〇〇一年）を参照。

第六章　花外のヨーロピアン・デモクラシー観

一　はじめに

情熱の詩人・児玉花外は大正デモクラシーの時代には、すでに検討したように中国孫文の民族革命に共鳴して、盛んに孫文や黄興などを歌った。花外の詩「支那の空へ」・「秋葉散る黄興」や、詩「孫逸仙に與ふる詩」・「孫逸仙今奈何」・「孫逸仙を送る」などに鮮明である（本書第四、第五章）。また花外はロシアや北米の民族的な動向にも関心を示していた（本書第二章）。

しかし花外はヨーロッパのデモクラシーにも深い関心をもっていたのである。そうした作品の中心に、ここで検討する花外の長詩「仏蘭西国民に寄す」があると思われる。この「仏蘭西国民に寄す」は、一九一七年（大正六）一月付で雑誌『太陽』（第二三巻第一号）に発表されたものである。花外のこの作品は、文献上すでに知られている（昭和女子大学近代文学研究室『近代文学研究叢書　第五二巻』同大学近代文化研究所、一九八一年）。

しかし、その重要性にも拘わらず、この詩の全文の紹介や検討もなされていないのである。この詩の詩情の分析を中心に、花外の当時における欧米を詠った詩「世界外交壇の秋」（『太陽』第二二巻一三号、一九一六年一一月）をも参考にして、花外のいわばヨーロピアン・デモクラシー観の内実を検討してみたい。デモクラシーとは、「自由・平等・友愛」に関する運動・思想・制度であると一応考えられるが、その際、デモクラシーといわばある種の対立する概念である「ミリタリズム」（軍国主義）という概念も手掛かりとしたいと思う。

本詩の紹介に際しては、原文の旧字はなるべく生かしたが、総振り仮名は一部を除いて割愛した。なお明らかな間違いは訂正した。

二　花外の詩「仏蘭西国民に寄す」

佛蘭西國民に寄す

兒玉花外

時維れ一九一七年の新春、一詩人
空青く迴かなる東海の一隅より
太陽の光線に託して、紅い花片のやうに
此小詩を波に、遠く佛蘭西の國へ送る。

近世史は、一七八九年の佛蘭西革命が破裂し、
一八七八年ベルリン會議の開催に到るまで、
八十九年間の血爛漫の史書の包容なり。
亟でナポレオン一世の時より、各交錯時代を經て
實に歐米各國現時の國基を確立せるなり、
此革命や、生民を殺す數十萬、國財を費す數十億
前世紀の壓抑主義、封建の遺風を排斥打破し
自由平等の花さかせ、實を結ばしめぬ歐大陸に、

モンテスキュウー、ボルテール、ルソーの三つの名は
青史を赤く染めかへて赫々天才の光、
眞に佛蘭西は流血、世界今日の恩人なり。

宰相リシュリーが辣手腕を揮ひ
三十年戰役に干渉し、尋で僧正の首相マザレンあり、
一六三五年以來フランスの勇軍隊を
ドイツ帝國の蠻野領内に進み入れ、
始て歐羅巴第一流の地位を占めぬ、
ルイ十四世の内治外交の威力功績は
近世史上に燦然として長霓の如く、
アルプスの高嶺の白雪をも拂落して
王は國威を、歐羅巴各國に向けて揚げぬ。

今日の佛蘭西よ、昔日の名譽光榮をおもへ、
首相ブリアン氏は、議會の演壇に
『フランスは、普魯西の軍國主義を全滅する迄は
斷じて干戈を戢めず、
此決心を全國民と全世界に言明す、
勝利なければ平和なし

吾人は不名譽の平和、侮辱的の平和を見たくなし』
彼は二度までも、血に誓ひ演説したりき、
ブリアン氏は動かぬ佛蘭西魂の表白、
我等は遙かに東方より、強く調子を合す。

巴里防御総督ガリエニー氏は叫ぶ、我巴里の危機迫る。
『最後まで』あ、『最後まで』と、
是より佛國民の唇(くち)より唇に『最後まで』
熱烈民族の決心は鐵よりも堅(かた)固し、
聯合軍最後の捷利(しょうり)を得るべく佛國は
其男子を犠牲たらしむるやを疑ふ、
我は東海の一端より、青き波より波に載せ
語を佛國に寄す、進め戰へ『最後まで』

天魔空行、開戰最初の一週間に
獨軍が疾風の如く北佛を襲ひ來るや、
武装を油斷せし、巴里は危険(あやう)かりしを、
社会黨の領袖の一命令に、忽ち數萬の勞働者は群集(あつまり)、
華の都會の巴里の外廓に
瞬く間に、深大なる濠渠は現出したり、

次で戰場に自動車の急要を知るや
縉紳（しんしん）貴婦人は、途中自動車を駛（か）りて幾千、陸軍省の門の前、
赤く昂奮の人民は、唯愛國の熱情のみ。

佛國民は貴賤職業の差別なく
誰も彼も鐵砲擔いで血火の渦巻く戰地へ行（ゆく）、
國会議員にて戰場の露と消えしは十七名、
其議員達の今は空なる議席には
十七の數の美しい花輪は置供へらると、
偖（さて）も優しくも床しきは佛國の習俗、
愛國の情、悲壯の氣あふるゝ、廣き議場内
十七議員を記念の哀しき色の花束よ、
窓より覗く蒼空は嘆き、風は吹く弔ひの歌、
我は其花環を紅い幻に浮べて泣く。

佛蘭西の愛國の歌のラ・マルセーユの曲は
實に義勇工兵の一大尉リスルの作、
今回（このたび）の大戰争に、雄壯の曲は戰線に高調され、
昔も今も、佛國民の血を湧き立たすマルセーユの曲
國家は動功の絶大なるを追賞し

吁(ああ)嬉しからずや詩的國民の心意氣、
大統領ポアンカレー氏は彼の遺骨を
ロフの田舍より、巴里のアンヴァリードに移す、
此の日、さしもに廣き凱旋門の前後は、
此作者の棺(ひつぎ)を歡迎する狂熱の
軍隊と市民と旗花束とにて埋もれて、
樂の音(お)、人聲(じんせい)は、雲まで響くマルセーユの曲。

脈管には赤い血と感情。
髮も瞳も黑く、體格(たいかく)大きからず
其動作は燕のやうに快活、
佛人は總べて我日本人と酷似せり、
多感多情の兩國民性は熱し易く
飾氣なく率直はラテン民族の特長
今獨逸に北方より壓せらるゝに、我も壓せられて
熱火発して佛蘭西に同情を寄す。

白い繃帶たづさへ、白い波路を渡り、
日本赤十字救護班の力を竭(つく)せし
シャンゼリゼエの病院に君ヶ代の歌、

特(篤)志者看護婦人は熱心に日本語を研究し
負傷者まで佛国の歌とチャンポンに謡ふ、
巴里凱旋門の突當りに小さな美城
八層樓アストリアホテルの圓(まる)屋根の頂上(いただき)、
一方に日章旗と赤十字旗
他方にフランス國旗と赤十字旗、
兩國民の熱き血と旗の色と相似たり、
紅(こう)太陽は微笑むやうに光を投げて照らす。

佛蘭西の女は凄艶なる歴史の花、
天資火のごとく英邁、學識辨論に富み
男性政治家を操縦せし、革命夫人ローラン、
オルレアンの村に羊を牧し、絲車を廻せし少女、
一朝神託に、甲冑を弱き身に被纏(きまと)ひ
佛軍の陣頭に現はれ立ちしジャンダーク
白き繊手(せんじゅ)に持つ、半月の如き匕首
山嶽党の巨魁、悪魔マラーを刺倒し、
後、斷頭臺を女の鮮血に染塗りしコルデー、
柔美にして勇ある佛國の女性(にょせい)よ、
國家興廢の分るゝ、現時の佛國に

神か、人か、不可思議の女傑は出でんか。

佛蘭西の花も、人も天才的の香に匂ふ、
ナポレオンは世界の英雄中の英雄なりき、
彼が最後の墓所、セントヘレナ島へ護送（おく）らるべく
英艦サンベルランド號に獅子王が載せられて
故郷佛國のラホーク岬を、いざゝらば明眸（めいぼう）に望みし時、
我は今一度（ひとたび）、怪傑を歐洲の天地に遁（のが）したかりき、
遺憾眞に千秋、快男子の腸（はらわた）を偲びなば
岩も波も碎けて寸斷、
アルプスの萬年雪や、不能の文字書を蹴破りし
天才兒時に利あらず、遂にセントヘレナの露、
雪中退却の絵巻の光景よ、
我は奈翁（なおう）モスコーの冬の歴史を幻影（まぼろし）に
白きハンカチは熱き泪（なみだ）に濕（うるお）ふ
嗟（ああ）、雪がふる、ナポレオンを懐へば、血の雪がふる。
おゝ佛蘭西よ、奈翁の最後を思出（おもい）で、憤（いか）りて起て！
今日の敵は獨逸ぞ、ナポレオンの榮譽勇猛を以て奮へ！

生か、死か、人生は眞劍なり、

フランス人は戰争を藝術的に觀察す、
独逸が六ケ月に亙り五十萬の死傷者を出して
尚陥ちぬヴェルダン戰は恰も戰争の詩
『斷じて降服する勿れ、骨を要塞の破墟に埋めよ』
ヴェルダン要塞の入口の彫刻は詩句也、
青服の龍騎兵、胸甲騎兵は佛國の花
司令官ペタン鬼将軍の下に弱卒なし、
劔戟、名物重砲の威力に、英雄詩を現實にすべし。
獨逸兇獰の暴風に、恨みの思出多き
アルサス、ローレンの小兒も、薔薇も萎れ、
木綿の三色旗も垂れて悲しめり、
小巴里の稱あるルーマニアは敗れ、
二階建を取圍む、花園の可愛い花は凋む、
聯合軍よ、努力絶大の勇氣を振ひ
小さき美しきものを救出さずや。

上よりの壓迫、或は義務の觀念にあらず、
正義、高き理想に叶つた刹那の衝動に
突發突飛に行動するフランスの民等、
波のやうに跳ね、木の葉の如く氣輕

而も焔の如く荒れて舞ふ、
詩人肌の佛國民を我は最も敬愛す。

佛國決起の藝術家は、既に多く戰場の塵と化せり、
我帝大講師も、赤門に別れ
歸佛し、勇敢砲煙のうちに斃れたり、
佛の兵は強く、兄弟（けいてい）五人一時に戰死の例、
巴里近郊には夙（はや）も四百の戰時病院あり
佛國民の犠牲の多大は、血は映りて月も紅し、
『マメリーの歌』として伊太利全土に歌はる、
作者マメリーは青春廿四、祖國のために一八四九年戰死す
而（しか）して今日なほ独逸軍に対し、伊軍を刺戟す『マメリーの歌』
佛蘭西の詩人達よ、死すべきに死せ、
殘れる歌は、傷口より血潮と噴き出でん。

明るき佛蘭西に豪快な英雄起り、
其昔ライン左岸の地を略有し
傳說の名景勝の領域を握りし光榮を顧（おも）ひ、
佛蘭西よ發奮激勵する處あれ、
熱情義侠の精神に、佛と日は東西の雙生兒、

マルセイユ、サムブルミューズ、別離の歌や
佛蘭西は詩歌の國、血と葡萄の美酒の國、
南歐も青空に翻(ひるが)へる、勇しき三色旗を祝福す、
我は戰時の新春、赤葡萄酒の盃を擧げて、
紅き情熱を傾け盡くし、歌ひフランスの國民に寄す。

三　詩「仏蘭西国民に寄す」について

ここでは、花外の詩「仏蘭西国民に寄す」を検討し、また「デモクラシー」や「ミリタリズム」にも関連させて歌った花外の詩「世界外交壇の秋」と比較して分析してみたい。

（一）　花外の詩「仏蘭西国民に寄す」という作品は、「東海の一隅より」フランスへ贈るという体裁を採っている。まず近世史開始の叙述を一七八九年のフランス革命から始め、一八七八年（明治一一）のロシア・トルコ戦争の戦後処理を定めたベルリン会議（ロシアのバルカン地方への南下政策を押さえ込んだ国際会議）までとする。

花外によれば、フランス革命は「自由平等の花さかせ、実をむすばし」め、モンテスキュー（一六八九〜一七五五年）、ヴォルテール（一六九四〜一七七八年）、ルソー（一七一二〜一七七八年）の名前は「天才の光」であり、「仏蘭西は流血、世界今日の恩人」であるという。花外はフランスの歴史に触れて、フランス絶対主義の確立者リシュリュー（一五八五〜一六四二年）、国威高揚をなしたルイ一四世（一六三八〜一七一五年）などの事績を謳った。

また花外は、現代のフランス国民に「昔日の名譽光榮をおもへ」と呼びかけている。第一次世界大戦では、社会党の活動家で後に独立社会党に移ったブリアン首相（一八六二〜一九三二年）のプロシアの軍国主義打倒を呼びかけた名演説、パリ要塞司令官・ガリエニ（後に陸相、一八四九〜一九一六年）の「最後まで」の絶叫、パリの労働者や紳士

淑女の奮闘、戦場で散った一七名の国会議員を印象深く詠じた。

やがて花外は、第一次大戦でもよく歌われたフランス国歌「ラ・マルセーユ」の作詞・作曲家リール（一七六〇〜一八三六年）の遺骨を、超党派神聖連合を組織したポアンカレ（一八六〇〜一九三四年）がパリに改葬したこと、また日仏国民の「多感多情」などの共通性や、日本赤十字救護班がシャンゼリゼの病院で奉仕し、ここで「君が代」が流れていたことを叙して、フランスに同情を呈した。

一転して花外は、ルソーの影響を受けた革命婦人ロラン（刑死、一七五四〜一七九三年）を始め、百年戦争を勝利に導いたジャンヌ・ダルク（火刑、一四一四〜一四三一年）、「山嶽党の巨魁、悪魔のマラー」（一七四三〜一七九三年）を刺殺したコルデー・ダルモン（処刑、一七六八〜一七九三年）のようなフランス女性を謳い、現時におけるこうした女傑の出現を期待する。さらに花外は、フランスを励ますために、ナポレオン（一七六九〜一八二一年）の叙事詩に移り、「奈翁の最後を思出で、憤りて起て！」、「ナポレオンの栄譽勇猛を以て奮へ！」と叫んでいる。

再び花外は第一次世界大戦におけるフランスのためにヴェルダンを守ったペタン（後にファシズム体制を布く、一八五六〜一九五一年）に触れ、連合軍に対して、ドイツによって蹂躙されたアルザス、ロレーヌやルーマニアなどにおける「小さき美しきもの」の救助を迫っている。花外は、「上よりの圧迫、或は義務の観念にあらず」と主張しつつ、正義や高き理想を掲げるフランス国民を最も敬愛するという。

フランスでは戦場に赴く芸術家は多く戦場の塵となり、東大講師のフランス人も祖国に赴いて戦場で斃れたと歌った。花外は、「仏蘭西の詩人達よ、死すべきに死せ」と呼びかける。

最後に花外は、「熱情義侠の精神に、佛と日は東西の雙生兒」と指摘し、フランスをマルセイユなどの歌、詩歌や、「血と葡萄の美酒の國」と称え、「勇ましき三色旗を祝福」して、フランス国民に乾杯した。

（二）花外はこの詩の中でブリアン、ポアンカレについて、また「ラ・マルセーユ」を詠っているが、その前年に発表した花外の詩「世界外交壇の秋」では、第二連で次のように謳っていた（以下の引用の方法は先に同じ）。花外は、フランス国民へ協商国との連帯を願い、ベルギーの轍を踏まず、フランス国民の団結に期待していた。このように、花外にはもちろん一定の国際政治の認識はあったのである。

初めは狂瀾の急進社會黨、
今は太陽のやうな温和なる光輝（かがやき）
佛国内閣議長兼外務卿ブリアン氏、
大統領ポアンカレー氏を扶けて、協商國と握手固く
巴里凱旋門は、勝利の花雲冠るも邇（ちか）からむ、
憶（ああ）マルセーユの曲の邦、葡萄の美酒の郷土（さと）
爾の鮮血を同盟軍に、大洗禮を受けしめよ、
隣國白耳義（べるぎー）蹂躙の赤き悲しきまぼろしを
夢にも忘れず、他を救ひ、自らを勵め佛蘭西の侠民。

また花外は、先の「仏蘭西国民へ寄す」ではドイツ軍国主義を非難して、フランス国民の団結を訴えたが、この「世界外交壇の秋」の第五連でドイツを次のように謳っていた。

鐵血宰相ビスマークの地下の鬼このかた、
由來政治家の墓場と稱せし、獨逸外務省に
外交のメスを弄するヤーゴー氏、
前外相ウエーヒテルは豪放山座公使ならば
小村公使を偲ばしむ病身細心のヤーゴ氏、
腹背敵を受けて戰ふは、えらくも
カイゼルの厖大の夢想と、トライチゲの強者哲學を

現實にせしむる怪手腕ありやヤーゴよ。

ここで花外は、ドイツが皇帝の夢想や、トライチュケ（一八三四〜一八九六年）の排外的国家主義を実現する力はないものと考えていた。従ってドイツが後に侵略を強めていくことを予想していなかったことが判明する。なお、花外はここで山座円次郎を「豪放」と歌っていたが、一九一六年（大正五）七月発表の詩「支那の空へ」では「北京に活躍されし詩的豪傑」と謳っていたことが想起される（本書第四章）。

さらに花外は「仏蘭西国民へ寄す」では、「軍国主義」（ミリタリズム）という言葉を「普魯西軍国主義」（プロシャ）として使用しているが、この「世界外交壇の秋」ではどのような文脈で使用されているのであろうか。第六連で花外は「デモクラチック」「ミリタリズム」「民本主義」という言葉を当時のアメリカに即して次のように詠っていた。

本年十一月、大統領改選に華々しく
民主黨のウヰルソン氏、共和黨のヒュース氏、
當選の「名譽鹿（めいよのしか）」を中原に逐爭（あらそ）はんとす、
歐州大戰亂の餘波、靜なる太平洋に押寄せしか
米國は大軍備擴張問題を提（ひっさ）げて
デモクラチックよりミリタリズムに倣變（な）らんとす、
雲に聳ゆる由緒ある、自由獨立の高塔は替らねど
國是廢り、民本主義の覆轉（ふくてん）を見んとす。

花外は、第一次世界大戦を前にして、アメリカが「大軍備拡張」を行おうとして、「デモクラチックよりミリタリズムに」代わろうとしているとして、「自由独立」の伝統あるアメリカは「国是が廃り、民本主義」が転覆されようとしている、と謳った。花外の理解から言えば、デモクラシーは「民本主義」と理解されているようである。民本主

義は、日本で言えば、明治憲法体制の枠内で民主的に変革しようとする思想・運動である。

花外の一年後の「仏蘭西国民に寄す」では、「ミリタリズム」は「普魯西軍国主義」として言葉は残っているが、「ドイツ軍国主義」という直截な表現はないのである。「ドイツ軍国主義」という表現は間接的に言外に現れてはいたが。他方「デモクラシー」（民本主義）という言葉はドイツ軍国主義に対して決起するフランスには使用されることはなかった。ドイツの侵略戦争を克服するフランスの防衛戦争は、当時の花外にとってはデモクラシーの観念からは遠かったからであろうか。

四　結びにかえて

花外は、まず近世世界を切り開いたフランス革命から、モンテスキュー、ヴォルテール、ルソー[1]といった革命思想家たち、そして第一次世界大戦の祖国の死守に起ち上がりつつあるフランス国民へ連帯の気持ちを歌ったのである。時恰も第一次世界大戦のドイツに蹂躙されているフランス国民へ、その栄光ある歴史を詠い、英雄・思想家や女傑などを挙げて、フランス国民へ祖国防衛のための決起を促している。その情熱と革命観には一定の特質とすべき内容がある。

ただしフランスの人物たちの評価にかんする問題では、花外には、以下に指摘するように、問題を残している。たとえば、まずリシュリューはフランスの三部会の開催を押し止め、高等法院の権限を縮小し、貴族層を抑圧して中央集権化を確立し、あるいは三〇年戦争へ介入するなど、その権力主義には注視すべき点がある。またガリエニはマダガスカル島の総督時代に民族反乱を弾圧してフランスの植民地経営に辣腕を発揮したことに目が向けられていない。さらに花外はダントン、ロベスピエールと並ぶジャコバン派の指導者の一人マラー（一七四三〜一七九三年）を「悪魔」と断じている。但しマラーはジロンド派が追放された後に、ジロンド派のコルデー・ダーモンに入浴中に刺殺された。マラーは貴族国家の階級性や革命の主体者としての人民の役割を認識して、大借地制の分割を主張したことは看過されてはならないのではなかろうか。花外は、民衆の権利や生活を守り、発展させた人物の顕彰という点では、ナポレオンに対する称賛のみという一面性と共に、問題を残しているように考えられるのである。

このように、フランスの人物に対する花外の思想的観念については、歴史的に不明の諸点は存在したが、花外の詩情はドイツ軍国主義に対して祖国を救うフランス国民の決起を促すという理念から出発したからであって、必ずしも世界平和を呼びかけるという理念から生み出されたものではなかった。花外には、従って非戦観念は鮮明ではないようである。軍国主義による侵略に対しては、祖国防衛の好戦的な観念が当時では通俗的なのであるが、このような理念は日本ファシズム期における花外に通底するのであろうか。

この詩に現れた花外の考えは、明示的にではないが、ドイツの軍国主義に対するフランスの祖国防衛の考えを中心に据えて、フランス革命をめぐる英雄たちを歴史的に顕彰しつつ、祖国フランスを守るというブルジョア的な民族主義を醸し出していると、いわなくてはならない。花外のヨーロピアン・デモクラシーは、ドイツの侵略に対するフランスの防衛戦争という問題によって、後景に退いており、またフランスの軍国主義の台頭に対する認識にも至らなかったということができるのではないだろうか。ただし、花外が一定の世界政治の理解を基に、当時における世界史の焦点を大胆に謳ったスケールの大きな観念や心意気を指摘しておかなくてはならない。

注

（1）ルソーの平和思想については、後藤「ルソーの小国連合論」（田畑忍編『近現代世界の平和思想――非戦・平和・人権思想の源流とその発展』ミネルヴァ書房、一九九六年）を参照。

第七章　転換期の相馬御風・小川未明を歌った花外の詩

一　花外と相馬御風・小川未明

早稲田大学校歌「都の西北」の作詞者・良寛研究者として知られる相馬御風（一八八三〜一九五五年）と児童文学者として知られる小川未明（一八八二〜一九六一年）は、元来良寛研究者でも、児童文学者でもなかった。御風はもともと歌人として、また未明は短編小説家として出発したのである。実は以下に述べるように、この間には二人とも大転換があったのである。

明治大学校歌の原作詞者・児玉花外には、一九一七年（大正六）に発表した多数の作品の中に「塵の中より——相馬御風君に」（『早稲田文学』同年三月発表）と、「青い甕——小川未明に與ふ」（『文章世界』同年一〇月発表）という詩が存在する。御風と未明とは、花外の早稲田における後輩であった。御風と未明の二人には、この期間に重大な思想的転換があったにも拘らず、この二つの詩は管見の限りでは紹介も検討もされていない。これから述べるように、花外のこの二つの詩は重要な作品である。というのは、花外は、二つの詩の中で二人の思想的な転換に係わる感情を歌っていたからである。

相馬御風と小川未明とは、越後のそれぞれ糸魚川（現糸魚川市）と高田（現上越市）の出身である。しかも高田中学の同窓である。御風の父は宮大工で糸魚川藩（松平氏）の普請棟梁を勤め、苗字と名前を相伝した。相馬家は福島県相馬の出身で、糸魚川地方切っての旧家といわれた。なお御風の父は一九一八年（大正七）八月に死去している。御風の生家は糸魚川駅前にあり、御風記念館として未だ清楚な佇まいを見せている。未明の父は高田藩士（城主・榊原氏）であったが、廃藩置県後に上杉謙信を慕って春日山の麓に謙信神社を建立して自ら神官となった。

まず花外と未明・御風との交流について指摘しておかなければならないことは、花外が東京専門学校に入学したのは一八九五年（明治二八）秋のことで、しかもほんの数年間の在学であったので、在学中における御風や未明との交流が存在しないことは明白である。というのは、御風が早稲田大学に入学したのは一九〇二年（明治三五）四月であって、一九〇七年（明治四〇）七月に卒業している。また未明が早稲田大学英文科を卒業したのは一九〇五年（明治三八）だからである。しかし、花外と御風・未明との交流は『早稲田文学』を通じて遅かれ早かれ行われたことであろう。

一方の御風は、中学卒業後に京都へ出ている時期に真下飛泉（厭戦詩「戦友」の作詞者）の紹介によって与謝野鉄幹などの新詩社の社員となる。御風の作品が『明星』誌上へ初めて発表されたのは一九〇二年（明治三五）の二月号である。花外が平木白星の仲介により名詩「不滅の詩」を『明星』に転載するのは同年八月号であるから、御風は花外のことを知った訳である。新詩社を脱退した岩野泡鳴・林田林外・相馬御風などは一九〇三年（明治三六）に雑誌『白百合』を創刊して、東京純文社を創設する。花外は求められて『白百合』へ詩「雲髪」（一九〇五年一月）、「秋の夜」（同年三月）、「石火」（一九〇六年一一月）を発表している。これは主として前田林外や相馬御風の要請によったものではないであろうか。花外は『社会主義詩集』（一九〇三年）が頒布発売禁止となり、翌一九〇四年に『花外詩集附同情録』（金尾文淵堂）を発表して諸家の同情録を付した。この「同情録」には『白百合』同人では林外と泡鳴の二人がそれぞれ一文を呈している。泡鳴の文章は「いづれ御面会の節、高説承り申度候」とある。なお御風は、花外の詩「仇波」（雑誌『趣味』一九〇六＝明治三九年九月一日付）を『東京日日新聞』（同年一〇月一日付）の「詩壇月評」で「氏があくまでも自己に忠実にして情の純なるのは愛するべきである」などと述べている。他方、林外は「兄が折角世に顕示せる、大明燈は遂に消されたり、真実鏡は直に破られたり、摩尼珠は忽ち砕かれたり、こは独り著者たる兄のみの災厄と云ふべきか、そも又窮民の不幸と云ふべきか、我等も亦うたゝ痛憤に堪へず」と、政府の文学界に対する抑圧に怒りを放っていた。

早稲田を卒業した御風は、一カ月後の一九〇七年八月には島村抱月主宰の『早稲田文学』の記者となる。同誌へ花外の詩は「猫を捨つる哀歌」（一八九八年一〇月）を始め、以下のように多くの作品が継起的に掲載されている。「冬空」（一九〇六年三月）、「火の契」（一九〇七年一月）、「海賊の肝」（同年九月）、「夢の灯」（一九一二年一月）、「源氏節の幟、お酌、赤い蝶、金魚、コップ」（同年八月）、「美と鋭利の印象、黒いシキリ」（同年一二月）、「土掘る青年」（一九一三年一〇月）、「チャボ」（一九一四年一月）、「半獣」（同年三月）、「三崎にて」（同年一〇月）、「我が生活、石膏細工、黒髪、動かぬ石、青春神経、朝鮮笛」（一九一五年三月）、「病院の日」（同年四月）、「土、音楽、終電車、雑草、赤い花」（同年七月）、「憂鬱の首、薬指の疵、私は蛇」（同年九月）、「燃ゆる瞳、きりぎりす、なやみの盃」（同年一〇月）、そして御風が関係した最後の作品が花外の「痩馬、公孫樹、戦闘、印度人」（一九一六年一月）である。従って、『早稲田文学』を取り上げただけでも、御風は花外と継続的な交流があったのである。

御風が一九〇八年（明治四一）に世に問うた詩「痩犬」（『早稲田文学』）は口語自由詩の出発点となり、後に萩原朔太郎を生み出す根源となったともいわれている。実に花外は、先駆的に「相馬氏が、所謂口語詩の為に詩壇に貢献した事は普ねく世間の認めた事である」と述べていた（「四十二年の詩界」『新声』一九〇九年一二月）。御風は一九〇九年（明治四〇）三月には三木露風、野口雨情、人見東明などと早稲田詩社を設立して口語自由詩運動へ乗り出した。露風、雨情や東明が花外を尊敬していたことは注目されねばならない。一九一四年（大正三）に御風が師の島村抱月と合作した「カチューシャの歌」（一番は抱月作）は一世を風靡する。そして遂に御風は一九一六年（大正五）二月末に『還元録』を公にして、東京から糸魚川に隠棲し、良寛・短歌・郷土研究などに没頭するのである。

他方の未明は、早稲田の卒業後、島村抱月の推薦により早稲田文学社に入社して、『少年文庫』を編集した。一九〇七年（明治四〇）に読売新聞社に勤める傍ら、短編小説を発表する。さらに青鳥会を創立して、新浪漫主義文学を形成し、自然主義文学に対抗した。一九一〇年（明治四三）には、その『赤い船』が日本児童文学の近代化に貢献する。一九一二年（明治四五）に『魯鈍な猫』（『読売新聞』）を発表した頃から、未明は大杉栄などと交流して社会主義に近付き、『底の社会へ』などの特異な作品を残している。やがて一九二〇年（大正九）には日本社会主義同盟の発起人の一人となったが、その後は日本フェビアン協会、日本無産派芸術連盟、新興童話作家連盟、自由芸術家連盟へと所属を変えた。このことは理想主義の未明が社会主義思想と相入れず、アナーキズム思想に進む道程を現すものであった。そして遂に一九二六年（大正一五）五月に「童話作家宣言」を行ったのである。花外が未明を歌った詩「青い甕」を発表したこの間の未明にあっては、社会思想を基底とする文学観の変化があったのである。

花外が一九一七年（大正六）に発表した未明と御風を歌った詩は、以上のような転換期における未明と御風を歌っているのである。そこで花外から観た未明と御風に対する感慨をめぐって検討してみたいと思う。花外の詩の紹介に当たっては、旧字旧仮名遣いをできる限り踏襲した。また御風を歌った詩の振り仮名は生かしたが、未明を歌った詩（総振り仮名付き）についてはごく一部を除いて割愛していることを述べておきたい。

二　花外の詩「塵の中より――相馬御風君に」

（一）　児玉花外「塵の中より――相馬御風君に」（一九一七年三月）

塵の中より

――相馬御風君に

兒玉花外

都會の春風は寒い。

君が棲れる糸魚川は

僕には久しい間懐かしい名である、
質朴な海の男女と傳說
波と魚とのローマンスに富んだ處、
北國の古い街と信じてゐた。

君は原稿書く其隙には、
波静かな海か、柳でもある河かで
魚を釣つて暮されるかと思つて居た。
思想家の君には、魚類の代りに
種々の世の中の問題が
鋭敏な針先に引かゝつて來るだらう。

心弱い僕は、濤が恐ろしいので
成るべく隱れて、孤獨を守つてゐる
だが世間といふ奴は蒼蠅く
僕を曳ぱり出したり、干渉したりする、
生活の浪が、此孤城をも襲つて來る。

北國の冬の荒海で死んだといふ
漁夫を哀れに思はぬではない、

然し吾等が、此の頭を割られてゐるか知れない
幾度突然の障害のために。

今日小トルストイ氏が來朝し
父伯の主義を宣傳される相だ、
所で戰時の我國民は、耳傾けるか疑問だ。
僕などは、杜翁以上の信念でなくば無益だと思ふ
現代人の頭腦は麻痺してゐる、熱病に罹つてゐる
之を笞つか、若くば死の犧牲を以て教へねばならぬ。
僕實は現社會に對して絶望に近い。

未解決な問題が殘つてゐる世界、
藝術的英雄の死骸を踏越え、打越え
常に嵐や波が威喝(おどか)しやつて來る、
僕は其波に面して突かる覺悟だ
百萬の敵を迎へる勇者の如く、
而して其の自分の碎かれたる死骸を
冷たい魂を以て嗤(あざけ)りたいのである。

海に出た三人の漁夫の死に、

荒波に淩はれたる貧寒村に
君が情に熱い涙を誘つたであらう。
糸魚川の畔に、瞑想思索する君よ、
四月櫻の花が咲出したら、風塵にもまれ
蒼白い顔した、都會人の群衆を想像したまへ。

（二）詩「塵の中より――相馬御風君に」をめぐって

まず御風転換の問題について、たとえば地元の相馬御風生誕百年記念事業実行委員会編『相馬御風　その生涯と作品』は、これまでの自らを「虚偽と罪悪」に満ちた「欺瞞者」と描き、一切を捨てて新しい「本当の自分」に帰ること、それによって力強く豊かな世界に生きよう、ということではないかと述べている。そして御風の「還元」の意味を二つの説から説明する。一つは正宗白鳥の「大杉栄らの無政府主義と別れるためだった」という説、今一つは田山花袋の「御風の発展の結果で、そこに必然性を認める」説である。ここには重要な問題が内包されているように思われる。ちなみに早稲田の先輩でキリスト教社会主義運動にも指導的な役割をした木下尚江が隠棲して主に思想の人として『懺悔』を出版したのは、一九〇六年（明治三九）のことであった（柳田泉『日本革命の予言者　木下尚江』）。御風の「還元」は、尚江の隠棲のちょうど一〇年後のことである。

なお御風は、同じ越後の先輩で新詩社同人の平出修（明治大学卒、弁護士、歌人・小説家、社会評論家、大逆事件の私選弁護人）と、但馬出身の歌人・前田翠溪を前にして、東京江戸川橋で恋の悩み（失恋）を打ち明けたこともあった。ちなみに修（旧姓児玉）は現新潟市出身であるが、養子先の平出家は未明と同じ高田にあった。

しかしながら、御風隠棲の源流はその以前に鮮明であったのではないか。御風の『還元録』（一九一六年）が発表される以前に執筆されていた「吾等青年の行くべき道（雑誌文章世界記者に答ふ）」（一九一〇＝明治四三年一一月）は、すでに御風の心境を語っていたからである。

……あらゆる権威を疑ひ、凡ての理想に離れた吾々は、どんなにしてもやはり自分の道を切り拓いて行くより外はない。それだけは事實だ。併しながら吾々には其の切り拓いて進むべき道がどんな道であるか、何處へ行く道であるか、そんな事は少なくとも今の所、吾々には少しも解つて居ない。

また御風は何もかも打ち捨てて田舎へ帰りたいと、次のように述べている。

……苦しんだ果は、いっそ何もかも打ち捨てゝ自分を生んで呉れた田舎へ歸つて、先祖代々から譲り受けた猫の額程の土地でも耕さう、そして多くの農夫や漁師のやうに、自然の前に對して何の不平も何の疑も持たぬ沈默な謙遜な生活を送らうそんな風にまで思ふのだ。……たゞ獨り沈默のうちに此の世を終へやう。その方が何だか自分に對しても眞面目な生活のやうな氣がした。

さらに御風は、次のようにも主張する。

……だが此の憤りの心と自己告白乃至自己主張是認の此の漠然たる理由とが、それ程までに僕のこれから先の生活を動かすか、僕はまだそれまで充分に確め得ない。新しい思想に對する政府の干渉などをそれ程大したものに思つて居なかつた僕が、一寸した学者諸先生の言説から今迄にあまり覚えない一種の発奮を感じたには何か深い理由がなくてはならぬ譯である。併しその理由がまだ充分自分にも確められない。或はこれも亦一時のはやり氣に過ぎないで、やがては冷たい疑惑の手で拂ひ退けられてしまはないとも限らない。

最後に、御風は絶望的な感慨と僅かな光明を以下のように述べていた。

……兎に角あらゆるものに対する否定的態度と、如何に否定しても「自分が活きて居る」と云ふ事実だけは否定の出来ない事と、それから日一日と、理屈が解らなくなり情味がなくなつて行く代りに神経だけが益々鋭敏になり愈尖つて行くと云ふ事――それがやがて生活の革命を意味するのではないか――と、この三つの大きな事実が、これから先の僕及び僕と同やうな状態に居る人（若しありとすれば）の生活にどんな変化を持ち来たすかと云ふ未解問題だけが、與へて貰つた題目についての何等かの御参考にならうと思ふ。
……行く先は眞闇だ、たゞ〳〵じつとして現在の状態に堪へて行くより外は致し方がない。……

大逆事件の検挙が開始されたのは一九一〇年五月であるが、同年一一月に発表されたこの御風の作品によれば、これから道を切り開いて行かなければならないが、道はまだ見つかってはいない。新しい思想に対する政府の干渉を大したものとは思わなかったことを御風は反省しているが、この思想とは先に紹介した正宗白鳥がいうアナーキズムか、あるいは社会主義的なものと考えられる。御風は、これまでのような活動や生活を捨てようかと、その方が自分に適しているのでは、と真剣に悩んでいる。この決断がついて実行するまでには、御風にはなお五年余りの歳月が必要であったのである。

三　花外の詩「青い甕――小川未明に與ふ」

(一)　詩「青い甕――小川未明に與ふ」

青い甕

――小川未明に與ふ

兒玉花外

私は牛込の岩戸町を通ると、
小川未明君が甕を買つてゐた。
骨董屋の舗前(みせさき)に腰をおろして、
君の濕ひのある眼鏡はなつかしい。

君と其甕を相抱いて、街の中で踊らうかと思つた。
世の中の冷酷漢は四角ばつてゐやうとも、
僕達は白日に大に狂はうではないか。

古錆びた格好おもしろい甕は、
空の神秘的な紫の色濃く、
君の故郷の北の海の深い〳〵藍色おび、
憂鬱詩人の藝術は、きつと此甕から産れる。

薄命詩人キーツに有名な希臘古甕の賦がある。
熱血詩人バイロンは自らの甕をもちあぐんで砕いた。
ハーンも亦甕が好きであつたらう、
人情の一ぱい満溢れた小甕が。

吾等は人生のため、人類のために、
此心の甕は砕けてもいなまない、
肉體を亡ぼしても悔いないつもりだ。
古來(いにしえ)から英雄の詩人は戰ひ死んだ。

秋の日には君よ共に高く仰がう、

空も清い、青い巨甕の形をしてゐる。
純な藝術に活るふたりの胸の甕から、
血と情がだく〳〵と流れる。

（二）　詩「青い甕――小川未明に與ふ」をめぐって

まず転換期以前における小川未明の作品について、御風が一九一二年（明治四五）一月に発表した「小川未明論」（『早稲田文学』、後に相馬御風『黎明期の文学』一九一二年九月）は以下に述べるように重要であるので、検討しておきたい。御風は、未明の作品を三期に分けて、最近作を次のように述べている。ここには未明がこれから童話作家として子供らの生活に明るい未来を与えようとするヒューマニズムはすでに御風によって把握されているように思われる。

……凡てに互って絶望暗黒の色が塗られて居ながら、而も自然主義諸作家の作品を蔽うた徹底的絶望の氣分と異つて、どこかに浮び上らうとする苦悶苦闘の氣分に付き纏うた一味の明るさのある點は、最も注目すべき事實である。

そして最後に御風は次のように述べている。

……けれども純粋な芸術的見地を暫く離れて、それを一個畸形なる北國の蠻人が人間生活の根柢を攫まうとして苦悶し行く心の歴史として味ふ時は、現代の作家の何人からも味ふ事の出來ない嚴粛なる或る一種の人間生活の意義を痛感し得られると思ふ。

官能の門戸を閉されたる哀れなる北國のロマンチシストよ。悲痛なる文明の反抗者よ。悲惨なる現代のヒューマニストよ。藝術を藝術として享樂し得ず、又自己の藝術を完成なる一個の藝術作品たらしめ得ざる不具なる藝術家よ。而しておんみの名をわが竹馬の友小川未明君と呼ぶ事の嬉しくして悲しき事實よ。

但し、その六年余り後に、未明自身が自らの心境を描いたような作品がある。小川未明「眞晝」（『讀賣新聞』一九一八＝大正七年七月二八日付）である。Ｓという主人公に託した随筆である。引用に際しては、振り仮名だけは割愛した。真昼にＳは狂った声を聞く。それは子供を背負った狂女であった。不意に彼女は、「小島常吉は、赤い着物を着て、赤い煉瓦の塀の中にゐるんだよ」と叫んだ。「夫の入獄を悲しんで、加へて生活難から女が發狂したと、直に感ぜざるを得なかつた」。帰宅後、彼は「何事もなく其の日を平和に暮らした妻や子供の顔を見た時に」、狂女を思い出して、心を暗くする。自分は人殺しや強盗・詐欺などをしないということが断言できようかと自問し、自分はこれらの犯罪を罪悪と思わないにも拘わらず、犯した場合には牢獄へ繋がれることを考える。そして牢獄での状況を予測し、妻子の状況を知ることもできないことを想像する。「いつか、る運命がこの身に起つて、自分を苦しめないとも限らない。彼は近くそんな事になるやうな氣持がして戦いた」。彼は妻に「俺が、牢へ入つたら、お前達は後で何うする」と言う。初めはそんなはずがないと言っていた妻は、「なんで、分かるもんか」と言う彼の声に、次第に妻を始め子供たちは滅入って行くのであった。家中を暗い気分にした夕方に、彼は訪ねて来た友人に真昼の狂女のことを話した。友人は、新聞で見たと言って「斬新な詐欺」だという。だが、彼（Ｓ）は「心から不安を消すことが出來ないのを感じた」。

ここでは、未明が社会運動を行っていたことが想起される。その運動の実態は判明しないが、未明がそうした社会運動における選択の結果、入獄といった状況が生み出す家庭環境の激変を想像したものではないかと考えられる。家庭環境の激変は、妻と夫との思想・信条の距離の如何によって相当の幅があるものと考えられる。未明の場合は夫と妻との思想・信条の違いにある程度の距離があったのであろうか。この作品によって考察する限りでは、未明には社会運動の継続に対するためらいが明白に起こっているのである。

四　結びにかえて

（一）　以上の花外の二つの詩をめぐる検討を背景として、まず「塵の中より——相馬御風君に」の意味を探ってみたい。花外は、御風が隠棲する、日本海に直面する糸魚川を「波と魚とのロマンスに富んだ處」と詠い、原稿の合間に御風は釣り糸をたれていると思っていた。花外は、御風を思想家と捉え、隠棲したとしても、御風の釣針には「種々の世の中の問題が」掛かってくるだろうと謳った。「心弱い」花外は反動が恐ろしいので、ひっそりと「孤独を守ってゐる」。世間の嵐は花外の処にも押し寄せていた。花外は世の中に起こる悲惨な出来事に哀れを感じないのではないが、突然の社会的な障害によって、花外たちの頭が機能しなくなっているのではないか。トルストイの甥が来日しているが、第一次世界大戦の余波にある我が日本国民はトルストイの思想に耳を傾けるのか疑問だという。花外は、トルストイ以上の信念が必要であると述べながら、日露戦争から第一次世界大戦に掛けて国民の頭脳は麻痺して、機能しなくなっていると慨嘆する。これを鞭打つか、死の犠牲を教えようかと自問するが、花外は現社会には絶望的だという。

しかし実社会には未解決の問題があり、芸術の英雄たちの死を踏み越えながら、嵐や波が脅しに来る。花外はそれに立ち向かい、こうして自分の死骸を嘲ってみたいのである。最後に花外は海で遭難したという極寒村の漁夫の死は御風に熱い涙を誘ったことを謳い、御風へ桜咲く春四月には世の風塵に揉まれた蒼白い都会の人々への想像を願っていたのである。

このように花外は御風に向かっては、精神的な問いかけを行っているのであるが、当時における花外の揺れ動く精神的な状況の一端をも示しているものと考えられる。

（二）　次に「青い甕——小川未明に與ふ」であるが、花外は牛込で甕を買う未明を描写しつつ、甕に事寄せて共に

「白日に狂はうではないか」と提起する。未明の「故郷の北の海」は深い藍を帯び、未明の芸術はきっとこの甕から生まれるという。甕との関係が深いという詩人のキーツ、バイロン、ハーン（小泉八雲）を詠い、花外たち詩人は「人生のため、人類のために、此心の甕は砕けても」、また「肉體を亡ぼしても悔いないつもりだ」という。「古來(いにしえ)から英雄の詩人は戰ひ死んだ」、とりわけバイロンを尊敬していた花外の常套句である。純粋な芸術に生きる自分たちの「胸の甕から、血と情」熱がこんこんと湧き出るのだと謳った。未明に向かっては、詩人などの芸術活動の意義を問い、他方では詩人としての自分へ詩の心を言い聞かせているものと考えられる。

ところで社会思想や運動における花外と御風・未明との交差は判明していないが、それぞれ時代、思想やグループも相違していたのであろうか。花外は明治社会主義に熱烈に共感した詩人であるが、あとの二人は時代も大逆事件の後であり、状況も変わっていたものと考えられる。

［主な参考文献］

柳田　泉『日本革命の予言者――木下尚江』春秋社、一九六一年
昭和女子大学近代文学研究室『近代文学研究叢書』第五二巻、昭和女子大学近代文化研究所、一九八一年
相馬御風生誕百年記念事業実行委員会編『相馬御風――その生涯と作品』糸魚川市教育委員会刊、一九八二年
平出　彬『平出修伝』春秋社、一九八八年
相馬御風『黎明期の文学』復刊、日本図書センター、一九九〇年

第八章　花外と平福百穂・小川芋銭との友愛

一　花外と平福百穂・小川芋銭

かつて片山潜からその詩を愛され、一九〇三年（明治三六）に大阪の中ノ島公会堂で社会主義者大会を主催者側として開催して、名詩「大塩中斎先生の霊に告ぐる歌」を朗吟して絶賛された詩人の児玉花外は、一九一八年（大正七）一〇月に「百穂と芋銭」（『面白倶楽部』三巻一四号）という有名な日本画家に関する極めて興味ある詩を発表している。

花外の詩「百穂と芋銭」については、文学史の上からはもちろん、平福百穂を扱った石井柏亭や小高根太郎、そして小川芋銭を扱った犬田卯、斎藤隆三を始め、百穂・芋銭などの伝記を残した村松梢風も全く検討していない。当然のことながら、度々行われた展覧会の図録の解説にも触れられることもなかった。従って百穂・芋銭と花外の交流にも全く目が向けられていないのである。そこで、この詩に現れた新しい思想の周辺にいた詩人と画家たちとの交流についいて検討をしてみたい。

平福百穂（一八七七～一九三三年）と小川芋銭（一八六八～一九三八年、以前の雅号は牛里）は、堺枯川、幸徳秋水、木下尚江や西川光二郎らの平民社の機関紙『週刊　平民新聞』などに挿画を描き、後に日本画の大家となった人物である。花外はかつて社会主義協会に係わって片山潜などと同志的な関係にあり、また平民社からも同志と見做された関係を保っていた。また社会主義系の『直言』や『光』などにも詩を発表していた。

当時の自由主義エッセイストで早稲田における花外の後輩である生方敏郎（一八八二～一九六九年、群馬県出身）が描いた花外像の一端を、一部に誤解もあるが、まず紹介しておきたい（「文壇暗流誌（6）」雑誌『文章世界』一九一三年一二月）。

酒客詩人兒玉花外君の名を始めて見たのは、今から十年ほど以前のことである。私はそれを当時私が崇拝してゐた内村鑑三先生編輯の「独立雑誌」（正しくは『東京独立雑誌』……引用者）の誌上で見たと思ふ。其頃の文壇は、我國のローマンチックエージで、小説に於いては泉鏡花氏あり、評論に於いては高山樗牛氏のある時代であつた。短歌には與謝野氏の新詩社が全盛の頃であつた。花外君は實に此時代の産物であつた。寔や情熱詩人の半生を見ると、彼もまた他の多くのローマンチック派の詩人のやうに、數寄なる運命に活きたのである。彼は元京都の富める町醫者の一粒種として生まれ、父母は彼を鍾愛して蝶よ花よと荒い風にも當てず育てたのであつた。けれど其家産は姉婿の爲めに傾き、札幌農學校に高遠の理想を懐いて勉學に怠りなかつた彼は家へ呼び戻された。それでも尚ほ彼は遺産の全部として五千金を受けたけれど、浮世の波風も金の貴さも知らぬ彼はそれより一兩年を悠遊の旅に送り南は九州四國より北は奥羽に到るまで諸國を遍歴して遊び暮し、忽ちの中に三千金ばかりを費し盡くし、茲に初めて将来糊口の道を得ねばならぬことを覺り、早稲田專門學校（正しくは東京専門学校……同）へ入学し、殘る二千金を消費した。その後の彼は殆んど全く無一物である。偶々多少の原稿料を得れば、直に淺草のバアを飲み歩き、日本一の富豪となつた様な心持ちでゐる。其愉快相なることは側の見る目にも羨ましいほどである。金を消費し盡せば下宿へ帰りゴロ寝てゐる。更に將來を想はずまた過去に戀々たらず、唯現在の誘惑をのみ樂む思ひ切つた享樂派は兒玉花外君である。

花外の「百穂と芋銭」が世に出た一九一八年一〇月に、彼が発表した詩などの題目だけを以下に挙げておきたい。「虎徹刀近藤勇」（『面白倶楽部』）、「阿倍比羅夫」（『少年倶楽部』）、「注目されたる作品」（『中央美術』）、「ベートーベンと奈翁」（『中学世界』）、「驚涛高秋風篇」（『冒険世界』）、「勇壮凛々　開山物語」（『冒険世界』）、そして「百穂と芋銭」

である。

花外は、百穂かあるいは後に述べるように『中央美術』を主宰する作家・美術評論家の田口掬汀（秋田県出身、一八七五〜一九四三年）かに依頼されて、諸家と共に述べた「注目されたる作品」の中で、院展では下村観山の「豊太閤」と小林古径の「いでゆ」を「豪華絢爛と、清趣横溢」、二科展では安井曾太郎の「支那服を着たる女」と関根正二の「信仰の悲しみ」を挙げて「手法正確と、官能清新」と評価している（『中央美術』一九一八年一〇月）。もちろん同誌の田口は百穂とも深い交流をしていた。

一方、日本画革新の急先鋒であった百穂と、平民社との関係にどのような経緯があったのかは詳らかにされていない。ただし百穂自身は次のように述べている（『明治文学全集83　明治社会主義文学集（二）』筑摩書房、一九六五年、小田切進解説に引用された木村重夫『現代絵画の四季』より）。

　その頃から私の思想は大分変化して来て、絹の絵を描くことを恥ぢるやうな気持になってゐた。綺麗な山水を描くよりも人事的のことに多く興味を持つやうになった。それで専ら挿画を描いた。題材はといふと労働者だとか、雑踏の巷を好んで、よく浅草公園などへ出掛けて行ってスケッチしたものである。……／私はふとしたことから幸徳氏などと知己になって平民新聞紙上へ即興的なコマ絵を出すことになった。小川芋銭君なども盛んに警抜な画を寄せてゐた。閉口したのは刑事に尾けられたことだ。始め私はちっとも気づかなかったのであるが、留守中に変な名札が時々置いてあるのでハハアと合点が行ったわけだ。私に尾行がついたのは、永いことではなかったが、芋銭君は随分永い間刑事をつれて歩いたものだ。

百穂は一九〇〇年（明治三三）に結城素明など五名の画家たちと无声会を組織する。二年後に石井柏亭も加入する。この会は自由主義を基本としつつ、写実主義・自然主義を標榜して、日本美術院の浪漫主義・理想主義などに対抗したものであった。この写実主義・自然主義は社会主義思想とも一定の関係にあることは、すでに小高根太郎の『平福百穂』に指摘がある。无声会の写実主義・自然主義は、かつて民権家を目指して上京した正岡子規の写生主義に共鳴してもいたのである。なお、この无声会は尾上柴舟や金子薫園などの叙景詩にも影響を与えたという。一九〇二年一月に日露戦争を想定して行った青森第五連隊八甲田山雪中行軍の惨事を写生するために、青森へ画家の結城素明などと出掛けた百穂は、翌一九〇三年（明治三六）一一月に平民社の機関紙『週刊　平民新聞』に唯一の画家として挿画を描いている。

庄司淳一氏によれば、同紙に描かれた中江兆民、ウィリアム・モリス、マルクス、トルストイなどの肖像は百穂の筆になるものと推定している（「无声会と平福百穂」『平福百穂展　図録』宮城県美術館、一九八四年）。かつて花外が中江兆民をたびたび歌い、かつ文章に残したこと、札幌農学校や東京専門学校（早稲田）の後輩・西川光二郎などと発行した『東京評論』（創刊は一九〇〇＝明治三三年一〇月）にウィリアム・モリス（詩人・芸術家・社会主義者）の友愛の言葉をしばしば紹介したこと、詩「可憐児」の中でマルクスを歌ったこと、トルストイを歌ったことや、そして詩「ラサールの死顔に」を歌ったことと交差して興味深い。

この一九〇三年には、百穂は電報新聞社画報部へ挿画家として入社した。翌〇四年（明治三七）春には百穂は同郷の佐藤義亮（新声社社主）・田口掬汀（同社記者）・結城素明を通じて、『新声』（雑誌『新潮』の前身）の挿絵画家となっていた。同年秋には、百穂はデッサン研究のために太平洋画会夜間部に通い、小杉未醒（後に放庵・放菴）、森田恒友や朝倉文夫と交流した。なお花外は後に『新声』や『文章世界』などの詩の選者になるが、『新声』誌に最初の作品が掲載されたのは翌一九〇五年（明治三八）三月である。百穂は同年七月には電報新聞社を退職して、同年九月に創刊された美術雑誌『平旦』に先の未醒、山本鼎や石井柏亭などと挿画を描いている。また同年秋には結成された報徳会の機関紙『斯民』にも百穂は挿画を描いていく。百穂は、画家の国府犀東を通じて、係わりを持ったのであろうか。同会において百穂は柳田国男とも知り合いになっている。百穂と報徳会との関係は浅からぬものがある。なお百穂は同年秋には宮武外骨の『団々珍聞』にも挿画を掲載するようになる。

初め百穂は東京の向島弘福寺前にあった結城の家に同居していたが、結城の家に杉村楚人冠（和歌山出身、一八七二〜一九四五年、広太郎、当時は縦横）や高島米峰（熊本出身、一八七五〜一九四九年）などの新仏教運動の事務所が最初おかれており、これらの人々との交流もすでに指摘されている。とりわけ楚人冠は社会主義協会会員であり、『週刊　平民新聞』の「予は如何にして社会主義者となりし乎」のコーナーや、随筆の「門外観」で社会主義観を披瀝する（後藤『権利の法社会史』）。また米峰も『週刊　平民新聞』に随筆を発表している。ちなみに大逆事件前後から、百穂にも内偵の手が伸びていた。以上の経緯によれば、百穂は米峰や楚人冠などの線から幸徳秋水との交流が始まり、それによって『週刊　平民新聞』との係わりが生じたものと推定される。

やがて百穂は一九〇七年（明治四〇）一二月には徳富蘇峰の国民新聞社に入社する。以後二二年にわたる百穂の政治・社会・文化のスケッチは国民の好評を得ていった。百穂は一九〇八年に石井柏亭の勧誘により前年に創刊された文芸美術雑誌『方寸』の編集同人となる。ちなみに百穂は正岡子規のアララギ派の歌人であり、翌一九〇九年（明治四二）二月には森鴎外の観潮楼歌会をスケッチして、弁護士・歌人の平出修が責任者となっていた『スバル』（鴎外の命名）に発表した。また同年三月には同派の東京歌会を自邸で開いたり、一九一二年（明治四五）に同誌の表紙絵（「鴛鴦の図」）を描いて、以後継続されたのである。百穂は一九一三年（大正二）三月に国民美術協会の創立に加わり、川端絵画研究所の評議員となっている。一九一五年に百穂は小川芋銭、森田恒友、近藤浩一路や川端龍子などと珊瑚会を組織し、翌一九一六年（大正五）に『中央美術』主幹となっていた田口掬汀の斡旋によって結城素明・鏑木清方・吉川霊華・松岡映丘と共に研究団体・金鈴社を結成し、同年一二月には漫画誌『トバエ』が発刊されて同人となっている。

先の庄司氏は「あれだけ労働者、農夫、群衆などを好んで取り上げながら百穂は芸術におけるヒューマニズムとも無縁である」、「逐に民衆の生活そのものに触れることはなかった」（前掲「无声会と平福百穂」）と断定している。庄司氏は、岡本一平の「自然や人世にたいして苦情が無い。従って意見が無い。有るのかも知れぬが、一切我慢して発しない」（一平「漫画家として観たる百穂氏」『中央美術』四-一、一九一八年一月）などの指摘を挙げている。しかし果たしてそうであろうか、正しくないであろう。明治後半の芸術運動に身を置き、社会や政治の動向と係わっていた百穂は本来自由主義者であったのではなかったか。かつてブルジョア自由主義的立場であった『国民新聞』は日清戦後に山県有朋などに近づき、御用新聞の性格を強め、日露戦争後の講和条約問題や大正政変の際には桂太郎内閣を支持したために、民衆暴動の攻撃の的となったことを想起する必要もある。一九一四年（大正三）八月には、百穂は新聞社勤めが嫌になったことを訴える手紙を郷里へ発していた。百穂は帝国憲法体制下の議会政治に次第に関心が薄れて来たのであろう。これらの詳細な点については後考を待ちたい。

他方、牛久藩の江戸藩邸に生まれた小川芋銭はやがて新治県城中村（現茨城県牛久市）に移住して地元の小学校を終えて、上京して勤めをする。一八八八年（明治二一）には一族の尾崎行雄の推挙によってかつての民権紙『朝野新聞』の客員となり、一八九〇年から挿画を載せるようになった。一八九三年（明治二六）には千葉県牛久村（現牛久市）の郷里に帰り、地元の新聞『茨城日報』に一八九六年（明治二九）頃から挿画を送っていた。同じく日刊『いばらき』新聞にも挿画を投稿した。『いばらき』新聞社の社長・飯村丈三郎は自由民権を主張した経験の持ち主であった（斎藤隆三『大痴芋銭』）。一八九八年（明治三一）には、芋銭は日刊『いばらき』の主筆・佐藤秋蘋（勇作）や、植木枝盛を尊敬していた「数奇なる思想家」・田岡嶺雲（佐代治、一八七〇〜一九一二年、国際法学者・田岡良一の父）と知り合いになっている。やがて佐藤は幸徳秋水と親しかったので、芋銭に『週刊　平民新聞』へ挿画を送るように勧めた。こうして一九〇四年（明治三七）一月に挿画を発表して以来、翌一九〇五年一月の廃刊まで多くの挿画、俳句、短歌、短文を掲載したのである。芋銭の挿画は田岡嶺雲、堺枯川や幸徳秋水などに非常に愛されたことは周知のことである。なお芋銭は俳句を一八九八年（明治三一）頃から本格的に作っており、常陸における正岡子規の『ホトトギス』系の俳人（俳号は牛里）として知られていた。芋銭が子規を始めて訪れたのは一九〇二年（明治三五）のことである。

その後、芋銭は『週刊　平民新聞』の後継紙となった社会主義系の新聞や雑誌にも挿絵、俳句や短文を載せている。

すなわち一九〇五年（明治三八）では二月に週刊新聞『直言』（平民社、加藤時次郎主宰）へ、九月に文芸雑誌『火鞭』（火鞭会、平民書房）へ、十二月には雑誌『光』（凡人社、西川光二郎・山口孤剣など）へという風であった。この『火鞭』とは、平民社に呼応して同年五月に創立された文芸団体であり、児玉花外は後進の山口孤剣・白柳秀湖・中里介山などと共に火鞭会の賛助者となっていた。芋銭は同雑誌の表紙絵を描いたのである。なお同年四月に芋銭は荒畑寒村に訪問され、五月に田岡嶺雲の主宰する『天鼓』誌に挿絵を載せていくのである（同年一二月まで）。

また芋銭は一九〇七年（明治四〇）には『日刊　平民新聞』創刊号（一月、平民社）から終刊の同年四月まで挿絵などを載せている。また同年には週刊『社会新聞』（社会新聞社、片山潜・西川光二郎など）、森近運平・宮武外骨などの『大阪平民新聞』（大阪平民社、後の『日本平民新聞』へも）や、『熊本新聞』（熊本評論社）に芋銭の作品が掲載されている。同年一一月には田岡嶺雲などの発起人によって発刊される『東亜新報』のために編集同人を依頼されて上京している。翌一九〇八年（明治四一）には五月から七月にかけて西川光二郎などの『東京社会新聞』（東京社会新聞社、月に三回刊行）へ挿画が掲載されている。同年六月には杉田雨人・小杉未醒の努力によって芋銭の『草汁漫画』（日高有倫堂）が出版されるが、これには田岡嶺雲・幸徳秋水・伊藤銀月（詩人、花外の友人）・佐藤秋蘋の序文が寄せられていた。また同年九月には嶺雲との共著で『有声無声』（嵩山房、復刻版・西田勝・平和研究室、二〇〇〇年）を出版した。主に、有声とは嶺雲の漫言、無声とは芋銭の漫画であった。さらに一九〇九年（明治四二）五月に創刊された管野スガ編集・発行の『自由思想』（平民社）へ挿画を六月にかけて掲載している。この頃には大逆事件の検挙が始まり、犬田卯も述べているように（犬田編『芋銭子作品撰集』）、芋銭にはしばらく官憲の尾行が続いたのである。

この頃における芋銭の人柄・人徳について、先の伊藤銀月が次のように述べているところは真実を示していると思われる（「小川芋銭と小杉未醒」『新声』一九〇七年九月）。

芋銭に至つては、小藩牛久の士族で、今や一藩殘らず離散した中に、唯一人父祖相傳の田畑と邸宅とに毫厘の疵も附けず、細君と共に耕し且つ食ひ、悠々として牛久沼の蕭踈淡蕩を樂しみ、鍬を把るの手に筆を執り、非凡の技倆を有つて居ながら、百姓が絵をかいて下つせいと云つて來れば快く畫いて與へ、謝禮に一笊の芋を贈られて、喜んで之を納めると云ふ態度がある、客があると心から之を歡迎して而も上邊に何の氣色も現はさす、沼の蓴菜に細君が手打の饂飩、陶淵明の家の御馳走のやうなもてなしに、人をして恍然として野趣に醉はしむるのである、牛久停車場を出てヽ十數町とかの間、小川と云ふ絵を畫く人の家と云つて聞けば、先生の所へ御出てなさる御客様だと云つて、どの家の親仁も嬶ァも年寄も子供も、好意と敬意とを表すること俄に目に立ち、之が爲に小川芋錢を訪問すると云ふ事が、自ら名譽とすべき價がある事のやうに感じられるさうである、我輩はまだ芋錢子の家を訪はぬが、牛久へ行つた人は誰もかう云ふ、以て芋錢子の徳を窺ふべしである、彼は眞に君子である。

以後は主なものを拾うと、一九一一年（明治四四）九月には芋銭は横山大観と初めて会い、一二月には高浜虚子が芋銭宅を訪問している。一九一五年（大正四）八月には山村暮鳥が芋銭宅を訪問し、翌一九一六年には芋銭は栃木県の益子を訪れ、益子陶器場などを見学し、スケッチを試みた。一九一八年（大正八）一月に結成された福島県の喜多方美術倶楽部に森田恒友と共に顧問となった。

さて芋銭は社会主義者ではないというのが通説であるが、信義に篤かった芋銭を勘案すると、社会主義者に相当の信用をおいていたことは真実と思われる。芋銭が「社会主義者に強く同調していた」との尾崎正明氏の指摘は重要である（「小川芋銭　自然との語らい」『小川芋銭展』日本経済新聞社）。

これまで概観してきたように、驚嘆すべきことに百穂・芋銭は芸術的に多趣味であったし、正岡子規の直弟子たちなどとも極めて深い交流があったのである。ところで芋銭に比べて、百穂の社会主義との交差の研究が乏しいのは何故だろうか。両者のその後の世間に対する態度に一定の相違があったことが理由であろうか。

二　花外の詩「百穂と芋銭」

花外の詩「百穂と芋銭」を紹介したい。ここでは原型を尊重したいために、旧字・旧仮名遣いを踏襲した。また詩には一部を除いて振り仮名を省き、番号を付した。この詩は十連から成っている。ちなみに花外は芋銭を「いもせん」と振り仮名をしているが、かつて芋銭自身が「いもせん」と自称していたことを指摘しておきたい。元来の意味は、どうかして自分の描く絵がせめて芋を買う銭になればいいが、という気持ちからこの雅号を選んだからである。芋銭は、後には南画も志すようになり、この雅号を特に愛好することとなった。

百穗と芋錢

兒玉花外

一　秋に入り、牛が哞き、河童が歌ふ。
文展の花形として平福百穗、院展の新顔として小川芋錢がある。
否兩畫伯は、現日本の畫壇の技倆秀れた變わり者、
百穗は牧童に牛が得意で、芋錢は河童に水草を獨特とする。
肥つた平福、痩せた小川、これは兩藝術家の授つた外容だ。

二　天眞無垢の二人の藝術家は不思議にも、
霞と杉と唄との箱根のこなたの關東北(かんとうぼく)に産れた。
鋭い風に吹かれて雲は飄々と飛び、雨は斜。
百穗は浪曼的な秋田、芋錢は神秘的な常陸、

明治から大正に「自然の精気」は兀然として、筆を持つて現出した。

三

態と濃厚なる色彩を藉らずも、
墨色單(ただ)の一つにても、物の眞(しん)と深(ぶかみ)を描き出す腕前は、
百穗と芋錢は今の世に稀に見るところである。
平福の繪の具は夕陽、小川の色は稲妻、
併し墨でもよし夜と雲と石と膽(きも)と仙骨。

四

名人肌の百穗は文展に七面鳥を出し、
昨年の『豫讓』では其馬と共に名を躍らせた。
天才肌の芋錢は口繪に尺幅に奇想溢るゝは、
例の田園と動物を寫出しては天下の一品である。
其の洒落と淡泊との兩人格の似るのも妙縁。

五

人の善ささうな圓顔の平福は其足は蕪の如く、
仙骨を帯びた慾気のない小川は其面(そのかお)は稗に似る
茲に兩畫伯の名を一寸の間交換をして、
平福芋錢に、小川百穗と名乗らしめやう。
僕の相知る兩君よ、につこり笑つてくれ苦がい浮世だ。

六

月日の流るゝのは天飛ぶ箭の如し、
十餘年の其昔に、百穗君に僕は詩集の挿畫を描て戴いた。
芋錢子には雜誌の表紙畫を振つてもらつた。
其繪は迦具土の火の神が『火柱』の黒煙から立騰らるゝ名筆、
此畫に付て今に忘られぬ懷しき物語がある。

七

其時分芝に寓居せられた芋錢畫伯を訪ねて、
美事出來上つた表紙畫を受取つて戻る途中、
一杯の過失で、大切な〳〵恩愛の籠る名作を落したのだ。
此の時芋錢君は別段咎めもせず、再び快く描てくれられた。
噫そのをりの畫伯の顏は神か仙か、懷中に其繪を忍ばした私は胸に忍び泣。

八

百穗君と四年前の夏赤城山に登
白シヤツに絲立着て、突いた青竹の杖勇ましく、
吾等藝術家の群の流す汗も、苦勞も悉美の神に捧げた。
君はでぶの肥躰を山茶屋で轉がして動けず、
生卵のお蔭で元氣回復した佛樣顏はよかつたね。

九

呼呼、眞氣と精氣の乏しい技巧一方の平凡畫壇に、
此獨創的意匠に富める兩畫伯の健在を祈る。

古い東方の空清く地美しい美術の國に、
百穗、芋錢兩氏の筆の花さくことを願ふ。
東洋獨特の繪の気韻は確に紙面に流れてゐる。

十

此秋院展と文展に芋錢、百穗兩君の名畫は冴えるだらう。
平福君は東京市外、道玄坂ちかい住宅に、蕪の足を伸ばして居るか。
小川子は茨城牛久村の半百姓家にながむる夕月
蓴菜（じゅんさい）の生える牛久沼に十八番（おはこ）の河童に浮かれてゐるか。
花外は例により「詩星堂」に獨居して歌ひ暮してゐる。

三　詩「百穗と芋錢」について

第一連によれば、当時では百穗は文展すなわち一九〇七年（明治四〇）に創立された文部省美術展覧会の花形であった。文展は、この詩が世に問われた翌年の一九一九年（大正八）に創設される帝国美術院の付属となる。これは、「朝露」が宮内省の買い上げとなり、「散策の大山大将」や「神話」を描いた百穗が一九二〇年に陸軍九州大演習に随行して、「大演習実写」などを参謀長経由で献上したり、翌二一年に秋田へ来た高松宮・秩父宮の前で揮毫して、秋田蘭画について進講する伏線となるものと考えられる。ただし、百穗は官展には大した熱意をもっていなかったという。

芋銭は、院展すなわち一八九八年（明治三一）に岡倉天心らによって創設された在野の最大の美術団体である日本美術院の展覧会の新人であった。天心は、一九〇六年（明治三九）に茨城県五浦へ隠棲して、横山大観・下村観山・菱田春草らと研究に精励した。一九一七年（大正六）五月に第三回珊瑚会展に芋銭が出品した作品（「水郷二題」）を横山大観・小杉未醒などが絶賛した結果、同年九月に大観は芋銭を日本美術院同人へ推薦したからである。大観が芋銭と終生画友の交わりを結んだのは、生年が同じであったことと共に、こうした経緯があったからである。なお院展には、かつて『週刊　平民新聞』などに挿画を描いた小杉未醒も加わるが、花外は、芋銭・百穂と並んで、未醒とも相互に交流関係をもっていた。

第二連では、百穂・芋銭の生国に触れているが、正確にいえば一方の百穂は現秋田県仙北市角館町横町の出身で、平福記念美術館が残されている。百穂の父は一応豪商の家に生まれ、円山四条派の流れを汲む穂庵なる号もつ日本画家であった。平福家発祥の地は、兵庫県佐用郡平福村だという。角館町には小杉未醒の歌碑や菅江真澄終焉の地碑もある。

他方の芋銭は現茨城県牛久市の出身で、父は牛久藩（一万石余、山口家）一二〇石の留守居であった。小川家の先祖は関ヶ原敗北後に現滋賀県高島市安曇川町の小川という所に隠棲したのだという。旧姓は木村でかの有名な長門守重成の一族だそうであるが、実は花外には木村重成を謳った「英雄の碑」（片山潜主宰の雑誌『社会主義』一九〇四＝明治三七年一月）があるのは歴史の皮肉である。同詩は短詩ではあるが、意義深いので紹介しておきたい。引用の仕方は前と同様である。

英雄の碑

兒玉花外

大阪中之島公園に木村長門守重成の碑あり、吾れ偶々此の處を過ぎり、碑の龜裂せるを見慨然この作あり。

秋の夕の中之島
颪は蕭々衣吹く、

「木村重成表忠」と
深く彫られて日に光る
石碑を仰ぎ佇めば、
無量感慨、わが胸に
泉の如く湧き出づる。

元和元年、重成は
青春こゝに二十三
髪には伽羅(きゃら)の名香を
燻じて奮ひ戰ひぬ、
今ぞ明治の若人や
俗火、頭に燃しつゝ
名利の爲めに鬪へり。

橋を隔てゝ東(ひんがし)に
昔、豪奢の夢の跡
大阪城に對ひては
石も無念や感づらむ
見よや二つに胸裂くる、
嗚呼、衰亡の社會みて

人の胸さへ冷ゆる世に、
あはれ、緑髪紅顔の
義により死せし美少年、
勇と趣味ある英雄の
何時かわが世に現はれん、
歴史の流、淀の水
還らぬ君の碑の前に
熱き涙を灑ぐかな。

第三連は、百穂と芋銭に関する、花外の簡潔な画論である。まず村松梢風の両画家に対する画論を紹介しておく。一方の百穂は、先の无声会時代の自然主義的な傾向は次第に洗練されて深みを加え、東洋精神に根差す象徴主義へと進んで行くという。他方、芋銭の絵は気分的には南画に属するが、画材も手法も南画の約束には捉われない。芋銭は中国、池大雅や蕪村を深く研究したが、いずれにも特に影響されていない。芋銭は、絵画について「気韻を重んじ、無声の詩を描くことを以て理想とした南宗画家の態度」に最も共鳴した。猛烈な読書家であった芋銭の特徴は、「近代的な教養を利用して」、在来の南画家と異なって、「未来を模索しようとした」ところであると（村松『本朝画人伝　巻四』）。

酒井哲朗「平福百穂の芸術」は、「百穂の芸術を理解するうえで注目すべきは、誠実に労働に励む百穂の倫理的精神というべきものである」、「徳富蘇峰が『狷介不群』と評した、微塵も妥協を許さない剛毅な精神があった。このような人格によって形成された百穂の芸術を蘇峰は『匠気なく、衒気なく』と形容し、清方は『率直平明の真の画人』だったと讃えた」と述べている（前掲『平福百穂展　図録』）。

先の庄司氏に倣って百穂の次の言葉を紹介しておきたい（百穂「日本画の伝統」『早稲田文学』一九二一年一〇月、「竹窓小話」より）。

ここに自然を学ぶということは、単に自然の皮相の模写をつくるのではない。自然を人格の上に移して全人格の所有とするにある。そこに独自の創造が生まれる。

一九一四年（大正三）を境に、百穂の芸術は一大展開をしたといわれる。翌一九一五年に百穂が中心となって、森田恒友、川端龍子などと珊瑚会を組織し、これに芋銭も誘われて参加し、こうして二人は共通の画会で行動するのである。

第四連では、百穂の「七面鳥」は第八回文展（一九一四＝大正三年）に出品された百穂の出世作である。この作品は新しい思想を求めていた夏目漱石に称賛されたことが知られている。村松梢風によれば、漱石は「文展の日本画で見るに足りるものは百穂の七面鳥ぐらゐのものだ」、と言ったという。先に述べたように、百穂はアララギ派の歌人でもあったが、飼っていた七面鳥などをめぐる斎藤茂吉や中村憲吉らの言葉が残されている。

ここでは西村伊作の文化学院で教鞭も執った石井柏亭に倣い（石井『画人東西』）、太田三郎の評価を紹介しておきたい。

文展では平福百穂氏の七面鳥に喜悦の眼を輝かした。溌墨一呵匆々の間に成りし如くにして、然も最も忠実に最も鋭敏に自然の核心に衝き入って、溌剌たる生の躍動を握んだ氏の心臓に、私は深く敬意を表したい。凡百の出品画或者は強烈な色彩を擁し、或者は奇警な構図を拉して傍若無人に蹲踞して居るけれど、其真によく自然に触れたる点に於て、何人の作かよく此七面鳥に如くものがあらう。極言すれば本秋の文展日本画部は譏に此作を持つの故を以て存在の面目を保たれて居るのである。

さて圧倒的な迫力と、なぜかしらユーモアが漂っていたのがここに謳われている「豫讓」（一九一七＝大正六年の文展で特選）である。歴史的な背景に触れるならば、豫讓とは春秋時代における晋国の国士であり、家老格の主君の仇としてやはり家老格の趙襄子を討とうとしたが、見つかってしまった。これは二度目の発覚である。「もはや、これまで」と観念した豫讓は襄子の衣服を賜るように懇願して、この衣服を抜剣して躍り上がって刺し、そして自刃したという人物である。百穂は一九一七年春に『史記』列伝刺客編に強烈な印象をもち、貴重な図録などを参考にして、同年九月八日に下描きを始め、こうして「豫讓」は同月二七日に完成したものという。村松梢風によれば、徳富蘇峰から贈られた『金石策』などによって種々に考証し、顧愷之の「女史箴図」の模写を吉川霊華（日本画家、『中央美術』誌の編集同人）から借りて、それを影写した。だから図柄は漢代の石拓から来ているが、人の顔や衣の襞などは顧愷之にそっくりだという。

ここでは石井柏亭の評価を聴いておきたい（前掲石井『画人東西』）。

これは今迄の平福氏の仕事からは一寸予想しにくかった方向である。武梁祠の石彫画にヒントを得たと云ふことは自身でも表白して居るし、又誰にでもすぐ判ることである。此構図は武梁祠の第二石の三層にある、それの向きを変へたものである。豫讓の形も石彫にあるのと大差はない。ただあれから出て居るにしても、あの簡単な石彫の影画からこれだけの大幅を作り出した平福の手柄は認めなければならぬ。

素より図案の才豊かなる平福氏のことであるから、豫讓の事蹟を物語ると云ふことに空しき努力を避けて、専ら一個の趣味ある装飾的絵画を成したのである。氏が、墨、鼠、丹、白と云ふやうな、極めて単純な色を用ひると共に、何等の背景をも添へない其企てはよかった。それから没骨的描法の上に節奏的な自由な描き越しの線を用ひられたのもよい。只豫讓と襄子及馭者との相貌の上に漫画的な滑稽味の見えるのはどうであらうか。御愛嬌と云へば御愛嬌ではあるが。

兎に角佳作の少い文展会場に於ては此画は無論善い方に数へらる可きものであらう。併し平福氏を知る者は氏の本領が斯う云ふ方面以外にあることを認める。氏は動物花卉山水等に於て生々とした自然の美に参じ得る人である。「豫讓」は其意表に出でた図柄と取扱ひとを以て今秋の評判となり、多分は文展の当選にも入るであらう而して我々友人は、氏の力量が世間から正当に評価されるやうになることを悦ぶものである。

ちなみに百穂の「豫讓」の影響を受けた画家として田坂乾（石井柏亭の弟子、夫人は柏亭の娘で水彩画家のゆたか氏）がいるが、田坂ゆたか編『乾王画譜』（田坂乾遺族刊行、一九九七年）を挙げておきたい。

ところで偶然の機会に、浅草寺の絵馬額の絵葉書を見た。中に「豫讓刺衣」があり、画中には「箱館　北嶺江貫謹筆」とあった。北斎流の絵を描いた入江北嶺という画人が一八四一年（天保一二）に描いた作品だという。私が第一に関心をもったのは、先の入江北嶺とはどのような人物で、いかなる関心によってこうした絵を描いたのだろうか、という疑問である。第二に、この一九一七年は二月革命、そして十月革命というロシア革命が勃発した年であるが、平民社などの初期社会主義思想と交差した百穂にはこのロシア革命に至るニュースとの係わりはなかったのであろうか。この点に関する従来の研究は寡聞にして知ることを得ないのである。なお、百穂は同一七年二月頃に石井柏亭・森田恒友と日本風景版画会を創立して、版画集を出版していることが注目される。

次に芋銭については、第一連で河童についてすでに定評のあったことを花外は伝えており、「田園と動物」を描いては天下の絶品であると謳っていた。なお、芋銭にとって河童とは何であったか、さらに晩年に至る芋銭の思想については、犬田卯「芋銭先生の想ひ出」（同編『芋銭子作品撰集』）を挙げておく。

また、花外は百穂・芋銭の性格を洒落・淡泊と述べている。大町桂月が「蔦温泉籠城記」（『中央公論』一九二四年三月）で述べているように、酒豪の桂月をして度々兜を脱がせた大酒豪の花外は、あえて百穂と芋銭の飲みっぷりを謳ってはいないが、百穂・芋銭とも相当の愛飲家であることはすでに知られているように間違いのないところである（本書第九章）。とりわけ酒にまつわる幾つかの逸話を残している芋銭の人格を、花外が洒落・淡泊とだけ表現するのは物足りないと思うのは私だけではあるまい。芋銭には、後に紹介するが、かつて花外が芋銭を評していたように、ロマンチシズムがあるからである。

第五連では、花外の観る百穂と芋銭の面貌と体躯とを見事に表現して、余す所はない。

第六連では、花外の詩集を挿画で飾った百穂と、花外たちの文学雑誌を表紙絵で飾った芋銭との、最も重要な関係に触れる含蓄ある内容を謳っている。まず、百穂が花外の詩集を挿画で飾ったというその詩集は何であろうか。次に若干の検討を加えてみた。

この「百穂と芋銭」当時（一九一八年）から一〇年余り前における花外の詩集には、山本露葉・山田枯柳との共著『風月万象』（文学同志会、一八九九年）を始め、『社会主義詩集』（金尾文淵堂など、一九〇三年）、『花外詩集　附同情録』（金尾文淵堂、一九〇四年）、『ゆく雲』（隆文堂、一九〇六年）、『天風魔帆』（平民書房、東京市本郷区弓町一丁目二六、印刷・自由活版所：芝区新桜田町一九、一九〇七年）などがある。頒布発売禁止となった『社会主義詩集』を除いて、この中で挿画があるのは『風月万象』と『天風魔帆』であった。『風月万象』では、花外の詩「鶏の歌」に付せられた「鶏の図」、内村鑑三を強く感動させた詩「墳墓を撫して」の「河畔の図」、詩「別離」の「樹木・百合・トンボの図」があり、これらはその後の百穂の日本画を彷彿とさせるものがある。もう一つの『天風魔帆』には、わずか一枚の挿画があり、これは色刷りの「山中にある墳墓の絵」である。これもやはり百穂の絵なのであろうか。とりわけ百穂が一九〇三年（明治三六）に完成した「秋景」に繋がる挿画が先の『風月万象』（四九頁）の花外の歌集の中に収められている「河畔の図」である。その他にも、松と竹の違いはあるが、百穂の後の傑作「杜鵑夜」（水墨画、一九二九＝昭和四年）を予知させる秀れた挿画もあった。

他方、芋銭が表紙絵を描いた雑誌『火柱』とは、花外を中心とする「ほのほ会」によって、一九〇八年（明治四一）三月一五日付で創刊された「自由と平等」を標渺する思想の豊かな文学雑誌である。ほのほ会の命名は、一九〇四年（明治三七）頃に花外が友人で薄命の詩人・平尾不孤と二人で興した「焔会」（ほのほ会）に因んだものと考えられる。花外には編集した「故平尾不孤君追悼録」（『月刊　スケッチ』一九〇五年七月）があり、また不孤を綴った随筆に「あゝ不孤」（『新声』一九〇六年七月）などがある。

さて『火柱』創刊号の巻頭を花外の詩「宣言」が飾った。この「宣言」の第一連のみを紹介しておく。

日本暦、
二千五百六十八年、
吾曹（われら）が焼くる若き手に
空前絶後の火の柱、
立てり彫むに「自由」「平等」

ここでは花外にちなんで、花外の談話「『独立雑誌』と『火柱』上・中・下の一・下の二（完）」（『読売新聞』一九一八＝大正七年八月）を参考にして述べておきたい。『火柱』は、青山学院の職員時代における詩人の高浜長江（鳥取出身）が発起人となり、花外を顧問として出発した。この時の同人は、花外を始め、柴田柴庵（勝衛）、杉村俊夫、勝屋錦村・龍居枯山（文科大学生）、北原末子（初期の「新しい女」、土佐出身、馬場孤蝶とも交流）、そして長江とであった。寄稿家には、船橋雄、高木壬太郎、岡田哲蔵、別所梅之助や、「別の方面から書いて呉れた」山路愛山があった。長江はクリスチャンとなり、青山学院で事務を執ったり、作文を教えたりする傍ら、著述にも耽っていた。長江が明治末年に亡くなった際には、愛山は男泣きに泣いた。長江には『子羊』などの詩集があり、愛山の『国民雑誌』へ松江中学で教わった小泉八雲（ラフカディオ・ハーン）の「骨董」を訳したこともある。長江の葬式は青山学院の講堂で行われたが、生田長江（鳥取出身、一八八二〜一九三六年）が追悼演説を行った。最後に、花外は『火柱』の寄稿家に自らの師匠であった坪内逍遥や、友人の後藤宙外を挙げている。

この『火柱』に花外は、詩として先の「宣言」を始め、「鶴嘴」、「薔薇花」、「初雷」、「涼風」、「頼三樹五十年祭の歌」を発表し、随筆に中江兆民や頼山陽を歌った「豪筆」「石」「墓中の火」「文壇の星亭出でよ」、ゾラの遺骸がパンテオンに改葬されたことをめぐって、日本の発禁処分などを批判する「ゾラの改葬」や、「地獄の図に就て」を収めている。この「地獄の図に就て」は、実に芋銭の画風について花外が述べた貴重な短文であるから、一通り次に紹介しておきたい（同誌一九〇八年七月）。

我が小川芋銭子の画風の飄逸奇警なるは、既に世間の識る所である。
今ま、巻頭に掲ぐる『刀葉林』の画はもっか切りに其の製作を急がるゝ『地獄之図』の一部分である。
一葉にして天下の秋を知るならば、此の図に依って絵巻の全体を覗ふ事は出来るが、併し、予の想像するところは、之れは、氏が運筆の静な方を示されたものと考へる。夫の血と火の大修羅を現出する、焦熱地獄の壮観に至ては、吾曹の夙に張目して俟つ次第である。

芋銭子の住家、牛久沼の水で、此の頃血の池を描いて居らるゝのではあるまいか。現世は地獄だ。而し、ロマンチックの画家芋銭氏の頭脳には、亦た如何な奇怪な地獄が湧出するかは斗り難ない。

地獄は将に、地獄を以て驚かすべしである。

芋銭自身も「沼の家より」（同誌同年六月）という文章を寄せている。この文献は、当時における芋銭の自然観や人生観を率直に示す好個の資料である。芋銭の豊かな人間性を鮮明に示している。ほとんど知られざる内容であるが故に、全文を紹介しておきたい。ただし本文には若干の振り仮名があるが一部のみ残し、新字に代えて句読点を補った。ちなみに、かつて芋銭の挿絵の原型が発見されて、どこに使用されたのか不明であるとの『読売新聞』（茨城版）の記事が出ていたが、この文章の挿絵（「瓜畔の妻」）の原画ではなかろうか。

鷺艸の花と散り行春の姿、早何處へか病める我を嘲り顔に過去り候。沼を隔つる岡の大麦色つきて鎌加ふべく、公孫樹下の一ツ家も農事是より漸く繁からんとす。新に晴るゝ初夏の沼景色は、一年の中最清美に且深大なる趣致を示し候。鈍き橙色の雲幾片紫なす水気の中より浮か出て、コマツの岡の上に漂よい古き蒹葭は黄金の針の如く新芦の濃緑（こみどり）に反映し、其陰に巣を営むかゐつぶりの剽軽（ひょうきん）者、さては水鶏の急調なる歌は、新なる詩の領を吾人にさゝやき候。揚陰なる種井（たねい）の番小屋荒れて苗代小田の緑一段の濃を加ふる時、天辺田長（たおさ）の名乗るを聴きつゝ残月の下苅藻舟（もがりぶね）漕ぎ出す少年少女の勇々し気なる振舞恰もユートピア中の人物を想像せしめ候。嗚呼自然の前には如何なる場合にも病を忘れ罪を忘るゝものにて候。感謝す自然よ、我は拙き愚なる僕（しもべ）として汝の前に許されたる事を。実に人は自然に負きて後を顧る時、忽ち地獄の者となりて彼の等活（とうかつ）の苛責を現実して、ひた苦るしみ申候。アー人は智恵ありて、自ら悲哀の器を作り又地獄を造り候、されど悲哀なくんば人生もなし、人生あれば必悲哀ある事光に映る我影の除き難きが如きか、されどくちなわ潜む花茨（はないばら）も野路の装ひなれば、悲哀は崇美なる人間の衣装とも申すべく候や

薄長じて既に寸餘之を味噌に和すべく、又呉中の下物を羨やまず、豌豆を摘みて豆腐を半里（はんみち）の遠（とおき）に買ふ、練雲雀（ねりひばり）の聲落ちて若葉に動く精舎の鐘、月は簷端（のきば）を照して水風呂に夢見る人こそ好画材に候、有生の楽遊中々尽きず候、河童も恋すてふ夏の月夜の水村おかしきものに候、画にも詩にも新らしき材あり、何か物せんと存居候。

病める藍だのカンバス画板徒に壁に投かけて、塵に塗る丶画の具箱、蛛（くも）の巣古き瓶の菖蒲抔眺むる時、何処より忍びけん大なる眞黒の毛虫床上を我物顔に横行す、日頃怖る丶敵とて何の思想もなく絵筆を二本倒（さかさ）まにしてヤッと挟みすて申候、さて〱彼は柔和なれども厭な奴にて候、近き農家の婦走り來り茶を摘居たる老母の急劇（激）なる瘧（おこり）の爲に卒倒したりとて薬を求む、不時の需にとて調へ置きたる薬は何時か品切れて無きま丶、取敢ず清心丹を與ふ、今日は小雨降りて口まめの頬白（ほおじろ）鳴ずも、悲惨なる老爺が臨終話聴きて蚕飼の手伝杯（抔）し短夜の夢に入り申候。

この芋銭の思想は、すでに明らかにしたように、かつて花外や西川光二郎（一八七六～一九四〇年）らが発行した『東京評論』に現れたウィリアム・モリス（一八三四～一八九六年）の自然との共生思想と共通する考えに満ちているように、私には思われる。モリスの言葉は既に紹介してある（本書第二章四）。なお山路愛山（一八六四～一九一七年）にも、『火柱』誌に「原因と結果」という題を「目的と方便」などとして論じた随筆がある。また『週刊　平民新聞』に寄稿もあった詩人の伊藤銀月が「古覇府の人」と題して花外へ呈する文章を載せていた。

ところで、これより以前の一九〇五年（明治三八）五月に児玉花外は平民社に呼応する後進の山口孤剣（一八八二～一九二〇年）、白柳秀湖（小説家・社会評論家、一八八四～一九五〇年）や中里介山（一八八五～一九四四年）などの火

鞭会の賛助者となり、芋銭は同年九月に創刊された同会の機関誌『火鞭』（平民書房）に表紙絵を描いている。芋銭はこの年に荒畑寒村（一八八七～一九八一年）に訪問され、田岡嶺雲の主宰する『天鼓』に挿画を載せていたのである。

第七連では、花外は一度貰った芋銭の『火柱』の表紙絵を酒の過誤で失い、再び芋銭が快く描いて呉れたその度量を歌ったものである。先の花外「『独立雑誌』と『火柱』」でも、花外が芋銭のこの時のことを述べているので紹介しておきたい。花外はうれしかっただけではなく、芋銭に感謝する気持ちがよほど強かったのであろう。「その表紙を小川芋銭君が折角描いて呉れたのに、僕がそれを酔払って落して、ために描き直して貰ったので、二度目の表紙が、あの雑誌の表紙となって出たわけだ」。花外にとって、「畫伯の顔は神か仙」であった。芋銭の写真は、どれもこれも仙人のような神仙そのものという感じである。

斎藤隆三の『大痴芋銭』には大逆事件に対する偏見が表明されているが、「陪審裁判法ができた時には、たしか陪審員の指定を受けたこともあったやうに思ふ」（「大愚芋銭」『中央公論』一九四〇年）と述べられている。正確にいえば、この法律は陪審法であるが、一九二三年（大正一二）四月に公布されている。芋銭が陪審員となったとすれば、その人格は公にも公平性が評価されていたこととなり、貴重な事実だと思われる。他方、百穂の人格については、村松梢風によれば、「福徳円満の人格者として遍く社会から尊敬された」という（『本朝画人伝　巻四』）。

第八連では、花外は百穂と赤城山へ登った思い出を歌っている。この赤城山登山のことは、百穂研究にはかなり詳しい年譜なども出ているが、管見の限りではほとんど検討されていないのである。これまでは、たとえば富木友治編『平福百穂書簡集』に「『中学世界』の催しで群馬県に遊ぶ」とあるだけである。花外は、生卵を飲んで元気の回復した百穂を「佛様顔」と表現している。絵を描いている百穂の著名な写真を見ると、正に仏様のようである。

さて花外が四年前に百穂と登った赤城山のことを明らかにしておきたい。この赤城山登山は実に次のような事柄であった。一八九八年（明治三一）九月から博文館によって発行された文芸雑誌『中学世界』（半月刊、後に月刊）が一九一四年（大正三）七月三一日から八月二日にかけて企てた赤城山跋渉の旅のことである。参加者は文士と画家を始め、東京から参加したのは三十余名、前橋中学の学生や市役所の職員なども加わった五十余名の一行である。登山隊長は長谷川天渓（評論家・英文学者、一八七六～一九四〇年）で、指揮者が猪谷少佐（スキーヤー猪谷千春氏の先祖？）、そして博文館の写真技師も加わっていた。当時の「赤城山上にて」なる写真によれば九名が写っており（雑誌『文章世界』同年八月、博文社）、著名な人物としては長谷川天渓、矢立てを持参した平福百穂、そして『中学世界』の詩の選者をしている花外である。残念ながら、この三名は桧笠のために目元が暗くなっており、その表情は判然としない。なお、その他の人物とは、西村渚山、岡野栄、池田永治、加納作次郎、竹貫佳水、鷹野止水である。その衣装は大部分が桧笠に脚絆をして、地下足袋を履き、休憩に際しては座ったり、沢登りも兼ねたためか、水除けのための糸立（莫蓙）を身に纏って、長い杖をもっている。前列に六名、後列に三名が並び、前列のやや真ん中に花外が立ち、その隣りに百穂は腰を降ろしている。文士・画家としては、誠に振るったスタイルであった。

前橋駅から歩き始めた真夏の赤城山山行は相当にきつかったと見えて、花外は「赤城登山の記」の中で以下のように述べているほどである。「夫から二里の箕輪村までには赤城興業組合の植林地や、有名な牧場がある、荒木の柵即ち牧場のしるしで其処が所謂牧場で箕輪だった。一行は流汗を拭ひ清冽の冷水を飲み生卵をも啜って元気を付けた。肥太った平福画伯なぞは大卵三つもやった」、「疲労加減、何としても大人連先発隊を務むる青少年組の元気には敵はない。松林なぞで啼続ける蝉時雨も、宛ら美少年隊のために溌剌勇壮な楽声をする如である」、「赤く爛れるやうな山中の空の太陽は、青藍の濃い色に溶け蕩けるらしく、一行の白襯衣も悉く熱射して了うと感ぜられた」（『読売新聞』一九一四年九月七日付）。やや肥満の百穂には相当に堪えたのも、理由のあることであった。ちなみに天渓は花外より二歳前後若かったが、自然主義の文学評論家として、東京専門学校の同窓としても二人は交流していた。

この登山に際して花外の読んだ詩を紹介しておきたい。

華の都会に破れかぶれの落人は

桧笠をば目深に被り
女が織らぬ丈夫な糸経（いとたて）で其身を堅め
何処も緑翠（みどり）の山より山へ彷徨（さまよう）た
泣いてくれるは山ほとゝぎす、谷川の清い水の音ばかり
ふとした事で足許で紅い花一輪
踏んだ草鞋にまつわつて血に染めた
其の夜糸経巻いてゴロ寝たら
露が濡らしてしく〳〵泣いた

花外は、妙義・赤城・榛名の上毛三山と比較して、かつて三木露風・富田砕花などにも愛唱された花外の名詩「馬上哀吟」に因んだ浅間山について、ここでも感慨を歌っていた。

　兄弟分の山々は
なぜに衰へて仕舞つたのに浅間山
なぜにお前は火を噴き狂ふ其様に
我日本は火山国で火山民
総（あ）らゆる土も人も燃えねばならぬ
樹（き）と石とで火が無つたら夫で何で
山が美麗（びれい）と呼ばれやう
髪と顔とで人間に熱情が消亡（きえうせ）たら
夫でも男か寧ろ死人に等しかろう
嗚呼浅間山よ、我国の全山が青く

死に横つてもお前ばかりは火の山よ
若し日本人に活気が薄れた暁は
山よ根底より地獄の業火を併集めても
其の紅蓮(ぐれん)の火炎を噴傾けて
我国人(こくじん)の眼より胸より注ぎ入れや
浅間の猛烈なるに似合ぬ曲線美が
遠い雲(うん)中に浮彫されて
日本人の優しい一面を見せてゐるのに嬉しく
桧笠を斜にして霎時(しばらく)見惚(みと)れてゐた

第九連では、花外は当時の平凡と観た画壇に対して、百穂・芋銭の独創性をもつ絵がさらに存在感を有することを願っている。花外は、二人の絵を「東洋独特の気韻」と謳っていた。花外の「東洋独特の気韻」という評価は、両画家の定評といえるものであった。

第十連では、花外は芋銭と百穂が院展と文展に活躍することを確信している。花外によれば、当時の百穂は「東京市外、道玄坂ちかい」所に住んでいたとあるが、具体的には一九一六年(大正五)の九月には荏原郡目黒村上目黒五八五番地に住宅をもち、一九一九年(大正八)八月に荏原郡世田谷村世田谷三宿町九一番地に土地を借りて「白田舎」を創立して、塾生をおいて指導していたのである。白田塾の塾生たちを引き連れて、十和田湖へ写生旅行へ行ったこともあった。とりわけ塾生の増田千代松(淡路島出身)は十和田湖に題材を採った「漁人の秋」(一九二八＝昭和三年、帝展入選)という名作を残している(野口早苗『出逢い』自刊、一九九五年)。なお百穂の弟子・和高節二(広島県向原町名誉町民)は「野に生きる」人々や彼らを支えた自然を描き続けた木訥の人であった。他方、芋銭は当時茨城県牛久村の「半百姓家」に住み、当時ジュンサイの名産で知られた牛久沼のカッパと楽しく過ごしていると、花外は謳った。実際に、芋銭の妻は根っからの農民で、絵の好きな芋銭のために家業である農業に人一倍精進したのであった。

最後に出てくる花外の「詩星堂」はおそらく花外の自称であると思われる。かつて花外の『社会主義詩集』は出版法第一九条の規定に拠る内務大臣・児玉源太郎の頒布発売禁止の抑圧に遭った。これにより花外は落魄して京都で「花外堂」なるタバコ屋を営んだということを想い出させて興味深い。

四　結びにかえて

以上、花外の詩「百穂と芋銭」に現れた二人の画家について謳われたことを分析して、花外と百穂・芋銭との交流の意味を明らかにしてきた。その方法は、二人の画家についての研究を踏まえると共に、主として社会的ロマン派詩人の側から各種の文献を基に考察してみた。これを検討してみて、社会的な関心をもった芸術家については、個別の芸術部門のみならず、広い視野をもって思想や人的分野へも探求の目を向けなければならないことが判明した。

社会主義思想に強く共鳴し、詩を中心とした文筆家の立場から社会主義運動にコミットした花外であったが、この詩が発表された一九一八年（大正七）頃には、社会主義思想へのかつての熱烈な共感が薄れて来ていた。この契機となったのは、山県有朋や桂太郎などによる大逆事件のフレームアップの存在が予想される。そうした花外の心情が、平民社の社会主義思想に多かれ少なかれ共感したことのある百穂と芋銭に対しても、以前の両者が有していた社会主義に対する心情を謳わせなかったのであると考えられる。実際に百穂・芋銭の社会主義思想に対する心情も推移していたのであろう。しかしながら、ロシア革命のニュースを耳にしていた花外は、辛うじて百穂のテロリズムにも繋がる一大傑作の『豫讓』を挙げ、芋銭については自由と平等を標榜する『火柱』の表紙絵（「迦具土の火の神が『火柱』の黒煙から立騰らる、名筆」）を謳っていたのである。

［主な参考文献］

斎藤隆三『大痴芋銭』創元社、一九四一年

犬田卯編『芋銭子作品撰集』青梧堂、一九四二年

村松梢風『本朝画人伝　巻四』中央公論社、一九四二年

石井柏亭『画人東西』大雅堂、一九四三年

小高根太郎『平福百穂』東京堂、一九四九年

服部之総・小西四郎監修『週刊　平民新聞』全四巻、創元社、一九五三〜一九五八年

家永三郎『数奇なる思想家の生涯――田岡嶺雲の人と思想』岩波新書、一九五五年

林茂・西田長寿編『平民新聞論説集』岩波文庫、一九六一年

松尾浩也「大逆事件――疾風のような裁判と処刑」（我妻栄編集代表『日本政治裁判史録　明治・後』第一法規、一九六九年）

文化学院史編集室編『愛と叛逆――文化学院の五十年』文化学院出版部、一九七一年

富木友治編『平福百穂書簡集』翠楊社、一九八一年

昭和女子大学近代文学研究室編『近代文学研究叢書』第五二巻、昭和女子大学近代文化研究所、一九八一年

窪島誠一郎「凝視する『自画像』――関根正二（一八九九―一九一九）」（窪島『我が愛する夭折画家たち』講談社現代新書、一九九二年）

後藤『権利の法社会史――近代国家と民衆運動』第十章「非戦運動・非戦教育運動と西村伊作」法律文化社、一九九三年

同上「［新資料］山口孤剣『自由に大胆にあれ』について」（『大阪民衆史研究会報』六六号、一九九九年）

同上「杉村楚人冠の社会思想と啄木」（紀南文化財研究会編集・発行『くちくまの』一一七・一一八合併号、二〇〇〇年）

高知県立文学館編・刊『土佐の反骨　田岡嶺雲』二〇〇〇年

後藤『近代日本の法社会史――平和・人権・友愛』第七章「『教育の自由』の法社会史――文化学院の与謝野鉄幹・晶子、西村伊作をめぐって」世界思想社、二〇〇三年

田中英夫『山口孤剣小伝』花林書房、二〇〇六年

なお、『小川芋銭展』（日本経済新聞社）、『平福百穂展』（宮城県美術館）、『近代の精華――平福百穂とその仲間たち』（秋田県立近代美術館）や、『生誕百二十年記念――平福百穂展』（朝日新聞社）なども参照した。

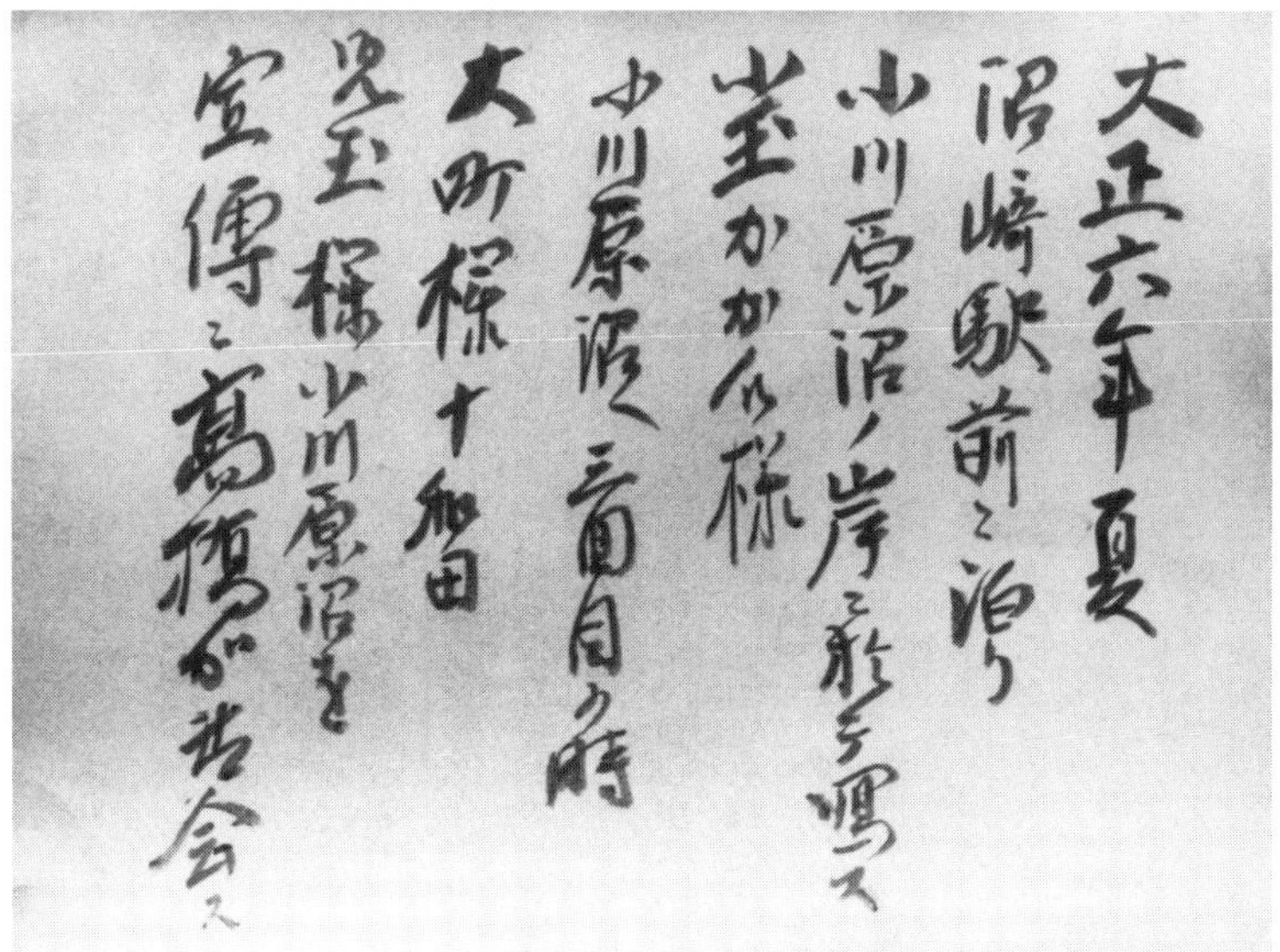

かつて写真を提供された小倉三省氏（詩人・大塚甲山の研究で著名、青森市）によれば、次のようである。「群像写真の中央、浴衣姿でカンカン帽を両手にしている大柄の人物が花外。左隣の背広の男性は垣内重雄浦野館村々長。右隣の一寸粋な女性も一興です。

写真は二枚セットで、これによると花外は大正六年までに三回小川原沼（湖）—つまり浦野館村（甲山の故郷）にきていることが分かります。」

なお、写真説明文中、「小玉かか以」は児玉花外のこと。

第九章　青森県における花外と大町桂月

一　はじめに――北海道から青森へ

関東大震災のあった一九二三年（大正一二）頃における児玉花外の生活については、井伏鱒二が上脇進（ロシア文学者）から聴いた話をまとめている（「上脇進の口述」『井伏鱒二全集　第七巻』）。上脇は、花外の天衣無縫を見事に活写していた。同年九月一日の関東大震災に焼け出されて着の身着のままとなった花外は、まず茨城県の牛久に小川芋銭を訪ねた。やがて花外は、一八九二年（明治二五）頃の札幌農学校予科の頃を思い出しながら、青森県に縁の深い新渡戸稲造（一八六二～一九三三年）から課外授業としてかつてカーライルの『フランス革命史』を学んだことのある北海道へ、札幌農学校時代の友人たちを訪ねたのである。

その頃の新渡戸はアメリカやドイツの留学から帰ったばかりで、極めて博学で情熱的であった。新渡戸とそのアメリカ人の妻は、義務教育を終えることができなかった子供や大人たちのために、一八九四年（明治二七）に授業料が無料の遠友夜学校を創立した。新渡戸は有島武郎などの札幌農学校の教師や学生たちと共に献身的に教えたのである。その教育を受けた感動は現在にも伝わっている。新渡戸は亡くなるまで同校の校長であった（札幌遠友夜学校創立百年記念事業会編『思い出の遠友夜学校』）。新渡戸が花外や西川光二郎などに行った課外授業は、遠友夜学校創立の一源流であろう。同書には、花外は新渡戸稲造の声望を慕って札幌農学校へ入学したことが述べられているが、どのような史実があったのであろうか。

花外は北海道に二〇日間ほど滞在した。花外が北海道名産の鮭よりも札幌農学校の後身・北海道大学の学生たちに期待して、その前途を詩に歌った（『北海タイムス』一九二三年一一月）。

雄怪晴るる北海道の青空に
石狩川の秋の味いかに
北斗星下の北海道民に
溌剌の気、
吾の札幌農学校の若き学生時代
古き記憶が鮭のごとくわき起れり
紅のころ名産鮭の
赤い美しい肉を思う
北海道大学の出身者と石狩川の水のながれ
鮭よりも清く、勇壮に世に躍れり

さて青森県における児玉花外と大町桂月（一八六九〜一九二五年）との交流については、すでに桂月が書いた紀行文「蔦温泉籠城記」（『中央公論』一九二四＝大正一三年三月）などを基にした幾らかの研究蓄積がある。この「蔦温泉籠城記」には、桂月と花外を歌った江見水陰の詩、花外と桂月を歌った桂月の詩、『週刊　平民新聞』を挿画で飾った画家の平福百穂や、同じく小杉未醒（後に放庵、放菴）製作の薬師如来像のことも含まれている。蔦温泉では、花外は詩趣を求めて自然美や史跡を探索し、あるいは痛飲しあるいは友を求めて漂泊している。

かつての自由民権紙『東奥日報』（本社、青森市）に発表した花外の詩は工藤与志男編『旗と林檎の国　児玉花外詩集』によって紹介された。本書は生出匡編『十和田湖――大町桂月遺稿』（龍星閣、一九三六年）を引用して、桂月を歌った花外の詩①「噫文豪大町桂月――六月十七日告別式に臨み朗吟せるもの」、②「桂月翁の墓」、③「桂月満十周忌の歌」（一九三四＝昭和九年六月一日付、太田吉司宛の花外葉書）を紹介している。①と②の出典は示されていない。①は花外の新資料であり、七五調のいかにも花外らしい詩である。②は『桂月』（一九二六年五月、一九二七年九月）に掲載された同名の二つの作品である。③も花外の新資料であり、七五調の淡々とした詩である。

以下では、花外と桂月との交流について、また花外が青森県との係わりで桂月を謳った詩の中で、従来ほとんど採り上げられていない花外の新しい幾つかの詩を紹介しつつ、花外の詩想を検討してみたい。ただし、旧字はできるだけそのままにした。

二　花外と桂月との交流

桂月と花外の交流がいつ頃から始まったのかは不明である。花外の『社会主義詩集』が一九〇三年（明治三六）九月に頒布発売禁止となり、翌一九〇四年二月に『花外詩集　附同情録』（金尾文淵堂）を出版した際に、従来ほとんど注目されて来なかったが、桂月は次のように「芸術の自由」に触れつつ同情あふれる文章を差し出していた。

古來藝術家が沒曉漢の俗吏の爲めに凌辱せられしこと、少なからず候が、足下の社會主義詩も、その厄を免れ給はず、發賣禁止せられし由、同胞無告の民の爲めに萬の熱涙を灑いで歌ひ出で給はむとせしに、その口をさへつぐめらる。足下の遺憾さこそと存ぜられ候。小生こと、未だ足下の所謂社會主義詩を讀まず候へば、果して禁止せらるべきものなりや否やを知らず候へども、足下が書肆を氣の毒に思ひ更に他の詩を恵與せむとせらるゝは、感歎の外なく候。十月一日まで何か一文をとの御所望に候へどもあまり僅かな日限と云ひ、且つ文責山積して寸暇も無之候間、たゞ手紙をさしあげて、一言同情を表し候者也。（九月廿五日）

ただし桂月は、翌一九〇四年に日露戦争の気運に乗って六月に『軍國訓』（博文館）を刊行する（木谷喜美枝編「大町桂月年譜」『明治文学全集41』）。

ところで月刊雑誌の『文章世界』（博文館、一九〇六＝明治三九年三月〜一九二〇＝大正九年一二月）が生まれる以前に、文学少年の登竜門として存在したのは雑誌の『中学世界』である。この『中学世界』（博文館、一八九八＝明治三一年九月〜一九三〇年＝昭和五年五月。月刊、その後は半月刊）は桂月が早くから編集を担当した。桂月の作品は文学少年の血を沸かせたようであるが、花外は『中学世界』の詩の選者を一九〇八年（明治四一）頃から勤めていたので（小田切進編年譜『明治文学全集83　明治社会主義文学集（一）』）、この頃にはすでに花外と桂月との交際が始まっていたものと考えられる。

花外と桂月は同じ文学者ではあっても、当時において世間からは花外は詩人、桂月は「紀行文家」・「時文家」・「批評家」といわれていた。文学愛好者による、花外と桂月の人気振りを先の『文章世界』が一九一一年（明治四四）七月に発表した「文界十傑得点発表」（同年六月二〇日迄の投票結果）によって高得点順に明らかにすると、以下の通りである。詩人〜蒲原有明四四六、北原白秋四二九、三木露風三〇二、与謝野鉄幹一九四、岩野泡鳴一二二、人見東明一〇七、高村光太郎九〇、児玉花外八八。紀行文家〜大町桂月五一三、小島烏水五〇一、田山花袋二六八。時文家（時論家）〜徳富蘇峰三四五、三宅雪嶺三二八、池辺吉太郎（三山）二七三、竹越三叉一九一、大町桂月一七八。批評家〜島村抱月五七九、長谷川天溪三八七、金子筑水三六九、岩野泡鳴二三四、片上伸一一三、大町桂月七七。これで見ると、花外は詩人として八位であるが、桂月は紀行文家として第一位、時論家として五位、批評家としては六位となっている。これは興味ある評価である。

花外が桂月を題材とした最も早いものの一つに「桂月に与ふ」という作品がある（『青年文壇』一九一七＝大正六年六月）。しかし、大塚甲山の研究者・小倉三生氏から提供された花外や浦野舘村村長・垣内重雄などとの写真の詞書によると、「大正六年夏沼崎駅前ニ泊り／小川原沼（小川原湖……引用者）の岸ニ於テ写ス／小玉かか以（児玉花外……引用者）様／小川原沼へ三回目の時／大町（桂月……引用者）様十和田／児玉様小川原沼を／宣傳ニ高橋が出会ス」とある。これによれば、花外は一九一七年夏までに小川原湖へ三度も来ていることとなる。しかも、同年夏には花外は小川原湖の宣伝のためにやって来たことと受け止められていたのである。それ以前における花外の二回の小川原湖の旅は、残念ながら不明である。

桂月と花外の具体的な交流については、知られているように花外の甥・白藤董が一九一八年（大正七）に麹町区平河町の花外の家を訪問して、偶然に桂月・中島孤舟（詩人）と花外が痛飲していたことを書き残している（白藤「花外の思い出」）。その後、花外には「日本名山踏破　大町桂月氏を送る」（『桂月全集』第二巻）という詩が残されている。また花外の詩には「桂月の徳利」や「桂月の草鞋」（『桂月全集』第一二巻）もある。花外は、「桂月の徳利」で以下のように謳っていた。「五月の鯉幟赤く静かなんる日。／車上に身を搖られながら桂月氏、／酒徳利の波をゆるがせて、／來り訪れぬ、江戸川べりの家。／吾は迎へて先づ氏が木綿袴を濡す感謝の涙。」「『僕が學生時代から知つてゐる酒屋で第一等の酒を買つてきた。／態とそれも貧乏徳利にしたのだ。』／桂月氏が吃々と言はる、尚ほ有難さ。／注がる、酒よりも多くこぼる、涙かな。」「其の夜招かれて雜司ケ谷の桂月居に、／一代の文豪の筆硯は頼山陽を偲ばしめ／若葉また若葉、酒また酒。／盃中に月落つるまで雜司ケ谷の闇路を、感激に燃え光りつ、早き螢」。

こうした花外と桂月とは真に酒を酌み交わす仲であったればこそ、青森県のブナ林に囲まれた一軒宿・蔦温泉での冬籠もりの約束があったのである。桂月から言えば、かつての「社会主義詩人」花外が『週刊　平民新聞』の後継紙『光』にドイツ労働運動の指導者を謳った「ラサールの死顔に」を発表して後は、大正初年から日本及び東洋・西洋の革命家・偉人、さらに「御大典奉祝歌」（『冒険世界』一九一五＝大正四年一一月）や『史伝・乃木大将』（金尾文淵堂、一九一六年一月）を謳い、あるいは執筆するという破天荒な「社会的ロマン派詩人」に「自由」を見たのであろう。なお花外が一九二七年（昭和二）七月から八月に掛けて青森県を訪問したことについては、きしだみつお（小倉三生）「詩人大塚甲山研究（1）――『鴎外日記』に現れた奈良農夫也の生涯　甲山と児玉花外との接点を探る」（『初期社会主義研究』第一一号、一九九八年）に紹介されている。きしだ氏は、花外が青森県にやって来た直接の契機を大町桂月三回忌法要の出席にあったものと推定している。

三　青森県と係わる桂月を謳った花外の詩

花外は北海道の旅から、やがて桂月と約束のある青森県の蔦温泉で落ち合った。桂月が世間に十和田湖などの紹介をしたことはよく知られているが、元十和田村村長・小笠原耕一らが桂月に要請して、「十和田湖ヲ中心トスル国立公園設置ニ関スル請願書」の原文を作成せしめて、これを印刷して内務省や県庁などへ配布したという（生出泰一編著『文豪　大町桂月』）。蔦温泉における花外と桂月との交流は、花外の様子なども詠った桂月の紀行文「蔦温泉籠城記」（『中央公論』一九二四年三月）に触れられている。

花外は、八甲田山・蔦温泉・奥入瀬川の渓流・十和田湖を借景にして、桂月を謳った詩「桂月の瓢箪」（『桂月全集』一二巻）では、蔦温泉をこよなく愛した桂月との同地での出会いを率直に喜び、蔦温泉周辺の自然美を素朴に歌っている。まず、この詩を紹介しておきたい。

桂月の瓢箪　　　児玉花外

蘇東坡赤壁の遊び思ひ出が、我が雅客に依って東西に催され、
大正十一年の秋も、冬の夕日に染め変へられる頃、
大町桂月氏と一片の文章の上で約束をして、
十和田湖の紅葉を観るべく、上野を煙と共に出発した。
都会で久しく風塵に汚れまみれた神経、
実は両人の心胆を日本名代の十和田湖の紅葉の熱血で
洗ひ浄め、一昔前の熱血漢に立戻りたい念願であった。
剽悍、南部の忠臣、相馬大作の故郷で秋も暮るゝ。

奔放なる白雲を仰いで無量の感慨に打たれ、
三本木の曠原で放牧せらるゝ日本一の南部の馬も観、
其の気勢のさめぬうちに自動車で六里の道を
焼山といふ処まで一気に駛(はし)らせた。
此の地は十和田湖への入り口、紅葉がすでに四辺に鮮血を注いで、
奥入瀬川が雪のごとくに激波をあげてゐる。

熱丈夫の魂の残るらしい焼山を自分は燃ゆる思に過ぎ、
桂月氏と会合の約のある蔦温泉に山道を辿った。
此の蔦温泉付近のことは『蔦の神秘境』と題して、
君が『東京日々』紙上に、例の名文で天下に紹介してゐる。
僕はそこで此の深林に踏み入るに従って、紅葉黄葉の色々、
とち、ぶな、秋に芳々と香(かおり)高い桂なんどの闊葉樹が
君の描いた活字と共に、更に茲に活きて光ったかと想った。

疲れた足を此の神境に、東北の巡礼者は着き、
頗る明澄なる温泉に浸りながら、十和田湖の雪に浮ぶ白鳥の様に、
僕は首を長々と伸ばして氏を待ってゐた。
其の翌朝、焼山から、桂月十和田より焼山に来る、
蔦に迄電話があった。君も此の時僕が茲に来て待つを知ってゐた。

電話、紅葉のそれよりも此の胸は嬉しさに燃え上る。
世界の歴史も、人間の一生も、血と火との連続だ。
燃性は僕本来のもちまえだ。伊多利のダンテ以来、
支那の詩人の杜甫このかた、秋は殊更詩人の胸に点火した。

山より山、旅より旅、飯より嗜(す)きな文章のために、
五十四歳の半白翁の我が桂月氏の姿が、
此の朝鳥の神境に囀り出した頃、黄葉林の前面(まえ)から、
今仙人のごとく忽然として来表はれた。
見れば、頭部(あたま)に手拭の前結び男鉢巻、
冒険家らしい洋服を着け、頑丈な珍らしい山竹の杖、
護謨(ゴム)足袋は北海道は羊蹄、駒ヶ岳の嶮峻の痕(あと)、
氏の眼鏡がなつかしく光った折、僕の両瞼も俄にかすんだ。

我邦に開闢以来最初なる『日本名山記』を著すべく、
其の長の旅行に黒ずんだ洋服の横腰の上部に、
紅葉ならぬ一種の赭味のある一物。
其れは問はでも知る桂月氏の愛瓢であった。
東京を立ち出でてから、日又雨に晒された瓢箪ならぬ、
人の好い、今仙人の君は僕の顔を見てニコリとした。

日本の李白の瓢箪も笑った。瓢箪を吊した肩紐も歓びにふるへた。
其の日から我々両人の紅葉黄葉、神境からの落葉を踏分けての散歩、
旅行には必ずこの四合入りの瓢箪が侶なった。
八甲田山にも赤瓢箪が登る。
桂月、花外が到る処、山に水に甘露を飲んだ。
明治の雪中行軍悲劇の場所、田代温泉にては、
濁酒を詰めて、此の酒の一名白馬に乗って歩いた。山路に千鳥足。

懐かしくも親しんだ桂月氏とは男と男との胸の
熱くも焼山の橋のたもとで別れた。
十和田の紅葉を、更に文章を磨くために再び観る桂月氏、
今はその緒味ある瓢箪は、何処にどうぶらついてゐるであらうか。
嗚呼、山水の霊よ、わが今仙人の桂月先生に福祉あれ。
君が苦心に苦心を重ねつゝある『日本名山記』は、
必ずやこの熱血情味のある、赤色の瓢箪の中から、
深水の清水と共に、トク〳〵として生まれ出づるであらう。

日露戦争の準備過程で強行された雪中行軍で名高い後藤伍長の銅像がある田代平においても、桂月と花外の足跡は残されていたことが判明する。ところで、花外が蔦温泉で始めて桂月と会ったといわれているのは一九二三年（大正一二）の秋であるのに対して、花外の「桂月の瓢箪」によれば、一九二二年一一月となっており、この詩が収録され

た『桂月全集』の発行年月は先に述べたように一九二三年七月である。時期的な矛盾を含むこれらの問題については、花外の思い違いと思われるが、如何であろうか。

花外は、桂月が一九二五年（大正一四）六月一一日に蔦温泉で亡くなった直後に、先に述べた作品と共に、詩「桂月の死と山水」（『太陽』三一巻一〇号、一九二五年八月）、詩「雲上の客大町桂月」（『中学世界』同年八月）、詩文「桂月と春浪（一〜三・完）」（詩「文豪桂月の総骸」を含む。『中学世界』同年一〇〜一二月）や、詩「桂月の墓に立ちて」（『日本及日本人』一九二七＝昭和二年八月一五日）を残している。これらはほとんど知られることも論じられることもなかったので、紹介し検討しておきたい。

（一）花外の詩「桂月の死と山水」について

花外の「桂月の死と山水」は、『太陽』の大町桂月追悼特集「大町桂月翁の面影」の結びに位置するものである。他に、桂月・鳥谷部春汀と共に十和田に行けなかった長谷川天渓の「虚偽のなかつた人」、白石實三「随筆家大町桂月氏」、巖谷小波「桂月と私」、西村眞次「世に知られない桂月氏の一側面」がある。ちなみに「極楽へ越ゆる峠の一ト休蔦のいでゆに身をば清めて」は桂月の辞世の歌と言われているが、小波が桂月から郵便でもらった桂月の晩年の歌であることが判明する。

桂月の死と山水

兒玉花外

桂月全集十二巻を留め天地の間十年計畫の
日本山岳踏破も一片の夏の夢と化（かわ）りぬ死出の山
西の方（かた）いなづまに剛健桂月の携ふ金剛杖
嗚呼せめてこの夏は雲の峰を仰ぐとき

桂月翁の淋しく懐かしき山笠思ふ涙の
初度の青森行(ゆき)に被(き)る三度笠君と登りし
秋高き八甲田青空近き偃松(はいまつ)の上に腰おろし
薄霞にほの〲と望みし津輕海峽
豆のごとく行くは頼三樹三郎のやつれ姿が
あゝ江差松前なほ遠く再び還らぬ大正の憂國家
筆の劍桂月しのぶ悲壯一流の追分節

秋十一月より葉落ち雪や霰
十和田湖のほとりに清き溶珠(たま)のごとき蔦温泉
雪の山中(やまなか)の湯煙たつ一軒家君と共に飲みつゝ
吟じ語りつゝ陸奥の奧雪に樂しく暮らせし六ヶ月
木綿ドテラ着こみ圍爐(いろり)裏に燃ゆる情(じょう)の火や
仙味ある超脱吐き來り吐き去る言葉を忘れんや
故(もと)の太陽主筆青森の人鳥谷部春汀(しゅんてい)氏と君十和田湖に遊(あそび)
明治四十一年太陽誌上に桂月氏の筆に
幽邃境十和田湖の名は廣く天下に知られたり
人は亡びても長く山河あり
噫(ああ)今や春汀あらず桂月も去りて
十和田の湖水のみ恩人のおもかげを浮べ咽ぶ四季

風流心のまに〳〵舟を浮べての藍の水
桂月が命名したる十和田湖の千丈幕
秀聳(ひいでそび)ゆる千丈幕の上に出た鏡とすめる明月
支那蘇東坡赤壁の遊びを想ふ紅葉(もみじ)の血
十和田第一の美觀千丈幕の一大岸壁に
文豪大町桂月の名を刻み付けんかな
雄大壯儼たぐひなき東北日本の一名所

帝大赤門出の菊に似る優雅なる美文の創始者
勤王の熱血兒高山彦九郎を生みし『關東の山水』
縦横筆に随ひ雲飛び水湧く
桂月の獨特の紀行文は天下の珍
君は詩人にして英雄をかぬるもの
好いかな其情理至りつくせる東洋人の模範標本
桂月を生みたる南國土佐は薫風そよ
名物鰹のもてる香(か)や味や名産珊瑚の色の熱誠や
古武士の如き人格は文章と永久(とこしえ)に國の寶
六月十七日の思ひ出の種告別式
知己弔客は織るがごとく梅雨の頃ふる涙雨
人情美桂月の花俄かに咲き出でぬ青葉の雜司ケ谷

花外は、まず『桂月全集』（全一二巻、興文社、一九二二＝大正一一年五月より翌年七月）の発刊や、桂月の日本名山踏破計画を挙げた。また桂月と共に登った八甲田山を思い出し、頼三樹三郎に託して大正の憂国家・桂月に想いを馳せている。花外は、晩秋から春にかけて桂月と過ごした蔦温泉を歌い、桂月が最初に「十和田湖」を雑誌『太陽』へ紹介したことや、桂月が見事に描写して激賞した十和田湖を織り込んでいる。ただし桂月が最初に「十和田湖」を『太陽』誌上に発表したのは、花外が謳ったように一九〇八年（明治四一）ではなく、翌一九〇九年のことであった。最後に花外は、赤門出・桂月の紀行文の美を称え、そして青葉の雑司ケ谷に眠った桂月に熱涙を注いでいる。なお、桂月の墓は雑司ケ谷と蔦温泉に分骨されている。

（二）花外の詩「雲上の客大町桂月」について

雲上の客大町桂月

児玉花外

薫風吹けども梅雨空に曇る
大正十四年六月十日午前十時
日本文壇の元老、大町桂月氏は
強き最後杜鵑（ほととぎす）の一聲（ひとこえ）を残して逝けり
東奥（とうおう）十和田湖畔に惜しき仙骨を留めて
一代の英雄魂は昇りぬ天上白玉樓

青空青山また青葉のさかんなる
蔦温泉の靜やかな一室に

夏血を吐いて逝(ゆ)きたる桂月氏
十和田湖をめぐる山の秋々に
岩をいろどり男性的に濃く紅葉(もみじ)するも
我が文豪は再び世にはかへらんや

東北は遥か青森縣の一端に在り
秋十一月よりは全山雪に埋(うず)もるゝ
淋しき一軒家の温泉に
君と共に暮らしたる六ヶ月の雪中の生活
突如天に消えたらん其死を思ふとき
今は夏なるもこの心は寒し

頭の人にしてまた脚(あし)の人
老來山登りに深き趣味として
我國の名山ほとんど足跡を印(いん)せし桂月氏
天下の青年よ少年よ太き金剛杖に
剛健翁(そう)桂月の面影を浮ぶや
山路踏行(ふみゆ)く三度笠ふりかへれ君が若き山の笠
嘗て一世を動かせし名著『學生訓(くん)』
親切丁寧青年に對する慈父のごとく

天地の間に壮快熱情ある筆の人として
文豪大町桂月の名は永久に滅びず
君が著はせし『日本男児』『硯の水』や『學生訓』
四海鴎を見ずも存す數巻の尊貴き學生書

土佐を出てきた東京の可憐の小鳥
古き頃明治中学の給仕を勤めた涙の思出話
力より力血より血獨逸協会學校を經て
明治二十九年首尾よく華々しく男椿の帝大赤門を卒業
大正十四年文豪の名を獲、五十七歳の死に至るまで
独立自助の人傑として輝やけり大町桂月

君は學生時代に破れ袴のすそ
古足袋を片一方はきて平然
男子寒中をしのぎ苦學せし物語
おゝ其の面白き足袋よ痛快の赤足よ
艱難横たはる何んぞ妨ぐるアルプスあらんや
時代は進めり奮へ新らしき天下の苦學生

勇調デッカンショの高等學校時代に

明智光秀の三日天下ならぬ
君は旅先で錢盡き一日土方やり
懐中いな手中稍あたゝかにホク
テク〳〵大威張りにて立戻りぬ學生の古巣
徳望と自信力、忍耐は終生君が身の光り

土佐はよいとこ南をうけて
薩摩嵐がそよ〳〵と
郷國土佐は月明（あきら）かな桂濱
名物鰹節の所に堅實なる男大町
名產珊瑚の國に熱血ある男桂月
君は五十七歳の死まで殘せり眞の男の風と香（かおり）

山の縁（えん）水の縁また筆の縁
初度の青森行に君と登りしは八甲田山
偃松青き山頂（いただき）より向ふぼかした薄霞
望む頼三樹が渡越（わたりこ）えし津輕海峽
北海一流悲壯の松前追分節に
今は偲ばる身となれり愛國三樹に劣らぬ桂月氏

好いかな名の大町芳衛
大和魂や大和の奥に咲きほこる
櫻の花の雪といさぎよき男ぶり
異國臭なく特色ある珠玉のごとく
眞の男性的の詞藻は純日本の雪なす紙面に
熱き血に染めて匂へり桂月文章

至誠憂國の先覺、天臺道士杉浦重剛先生の膝下
友人巌谷小波、江見水蔭氏等と机を並べ
故人大町桂月氏の四季に切々學びし
花にも雨にも礫川傳通院裏にありし稱好塾
あゝ夏の夕ぐれ傳通院の鐘の音よ
鳴らせ今一度忍び聽かまし懷かしき若き桂月音

十年計畫の日本全國山岳登破も
今日は一片の夢と化しぬ死出の山
桂月全集發行の記念の春の日
飯田河岸富士を見はるかす富士見樓上
君の山登りを送る詩を吟ぜしが
噫思はざりき今は白露に弔ふの詩となりしも悲し夏の朝

この花外の詩は、専ら桂月の事績を中心に歌った所に特徴がある。そこには学生の血をたぎらせたという桂月の著書『学生訓』・『日本男子』・『硯の水』、独逸協会学校を経て、帝大赤門を卒業したことが淡々として謳われている。また桂月が苦学した旧制高校時代を通じて、「徳望と自信力、忍耐は終生君が身の光り」となったという。花外は土佐出身の桂月に熱血や愛国を見る。花外はここで桂月と登った八甲田山を回想し、とりわけ頼三樹三郎（安政の大獄に刑死）が一八四六年（弘化三）に津軽海峡を渡ったことに想いを馳せて、桂月に大和魂と男性的詞藻をも感じるのである。そして花外と蔦温泉で一冬の籠城をした桂月が執筆していた杉浦重剛に触れて（大町桂月・猪狩史山『杉浦重剛先生』）、桂月が伝通院にあった重剛の称好塾に巌谷小波や江見水蔭などと学んだことを偲んでいる。『桂月全集』の発行の春の日、飯田橋の富士見楼上から山登りする桂月を歌ってみたが、自然と弔いの詩となってしまう花外であった。

（三）花外の詩「文豪桂月の總骸」について

花外の詩文「明治大正痛快熱血　桂月と春浪」には、花外が桂月を歌った詩「文豪桂月の總骸」や、春浪を歌った詩が織り込まれ、花外も一緒だった蔦温泉における桂月自身の描いた数枚の文人画（短歌ないし俳句入り）が載せられ、桂月と春浪との交友が述べられている。

文豪桂月の總骸（そうかい）　　兒玉花外

白露下り蟲声（むしごえ）しげき八月十日
古武士に似たる桂月の骨を
十和田のほとりの蔦温泉
一神秘境の堅き岩山に埋む

菊の夜のごとき美文の創始者よ
赤門を出て青山の土に男子の白骨を葬る
おゝ人間として幸福ならんかと義と勇を唱へし人生
南の風のそよ〳〵と吹く土佐の國
名物鰹の味と香の男
名産珊瑚の熱血の男
人間の世に在りし五十七年
鳩翁道話を新に説きし桂月翁
剛に柔をかねし明治大正の貝原益軒
怒濤の土佐に生まれ、風塵の東京に學び
筆の生活四十年の後、青森縣は雲青き涯に
脱俗桂月翁の仙骨を埋む蔦の山
海抜高天を衝ける一千六百尺
おゝ人間品格も理想も常に高かるべし
日本アルプスの高山植物の紫に比して
幽邃境十和田の秋に紅葉なり
其の色も濃き男性の腸に似る紅葉が
桂月文章を錦に飾るらん
其の熱と誠とは永久に亡びず
情濃き紅葉の色に變り染りつゝ

東洋日本の文人を傳へん仁愛の奇蹟
東北は陸奥の遠くに藍色の清水を湛ふる
十和田湖の一大巌壁の面に
文豪桂月の名を深くも刻まんかな
蘇東城赤壁の清遊のその如く
折しも磨かれし銀の月出でば
天眞爛漫なりし姿を現はさん仙骨桂月翁

この花外の詩は先の「桂月の詩と山水」「雲上の客大町桂月」と共通する内容が多く歌われている。血を吐いて死んだ桂月の「熱と誠」を十和田湖の一大岸壁に刻んで顕彰したいという花外の詩想に特徴がやや出ているようである。花外が文中でわざわざ「粗末ながら次の『文豪桂月の總骸』を一誦せられたい」と述べているように、詩としては特質とされるべきものを殆ど有していないといっても過言ではない。ただし花外のこの言葉に象徴されるように、北原白秋が花外の「本来の詩人としてのよい稟性があるのではないか」と述べた「よき真率と稚気がある。邪念が少ない。その熱狂の語声と酒興の豪語調とは人をしてそぞろに微笑せしむる」という評価が妥当するものと思われる（白秋「明治大正詩史概観」『現代日本文学全集』三七巻）。こうした花外の率直な人の良さは、冒頭で紹介した上脇進の花外描写にも表出しているように、多くの友人をもたらしたのである。

ちなみに押川春浪（一八七六～一九一四年、愛媛県松山出身）は、東北学院（東北学院大学は後身）を創立した方義（松山藩士の子）の養子で、かつて巌谷小波の推薦で冒険小説を書き、博文館の『冒険世界』の主筆を経て、『武侠世界』（日露戦争前後に最盛期）を創刊した。知られていないことであるが、実は『武侠世界』には花外の幾つかの作品がある。春浪も酒豪であったことは、先の巌谷小波「桂月と私」が春浪の追悼演説会で触れている。

(四) 花外の詩「桂月の墓に立ちて」について

先に述べたように、花外は桂月の三回忌に蔦温泉にやってくるが、この際に花外は桂月を偲んで詩「桂月の墓に立ちて」を作っている。その直後に発表したのが、花外の詩「桂月翁の墓」である。

桂月の墓に立ちて

兒玉花外

都會の燈火もしばしの別れ夏の夜の上野驛
汽車の笛よ涼しく吹き送れや青森の空へ
仙客文豪大町桂月翁の墓詣でのために
西行か芭蕉のごとく雲か水か身も輕く
花外は東北の旅に急ぐなり白地の浴衣
すでに露けくぬるゝか墓場の水色

林を開き小丘なす楢の大木の下かげに
蔦川より産せし大自然の面に
雄渾『大町桂月の墓』と彫まれて
南海男子の香骨を永へにこゝに埋む
島根縣籔川中学の門弟に建てられし
同蔦川の石燈籠二基も清くあはれなり

君が好みて摘みたる蕨も

墓道のあたりに多く生ひしげり
情あり雅致ある筆のごとく
湯の煙は奔放の文章なして空にたゞよふ
翁が時をり詠みたる句や歌を
偲ぶか惜しむかあちこちに蛙の聲々

君が猪狩史山氏と共に心血を注いで
杉浦先生傳記編成の一室は
舊のまゝに存す志氣精神匂ふ花瓶
浩瀚なる国士的の白熱の一巻は
梅窓先生の高潔なる人格を現はし
蔦山の千古の白雲もろとも長く消ゆるなけん

青森縣は山重々八甲田山をはじめとし
高山の頂きより頂きを仙の如く
桂月はいまなほ白雲を飛び歩むごとし
おゝ雲か山か人か筆か
自然と詩との妙味合致は
親しく大町桂月において觀たり

紅葉の間に携へし瓢箪と山杖
飄々として草鞋に吟行したりし桂月翁
花は自然に、文は人なり
あゝ純眞なる五十七年のおもしろき全生涯
恬淡墨の如き東洋的の一文人として
紅葉の頃はわけても慕はれん菊か酔の顔
剛岩十和田の山水美の間に桂月は死せず

十和田一帯は奇木巨梢が曲がりくねりつゝ
土の底深くに骨も肱をまげて君
日本人らしき日本人として安らけく眠れり
清風明月四季鶯も啼き
青山を踏んで青年が折々訪ねくる樂しみ
桂月翁の石も花もほゝゑむか一味の文章道

雲遠き一千六百尺蔦の山中にも
人情の色をほの見せやさしの草一本
墓前に手向けし花あやめ
山中の濃紫空や花の紫
高士桂月翁のおもかげにわれ

去らず立盡くす此世ともなき涼しき夏の風

花外のこの詩は、先の二つの「桂月翁の墓」がいずれも短詩で、これらの一方は「桂月の墓に立ちて」の多少の内容となり、他の一方は酒興の上での作詞のような奔放な作品となっているが、これらに比べるとなかなか整った内容となっている。詩の中身は、桂月の三回忌に花外が上野の駅を発ち、蔦温泉の桂月の墓に詣で、桂月の簸川中学の門弟によって建てられた石灯籠を哀れんでいる。この石灯籠は、島根県出雲市にあった簸川中学校（現大社高校）の生徒たちによって建てられたものであった。桂月は大叔父との借金の連帯債務のために三年間の約束で同中学の教師を務めたが、一八九九年（明治三二）四月から翌年八月まで僅か一年四カ月ばかり教師を勤めたのであった（前掲木谷喜美枝編「大町桂月年譜」）。僅かな期間にも拘わらず、桂月の生徒に対する感化力を推測することができる。また花外は墓道の辺りを描写し、桂月がとりわけ天台道士とも号した高潔の人・杉浦重剛の伝記作成に心血を注いだ様子を回顧する。さらに花外得意の雲の描写をちりばめながら、八甲田山の自然と桂月の詩との妙なる調和を謳っている。最後に、花外は桂月の人となりと生涯・「文は人なり」を見事に示した桂月の文章道を称賛して、高士・桂月の詩を締めくくった。

当時の学生たちの中には桂月の墓に詣でた者が多少存在したといわれているが、桂月の編集した月刊雑誌『学生』（富山房、一九一〇＝明治四三年五月〜一九一八＝大正七年九月）などの影響であった。また桂月の「人となりと文章」については、既に花外の友人・長谷川天渓は桂月について「『文は人なり』といふ格言は、彼の場合において最も良くあてはまるのである」と述べていた（「虚偽のなかった人」『太陽』一九二五年八月）。

四　結びにかえて

以上に観たように、花外は東京や青森県の桂月について、その三回忌辺りまで熱心に歌った。その思想は桂月の青年に対する期待と情熱、そして「熱誠と愛國」などを熱烈に歌い、それと係わって蔦温泉、八甲田山や十和田湖の自然美を豊かに謳った。その詩は特に秀でているようには思われないが、白秋の評しているように、「その熱狂の語聲と酒興」には自ずと微笑せしむるものがある。

その後の花外は、いわゆる天皇制ファシズムの頃にも時局に迎合的な詩の中に桂月を歌ったものはほとんど見当たらなくなる。花外にとって、桂月の国粋思想は天皇制ファシズムとは異なっていると感じていたのであろうか。

八甲田山、蔦温泉や十和田湖の顕彰と言えば、真っ先に大町桂月の名が浮かぶ。しかし、青森県のこれらの名所と共に、小川原湖との係わりでも称賛して自然美を歌い、そして地域の学校の校歌を作詞した花外の功績は顕彰に価することと思われるのである。

〔主な参考文献〕

大町桂月・猪狩史山『杉浦重剛先生』博文館、一九二一年
『桂月全集』第二巻、第一二巻、興文社、一九二二、二三年
北原白秋「明治大正詩史概観」(『現代日本文学全集』第三七巻、改造社、一九二九年)
小田切進編「児玉花外年譜」(『明治文学全集83　明治社会主義文学集(1)』筑摩書房、一九六五年)
「上脇進の口述」(『井伏鱒二全集　第七巻』筑摩書房、一九六七年)
工藤与志男編『旗と林檎の国　児玉花外詩集』津軽書房、一九七〇年
木谷喜美枝編「大町桂月年譜」(『明治文学全集41』塩井雨江他集、筑摩書房、一九七一年)
生出泰一編著『文豪　大町桂月』河童仙、一九八六年
札幌遠友夜学校創立百年記念事業会編『思い出の遠友夜学校』北海道新聞社、一九九七年
大塚甲山遺稿集編纂委員会編『大塚甲山遺稿集　第一巻　詩集「蛇蛻」』青森県上北町文化協会、一九九九年(以下続刊)
後藤正人『現代社会科教育研究』第三章「はやり歌の歌唱を通じた近代史授業」和歌山大学法史学研究会、二〇〇二年
後藤『歴史、文芸、教育――自由・平等・友愛の復権』第二章、和歌山大学法史学研究会、二〇〇五年

第三部　児玉花外をめぐる人々

第十章　花外をめぐる和歌山の児玉充次郎たち

一　花外と和歌山出身の児玉充次郎

紀州の代表的な豪農民権家で後に井上馨・陸奥宗光などの準与党の自治党に加わるキリスト教徒の児玉忠児には、同志社に学びアメリカで哲学博士号を取得して、ロンドンで南方熊楠と論争する、原敬を支えた「名幹事長」となる長男・亮太郎、やはり同志社に学んで「社会主義詩人」の児玉花外と深い交流を行い、やがてキリスト教指導者となる次男・充次郎や、松崎天民が記録した三男・兌三郎という息子たちがいた。

亮太郎は在英中に南方熊楠と大論争をするが、一八九九年（明治三二）五月に原敬に奨められて大阪毎日新聞社の社員となり、同年一〇月に京都帝国大学法科大学の講師嘱託となった。やがて政友会の有力代議士となり、鉄道省参事官のまま五〇年の生涯を終えている（『原宰相を輔けたる児玉亮太郎』登龍商店出版部、一九二三年）。

充次郎は一八七八年（明治一一）一一月に和歌山県那賀郡粉河村に生まれて同志社に学んだが、反キリスト教活動によって放校処分にあった。その後、充次郎は京都の斎藤義塾に入って儒者から漢学を学んだが、同じ大黒屋という下宿屋にいたキリスト教徒の兄弟に多少の感動を覚え、その後に徴兵により軍隊に入っている。充次郎には、非人道的な帝国軍隊の中で非戦観念が芽生えていた。一九〇〇年（明治三三）一月に、代議士をしていた父・忠児から「内村鑑三のキリスト教機関雑誌」が送られたが、「その中に『非戦論』というのがあ」り、読み耽ったという（阪田晃『二里ヶ浜での召命　児玉充次郎先生――初代粉河教会牧師』）。

充次郎が受け取った雑誌は何であり、非戦論の執筆者とは誰であろうか。この雑誌は、かつて札幌農学校の最も優秀な学生であり、クラーク博士のキリスト教の理想を最も時代に発展させた内村鑑三が主宰する『東京独立雑誌』（一八九八＝明治三一年六月創刊）である。『東京独立雑誌』の編集には、後の社会主義者・西川光二郎（現兵庫県淡路市津名町の出身）も加わっていた。奈良の郡山中学に学んだ西川は、同志社や仙台の同志社の分校・東華学校に学んだ児玉花外の札幌農学校と東京専門学校の後輩である。この『東京独立雑誌』に詩や随筆をしばしば発表していたのが花外であった。従って、札幌農学校の大先輩の内村を始め、西川などが共同でやっていたのが『東京独立雑誌』なのである。しかし『東京独立雑誌』は編集者たちの内紛によって長くは続かなかった。

やがて花外はすでに述べたように西川などと一九〇〇年一〇月に『東京評論』を発刊して、多くの詩や随筆を精力的に執筆した（一年以内に廃刊）。その後、花外は『小天地』などに詩を投じる傍ら、片山潜主宰の雑誌『労働世界』・『社会主義』に詩や随筆を発表し、一九〇二年（明治三五）には『やまなし』新聞社や『福井新聞』で編集に携わるが、翌〇三年二月に神田のキングスレー館で片山潜などによる歓送会での激励を受けて、和歌山県出身で南方熊楠とも友人である小笠原誉至夫が主宰する友愛協会の機関紙『評論之評論』（一九〇二年一月に大阪で創刊）の編集に加わることとなる。社主の小笠原が和歌山出身であり、交流関係も広かったので、花外はしばしば和歌山市へ出掛けていたのである。

花外が『社会主義詩集』の頒布発売禁止（一八九三＝明治二六年五月の出版法第一九条による内務大臣の処分）となった旨の電報を受け取ったのも和歌山市和歌浦においてであった。その電文は、「シシユ、キンシサレ、ミナ、オサヘラレタ」というのであった。花外の落胆は如何ばかりであったろうか。他方、充次郎は一九〇一年（明治三四）末に除隊し、先の小笠原誉至夫が主宰する和歌山実業新聞社の記者となった。充次郎は、非戦論、軍備縮小や軍備撤廃を書いたという。充次郎とは、この「詩人児玉花外」の筆者である。

当時の和歌山にあって、社会主義の影響を受けた人たちに同社の記者・高尾楓蔭や吉田笠雨、そして日本キリスト教和歌山教会に加わっていた沖野岩三郎、加藤一夫や、杉山元治郎（後に農民運動指導者）などがいた。沖野は県立和歌山師範学校卒で、大逆事件の犠牲者・大石誠之助を尊敬した和歌山県新宮の牧師であり、『煉瓦の雨』や『日本廃娼哀史』（中公文庫）の著者である。先の花外宛の電報は、高尾楓蔭「児玉花外兄へ」（『花外詩集　附同情録』一九〇四年）から判断すると、和歌山市から楓蔭が打ったのであろう。

充次郎は翌一九〇二年に請われて和歌山新報社へ移籍することとなった。ところで『和歌山新報』は社主が軍国主義的にも拘わらず、充次郎は非戦論を述べていた。この頃には児玉充次郎のペンネーム・怪骨は定着していた。藩閥政府の言論抑圧を批判し続けていた土性骨あるジャーナリスト・宮武外骨をもじったのであろう。一九〇四年（明治三七）一〇月に和歌山中学の学生・加藤一夫などの「真紅会」が主宰して日露戦争に反対する非戦主義大演説会で、充次郎は「日露戦争に反対する理由」と題する演説を行っていく。この間の一九〇三年五月二〇日付の『評論之評論』第五五号に「詩人児玉花外」と題する充次郎の一文が掲載されるのである。

この児玉怪骨「詩人児玉花外」は、初めて後藤「児玉花外『社会主義詩集』と大塩中斎顕彰」（『立命館大学人文科学研究所紀要』七〇号、一九九八年）で論及されただけであった。先の阪田氏の著書や小関洋治「児玉充次郎における宗教と社会」（『和歌山地方史の研究』安藤精一先生退官記念論文集、同記念会編・刊、一九八七年）などにも全く顧みられていない。

充次郎の「詩人児玉花外」を紹介して検討を加える目的は、以下のような理由からである。すなわち花外が和歌山の初期社会主義者たちにとってどのような存在であったのかという問題のみならず、キリスト教と初期社会主義との思想的関連、関西における大阪社会主義ジャーナリズムの位置や、和歌山県の初期社会主義の状況の一断面を示していると考えられるからである。しかも従来の関西における初期社会主義研究は、幸徳秋水・堺枯川などの平民社（一九〇三年一一月結成）以後の検討が比較的に多く進められているが、平民社以前における関西の初期社会主義研究はいまだ途に就いたばかりであるといっても過言ではない状況である。従って、児玉怪骨（充次郎）の随筆「詩人児玉花外」を紹介する意義は必ずしも小さいものではないと考えられるのである。

次に「詩人児玉花外」を紹介するにあたって、旧字・旧仮名遣いを一応踏襲することとしたい。ただし、抜けている読点をつけ、極一部の表記を変えた。なお児玉充次郎の文章は、総振り仮名でも振り仮名交じりでもない。

二　児玉怪骨（充次郎）の随筆「詩人児玉花外」

詩人児玉花外

児玉怪骨

▲自分は未だ花外君とは深い交際をしていないが花外君の筆とならば、至つて深き濃き交誼を有してゐると自負する、眞に熱情のこもり、熱涙の漲ぎつてる詩や文章やは君あつて始めて、薄情な、落寞な、柔弱な今の文壇に活きてゐるのである。で自分は頼み尠ないこの文壇に、君のやうなシッカリとした文学者の、立つて居らる丶のを知つて以来、竊かに意を強ふする者である。
▲花外君の、社會主義から産れた詩や、平和主義から生じた歌や、痛罵あり、不平あり、諷誡あり、刺撃ある紀行文やを読んだが爲に、直に同君に同化されて、立ろに同君の知巳（己）となられた人は、まさに天下に幾人あるだらふ、而して斯くいふ自分が、そも花外君の知巳（己）たらざるを得ないのだ。
▲自分が花外君の悌を想像しそめた時代といふたら、丁度内村先生の『獨立雑誌』の頃だったと記憶する、獨立雑誌の頃なら、さして古い時代でもないが、何だか自分には、もう何十年といふ間、馴染んできたやうに思ひなすのである、そして自分は其頃からして、同君は偉大の天才であると敬服して居つた、當時自分は想像して同君は思想も老熟し、筆つきさへも、若々しくないから、定めし自分よりは餘程年長であらうと推測して居つた、然るに何ぞ知らむ、同君は自分よりも年少に見ゆる、ホンの若手文士であらうとは。
▲頃は去んぬる二月の末つ方、自分は和歌山市紀國座に於て、某政客の政談演説を傍聴して居つた、所へてう度

高尾楓蔭君が、同君を案内して這入つて來られ、自分に間近く接しられて、さて此人が花外先生であると、紹介して呉れた、折柄聽衆の中に混じてゐた無頼の徒が、辨士に向かつて屁理屈を吐いたがために、殘り惜しくも、自分は充分なる挨拶も出來ずして、騒然たる物色に遮られ、形式ばかりの口上を述べたのみであつた。

▲花外君の年齢は、てつきり自分の推想と合はなかつたが、而もその面貌は自分の想像通りで、温和な寧ろ淋しげな、什麽にも、懐かしさに堪へない風采であつた、沈黙の人、輕々に笑を漏らさぬ人は洵に花外其人である、君の顔には絶えず沈痛な、悲哀な重たげな霞が搖曳しつゝある、而して面皮一枚の其裏には、最も浄く澄み渡つた、形容の出來ない熱血潮が満々と湛えられて居る、人よ、殘忍猛悪なる智慧の檻に投じられてゐる寂莫なる人よ、幸ひに熱き情の海に泛べられんと冀ふならば、すべからく、須らく予輩と與に花外君の詩に泥め、上帝が特に兒玉君をして謠はしむる妙なる祝福の聲に傾けよ、汝の耳を。

▲今更何を珍しさうに、自分が吹聽し廻つて、同君を紹介するの愚を學ばんや、志ある眞の詩人を知り得る丈けの資格を有する者は、世上既に咸な君を熟知して居る、然らば、何故に自分は躍起となつて君の事を彼是いふのか、曰く謂はざるを得ぬ、自分は同君の性格と運命との一部分を、窺ひ得たからは、自分の同情の命ずるや、敢て筆を握らずには居られなく成つたのだ。

▲無論悉く自分は、君の履歴や、刻下の境遇といふものを識るに由ない、只過般同君が和歌山に來られた時分、高尾君から、同君の身上談ともいふべきものを一寸ばかり聽いて置いた、其時から以て蔭ながら自分は満腔の同情を擧てみな、同君に捧げてゐる譯である、然るに尚且頃日の和歌山實業新聞は同君の嵐峡花蔭録を載せたのではないか、さなくとも同情の大に動き初めにしわが胸を、いま將た此一篇が、鋭どき奇しき針をもて、刺貫ぬけるものを、爭で自分は默つて居られようぞ。

▲『嵐峡花蔭録』！二三奇抜なる形容詞を除かば、何でもなき一夜漬の產物である。而も心して誦せしめたならば、是豈熱狂の生む所、紅涙の凝る所、驀然として一章を具躰せしものではあるまいか、《上》《下》全篇を通

じて涙の斑痕が歴々浮動してゐる、餘りに、餘りに泣きくれて、遂に瞼を破つて迸出せしめた、紅き血が、一齣一節の距離、間隔のまに〳〵淋漓としてゐる。

▲更に令妹が、痛恨を抱て眠つてゐる、嵯峨おむろの原野、春雨蕭々と濡りつぽいあたり、汽車の窓から、いたわし氣に眺め入る君が眼に、それかあらぬか映りし或物を、直に焦れ目して『わが妹の靈』と叫喚したなどは、何等の悽愴！　何等の悲慘！。

▲左程泣いて涙を溢さぬくせに、徒らに涙、情、熱などゝ、兒玉君等が專有物たる貴重な文字を、わが物顔に羅列するのが輕薄悪むべき今の蚊士といふ動物だが、實質は争はれぬもので、同君の墨汁一滴は、眞乎に『涙』の生命を含つて、こぼれてゐる、君は嬉しくも文壇の猾兒でないから、人をして泣かしめんと惟はゞ、先づ自分から泣いてかゝるのである、然り己れ先づ泣かずんば、決して人を泣かしむるに足るべきものが作られないのである。

▲要するに自分は花外君に同情すると共に、亡くなられた花外君の、妹君にも同情するものである、否、暴戻なる、悪逆なる日本の家族組織に、大なる教訓を與へて、潔よき最期を遂げられた妹君に拂ふ令兄の厚き同情に、照らして、微塵遜色なき同情を、われ亦其妹君に拂ひつゝある者だと自分は、自分で信じて居る。

▲自分はまだ〳〵花外君と及び其令妹とを小楯に取って、我國現状の罪悪を鳴らして、鳴らし抜きたいのであるが、餘白の如何を惧れて残念ながら筆を投じることとする。

▲終りに臨んで言はしめよ、自分は成る可くならば直接自分の敬愛しつゝある花外君其人に逢ふて、倶に手を取交はして或は泣き、或は罵りたく冀望する。

（四月二十日夜記）

三　児玉充次郎たちについて

児玉怪骨（充次郎）は、まず花外を「シッカリとした文学者」と把握し、花外の詩や歌を社会主義や平和主義の思想から生まれたと考えていた。花外の詩や随筆を読んだ人々のうち、花外の友人となったものが多かっただろうと推測している。怪骨が花外の面影を創造し始めたのは、内村鑑三の『東京独立雑誌』に掲載された花外の詩や随筆であった。怪骨は花外を偉大な天才であると尊敬し、「思想も老熟し」ている、と考えていたのである。怪骨が実際に花外と接したのは、一九〇三年（明治三六）二月末に同僚の社会主義者・高尾楓蔭から和歌山市の紀国座で開かれた政談演説会で紹介された際である。怪骨はその時の印象をこう述べている。「温和な寧ろ淋しげな、……懐かしさに堪へない風采であった、……面皮一枚の其裏には、最も浄く澄み渡つた、形容の出来ない熱血潮が満々と湛えられて居る」。花外に対する怪骨の観察には、社会主義に心を強く寄せたキリスト者の深い洞察が見られた。但し怪骨は内村鑑三の主宰した雑誌を『独立雑誌』と誤解し、花外を自分より年少と見做したが、実は一八七四年（明治七）七月生まれの花外の方が怪骨よりも四歳余り年長であった。なお怪骨が花外の作品として挙げている「嵐峡花蔭録」（上、下）は、掲載された『評論之評論』がいまだ発見されていない。

花外を怪骨に紹介した高尾楓蔭は、先に述べた『社会主義詩集』が頒布発売禁止となり落魄して翌一九〇四年二月に出版した『花外詩集　付同情録』（金尾文淵堂）に、「児玉花外兄へ」という文章を献じていく。高尾については近年の研究（たとえば武内善信「高尾楓蔭小論」『ヒストリア』一五〇号、一九九六年）があるが、高尾のこの文章はほとんど紹介も検討もされることがなかった。この高尾の文章は花外と和歌山との関係を知るうえでも重要であるが故に、その全体を紹介しておきたい。

児玉花外兄へ　　　　高尾楓蔭

▲花外兄よ、兄が常に〳〵口にさるゝ塵の都、烟の市、物質的の無趣味極まる大阪へその幽靈の如き骸骨を提げて歸られてから何の恙もなきや、兄が京の烟村君と共に來り和歌浦に月の一夜を明したるは先の先の土曜日なりき、その時和歌浦の美は塵に穢されたる兄が詩腦を些か清めたりと信ず、兄自らも又しか云ひたる處、而して本月に入りて二回目の兄の來市は又先の土曜日なりき、弟はしば〳〵兄が當地へきてその烟と塵とに亂され荒らされ穢されたる腦を洗ひ清めらるゝことを私かに喜び居たり、弟が慰の言葉はよし力なきにせよ和歌山の風光は少くとも熱狂せる兄の頭を冷靜にすべくあらんと信じたりき。

▲あゝ然るに〳〵兄が塵の大阪を逃れてこの和歌山に着かるゝや否や悪むべき電報は兄を追跡し來れり、電報とは何ぞや『シシュ、キンシサレ、ミナ、オサヘラレタ』と兄の新體詩集＝吾等の宗教とする社會主義詩集の賛美歌にして、また黄金跋扈の大魔界に対する進軍歌なる＝それは泥の大阪より蓮花の如く咲き生れんとしたるに、鬼の如き無法なる現政府はまだ世界の一人もその美るはしの花を目にせざる中に無惨にも奪ひ取つて捨てたる也、正に生れて兄弟にも姉妹にもその顔を見せざる中に可愛ゆき天使の首を掻斬つて壓制政府の獄門に上したり、昔鎌倉右府大将が義經の胤たるの故を以て靜姫の生みたる赤子を襁褓の間に殺さしめたるよりも無法也、慘酷也、非道也、人道を解するもの自由を求めとする士の如何でか憤慨せざるを得んや、天人共に忿怒して措かざる處なりとす。

▲花外兄よ、弟は兄の跡を追ひ來りし彼の凶報を兄に示すべく心苦しかりき、彼の詩集は實に兄が血と涙との凝塊兄なり、兄の生命なり、分身なり、詩集の禁止は即ち兄の生命を奪ひたるものなり、兄の分身の子を殺したるなり、今日の世の中に電信てふ文明の利器なかりせば、この凶報を兄の耳に入れしむること尚遲かりしならんに、一時たりとも兄が心を忿怒せしむることを後らしめたらんに、弟はツマラなき愚痴をまでこぼし居るよ。

▲あゝ、されど花外兄よ、落膽する勿れ失望する勿れ、社會主義は時代の大思潮なり、如何に人力を以て之を抑制し迫害せんとするも來らんとするものは來らざるを得ず興らんとするものは興らずして止まんや、思潮海の

大激流は之を抵抗し鎮壓すれば益々その勢力を増加し奔騰し荒れ狂ひ遂には一世を席捲せずんば止まざる也、兄の詩集の禁止は革命軍に先つ殉死者なり、阿修羅魔王を亡す天帝軍の先没者なり、之によつて憤慨の志士は奮ひ起つて革命大軍の許に集り來るなり、やがては自由、平等博愛、正義の敵を滅して我等の天下は来る也、理想は達せらるゝ也、其時に至らば兄の詩集は花環を以て飾られ華盛頓府頭屹然として立つ彼の自由の女神像の如く崇め祭らるゝものなるを思ひて少しく心を安ぜよかし。あなかしこ。（和歌山實業新聞）

ここで高尾は、和歌浦の風光は大阪で勤務する花外を慰めたこと、花外の『社会主義詩集』が発禁となったことを知らせた電報も花外が和歌山で受け取ったことを明らかにしている。また高尾は、花外を鼓舞して、「社会主義は時代の大思潮なり、如何に人力を持って之を抑制し迫害せんとするも来らんとするものは来らざるを得ず……。思潮海の大激流は之を抵抗し鎮圧すれば益々その勢力を増加し奔騰し荒れ狂ひ遂には一世を席捲せずんば止まざる也」と、述べていた。そして、「兄の詩集の禁止は革命軍に先立つ殉死者なり」と、捉えたのである。最後に、社会主義者を以て任じている高尾は、花外の『社会主義詩集』の先駆的な意義を感じて、「自由、平等博愛、正義の」理想が実現した暁には、花外のこの詩集は、フランスがアメリカ独立革命に共感して送った自由の女神像のように、崇拝されるであろうと、信じて疑わなかったのである。第二次大戦後に岡野他家夫が編纂して『児玉花外　社会主義詩集』を復刻した際には、中野重治（同書序文「心からよろこぶ―序に代えて」）や、手塚英孝（『文学』、『新日本文学』）などは挙って顕彰したことが想起される。

高尾の文中にみえる、花外と和歌浦に遊んだ烟村とは若き文士・小川烟村のことである。彼も『花外詩集　附同情録』へ文章を提出しているが、ただ花外への友誼が推測できるだけである。

社會主義詩集の禁止に就て　　小川烟村

兒玉花外雅兄

所謂藝術独尊論を唱導して。恁麼なる場合にも。恁麼なる事物をも。独断的に評論し去る事も好まぬ。且つ貴兄の社會主義詩集を精讀せずして。禁止者と被禁止者の是非を判定し終へる事も喜ばぬ。輕率なる同情の聲は、或は恐る。阿諛の辯になりはせぬ乎。小生は唯深き友誼の念を以て貴兄将来の成就を祈るばかりである。（京都）

また有名な社会事業家の石井十次が和歌山市を訪問した際に、小笠原誉至夫が開いた岡山孤児院音楽会の「文士劇」の出し物に藤村操を採り上げているが（前掲武内論文）、花外の随筆「無痛無恨の死」・詩「藤村操子を弔ふの歌」（本書第三章）も先の吉田笠雨の脚本に重要な影響を与えたことと考えられる。

先に紹介したように、吉田笠雨もこの「同情録」に「迫害」と題する一文を寄稿している。ただし、充次郎の文章はこの「同情録」に見ることができない。

迫害　　笠雨生

我黨の詩人兒玉花外の著『社會主義詩集』は國家の安寧秩序を紊亂するの理由の下に、内務大臣兒玉源太郎より這回突然其發賣頒布を禁止せられたり、何ぞそれ彼等の我黨を恐るゝこと、常に如斯や、而もその理由とする所、何ぞそれ薄弱なるや、その我黨に施す所のもの、何ぞそれ常に卑怯なる、又何ぞそれ男らしからぬや。政府は何が故に社會主義を恐れ、社會主義者に迫害を加へんとするか、斯は我徒の常に解釈する能はざる所也、社會主義は果して國家の安寧秩序を紊亂する者なりや、社會主義者の説く所、歌ふ所は果して常に家國の綱紀を誤る者なりや。

『社會主義詩集』一篇、抑も何の恐るゝ所あつて、此の無法なる禁止の令を下したるや、言論の自由を束縛するは或は彼等の權利なるやは知らず、然れども意志の迫害は、遂にそれ彼等の如何ともする能はざる所とせば、今後幾千の禁止、幾萬の迫害は我徒の毫も恐るゝ所にあらざるなり。

『社會主義詩集』一篇、斯は健氣なる詩人の知也、涙也、其の絶叫や大正義也、大同情也、大慈悲也、大平和也。社會主義は破壞を叫ぶ者にあらずして、實は建設を教ゆるもの也、騷亂を起さんとするものにあらずして、却つて大平和を希ふもの也、人類相愛の美を歌ひ、人權平等の大義を傳導するもの也。

誤解せよ、然り飽までも誤解せよ、而して我黨の頭上に向つて汝等は極力暴威を振へ、然り暴威也、我徒は甘んじて汝等の迫害を甘受し、奮闘し、激戰し、全世界人類の幸福を保全せんがために、絶叫の聲凅れ、血塊喉を溯るも敢て辭せざるべし
我徒は爰に文藝の迫害を説かざるべし。詩に對する無法なる迫害を論ぜざるべし。そは却つて我國の恥辱とする所なれば也、今の内務大臣兒玉源太郎君は『社會主義詩集』を以て、國家の安寧秩序を紊亂するものと認め、これが發賣の禁止を命じたるは、實に我國の文明史を飾り我國の文学史に異彩を放つものとせば、源太郎君たる者又慥に大英傑として我徒の尊敬せんとする所也。

翻つて我が友花外に寄す、汝の詩集は、時の内務大臣兒玉源太郎君のために、其發賣頒布を禁ぜられたるは、寧ろ偉（大・脱）なる名譽とせざるべからず、汝の血、汝の涙の凝る所、如斯大文字として、如斯大雄篇として、堂々たる大日本帝国政府に大恐怖を與へたるものとせば、寧ろ我徒の光栄とする所にあらずや。

汝の絶叫の聲は空しく葬られたり、否葬られたるにあらずして壓迫せられたる也、汝の大なる聲は今も依然として、社会民人（人民）の耳に響きつゝあり、鬱勃たる汝の靈火炎炎として燃ゆる時ん（ママ）ば、汝の聲は更に大に、更に力を加ふるものとせば、吾等の前途又頼もしい哉（南海新報）

笠雨の「迫害」という題名は、花外が『社会主義詩集』の頒布発売禁止を知った直後に、作った詩の題目をそのまま使用したものである。ここに笠雨の花外に対する尊敬の念が出ている。笠雨は、花外の詩集が発売禁止となったことは、「寧ろ偉（大・脱）なる名誉とせざるべからず、……堂々たる大日本帝国政府に大恐怖を與へたるものとせば、寧ろ吾徒の光栄とする所にあらずや」と、詩人を慰めていた。笠雨は又、『週刊　平民新聞』の「予は如何にして社会主義者となりし乎」のコーナーで花外の影響が強かったことを述べていた（本書第一章）。

さて児玉充次郎は、花外の容貌を「温和な寧ろ淋しげな、什麼にも、懐かしさに堪へない風采であつた、沈黙の人、

輕々に笑を漏らさぬ人は洵に花外其人である」、と形容している。充次郎は、『和歌山実業新聞』に掲載された花外の「嵐峡花蔭録　上・下」に痛く感動している。とりわけ充次郎は、花外の血を分けた妹が婚家の事情によって自裁したらしい、そうした要因を生み出した近代日本の家制度（家族制度）を告発していた。ちなみに花外の父も自裁をしたらしいといわれている。充次郎は、花外の風貌に天涯の孤児となる運命を予感していたのだろうか。共に手を取り交わして「或は泣き、或は罵りたく」なる二人であった。

四　結びにかえて

この『評論之評論』編集者時代における花外は、先に検討したように、詩文の編集のみならず、自らも大阪や和歌山の社会主義（文学）運動の一翼を担いつつ、最も同志たちに尊敬され、充実した時代であったに違いない。そうした同志たちの代表的な人物が、ここで挙げた児玉充次郎、高尾楓蔭、吉田笠雨などであった。すでに述べたように、笠雨は社会主義の影響を花外から受けていたのであるから、花外への思い入れはひときわ強かったのである。こうした花外と紀州の人々との「蜜月時代」は、出版法による国家の抑圧によって、長くは続かなかったのである。

〔参考文献〕

岡野他家夫編『児玉花外――社会主義詩集』日本評論社、一九四九年

阪田晃『二里ケ浜での召命　児玉充次郎先生――初代粉河教会牧師』日本キリスト教団粉河教会、一九七三年

後藤「紀州民権派の憲法・法律研究と権利運動――猛山学校と実学社を中心として」（『和歌山大学紀州経済史文化史研究所紀要』二号、一九八二年）

田中英夫『西川光二郎小伝――社会主義からの離脱』みすず書房、一九九〇年

関山直太郎「和歌山県における初期社会主義運動」（安藤精一編『紀州史研究1』国書刊行会、一九八七年）

田中和男『近代日本の福祉実践と国民統合』法律文化社、二〇〇〇年
後藤『南方熊楠の思想と運動』世界思想社、二〇〇二年
後藤『近代日本の法社会史――平和・人権・友愛』世界思想社、二〇〇三年
後藤『松崎天民の半生涯と探訪記――友愛と正義の社会部記者』和泉書院、二〇〇六年。本書第七章「京都盲唖院」には、充次郎の弟で画家の兌三郎（渓堂）と天民との深い心の交流が描かれている。なお松崎天民については、後藤正人監修・各巻解説・天民小史『松崎天民選集　全一〇巻』（クレス出版、二〇一三年）も参照されたい。

第十一章　花外『社会主義詩集』抑圧に対する『評論之評論』の批判

一　はじめに

すでに述べたように、児玉花外の『社会主義詩集』（予定発行所、金尾文淵堂と社会主義図書部）が内務大臣・児玉源太郎によって「安寧秩序ヲ妨害シ」たことに当たるとして「発売頒布禁止」の処分に遭ったのは、一九〇三年（明治三六）九月（『官報』）のことである。この人権抑圧は、近代天皇制国家が一八九三年（明治二六）四月一四日（『官報』）に制定した出版法第一九条（「安寧秩序ヲ妨害シ又ハ風俗ヲ壊乱スルモノト認ムルトキハ内務大臣ハ其ノ内国ニ於ケル発売頒布ヲ禁シ其ノ印本ヲ差押フルコトヲ得」）に内務大臣の「自由な」裁量を保障していたからであった。

花外は「詩の思想の抑圧」を批判するために、詩「迫害」を片山潜主宰の雑誌『社会主義』（一九〇三年一〇月三日号）に発表した。そして花外は翌〇四年二月に『花外詩集　附同情録』（金尾文淵堂）を出版して、大町桂月・薄田泣菫・河井酔茗・小栗風葉などの文学者、綱島梁川などの思想家、鳥居素川などのジャーナリストや、安部磯雄・木下尚江などの社会主義者による「芸術の自由」・「思想・表現の自由」の文章を公にした。花外が文学者たちの「芸術の自由」を公にさせた文学史上・法社会史上の功績は、大きいものがある。

『社会主義詩集』の抑圧に遭った当時において、花外などが編集に携わっていた関西の友愛協会（ユニテリアン協会）機関紙の『評論之評論』（タブロイド版、月二回発行、後に週一回。国会図書館蔵）に、詩集抑圧を批判し、あるいは同情する詩文が掲載されたことの研究は管見の限り存在しないのである。残された同紙によれば、明白な批判的な作品として少なくとも五点の詩文を数えることができる。同紙第六四号（一九〇三年一〇月五日付）に発表されたのは、小笠原誉至夫の随筆「花外と詩集」と矢野天来の詩「天来詩」である。第六五号（同〇三年一〇月二〇日付）には空念坊「社会主義詩集の禁止」という随筆、美作男「弱者の声（児玉花外君に寄す）」という戯曲めいた作品、そして佐伯乱峯の詩「児玉花外君に送る『社会主義詩集』の発売禁止を聞きて」が掲載されている。空念坊、美作男については、その人物を考証してみたい。

なお同紙第六四号には花外の詩「朝顔に対して（わが詩集の発売禁止の翌朝）」が掲載されるが、先の詩「迫害」を若干推敲したものである。この五点の詩文の資料を中心に紹介して、検討することの意義は文学史のみならず、法社会史の上からもその意義は少なくないものと考えられる。

以上の五つの作品を復刻するにあたっては、本文の旧字・旧仮名遣いを踏襲したが、極一部の明白な誤植などについては補訂した。振り仮名は全て割愛する。なお空念坊の作品には振り仮名はない。最後に復刻した資料を中心として、些かの検討を加えた。

二　［復刻］　小笠原誉至夫「花外と詩集」、矢野天来「天来詩（社会主義詩集発売禁止）」、空念坊「社会主義詩集の禁止」、美作男「弱者の声（児玉花外君に寄す）」、佐伯乱峯「児玉花外君に送る（『社会主義詩集』の発売禁止を聞きて）」

（一）　小笠原誉至夫「花外と詩集」

花外と詩集

於東京客舎　　小笠原譽至夫

花外兒玉氏の曩きに東京より來りて、我『評論之評論』の編輯を助くることとなりしは、其が刷新改善の上に一新紀元を開きたるものなり、予は深く之を感謝す。

花外兄は熱情感興の詩人なり、而して亦温順篤實の青年なり、彼れの双眼は、樂みの光を放つかの如くにして、亦悲観を示し、彼れの歩むや、平和なるが如くにして双肩稍もすれば憤慨を表はす、故に予の彼れと會見するや、毎に務めて慰籍を試みずんばあらず。

彼れの温順篤實と、予の放縦不羈とは正に之れ一幅の對照なり、彼れの同席するや、未だ曾て大聲を發したることさへ聞かず、予の如く世に棄てられ、亦世を棄てたる、亂暴無遠慮なるもの、眼より見ては、花外兄の動作は寧ろ男子に遠くして、女性に近しと思ふ位ひなり、但一杯を傾けたる時の除外例ありと聞くも、予は未だ此除外例を實験するの好機に接せざるを遺憾とす。

去れど此の如き温厚恭謙の人が、其一度び筆を呵して感興を恣にせば、鬼神も泣かしむ可く、懦夫も起たしむべし、故に其詩を讀みて其人を見ぬ人は、花外の必らずや逞骨赭顔の壮漢なるを想ふ可し、去れど其人を見て其詩を知らざるものは花外に向て、仮令何等の過失ある場合と雖も、聲荒らゝげて、物言ふ人もあらざるべしと信ず。縦しや熱情感興の詩人なるにもせよ、温恭なる彼れが詩集が、時代の治安を妨害すとは、彼れを知れる人々の、更に〳〵豫想せざりし所なり、若し夫れ、一二文字の危激なるものありて、隅ま行政官吏の忌諱を買ひ、而かも婦人の如く温順に、小兒の如く天眞なる彼れが性行が、秋毫も彼等の眼光に映ぜざりしは、予の深く遺憾とする所なり。

殊に亦時節柄社會主義なる題字が、彼れの性行と詩集との上に、暗黒なる誤解を投げ附けたるが如きことありとせば、花外兄の不幸之に過ぐるもの莫かるべし。敢て花外兄の人と爲りを辨ずるは、詩集の發売禁止を痛悲するが故なり。

（二）　矢野天来「天来詩」

天　來　詩

（社會主義詩集發売禁止）

矢野天來

礫と砂を蒐め來て
ナイヤガラの大瀑に
一度投げて二度は
堰かんうなゐの心かも

弱きの肉は猛悪人の
食卓に供へて獣に
均しき生活立てんには
神は賦えじ人に智を

富と貧とをはじめして
左の泣くを右笑むは
世界を圓く造りにし
御神の旨にかなふかや

貴人繙きて字彙に見よ
シビイリゼーション何の義か
愛と愛との共棲ぞ

愛なき權の意はありや
天の大意を私覆して
地の精神に私載する
者に叫ばん神の子は
蝮の末裔よサタナとよ

糟櫪に泣きて孜々つゝ
縲絏と蔑を零時堪ゆ
弱者よ叫べ汝が天父に
みそなはす神心あり

あれを聞かずや角笛は
響き渡りて壯嚴しく
悪魔の頚縮みけり
正義の聲は里餘ならじ

脚に捲る鐵鎖
頚も曲まん大枷と
外して馳せや平等の

エデンはそこに見えてけり
聽てうなゐは悄れつゝ
堰かんも徒や吾等にて
逆巻き落つる大瀑と
神の力に克ち得しと　（をはり）

（三）　空念坊「社会主義詩集の禁止」

●社會主義詩集の禁止

空念坊

花外君、新聞社の記者なる僕は、詩人としての君を、金蘭簿の中に見る事を、無上の光榮に思ふて居る。そして君の宗教とする社会「民主」主義と、僕の信奉する「同情」主義とが、何處かで、密接の關聯を生じて居るのを思ふて、何時も心強く感じて居るのだ。

花外君、主義を賣つて飯を喰う者、議員にあり、傳道師にあり、新聞記者にあり。強い者勝の世の中に、さりとは餘りに弱い詩人の君。眞摯と言はれ、正直と言はれ、情熱あり、と言はれた所で、野狼の群と同視されて、頭を抑へ付けられては立ち行く瀬が那邊にあらう。

花外君、君の憤慨は無理ならぬ事だ。僕だつて腹が立つて堪らない！。然ども誰に向つて怒らう、罵らう、嘲けらう。一人の愛兒を闇から闇へ葬つたのは、有難い、明治政府様の御情愛だ、とサ感謝せねばならぬ位だとよ。然るにても花外君お互に子供の一人や二人位、養へぬ程の貧乏人でもあるまいに、兎角おセツカイな伯母様よ。仕方がない、又生むさ。人間の種の全滅しない限は、お互の主義も生きて居る。然うだ、永遠に生きて居る！

花外君、僕は以上何を書いたか判らぬ。判らぬけれど、君は察してくれやう。今日は頭が悪い、これで失敬。

（十月一日）

（美作男）

（四）　美作男「弱者の声（児玉花外君に寄す）」

弱者の聲

（兒玉花外君に寄す）

××警察署の刑事室です。

「旦那さん、妾も一所に拘留して……。」女はヨツと泣き伏した。準現行の窃盗犯、捕はれの男が身より、世に哀れなは女の心。妾も一所に拘留してとは、何なるまア、情無い……。

××紡績會社の病室です。

「逢ひたい、一日で宜い、唯、お父様、お母様……。」

年若い男工は悶え初めた。胸一面の繃帯、蓬頭、垢面、死ぬるに間もない、病める其の身。あゝ故郷の親ぢや人、逢ひたいなア、と悲痛□涙……。

××千日前の東裏手です。

「親方に苛責られるよツて、十三錢でも宜い遊でエな、エもし兄さん、遊んでエな。安鬢附の臭氣、満面の白粉。鬼か、非ず。人か非ず。袖を引張り、暗所に隠れる。その名を薄明の女と言ひ、其の職を「罪」と言ふ……。

××冬の夜の橋畔です。

「貧乏せうとて生まれはせぬが、人の運命の是非も無や、妾や六十、三味線抱へ、娘や九歳、聲張りあげて、過世の夢を今こゝに……。」

老婆は破三味線を彈き、幼兒は寒むさうに唄ふ。月は中天に照つて、柳に風あり。行人の影絶えて、夜は最う何時頃であらう……。

花外君、様々の人生と、種々の運命とは、常に僕の手貼に記される。「弱者の聲」は其の一端である。職に新聞社に在り、思索を社會の暗面にめぐらす毎に、僕は何時も君の詩を誦じて、涙下るを禁じ得ないのである。君の社會主義は、要するに同情と博愛の化して再現したものであらう。社會主義に就いて、餘り多くは語り得ないけれど、要するに、□（現カ）代の社會主義は、同情の念が無くては、駄目であらうと思ふて居る。

今宵、君の詩を誦して泣いた。（月の夜）

（五）佐伯乱峯「児玉花外君に送る（『社会主義詩集』の発売禁止を聞きて）」

児玉花外君に送る　　佐伯乱峯

（『社会主義詩集』の発売禁止を聞きて）

一

喜ばしきよ世にいでる
　をさなご移る月とともに
一日一日目にしるく
　可憐の面影長じ行く、
愛と望と清き見する
　なんぢわが世の風波しらぬ
をさなご事はしらずして
　なれまた人に感ぜざれど
悲しからずや死するあらば

暗より暗のその夭死、
おもかげ一たひ世を去れば
清き望みと愛を見する
頬もその手をわか世にて
再び見なむ術もあるや

二

ああ君感じて筆をかりて
書きける幾篇「詩集」生みぬ
時は八月地は焼くる頃、
未だ生れて月を出でず
その筆動きて時ならず
そこに花をばさかせたるや
しらべは高く響きたるや
はた歌激烈の調や帶ひし
筆は毒蛇の牙の如く
毒ふくみしや、われ知らず
さはれ夢にも思はざりき
知らさるものと見さるもの、
その死を聞きて悲しみと
深き思ひに驅られんとは。

三

げに地は焼くる夏の候
　清風吹くに似たる「詩集」
生れて一月の壽命またず
　果なくわが世を逐はれ去りぬ
人は云ふ「かれ、世を害し
　社會の安寧秩序乱る」
われは今また更に思ふ
　其の筆如何に激烈の
調を帯びしや害毒の
　毒蛇の毒を含みたりし
弔はれんかな君が「詩集」
　一月前に聲をあげて
人はことほぎ口にせしも
　今早已にわが世にあらず。

四

一たびこれを耳にして
　いたくも胸を驚かし
二たひこれを思ひ來り
　浮ひいつるの感はつきず

見よ世はたへす「悲哀」の手
　竊にそこに動く見ずや
人や誰れか時ありて
　悲しき風の吹かざらむ
されど塵界に身を置きて
　常に天上の光吸ふ
詩人尚も「悲哀」の手
　ああ免るゝ能はざるか
「詩集」よ他のごと何ぞ逝ける
　思へは感は盡きざるよ。

五

嗚呼事知らずもの知らず
　をさなごの世を去りし如く
生れし「詩集」も知らず
　事をも知らで逐はれ去りぬ
よし激烈のしらべ高く
　含める毒は多かるも
君、その死するを聞ける時
　其の調激してたかき程
その失望は多からむ

さあれ全くをさなごの
これや死せるが如からず
面影土に葬りて
また見るを得ぬ如からじ
君またこれに慰むあれよ。
（三十六年九月十四日稿）

三　諸作品の検討

（一）小笠原誉至夫「花外と詩集」をめぐって

まず、花外は小笠原誉至夫の主宰する『評論之評論』の編集を助けるために東京から招聘されたという重要な事実が明らかにされている[1]。花外の活躍によって同紙が「刷新改善の上に一新紀元を開きたるものなり」と小笠原が称賛するように、花外は編集者として万状の気炎を吐いたことは明らかである。かつての指摘のように花外は記者なのではなく、すでに述べたように、むしろ同紙の編集者として多くの役割を果たしたのであった（本書第一章）。

小笠原は、花外の性情を「温順篤實」と把握するが、「一度び筆を呵して感興を恣にせば、鬼神も泣かしむ可く、懦夫も起たしむべし」と、その文章力を見抜いていた。「熱情感興の詩人」であるにもせよ、「温恭なる彼れが詩集が、時代の治安を妨害すとは、彼れを知れる人々」が予想もしないことであると述べている。また、詩集の中に若干の危険な文字があり、行政官の忌諱を買い、しかも花外の温順な性行が行政官の眼に映じなかったことを、小笠原は遺憾としているのである。花外の詩集に社会主義という題字を付けたことが誤解を生んだのであれば、花外の不幸はこれに過ぎるものはないとする。最後に、小笠原は詩集の発売禁止を痛く悲しんだがために、花外の人となりを弁じたのであると、結んでいる。

『評論之評論』の主宰者としての小笠原の文章は、『社会主義詩集』が頒布発売禁止となったことによって、詩集の筆者が同紙の編集者であることから、官憲の注目を引いて同紙が抑圧を被らないように配慮する内容となっている。篤い社会主義賛美者として社会主義協会に係わって、熱烈に社会主義を謳い、神田のキングスレー館で片山潜などの同志たちの歓送会を経て、同紙の編集に迎えられたのが花外であった。友愛協会系の社会主義者である小笠原はよく認識していたのであるが、この頃には経営者の立場が優先したものと考えられる。

但し、小笠原は日露戦争の動きに対しては非戦論であったが、宣戦布告後の一九〇四年（明治三七）三月八日付の『評論之評論』七四号に発表した「予の平和主義」によって、その非戦論は消えて行くことを明らかにしておきたい。すなわち「今や我皇帝陛下は露国に対して宣戦の詔勅を発し賜へり、於是乎、我等は最早戦争に反対するの機会を有せず」。「平和主義者としての非戦論は開戦以前の事に属す、開戦后の平和主義者は侵掠主義の滅亡の為に、只管日本軍の勝利を希ふ可きのみ、而して、日本軍の勝利に向て、更に多大なる報効を盡くさゞる可らず」と述べているからである。小笠原の「花外と詩集」に現れた弁解は、以上のような非戦思想の転換と関連があるものと考えられる。

（二）矢野天来「天来詩（社会主義詩集発売禁止）」をめぐって

「天来詩」の中では、まず「弱きの肉は猛悪人の／食卓に供へて獣に」、「富と貧とをはじめして／左の泣くを右笑むは／世界を圓く造りにし／御神の旨にかなふかや」、「貴人繙きて字彙に見よ／シヴィリゼーション何の義か／愛と愛との共棲ぞ／愛なき權の意はありや」と社会批判を展開する。とりわけ花外の詩集の抑圧を、「天の大意を私覆して／地の精神に私載する／者に叫ばん神の子は」と批判し、やがて詩の抑圧は詩の正義の声の前に萎えていくであろうと、次のように謳っている。「あれを聞かずや角笛は／……／正義の聲は里餘ならじ」、「脚に捲る鐵鎖／頸も曲まん大枷と／外して馳せや平等の／エデンはそこに見えてけり」、「聽てうなゐは悄れつゝ／堰かんも徒や吾等にて／逆巻落つる大瀑と／神の力に克ち得しと」。なお矢野天来という人物については後考を待ちたい。

ところで、矢野は civilization（「文明開化」か）を「愛と愛との共棲（共生カ）」と把握し、また「権」の意味を「愛が伴う」ものと認識していることは注目される。近代日本で「権利」という言葉が法令の上で定着する過程で、津田真道訳『泰西国法論』（一八六八年）に述べられたオランダ語の regt を始め、フランス語の droit や英語の right が有していた「誠実・正直」と「裁判所・訟決」という二つの観念が脱落したことが明らかにされている[(2)]。前者の「誠実・正直」という観念には、「愛が伴う」ものという当然の認識があると考えられる。帝国憲法の欽定以後、近代日本国家は出版法へ「国安妨害・風俗壊乱」という不明確な概念を持ち込み、その判断を国務大臣の全くの裁量に委ねることとして、訴訟の道を閉ざした。裁判所は判決の機会を有しないのである。その「出版の自由」の如何は、行政府の国務大臣の恣意に任されることとなったからである。

なお出版法は天皇制ファッショ期の一九三四年（昭和九）五月に改悪されて、特に同法第二六条「政体ヲ変壊シ国憲ヲ紊乱セムトスル文書図書ヲ出版シタルトキハ著作者、発行者、印刷者ヲ二月以上二年以下ノ軽禁固ニ処シ二十円以上二百円以下ノ罰金ヲ附加ス」中の「政体ヲ変壊シ」を、「皇室ノ尊厳ヲ冒涜シ、政体ヲ変壊シ又ハ」に改めたことを述べておきたい。

（三）空念坊「社会主義詩集の禁止」について

空念坊の「社会主義詩集の禁止」は、新聞記者の筆になる作品である。作者は、花外の主義を「君の宗教とする社会『民主』主義」と述べ、自己の主義を「僕の信奉する『同情』主義」と語っている。そして花外の主義と自己の主義とが、「何處かで、密接の關聯を生じて居るのを思ふて、何時も心強く感じて」いる。ここだけを読んで早速に思い当たるのは、本紙にしばしば花外への文章が掲載された松崎天民（市郎、一八七八～一九三四年）のことである。すでに「空念坊」という雅号は雑誌『小天地』（平尾不孤・薄田泣菫など編集、金尾文淵堂）に登場していた。たとえば、空念坊「俳優金蘭簿」（同誌二巻一号、一九〇一年九月付）という作品があるが、この作品は俳優評論にも詳しい松崎天民の作品である。同誌への天民の寄稿は多かったのである。天民に関する研究は、従来ほとんど等閑に付せられていた。

この頃、松崎天民は一九〇三年（明治三六）一月一六日以来、大阪朝日新聞の記者であったことが既に知られている（岡野他家夫編『児玉花外　社会主義詩集』日本評論社、一九四九年）。すなわち天民が、一九〇四年に発行された『花外詩集　附同情録』に寄せた文章の結びに「三十六年十月三日夕　大阪朝日新聞社編輯課にて」とあるからである。既に明らかにしたように、社会主義に理解を持っていた天民は花外の『社会主義詩集』の校正刷を見たことと共に、この詩集の思想を社会主義よりも同情主義と観ていた(3)。天民は、花外の主義と自己の主義とがその内容について「同情主義」に他ならないとして、「同情録」の文章の中で、次のように述べている。

> 小生は『社會主義』に就いて、多くは知る者に非ず。然れば貴兄の『社會』主義が、果して『詩』としての價値幾程なるや、又貴兄の宗教として、健全なるものなるや否やを知り不申候得共、要するに貴兄の主義とせらるゝ處は、其の詩の生命とも申すべき『同情』に他ならずと存居候『同情主義』（と謂得べくんば）これ小生が懐抱せる一箇の信仰に候。社會主義と謂んには、餘りに大袈裟也、小生は貴兄の主義と、小生の主義とが、『社會』の二字を冠すると、然らざるとの相違こそあれ、其の内容に至っては『同情主義』に他ならざる事を、貴兄の詩に依りて發見致し候。

花外自身の社会主義思想との係わりでは、『社会主義詩集』の「まえがき」に、「これらの小詩は吾が宗教とする社会主義の賛美歌にしてまた黄金跋扈の大魔界に対する進軍歌なり」、と述べていることが想起される。花外は社会主義思想の強い共感者であったのである。

それにしても「社会主義詩集の禁止」の文章は振るっていると言わなくてはならない。「表現・出版・思想の自由」を抑圧した明治政府を批判する逆説的なアイロニーである。詩集を愛児に譬えつつ、「一人の愛児を闇から闇へ葬つたのは、有難い、明治政府様の御情愛だ、とサ感謝せねばならぬ位だとよ」。「仕方がない、又生むさ。人間の種の全滅しない限は、お互の主義も生きて居る。然うだ、永遠に生きて居る！」。天民には『評論之評論』へその他にも幾つかの文芸作品が掲載されているが、当時における天民の文体や内容から勘案して、この文章の書き手はやはり松崎天民が最も相応しい。

(四) 美作男「弱者の声」について

美作男の「弱者の聲」では、警察署の刑事室、紡績会社の病室、大阪の千日前の東裏手と、冬の夜の橋畔が舞台となっている。本文中にあるように、産業資本主義国家に翻弄された人たちの群れが描かれている。作者は、「思索を社會の暗面にめぐらす毎に、何時も」花外の詩を暗誦して涙ぐむのであった。また花外の社会主義を「同情と博愛の化して再現したものであろう」、と考えていた。そして作者は、「□(現カ)代の社会主義は、同情の念が無くては、駄目であらうと思う」、と述べている。この作者も同情にポイントをおいた社会主義の理解者であり、強い共感者である。

作者は誰であるか、実は三つのヒントが本文中にある。一つは「職に新聞社に在り」、二つ目は「美作」、そして三つ目は「同情主義」である。花外と友人関係にあり、この三つの条件を満たしている人物は、結論から先に述べると、松崎天民であった。天民は岡山県人であることは良く知られている（宮武外骨・西田長寿『明治新聞雑誌関係者略伝』みすず書房、一九八五年）。しかも天民が美作の出身で真庭郡落合町（現真庭市落合町）の出身であることは、たとえば大竹一燈子「故郷の九津見房子」（『初期社会主義研究』八号、一九九五年）によっても判明する。

とりわけ一九一一年（明治四四）一月に大逆事件の裁判結果を聞いた被告人の生の声を東京朝日新聞社の社会部長・渋川玄耳（薮野椋十、一八七二〜一九二六年）へ迫真の内容で伝え、また同事件の死刑囚の死骸引渡しと落合の火葬場のこと、内山愚童の弟が火葬場において金づちで棺を叩き割った有り様を生々しい記事にして、校正係の石川啄木をして社会主義研究へ一層駆り立てた人物こそ同社社会部記者の松崎天民である。天民は社会主義に対する強い共

感をもっていた人物なのである。(4)

(五) 佐伯乱峯「児玉花外君に送る」をめぐって

佐伯乱峯の「兒玉花外君に送る」は、序曲に「未だ生れて月を出でず」と幼子を歌い、やがて悲しき死を迎える様を詠じている。そして花外の『社会主義詩集』は「生まれて一月の壽命またず」、儚く「わが世を逐はれ去りぬ」、という。その理由は、「かれ、世を害し社会の安寧秩序乱る」というのであった。「人や誰れか時ありて/悲しき風の吹かざらむ/されど塵界に身を置きて/常に天上の光吸ふ/詩人も尚も『悲哀』の手/ああ免るゝ能はざるか」と。花外の詩が「よし激烈のしらべ高く/含める毒は多かるも/君、其の死するを聞ける時/其の調激してたかき程/其の失望は多からむ」などと謳っている。本詩には同情を多分に含む詩情がある。調べはやや味わい深いものも有するが、歌の調子が今一つ欠けているようなのが気にかかる点である。国家の抑圧を批判するというよりも、この抑圧を免れるすべはなかったのか、という点に関心を向け、そしてまた発売禁止になったことに深い同情の念を花外に捧げているのである。佐伯の人物像については、後考を待ちたい。

佐伯の詩には、本号以前に「犬吠数声」や「里余の海浜」があるが、本号以降では七四号(一九〇四＝明治三七年三月八日付)に随筆「平和主義第一着の勝利」が掲載されている。なお先の矢野天来が本六五号に随筆を載せているが、これによれば、明白に『社会主義詩集』の抑圧に関連したものではないが、心弱き友に向かって、「永久の平和地建設するの予期なきや、女々しき音な吐きぞ」と述べ、「友の肩を軽く打ちてカラ〳〵と哄笑へばその頬に奇しき微笑泄されて眉は甚く昂りつ」、と結ばれている。天来は、一時的に落魄した花外を慰め、かつ激励しているように理解されるのである。

四　結びにかえて

この『評論之評論』第六八号（一九〇三年一二月五日号）には、紫明庵なる雅号の詩「我が詩人」が掲載されている。当時の花外を謳っており、重要な意味を有するので、紹介しておきたい。ここでは花外の大事な役割が顕彰されている。

我が詩人　　　　紫明庵

世に教へ、
世を導き
世に同情す、
斯の如きわが詩人

強きを稱え、
弱きを扶け、
亡びを祷る、
斯の如きのわが詩人

非義の富を排し、
虚飾を捨てゝ、
貧を甘んず、

大なるかな我が詩人
唯だ理想の高きに居り、
正義、道徳是護る、
神の如き其力、
大なるかなわが詩人

さて『評論之評論』紙上に現れた花外の『社会主義詩集』の出版法抑圧に対する批判を検討してきたが、当然のことながら、出版法の批判や、内務大臣児玉源太郎の頒布発売禁止処置の批判は展開されなかった。また予想される未製本などの没収に対する批判も存在しない。ここで展開されたのは、先の小笠原誉至夫の「花外と詩集」に観られるように、花外の詩集が治安を妨害するとは、花外を知る人は予想もしないことである、といった消極的な批判である。また松崎天民と観られる空念坊の「社会主義詩集の禁止」は「詩集」を葬った行為を「明治政府様の御情愛」と皮肉った。そして人類の生存する限り、「主義の永遠性がある」と謳った。

この『社会主義詩集』の抑圧に対する「批判」の中身は、基本的には国家権力の抑圧に対する「憤慨」及び花外に対する深い同情が基調となっている。国家権力に対する法的な批判が弱かったといえばそれまでではあるが、その責任はむしろ法学専攻を初めとするインテリ層の果たすべき役割だったように考えられる。しかし国家による抑圧の批判を正面から行えば、新聞には発行禁止や停止などの処分が待っていたのも事実であった。この『評論之評論』は出版法の所在を読者へ知らせるという点で弱点が見られたが、以上に現れた人間的な素朴な「批判」が読者たちの目を花外及び「詩集」に対する同情と関心へと向けさせた役割を私たちは決して看過してはならないと思うのである。

他方、こうした花外への暖かい激励がやがて花外をして『花外詩集　附同情録』を一九〇四年（明治三七）二月に出版せしめ、文学者たちに「表現・出版・思想の自由」を多かれ少なかれ自覚させる重要な資料である「同情録」を編集せしめる大きな要因になったことと思われる。このことに、本稿で紹介し検討した作品群の文学史的・法社会史的意義がある。

最後に、この「同情録」へ献呈された花外の付言を紹介しておきたい。この詩は、『社会主義詩集』抑圧に対する深い憂いと友愛の情が漂っている。

同情者諸君に　　花外

紫の露拂ふ秋風の
中に淋しく佇めば、
月、天心にのぼりつゝ
神の恵みか溢れたる
光の海を仰ぐかな。

闇より闇に葬られ
逝きし詩歌てふ兒の為に
頭を低れてつく〳〵と
人の同情をおもほへば
涙、滂沱と止まらず。

堅く冷たき巌より
水さへ湧くを、わが泪

あふれ〳〵て涙河
落ちて分れて西東
有情の人の方に流れぬ。
わが『社会主義詩集』の奇禍を買ふや、諸方より慰問奨勵の詞を給ひ、多大なる同情を寄せられたるを以て小生感激措く能はず、即ち厄災を蒙りたる書肆文淵堂主人に贈るの拙詩篇と、夫れに併せ與ふる趣旨にて諸先輩及び詞友に同情所見を求めんが爲め書翰を呈せしに、諸方より義氣同情の聚まるところ、此の一巻を作せり。

注

（1）武内善信「ユニテリアン社会主義者小笠原誉至夫と南方熊楠」『キリスト教社会主義研究』三七号、一九八九年。なお南方熊楠は自由民権思想と運動を主体的に摂取していた。後藤『南方熊楠の思想と運動』（世界思想社、二〇〇二年）が明らかにしている。
（2）熊谷開作『近代日本の法と法意識』第二部第三章「『権利』の語の定着時に脱落した二つの観念」（法律文化社、一九九一年）。
（3）後藤「杉村楚人冠の社会思想と啄木——二人の友愛の意味について」（紀南文化財研究会編集・発行『くちくまの』一一七・一一八合併号、二〇〇〇年。現『熊野』誌）。
（4）この辺りの天民に関する叙述を始め、後藤『近代日本の法社会史——平和・人権・友愛』第五章「『時代閉塞』の法社会史——大逆事件をめぐる東京朝日新聞社の松崎天民と石川啄木」（世界思想社、二〇〇三年）、同『松崎天民の半生涯と探訪記——友愛と正義の社会部記者』（和泉書院、二〇〇六年。書評に『陸奥新報』、『京都新聞』など）、同「松崎天民へ与えた書簡——箕作佳吉・坪井正五郎夫人・角田浩々過客」（『大阪民衆史研究会報』一四八号、同年）が新研究を試みている。

［他の参考文献］
服部之総・小西四郎監修『週刊　平民新聞（一）』創元社、一九五三年
『明治文学全集83　明治社会主義文学集（一）』筑摩書房、一九六五年
岡林伸夫「山根吾一と雑誌『社会主義』」（『同志社法学』第二四五号、一九九六年。後に同『ある明治社会主義者の肖像［山根吾一覚書］』不二出版、二〇〇〇年、に所収）。

後藤監修・各巻解説・天民小史『松崎天民選集　全一〇巻』クレス出版、二〇一三年

第十二章　花外をめぐる関東大震災記念詩集の詩人たち

一　詩集『災禍の上に』刊行の趣旨と寄稿者たち

一九二三年（大正一二）九月一日に突如起こった関東大震災は死者不明一四万二八〇七人、全壊焼失の家屋五七万六三九四戸の被害を与えた。この惨状の中から、犠牲者の詩人たちのために一篇の詩集が編まれた。詩集『災禍の上に　一九二三年』（新潮社、一九二三年）である。

未曾有の大地震となった関東大震災は詩人の身の上にも多大の災禍をもたらした。民衆派詩人の白鳥省吾・百田宗治と、印象派に近い川路柳虹とが編集委員となり、以下のような趣旨で詩集を編むに至ったのである。「この吾々の上に落ちかゝった未曾有の災害を永遠に記念するため、現代日本の諸詩人の主として震災に関する詩作を網羅した記念出版を試み、その収益を以て此度罹災せる詩人等への救恤の費に当てる」、というものであった。

呼びかけたのは一九二三年一〇月一日付で、「原稿　篇數随意　百行以内」、「期日　十月十五日」、「編輯　詩話会」、「宛名牛込區矢來町新潮社内　百田宗治」、である。こうして詩話会編『災禍の上に』は一九二三年十一月二十日付で刊行された。原稿締切りから、わずか一月余り後の快挙であった。

この企画に詩を寄せた詩人は、以下のような四九名の人たちである。ポール・クロウデル、秋田雨雀、赤松月舟、青手彗、生田春月、伊福部隆輝、尾崎喜八、大關五郎、川路柳虹、河井醉茗、貴志麥雨、兒玉花外、西条八十、佐藤清、佐藤惣之助、澤ゆき子、白鳥省吾、鈴木信治、陶山篤太郎、千家元麿、大藤次郎、多田不二、角田竹夫、富田碎

花、長澤三郎、中田信子、中西悟堂、中山啓、萩原恭次郎、橋爪健、林信一、日夏耿之介、深尾須磨子、福田正夫、藤森秀夫、堀口大學、正富汪洋、松原至大、松本淳三、前田春聲、三木露風、南江二郎、武者小路実篤、村松正俊、百田宗治、山口宇多子、米澤順子、宵島俊吉、井上康文。

その他に寄稿を依頼された詩人たちは、蒲原有明、北原白秋、佐藤春夫、高村光太郎、茅野蕭々、野口雨情、野口米次郎、萩原朔太郎、人見東明、福士幸次郎、室生犀星、山内義雄、山村暮鳥、与謝野寛、与謝野晶子の三二名にのぼる。しかし、「編輯間際になって、書肆の希望等もあって可成震災直後の作品のみを網羅した純粋の記念詩集としたいといふ条件が出て来たゝめ」に、金子光晴などの四名は割愛されている。また、蒲原有明、高村光太郎、山内義雄、山村暮鳥、与謝野寛、与謝野晶子などの八名は「懇篤なる書状を以てこの企画に賛意を表され、たゞ期日切迫或ひは適当の作品無き故を以て寄稿を辞退する旨申し越された」、というのであった。

さらに「本詩集の収得印税を分割して送るべき罹災詩人諸氏については目下極力調査中である、被害程度その他によって比例を定め、適宜の方法によって速かに送達する考へである、何れその詳細は別に印刷物によって起稿家諸氏に報告する手筈になってゐる」、という。特に「クロオデル氏から震災に關する詩篇の寄贈を受けるの喜びを得た。取り敢へず巻首に掲げ本集好箇の記念とし、併せて右詩篇寄贈を受けるに當つて、斡旋の労をとられた山内義雄氏の労に感謝の意を表する」、ことも述べられていた。

以下では、この詩集に詩を寄せた詩人たちによる花外評価や、花外との交流の意味について、新しい検討をしてみたい。

二　編集者・寄稿者の花外評

ここでは本詩集の編者である白鳥省吾・川路柳虹・百田宗治について花外との関係を簡単に紹介し、またこれらの詩人の花外評について述べ、後には寄稿家たちの花外評を中心に検討してみたい。

(一) 三名の編集者について

まず白鳥省吾(宮城県出身、一八九〇年生)は、『新声』、『文章世界』や『中学世界』の詩の選者だった花外によって評価され、あるいは世に知られるようになった詩人である。省吾は、「土井晩翠などに心惹かれたヒロイズムは、それよりも、もっと心からな殉情を感じたものとして児玉花外の詩も一ころ愛読したことがある。……ややもすれば傍系的に忘れやうとする花外氏の詩をやはり此の古びたノートの中から一篇、茲に引用さして貰はう」と述べ、花外の「雲髪」(花外『ゆく雲』隆文社、一九〇六年)の全体を紹介していた(「明治詩壇の思ひ出」『詩神』一九二九年五月)。なお省吾が花外を随分信頼したことは、彼の不在中でも彼の妻がやって来た花外を歓迎して、一献を差し上げていたという文章が残されていることでも判明する(「児玉花外氏に就いて」『明治文化研究』一九三四年)。

雲　髪　　　　児玉花外

いつかいつこを流れ來て
涯なき天路ゆく雲よ
こがねひぐるま日(ひ)にこがれ
暗愁きわが瞳ぞ雲戀ふる
あゝまどわしの浮ける君

星と星とは天の川
逢ふ夜もならぬ雲と人

觸るるその日の夜にありや
土を踏まへて嘆きけり
この身溶けよと滅びよと

袖に涙は人のわざ
放逸(ほしひまゝ)なる風の子が
つれなく雲を下界(よ)に吹けば
驚きなげくけしきかな
やさしの日の男晴らしまで

自由の華の郷もとめ
北に南に漂泊(さすらひ)て
われや倒れぬ血を塗りぬ
さても運命かむしろかの
おほ空雲と狂はなむ

雲よ地に伏すあはれまぼ
御髪垂れずや五千丈
腕に捲きてのぼらまし
はかなく天に消えぬとも

われもとよりの願なり

また川路柳虹（東京生、一八八八〜一九五九年）は、大震災の翌年に出版された福井久蔵『日本新詩史』によって、「人道派や民衆派の人々のやうな強烈な思想は少いが表現の巧なところが一方の欠点を大に緩和するやうに考へる」といわれている。柳虹はかつて『文章世界』の詩壇九人集の花外の詩を評論したことがあった。柳虹はこう述べている（「詩壇九人集を読んで」同誌一九一六年一二月）。

兒玉花外君の詩『太陽と皮膚』といふ詩は大正の聖代に於ける一大異觀で、まことにすばらしいものである。自分は兒玉君のために先づ一杯の祝杯を擧げたく思ふ。兒玉君は惜しい事に支那に生れたならと思ふ。そして革命軍にでも投じて『滅亡に瀕せんとする老大国』で大に歌つたらと思ふ。併し自分は氏のこの詩にある一切の言語文字を排除して只殘る一字『兒玉花外』丈けを記して置くなら、その方が杳かに數萬言に優る良い印象を與へると思ふ。兒玉君の嬰兒のやうな魂には同感されるのだから。

この九人の詩人とは、花外、三木露風、加藤介春、山村暮鳥、福士幸次郎、白鳥省吾、富田砕花、日夏耿之介、室生犀星、である。ちなみに介春は、蒲原有明・薄田泣菫の全盛期の詩人の大家として、「鉄幹氏があり、酔茗、泡鳴、花外、白星諸氏があり」と述べていた（「早稲田詩社と自由詩社」『詩神』一九二九年九月）。

この「詩壇九人集」に掲載された花外の詩「太陽と皮膚」を紹介しておこう。人権よりも、民族主義が濃くなった花外の詩想が見いだされる。

太陽と皮膚

兒玉花外

欧羅巴と亜細亜に互跨れる大邦
自然と政教権と、あらゆる矛盾撞着
雲と焔の中に棲む、巨獣のやうな生民、

廿世紀の東雲より、目は覺めかゝり
此國の群集の中より、大氣の中より
天と海のどよめきに巨鐘は響き鳴らんとす、
スラブ族の荒き肉團より赤い靈の響
狂熱を空氣に光波打たせつゝ來る。

日露戰争の前後より彈丸よりも烈しく
ドストエフスキー、トルストイの文藝は
魔術か、毒薬の如く、我が邦人の頭脳に喰入る、
漂泊と勞働と、海と野より来りし人
ゴルキーは強き北方の夕焼のやう
我日本の若き人々の群に染なし、
雪と太陽に向つて泣いて祈りし聲
自ら答うつ力行苦艱の血のひゞき。

太陽は萬古より若き狂亂者のやう
黒き皮膚の絶ゆるときなき悲哀
黒き袋に盛られたる赤き血よ
榮えある草にほろびゆく印度人の一生、
象と豹と蛇の夜にあらで醉生夢死

寧ろ牡獅子の威力にはづる、鈍眼駄肉、
諸々の抒情詩人は山に河に琴を抱へ
涙は砂にまろびきゆ亡國の韻調。

色々の花と色々の鳥の樂土
甘き蜜は流れて、女の甕に盡きるなく
黒き肌を獸のやうに戯れ寢る、
今や全印度の黒き民族の上
白き手は雪山の雪よりも重くかゝる、
我日本の空より黒き惡魔のやう追はれ
まぼろしの如影薄く消うせし
若き二人の印度人の行方をしるや風。

南歐の花、伊太利の血、
天才の兒ダヌンチオよ、
羅馬の風は新詩人の帽を勇しく吹き
飛行機に跨がり、古英雄の如く
熱烈なる掌に、爆彈を握りし刹那
祖國に對する義務と眞の人生を知れり
常に強者の詩を描き歌ひたる

君が見し戰線は眞赤なりき。

自由革命は墓地にも燃え
三色旗は花よりも美しく
今佛蘭西人の血は葡萄の酒よりも紅し
獨逸と戰ふに、激しき遊戯的
生死を超越し戰の神に捧ぐ生命、
佛蘭西の上を照らす太陽は
國人と葡萄の美酒に醉へる紅
總ての藝術は歌の氣分！

紳士的の風は牧場にも吹き、正理の巌
曾てキップリングの歌ひし七海の詩の名残
今日でも英吉利は軍艦汽船と海の國
而も太陽の輝かぬ所なき大邦に影あり
五月に愛蘭は革命の血を見んとして
ビーヤズ、アックドノー、ブランケットの三詩人
この若き青春の花をちらしぬ
波の國に自由と希望と世界に光あれ。

其昔独逸森林に哮える狼の如く
ニーチェ強者哲学の流れを酌み
トライチグの英雄崇拝を描き
帝國、軍國主義の理想を實行すべく
カイゼルは血眼にて世界に叱咤す、
やがて劍倒れたる山のかなたに
夕べの虹と大事は消うせなんよ
唯憐むべきは木の葉と朽亡ぶ人の子。

ポーの見たる怪しの美しき夢は
太平洋の青淵か、岩の藻草に求むるものなく
高塔に煙れる太陽の空氣を呼吸し
そこに精力的なる現代人が群り住む、
昔し自由の緑の大陸は
冒險、探偵小説を生むの本場、
ホヰットマンの燃ゆる大詩想は
米國に鐵と油と金の快樂歌とかはる。

四千年の形式の古大國
仁義道徳は花とさきしも萎黒く、

噫揚子江より波は上れ、新しき膨大の思想。
滅亡に瀕せんとする老大国を見る、
自利自己に固陋の其果は
青いロマンチックは鳥の如く去れり、
慷慨悲歌は水のやうに逝き
第三次の赤き革命を經て

太陽黄色に燃ゆる下
花のいろ〳〵、人種の皮膚は異なれど
血は熱く赤き一色なり、
國は興り、國は亡ぶも
嵐は吹けり、生活の行進の曲
弱き民族と河水とは往かしめよ
唯其強き者を、強き藝術にて讃へ
行路を戰闘の血の色に塗りて進まむ。

さらに百田宗治（大阪生、一八九三～一九五五年）は、労働者の苦闘や、社会の是正を謳った詩を多く発表した民衆派の代表的な詩人の一人である。民衆派については、福井久蔵『日本新詩史』が以下のように述べている。花外の詩を「革命を謡っても詩味の饒かなものがあった」とする福井の民衆派に対する評価は、妥当な内容というべきである。

二十年前に兒玉花外は日本社会主義詩集を著して発行を禁止されたが、時世の進展は今之を免すに至ったのである。併し花外のは革命を謡っても詩味の饒かなものがあったが、今のはあまりに単刀直入的といはうか露骨といはうか、之を比べても尚努力を要するものがある。又社會の改善はよいがあまりにコスモポリタンになって、詩に必要な国土の背景や環境を忘却しては、詩として興味索然たる感がすべきであらう。

寄稿者の中では、初めのクローデル（一八六八～は一九五五年）はフランスの詩人・劇作家・外交官であり、マラルメ（一八四二～一八九八年）、ヴェルレーヌ（一八四四～一八九六年）、ランボー（一八五四～一八九一年）の影響が指摘されている。知日家のクローデルは一九二一年（大正一〇）に駐日大使となって来日し、花外の友人であった画家・平福百穂の作品を一九二六年（大正一五）一〇月頃に推薦し、百穂の作品はパリのリュクサンプール美術館の列品中に選ばれるようなこともあった。

後年、花外は駐日大使を終えるクローデルに対して詩「クローデル大使を送る」（『週刊朝日』二七五号、一九二七＝昭和二年一月二三日付）を発表している。但し、振り仮名は一部を残し、極一部を補った。

クローデル大使を送る

兒玉花外

九段坂ちかき大使館の窓より秋風
大鳥居の上高くに揚る旆をながめて
詩人の魂は飛ばん、やさしき日本少年の心と旆に
大使よいずこに住はるゝも時におもひの糸を伸べては
絡(つな)ぎみよ東方の高き旆や又理想に向ふ日本国民

秋晴(せい)三日にわたりし靖國神社の祭禮
花火や興行物(みせもの)のどよめきの音響(ひゞき)が
兎の様な鋭敏なる詩人の耳にいかに流れ入りしぞや

通俗の極も一つは神靈に、一つは民衆の樂みのため
さすらひの劍舞の女にも日本人特有の優強の色あり

詩人ポール・クローデル佛國大使は
五つの光つた置土産を殘しつゝ
思ひ出深き六年の日本を立去らんとす
富士とさくらと浮世繪の國にあこがれ
日本の四季になぞらへし『四風集（しふうしゅう）』は第一の好記念

大使は情熱美は玉のやうな詩句をつゞり
千代田城お濠の松と石垣を歌はれしが
櫻田門の白壁に我等民族の心は白熱し
形状（かたち）よき翠松（すゐしょう）に氣は龍のごとくに躍る日本人
花外にこゝに立ちながら死せんもよしと思へり

大使がなつかしい日本國民へ長く忘られない記念に
レコードへ吹込まれたる自作詩の蓄音機
今菊の花、日本人の胸は情の燃ゆるレコード
發しては四海同胞愛の波の聲となり
高くも懸れり公明大正□かゞやく使命太陽のラッパ

この当時の花外には、「靖国神社の祭禮」や「櫻田門の……立ちながら死せんもよし」ということと「四海同胞愛」とが同居するようになって来た詩人の姿が映し出されている。ちなみに石井柏亭（一八八二〜一九五八年）が描いたクローデルの貴重な絵が残されている（『石井柏亭　絵の旅』渋谷区立松濤美術館、二〇〇〇年）。

一九三四年（昭和九）七月七日は花外にとってちょうど還暦の当日であった。室生犀星・正富汪洋・白鳥省吾などの有志によって、「花外還暦祝賀会」が開かれている。この会には、白柳秀湖、徳田秋声、千葉亀雄や富田砕花なども出席した。砕花が花外の名詩「馬上哀吟」を朗吟したのはこの祝宴の席であった。この頃、花外は牛込区甲良町一六番地に住んでいた。

翌七月八日には「児玉花外氏還暦記念講演会」が東京大学基督教青年会館で開かれた。この時に、木下尚江（現長野県松本市出身、一八六九〜一九三七年）は「社会主義詩集の時代」のテーマで講演した。正富汪洋（岡山県出身、一八八一〜一九六七年）、柳田泉（青森県出身、一八九四〜一九六九年）や神崎清などと共に出席した秋田雨雀（現青森県黒石市生、一八八三〜一九六二年）は、次のような感想を述べている（『秋田雨雀日記』第二巻）。

> 晴。午後一時よりキリスト教青年会館へ行く。社会主義運動の初期には青年であった児玉花外はもう老人になっていた。酒で身体をこわしているようだ。木下尚江、正富、柳田、神崎、荒井徹（新井……引用者）の諸君と共に感想を述べた。非常に感激している。喫茶店でお茶をのんだ。女性連を送ってお茶の水へ出た。
> （午後一時帝大キリスト教青年会、会費二十銭、児玉花外還暦記念講演会。）

大逆事件がでっちあげであることを自由劇場の熱心な観客であった同事件の私選弁護人・平出修から聞かされていた秋田雨雀は、「大塚甲山はすぐれた詩人であったが、長い間ジャーナリズムの黙殺をうけていた」と、一九一五年に記録している（『秋田雨雀日記』第一巻）。雨雀は石川啄木の先駆的研究や顕彰も行っていくのである。(1)

純情派の生田春月（現鳥取県米子市出身、一八九二〜一九三〇年）も選者の花外に評価された一人である。春月は芸術と思想との間で煩悶して兵庫県淡路の海で悲しい一生を終えた。後に紹介するように、東京牛込での春月の告別式兼葬式において、花外は印象深い姿を参列者たちに残していた。春月は花外にかくも期待されていたのである。
花外と同年で、文庫派の牛耳を執った河井醉茗（現大阪府堺市生、一八七四〜一九六五年）は、『明治代表詩人』で、花外の『社会主義詩集』が弾圧され、そして『花外詩集』に付せられた「同情録」に寄稿した多くの一流の社会主義者と詩人たちを紹介した後で、次のように述べている。

斯くして花外は慰められたであらう。氏は更にその意図の下に詩を作った。労働、生活、階級、自由等の発想はいつまでも彼を支配した。社会主義を標榜しながらその思想に触れ得なかったのは単り花外のみを責むることのできない所以は前述の通りだが、而かも氏の如く社会思想の方向をとった詩人は殆んど他になかった。……白羊（溝口……引用者）の方は詩も明晰であり、短歌や国文の素養があっただけに花外よりは詩の形も整ってゐたのだが、花外のやうな迫力に乏しかった。白羊のは社会思想といふほどではなかったが、階級思想の不満、世相の暗黒面に対する感慨など花外の方向とも接近してゐた。併しそれら（他に平木白星、三木天遊を挙げている……同）の中では矢張り花外が優れてゐたので、素質からしてほんものであった。好漢惜むらくは時代と共に社会思想を研究しようなどといふ野心がなかったので、今日のやうにプロ派の文芸がやかましく云はれる時代になっても、詩も発表せず黙ってゐるにせよ、前に云った意味で先駆者の一人としてその功労は大いに認めなければならない。

だが、この貴重な指摘を醉茗の妻・島本久恵はその花外評に生かしてはいない。
花外の逝去に際して、文学報国会（会長徳富蘇峰）詩部会の役職にあった醉茗は弔詩（一九四三年一〇月九日付）を送っている。

弔詩

ああ児玉花外君
君在りし日には

世を憤り慂み
満腔の感慨を雲によせて
雲に誠ぞやとわが約束
人のはかなきむねといま□□と
言たひしが
今や君また行く雲となりて
遠く青空の彼方に消え去れり
暗夜墓畔を走る一匹の田□にも
運命の悲しさを感じ
死こそ一切のさとりなれど
うたひしが
今や君もまた
その終を告げたり

ああ児玉花外君
君逝けり憤りをしづめ
君遂けし涙ををさめ
寂然として声なし
形なし
秋風落寞

詩魂永へに還らしと雖も
吾等生前の君が詩に感じ
君の為人に親しみしもの
永に詩と人とを
世に伝えんことを想ふ
冀□と安可れ

土井晩翠は、仙台から花外の「生前の文勲と数奇の運命を偲び、はるかに哀悼の意を表」する弔電を送っていた。早稲田の花外の後輩・西条八十（東京生、一八九二〜一九七〇年）は、花外の明治大学校歌「白雲なびく」の原作を補作したことが明らかにされている[2]。

千家元麿（尊福の子で東京生、一八八八〜一九四八年）は、白樺派の影響を受けヒューマニズムを指摘されているが、かつて窪田空穂（長野県生、一八七七〜一九六七年）から短歌を、正岡子規（一八六七〜一九〇二年）の書生であった佐藤紅緑（現青森県弘前市生、サトウ・ハチローや佐藤愛子の父、一八七四〜一九四九年）から俳句を学んだ。千家は、花外に深い尊敬を懐いていたのである。千家には実に次のような文章がある（「明治大正詩壇の回顧　第一詩集を出すまで」『詩神』一九二九年九月）。

自分が最初に感動した詩は兒玉花外氏の『紅涙』（不詳……引用者）と云ふ新體詩集で、買つて二三日して發賣禁止になつた。自分はこの詩程、新鮮な感銘を與へられたものがない、自分は泪を流して愛読し、花外氏を義人の如くひそやかに敬意を抱いた。その頃十六か七だつた。

民衆派の富田砕花（岩手県生、一八九〇〜一九八四年）は、石川啄木（一八八六〜一九一二年）の同郷の後輩で、晩年は芦屋市に住んだが、やはり選者の花外の影響を受けた一人である。先の『文章世界』の「詩壇九人集」では、「トラピスト修道院集」を発表していた。砕花は、社会主義を研究していた啄木へ「危険思想」に関する葉書を度々送って、外聞を気にさせたものである。花外五六歳の頃に、白鳥省吾、正富汪洋や、花外を唯一の先生と尊敬する室生犀星（石川県出身、一八八九〜一九六二年）などは揃って肝入りとなり、花外のために祝宴を開いたことがある。その席には、かつて社会主義協会や火鞭会などでも一緒であった後輩の白柳秀湖（静岡県出身、一八八四〜一九五〇年）を始め、徳田秋声（石川県出身、一八七一〜一九四三年）や千葉亀雄（山形県出身、一八七八〜一九三五年）なども出席したが、案内を失念されていた砕花が花外の代表作「馬上哀吟」を朗吟したのはこの時である。[3]

なお犀星は一九〇七年（明治四〇）七月の雑誌『新聲』に選者の花外によって「さくら石斑魚に添えて」が掲載されることによって、「児玉花外氏を知り、爾今、詩人として立たんことを思ふ」（「年譜」前掲『室生犀星全集』別巻、一九三七年）と決意していたのである。しかし犀星研究者は、花外への言及が稀である。

日夏耿之介（長野県生、一八九〇〜一九七一年）の『明治大正詩史　巻ノ上』（創元社、一九七一年）は、『社会主義詩集』を見ないで、花外について述べたことが指摘されている。これは何も日夏だけがそうなのではない。日夏の同書や吉田精一『鑑賞現代詩　明治』（筑摩書房、一九六五年）の花外に対する酷評については、桑原伸一氏は、昭和女子大学近代文学研究室『近代文学研究叢書』（第五十二巻）を引用しつつ、花外の詩を具体的に分析した結果、以下のように貴重な指摘を行っている。[4]

（花外の……引用者）技法では藤村や晩翠に劣ることはあるとしても、その詩想においては、〝現代社会への不満、階級的差別への激しい反発、労働者や弱者側に立っての社会観と、それ等へのいたわり等、彼の人生観のすべてを詩文に表現し、更に花外の熱情的な性質と、強い信念が加わって、従来の詩人が歌わなかった分野で、独特の詩の世界を創出してみせた〟といった点で、従来の詩から画然と区別されるほど、彼の詩は特異性をもっているといえよう。

正富汪洋（岡山県生、一八八一〜一九六七年）は、花外のバイロン（一七八八〜一八二四年）、バーンズ（一七五九〜一七九六年）やシェリー（一七九二〜一八二二年）に対する尊敬の精神と、革命や弱者への愛情の精神を受け継ぎ、花外が同志としての扱いを受けていた平民社の『週刊　平民新聞』に詩を発表したこともあった。一九〇六年（明治三九）四月に日暮里の花見寺で前田夕暮・汪洋・若山牧水などが発起人となり、新声社に交渉して、誌友会と銘打って祝宴を張ったことがあった。汪洋は、「シェレーを好むといふ兒玉花外氏は、詩人らしき人也。平素口を開けば、浅間山が気に入つたりと談ず、此日朗吟に先だつて、頃者ベスビヤス（バイロンの自分に比したる火山）の大爆破を聞く、壮快のことであると述ぶ。氏は温順の質、處女ウエストブルークを救ふ程の義氣親切無しといふべけんや、されど時に酒に酔へば猛火を吐くこと千万丈面白きかな」（『新声』一九〇六年五月）、と述べていた。

また先の生田春月の告別式・兼葬式について書き残していたのも、この汪洋である。「私は、児玉さんが、焼香して帰つて行かれる時、その兩眼に光る涙を見た。大きい手で、それを拭つてをられる後姿を見て、児玉さんの、よい所は、こゝだなと感じた。他の人々にも、悲しみはあつたに違ひないが、あんなに、涙を見せた人はなかつた。児玉さんは、邪智姦獪の徒輩に対する憤りが、詩句となつて爆発する」（「児玉花外の横顔」『詩精神』一九三四年七月）。

三木露風（現兵庫県たつの市生、一八八九〜一九六四年）は、後述する北原白秋と並び称される象徴派の古参といわれる。露風は、先の誌友会での花外について、「兒玉花外君の馬上哀吟。熱烈な口気が迸ツて手に支えた紙がふるえて居た。自分は此熱情詩人の眉間に言ひ難き憤恨の色の閃くを見つゝ、漫りに感慨に打たれて此声の消え行く所に呢と耳を傾けた」、と感動の様子を語り、「花外君の気焔はずいぶん危険千萬で有ツた。誰れを見ても口を衝いて出づるのは馬鹿野郎！の一語なんで自分なども一本シタゝカに不意討を喰ツて鳥渡消氣たが誌友会の馬鹿野郎写真の馬鹿野郎と続けたので思はず失笑して『茶碗も馬鹿野郎ですねぇ』と言ひ残して行過ぎた」、と述べている（『新声』一九〇六年五月）。露風研究者も花外についてはほとんど何も語らない。

また露風が花外の正直さに打たれていたことは、以下のような言葉に現れていた。「與謝野氏と酔茗氏とは何も詩社を作つて居られた。その『明星』や『文庫』や『詩人』と云ふ様な雑誌からは澤山の詩人が出た。月郊（高安……引用者）、花外、白星（平木……同）、林外（前田……同）、露葉（山本……同）の諸氏も引續いていろ〳〵の詩集を出された。花外氏の詩はその中で最も正直な者であった」(「明治詩壇の回顧」『文章世界』一九一三＝大正二年一月)。

さらに露風は花外を評価して次のようにも述べていた(「明治大正詩壇の思ひ出」『詩神』一九二九年三月)。

明治の詩壇で、新しい人々の詩を鬱然と集めてゐた點では、『新聲』と『文庫』とを先づ其の中葉に於て擧げるのが至當であると私は思ふ。……児玉花外君は古くから詩を書いてゐる人であつた。そうして私が記憶に殘つてゐるところでは、『新聲』に詩を多く書いた詩人は、花外君と私とであつて、他の人々は數十人であつたが、考へて見ても其の人々の名が頭に浮んで來ない。『新聲』は、後に新聲社から隆文社の手に移つて、そうした後に、私は其の編輯の方に入ったのであつた。

以下では、原稿を依頼されたが送ることができなかった数名の詩人について、花外との係わりを述べておきたい。まず与謝野鉄幹(現京都府生、一八七三〜一九三五年)は花外と同郷である。一九〇二年(明治三五)八月に鉄幹たちの『明星』へ詩人の平木白星の斡旋により花外の詩「不滅の火」が転載され、また世の文人たちに注目された韻文朗読会を共に結成したことがあった。一九〇三年には鉄幹を囲む関西新詩社清和会で詩人の内海信之(泡沫)などと一緒になっている。一九〇四年(明治三七)頃に征露詩朗読会で鉄幹などと共同出演となりかけるが、花外は当日の講演を拒否した(本書第一章)。とりわけ一九二〇年(大正九)には、鉄幹不在につき、先に述べたように花外は明治大学の校歌「白雲なびく」の原型を作詞している。

次に北原白秋(現福岡県柳川市生、一八八五〜一九四二年)であるが、白秋は花外の詩について絶妙な評価を残している。白秋「明治大正詩史概観」(著者代表・島崎藤村『現代日本文学全集』第三七篇)では、花外の詩が以下のように掲載されている。「平民の屍」、「闇中に告ぐる歌」、定評のある「馬上哀吟」、「松を刺して」、「可憐児」、「傷める鴎」、「詩人塚」、「ラサールの死顔に」である。ここに、当時における白秋の評価と趣向が出ている。白秋は、花外について実に絶妙で妥当な評価を下していたのである。白秋の花外評価は、日夏耿之介や島本久恵などにはほとんど見られない優れた分析であった。ただし白秋は花外の最初の詩を『東京独立雑誌』に発表されたと述べているが、誤りである。『早稲田文学』が正しい。

花外は『社会主義詩集』を出して発売禁止をされた日本最初の詩人である。理由は治安妨害、三十六年（明治……引用者）のことである。彼は三十年に初めて林外等と『独立雑誌』（『東京独立雑誌』……引用者）に詩を発表した。以来風のごとく突として鳴り、火のごとく燃えた。彼の詩風は鉄幹の剣気にもあらず白星（平木……引用者）の覇気とも違ふ。粗笨であり、雑であり、時に市井の俗、浪花節にもまがふ。が、よき真率と稚気がある。邪念が少い。その熱狂の語勢と酒興の豪語調とは人をしてそぞろに微笑せしめる。そこに彼の本来の詩人としてのよい稟性があるのではないか。

『花外詩集』は三十七年二月の版である。後『天風魔帆』を出した、四十年一月。

人見東明（岡山県生、一八八三～一九七四年）は、すでに知られているように（昭和女子大学近代文学研究室『近代文学研究叢書』第五二巻）、「『ゆく雲』評」（『白鳩』一九〇六年四月）の中で、三十歳でまだ家を成さない不遇な花外であるが、物質的文明を呪詛する狂熱の詩人であり、『ゆく雲』の詩は、水晶のようで「人工の細を及ぼしてゐない、天品である」と評価していた。なお萩原朔太郎・室生犀星と花外との交差については、本書第一三章を参照されたい。

以上、関東大震災記念詩集を手掛かりに、花外と係わる数名の詩人を取り上げて、主に花外評や花外との係わりについて、幾つかの新しい面を浮き彫りにしてみた。

三　花外の詩「焼かるゝ心」について

関東大震災によって、東京で部屋を借りていた花外は焼け出され、詩の原稿も焼失した。花外は自らも被災者でありながら、勇を振るって依頼に応え、この大震災記念詩集へ寄稿したのであった。左記がこの詩である。

燒かるゝ心

兒玉花外

吉原燒跡の弁天池に
紅いしかけの花魁が二百人
金魚のやうに燒けて浮いてゐた
黒すゝけた枯柳が
みだれ髪のやうに残って立ってゐる。

桜を幾年か咲かせないでも
自由の洪水があったなら
吉原の大門を明放って
憐れむべき肉欲の奴隷たちを
社會へ流し出してやらうと考へた。

夫れもいまはあだとなって
水のかはりに身を亡ぼす猛火をうけ
雪の肌が墨となり、死骸が累々として
眼は空にむかひ横はってゐる
中には位牌を抱いてゐるのもあった。

美しい夢、弱い信念にいくる
詩人が度胸をするゐ秋が來たと思ふ
現在、本所深川の無産階級が被服廠で骨の山
三十六で希臘独立軍に投じ死んだ
バイロンはやはり豪いと自らを憤る。

関東大震災に際して、吉原を歌った詩は珍しい。花外は震災によって家財をほとんど失ったといわれているが、在宅ではなくあるいは吉原に留まっていたのだろうか不詳である。本所深川にあったという官立被服廠の多くの労働者の屍に涙を注ぐが、イギリスの大貴族で大詩人のバイロンがギリシャ独立運動に参加したように、自分がほとんど何もできないことを憤る花外であった。

四　結びにかえて

以上のように、関東大震災記念詩集に投稿して「同情と友愛」を示した詩人たちは、詩人としての花外に対しても相応しい評価を下しているように思われる。とりわけ三木露風、千家元麿、正富汪洋、河井酔茗を始め、白鳥省吾、川路柳虹、などである。また、この記念詩集に詩を贈れないという連絡をした詩人の中にあって、特に北原白秋の花外評価は、次章で論じる萩原朔太郎と共に、逸することはできない。文学史家では福井久蔵や柳田泉の花外研究も評価に値するものと、言わなくてはならない。

なお一九三四（昭和九）年七月八日に東京大学キリスト教会館で開かれた「児玉花外氏還暦記念講演会」における木下尚江の講演「社会主義詩集の時代」の原稿は、管見の限りでは、見いだされていない。幻に終わるのであろうか。

注

（1）後藤「秋田雨雀の啄木研究の意義」（和歌山大学学芸学会『学芸』五四号、二〇〇八年）。一九一四年に発表された秋田雨雀の随筆「津軽の湯宿」を復刻したこともあった。なお青森県黒石市内町の南地方教育会館に秋田雨雀記念室がある。小規模ながら「雨雀の愛用品」、「雨雀と黒石の文人たち」や「エスペラント資料」の各展示コーナーは見ごたえがある。

（2）飯澤文夫「明大校歌歌詞の成立――西条八十の自筆原稿を追って」（明治大学図書館紀要『図書の譜』創刊号、一九九七年）・「明大校歌歌詞の成立　補論――西條八十補作の裏付け資料」（同誌二号、一九九八年）。

（3）室生犀星「児玉花外氏」（『室生犀星全集』第一一巻、非凡閣、一九三七年）。

（4）桑原伸一「児玉花外と『風月万象』――初期詩想の特異性について」（『宇部短期大学学術報告』二一号、一九八四年）。

［参考文献］

福井久蔵『日本新詩史』立川文明堂、一九二四年

著者代表・島崎藤村『現代日本文学全集』第三十七篇、改造社、一九二九年

河井酔茗『明治代表詩人』第一書房、一九三七年

秋田雨雀『秋田雨雀日記』第一巻、第二巻、未来社、一九六五年

渡辺信勝『不二美　巻二』大東出版社、一九七六年

昭和女子大学近代文学研究室『近代文学研究叢書』第五二巻、同大学近代文化研究所、一九八一年

第十三章　萩原朔太郎の花外評価

一　はじめに

上州の赤城山へ詩人の児玉花外は一九一四年（大正三）七月から八月にかけて親友・平福百穂、長谷川天渓や前橋中学の生徒などと登山を試み（博文館『中学世界』の企画）、また「百穂と芋銭」という詩でこの赤城登山のことに触れながら、画家の百穂と小川芋銭との交友を謳っていた（本書第八章）。この上州出身で、日本口語詩の完成者として評価の高い詩人・萩原朔太郎（一八八六〜一九四二年）には『萩原朔太郎全集』（全一五巻、補巻一、筑摩書房、一九八八年補訂版）がある。児玉花外と萩原朔太郎とは何らかの関連はないのであろうか。にも拘わらず、朔太郎が『女性時代』（第七年一二号、女性時代社、一九三六＝昭和一一年一二月一日付）に発表した「児玉花外を偲びて」という作品は『萩原朔太郎全集』に収録されず、詳細な年譜にも掲載されていないのである。

この朔太郎の「児玉花外を偲びて」という作品は短文ではあるが、児玉花外に対する貴重な評価のみならず、「詩とは何か、詩人とは何か」という問題に対する詩人・朔太郎の晩年の到達が示されている重要な内容を包含していた。また朔太郎のこの作品については、すでに所在は明らかになっていた（昭和女子大学近代文学研究室『近代文学研究叢書　第五十二巻』）。『萩原朔太郎全集　第十五巻』の詳細な年譜には、この雑誌『女性時代』も参照されたことが判明する。すなわち朔太郎の「愛稱詩歌について」（同誌、一九三五年七月発表）と「進歩思潮の反動性」（同誌、同年九月発表）だけが載っているのである。朔太郎の「児玉花外を偲びて」は参照されなかったのか、あるいは排除されたの判明した。

であろうか、と疑問に思っていた。しかし、その後に編集者の一人からの私信によれば、全くのミスであったことが判明した。

さて朔太郎と花外との具体的な交差については、伊藤信吉編著『萩原朔太郎と詩的風土』（上毛新聞社、一九七一年）・同『萩原朔太郎研究　増補新版』（思潮社、一九七二年）、伊藤信吉『黒い鐘楼の下で──萩原朔太郎・その文化的自由主義』や、萩原葉子『父──萩原朔太郎』（完結定本、中公文庫、一九七九年）にも触れられていない。ただ伊藤氏は、朔太郎の従兄・萩原栄次が『週刊　平民新聞』を読み、平民社へ維持資金を寄せていたことなどから、かつて大阪で開かれた社会主義者大会において児玉花外が「大塩中斎先生の霊に告ぐる歌」を朗吟したことについて言及している。また朔太郎の大逆事件などとの観念上の交差についても貴重な指摘が伺える（伊藤『黒い鐘楼の下で』）。

しかし、伊藤氏の当時における花外の社会主義運動における位置づけは正しくない、また伊藤氏は、朔太郎の『月に吠える』中の二つの詩に関する国家の抑圧と、朔太郎のそれに対する『上毛新聞』紙上での批判を論じる際に、その前史として花外の『花外詩集　附同情録』を挙げたに過ぎなかったが、朔太郎自身が花外の行動に倣ったのではなかったか（本書第一章を参照）。

二　［復刻］萩原朔太郎の「児玉花外を偲びて」

この朔太郎の「児玉花外を偲びて」は、これまで内容がほとんど検討もされず、全文の紹介もなされないまま今日に至っている。如上の理由と、希少な雑誌であるが故に、朔太郎のこの作品を復刻し、若干の解説を施すこととした。ここでは旧字・旧仮名遣いを踏襲して、読点を補いつつ、この作品をなるべく原型に近いままで紹介したい。今後は朔太郎の全面的な花外認識に関する研究が進むことも期待したいと思う。

萩原朔太郎

兒玉花外氏が養老院へ送られた話を新聞でよみ、人事ならず悲慘な感じがした。エルレーヌのことは言ふ迄もなく最近の佛蘭西で詩王と呼ばれたポール・フォールでさへも、晩年は亂作して讀者を失ひ、窮乏してみぢめな境遇に居るさうである。兒玉花外氏の詩才は、もとよりエルレーヌやポール・フォールに比して劣つて居るが。とにかく明治時代に於ては、一代に鳴らした有名の詩人である。その晩年の悲慘な姿は、東西共に變らぬ「詩人の運命」を表象して、まことに感慨深く傷ましい思ひがする。

詩といふ文學は、靈感と熱情の上に燃える火焔であつて、言はば「文學の花火」みたいなものである。それが空に打ち揚げられた時は盛観であり、まことに花々しい限りの見物であるが、一旦情熱と靈感が消えた後では、虚無の闇黒が長なへに殘るばかりだ。一世に鳴らした天才詩人も、晩年になつて廢人同様の悲慘な運命に終ることは、まことに止むを得ない自然事であり、そこにまた詩の純粹無比な價値と美しさが存するのだ。すべての美しいものは悲しい。それ故にこそ、詩人の末路もまた悲しいのだ。

新聞紙の記事によれば、花外氏は養老院の病床に起臥しながら、昂然として自作の詩を朗吟し、大いに人生の意気を論じて居るといふ。この生まれたる純情の詩人は一生を通じて詩人であり、詩人であることの外にいかなる人生をも知らないのである。もしそうでなく、もつと融通の利く人だつたら、早く他に衣食の道を發見して、悲慘な老年を迎へる前に、生活の安定を考へたらう。しかしこの悲壯な詩人は身を以て詩と酒とに殉ずる以外、いかなる卑俗の人生も考へなかつた。彼は自ら記者に向かつて言つてる。自分の一生を亡ぼしたのは詩と酒だつた。しかも自分は、あへて少しも悔ゆるところがないと。何たる颯爽の精神だらう。ここに我が老英雄ドンキホーテの映像を見る。それは彼等の詩人にとつて、あまりに悲しく傷ましい現實の反映である。

三　朔太郎の随筆「児玉花外を偲びて」をめぐる検討

萩原朔太郎は、フランスの詩人ヴェルレーヌと比較しながら、養老院へ送られた花外の晩年の悲惨な境遇を痛んでいる。花外にも愛された上田敏訳『海潮音』（一九〇五年）で有名なヴェルレーヌ（一八四四～一八九六年）は、よく知られているように、飲酒と遊蕩の習癖に悩み、妻を捨てて詩人のランボー（一八五四～一八九一年）との同性愛事件を起こし、ランボーをピストルで傷つけた事件で二年間の獄中生活を味わい、晩年は詩人として高い評価を受けた。しかし施療院を渡り歩く放浪生活の中で、詩作が下降して娼婦クランツに見取られながら亡くなったという。

家庭の上では不幸が続いた花外は日蓮宗に帰依して国粋愛国的な「遺稿集」を残したが（渡辺信勝編著『不二美　巻二』大東出版社、一九七六年）、花外の死亡記事（写真は割愛）を掲載した『大阪朝日新聞』（一九四三年九月二二日付）から全文を紹介して、この軍国主義時代の花外評を検討してみたい。

児玉花外氏（詩人、本名傳八）二十日午後八時五十八分、東京板橋の都養老院で筋肉硬直症のため死去した。享年七十

氏は京都市の出身、その熱血の詩風は明治大正詩壇の一異彩だつたが、奔放な生活から落魄、昭和十一年養老院に入つたが、入院中も詩作に耽り最近愛国の詩集『児玉花外詩集』を出したほか『ゆく雲』『哀花熱火』などの詩集があり、明大校歌「白雲なびく……」は氏の傑作の一つ

ここでは花外晩年の詩作や詩魂についてはどうやら述べているが、明治・大正の初期社会主義やデモクラシーを歌った詩壇の「第一人者」（本書第一章、第十二章）ということは天皇制ファッショの時代には登場するはずもなかった。まして現在では、たとえば稲賀敬二・竹盛天雄監修『簡明日本文学史』（第一学習社、一九九六年）のように、高等学校用の文学史年表にだけは掲載されている児玉花外『社会主義詩集』（一九〇三＝明治三六年）も登場していない。

同詩集が児玉源太郎内務大臣によって頒布発売禁止とされ、それにも負げず当時の代表的な社会主義者や詩人たちなどの「同情録」を付して世に問うた『花外詩集　附同情録』（金尾文淵堂、一九〇四年）も挙げられることはなかった。この『花外詩集』は、既に述べたように福井久蔵『日本新詩史』（立川文明堂、一九二四年）や河井酔茗『明治代表詩人』（第一書房、一九三七年）からも高く評価された作品であった。

また「中江兆民の碑」、「小ゴルキー」、「決闘詩人（プーシキン……引用者）」、「文壇の星亭出てよ」、「ゾラの改葬」、「同志社の大時計」、「シェレーの肖像」などが優れていた、花外の出色の作品『紅噴随筆』（岡村盛花堂、一九一二年）も登場していないのである。なお、花外の特筆すべき作品として、詩集『天風魔帆』（平民書房、一九〇七年）、『バイロン詩集』（大学館、一九〇七年）や、史伝『源為朝』（千代田書房、一九一〇年）などもある。

（二）　花外とヴェルレーヌ、ランボー

これまで検討もされて来なかった資料に、「世俗と詩人」の問題や、詩は天才に学ぶべきであり、年齢に拘わらず先輩のみならず後輩にも学ぶべきことを説くなかで、ヴェルレーヌやランボーに言及した花外の詩評論「四十二年の詩界」（『新声』一九〇九＝明治四二年一二月）がある。ここに、花外が世間と距離を保とうとした姿勢や、とりわけランボー、そしてヴェルレーヌに関する評価の一端が表明されている。なお振り仮名は割愛した。

……私は例へば口語詩と云ふものを全然否認はせぬ、口語でも何でもどん〳〵盛に用ひて新らしい詩をお互ひに大ひに發達させたいと云ふ希望ではあるが、只其遺憾とする處は、世間と變つてゐるべき詩人其人が、餘りに世間に追従して、所謂世間並な、極平凡な生活を營むに汲々として居ると云ふ事である。其麼事で何として大膽な正直な、特徴ある詩が謳へやう。と云ふと、私の現今の生活状態を知つてゐる人は、定めし可笑くも思ふであらうが、私は決して雑誌を借りて自己の生活の辨護はしないから序に断つて置く。……

彼のベルレインは美少年ランボーを愛した。其の愛した美少年ランボーから、ベルレインは寧ろ感化されたと

云つても可い。と彼自らが云つた程、ランボーは特徴ある青年詩人であつた、其ランボーは師のベルレインよりも先立つて遠い漂泊の果に酒の爲に悲惨の最期を遂げた。其れ程彼は寧ろ師ベルレイン以上の大詩人であつた。

（二）朔太郎と花外との交差

朔太郎と花外の交差について考察してみたい。朔太郎は、『花外詩集　附同情録』を始め、『明星』に転載された花外の詩「不滅の火」や、『文章世界』などに載せられた花外の詩を読んだことが当然あったことと思われる。伊藤信吉氏は朔太郎の従兄の萩原栄次が平民社及び、その機関紙『週刊　平民新聞』との交差があったことを明らかにしている（伊藤『黒い鐘楼の下で』）。であるからこそ、朔太郎と花外の交差はさらに確実となるであろう。というのは、既に明らかにしたように平民社の『週刊　平民新聞』では花外を同志と見做し、花外に関するいくらかの報道をしていたからである（本書第一章）。

とりわけ花外を唯一の先生として非常に尊敬した室生犀星（一八八九〜一九六二年）は、花外を尊敬した詩人たちと共に老境の近づいた花外の慰労会をしばしば催し、「先生」（『薔薇の嚢』八二号、改造社、一九三六年）や「児玉花外氏」（『室生犀星全集』十一巻、非凡社、一九三七年）などの作品を残している（本書第十二章）。

朔太郎は、友人の犀星と協力して一九一六年（大正五）六月に雑誌『感情』を創刊する。白鳥省吾・富田砕花などの「民衆詩派」詩人へ影響を与え、また生田春月の早逝に慟哭し、かつ「感情詩派」の犀星へも影響を与えていた「民衆派詩人」花外は、朔太郎にとって複雑な存在でもあった。「人道主義」・「デモクラシー」の流れを汲む「民衆詩派」と対抗した朔太郎は、花外の原風景と共有するそれをもつ犀星を、「冬の日影にかじかんでゐる、あのあはれに心細い、いじいじした、陰気な蜆のやうな悲哀」（三好行雄「第5章　詩歌の〈近代〉」同編『近代日本文学史』有斐閣、一九七五年、より再引用）などと批判するのである。

一九一七年（大正六）二月に朔太郎が第一詩集『月に吠える』（自刊）を出版して間もなく「風俗壊乱」との理由で

「愛憐」と「恋を恋する人」の二篇が削除を命じられたが、朔太郎は「風俗壊乱の詩とは何ぞ」を地元群馬県の『上毛新聞』に発表した。かつて一九〇三年（明治三六）九月（『官報』）に花外の『社会主義詩集』は児玉源太郎内務大臣の裁量による頒布発売禁止の処分を受けたが、言論抑圧法である出版法第一九条による芸術の弾圧であった。出版法第一九条とは、次のような条文である。

安寧秩序ヲ妨害シ又ハ風俗ヲ壊乱スルモノト認ムルトキハ内務大臣ハ其ノ内国ニ於ケル発売頒布ヲ禁シ其ノ印本ヲ差押フルコトヲ得

花外は、まず同〇三年一〇月に片山潜主宰の雑誌『社会主義』へ詩「迫害――社会主義詩集発売禁止の翌日朝顔をみて」を発表し、やがて随筆「ゾラの改葬」（初出、ほのほ会『火柱』一巻四号、一九〇八＝明治四一年六月）などで思想の抑圧を弾劾する。なお花外の名詩「馬上哀吟」（初出、『新小説』一九〇三年八月）は『社会主義詩集』抑圧の直前ではあるが、詩の思想に対する抑圧を批判していた。先の『花外詩集　附同情録』（一九〇四＝明治三七年）では、岩野泡鳴、生田葵山、大町桂月、小栗風葉、奥村梅皐、河井酔茗、草村北星、小塚空谷、後藤宙外、薄田泣菫、高須梅渓、高尾楓蔭、坪内孤景、中島孤島、平木白星、平尾不孤、前田林外、松崎天民、正宗藝陽、三木天遊、溝口白羊、山本露葉、吉田笠雨などの詩人、文学者・ジャーナリストたちや、著名な安部磯雄・片山潜・木下尚江・堺枯川・幸徳秋水・西川光二郎などの社会主義者も含めて、五九家が同情・激励・悲憤慷慨の文章を寄せたものであった。今またこの出版法によって、朔太郎も犠牲となった。「芸術の自由」の抑圧に対する朔太郎の思想的な抵抗は、花外同様に続くのである。

朔太郎が編集した一九二四年（大正一三）一月発行予定の雑誌『新興』創刊号は、朔太郎の「アフォリズム」がやはり出版法の「風俗壊乱」との理由で発売禁止となり、廃刊号となってしまった。また朔太郎は、一九三〇年（昭和五）五月三日付の室生犀星宛の葉書で「兒玉花外の會はゼヒ出たいが目下の事情出席むづかしいであろう。逢つたら君から内情をくわしく話して僕の残念に思ふ意志を傳えて下さい」（『萩原朔太郎全集　第十三巻』）と述べていた。朔太郎は、花外の会に対して欠席せざるを得ない「内情をくわしく話」さなくてはならず、欠席を残念に思うほどであったのである。この「花外の会」とは、これまで具体的にほとんど知られていなかったが、同五月一〇日夜に日比谷で開かれた四〇人ほどの「花外氏を中心の集い」であった（『東京日日新聞』一九三〇年五月一一日付）。なお新字・句読点を一部補った。

花外氏を中心の集ひ

十日の夜、日比谷山水楼で詩人児玉花外氏を中心に、四十人ばかりのしんみりした会合が行はれた。発起人ならびに出席者の殆ど全部がすでに明治時代にあつて文壇に活躍した人か、又は「新声」で児玉氏の指導を受けた人で、その前者の一人河井酔茗氏が発起人を代表して児玉氏の詩業を説き、正富汪洋氏は詩人協会を、川路柳虹氏は「新声」時代の投書家を、それぞれ代表して挨拶を述べて記念品を増訂した後、テーブル・スピーチにうつり、湯浅半月、江見水蔭両氏その他の懐旧談あり、児玉氏は感慨深げに杯を傾けてゐた。当夜の出席者は小川未明、徳田秋声、岡野栄、白柳秀湖、生田春月、高村光太郎、下島勲の諸氏

これで見ると、花外が古い詩人たちに慕われていたことが判明する。

一九三四年（昭和九）一〇月頃に室生犀星の仲介によって朔太郎の再婚話が纏まりかけるが、ついに消滅する。また一九三六年（昭和一一）一月には朔太郎は、犀星などと共に西村月杖主宰『句帖』の俳句選者になったこともあった（『萩原朔太郎全集　第十五巻』一九八八年補訂版）。

（三）　朔太郎の「児玉花外を偲びて」について

このように朔太郎と花外の交差は、朔太郎との終生の友情に結ばれた犀星を通じても存在したのである。後に述べるように、朔太郎は花外の詩の研究が重要な研究課題のひとつであると認識していた。すなわち朔太郎による晩年の花外評「児玉花外を偲びて」は、「社会主義詩人」花外の詩の神髄を踏まえていた朔太郎であったからこそ、書き留

められた貴重な文献なのである。従って、朔太郎の「児玉花外を偲びて」が朔太郎の全集から落ちていることは一つの重大な問題なのである。

さて朔太郎は、「児玉花外を偲びて」の中でまず「詩とは何ぞや」について、このように述べている。「詩といふ文學は、靈感と熱情の上に燃える火焔であつて、言はば『文學の花火』みたいなものである。それが空に打ち揚げられた時は盛観であり、まことに花々しい限りの見物である……。一世に鳴らした天才詩人も、晩年になつて廢人同様の悲惨な運命に終ることは、まことに止むを得ない自然事であり、そこにまた詩の純粋無比な価値と美しさが存するのだ。すべての美しいものは悲しい。それ故にこそ、詩人の末路もまた悲しいのだ」。まさに詩に対する至言の一つであろう。

また朔太郎は花外を「明治時代に於いて、一代に鳴らした有名の詩人」と評価していた。「この生まれたる純情の詩人は一生を通じて詩人であり、詩人であることの外にいかなる人生をも知らないのである」と称えた。「しかしこの悲壮な詩人は身を以て詩と酒とに殉ずる以外、いかなる卑俗の人生も考へなかつた」。花外が病床に苦しみながらも「昂然として自作の詩を朗吟し、大に人生の意気を論じて居る」ことや、花外が詩作と飲酒にのみ没頭し、養老院に入ってまでなお記者に向かって「自分の一生を亡ぼしたのは詩と酒だつた。しかも自分は、あへて少しも悔ゆるところがないと」述べたことを称賛した。そして「何たる颯爽の精神だらう」と朔太郎は考えた。しかし朔太郎は、〈近代国家は純粋の詩人の一生を保障しない〉という現実の指摘を忘れない人である。こうした花外に対する暖かいが厳しい現実を述べた朔太郎であった。

こうした点については、先に紹介した花外が述べた「世間と詩人との距離」の問題や、ランボーやベルレーヌに関する言及を想起しなくてはならない。さらに花外の詩人としての自由な詩想を示す詩「行く處まで」（『文章世界』一九一六＝大正五年一月）を紹介しておきたい。なお、振り仮名は特別なものを除いて割愛した。

行く處まで

兒玉花外

藝術に身をまかせた者には
絶對の力強い自由がある
此事に思到ると周圍が俄かに打破られた如（よう）
貧弱な生活にも花やかな熱を覺える。

行く處まで行かねばならぬ
自分にはどこまでも自己の途が開けてゐる
空は青いし土は黒い
何も之よりほかに世間はない。

廣い地上にいきてゐて
藝術家には拘束がないといふ考想
雲が流れてゐる下で放縱者の運命
自由だが而も此身を愛着のあまりに泣いた。

同時に発表された花外の詩「世界改造の聲」も紹介しておきたい。

世界改造の聲

英佛の詩人や彫刻家は
戰場のいたましい露と消えた

其国家の償ひがたき損失だ。
憎むべき物質文明の悪魔よ
破壊せよ破滅せよ燦爛たる何物をも
爾の惨虐なる斧は汝自身を砕くのだ。

やがて芸術家の流血は太陽に反映し
呪はれた白い灰の層積から
世界改造の聲が嵐のやうに起るだらう。

平時にも詩人の墓より尊貴きはない
花はなくとも彼の生涯は世にたぐひのない花だ
迫害された運命の人は皆寂しかつた。

その後の朔太郎の動向については、前掲『萩原朔太郎全集　第十五巻』なども参考にして、私のテーマを追求してみたい。朔太郎は、一九三六年一〇月に河井酔茗・北原白秋・佐藤春夫・室生犀星などと、文藝懇話会の姉妹団体として設立された詩歌懇話会の会員となる。その頃、朔太郎は朝の仕事が済んだ後は「人生漫歩」を行って、帰宅は夜の一一時頃であった。翌一九三七年（昭和一二）九月に朔太郎は『無からの抗争』（白水社）を出版するが、足利尊氏を逆賊として扱っている歴史教育に対して批判した「歴史教育への一抗議」の部分は検閲によって削除された。朔太郎は出版法による三度の発売禁止に遭遇したのである。

朔太郎は一九三八年四月に結婚する（入籍せず）。同年一〇月二一日より、娘の葉子が在学していた文化学院（校長は現和歌山県新宮市出身の西村伊作、『愛と叛逆　文化学院の五十年』文化学院出版部、一九七一年）で、毎金曜日に三回「日本詩論」と題する特別講義を行った。翌一九三九年（昭和一四）一〇月三日には文化学院の中枢にいた与謝野晶子による『新新譯源氏物語』の完成祝賀会へ出席している。

（四）朔太郎の花外詩研究について

朔太郎は一九三九年一〇月一八日付で室生犀星に師事する詩人の津村信夫（一九〇九～一九四四年）へ「次の日曜の會には、君に兒玉花外の紹介演講（講演）をおたのみしたし。詩集文獻を御持參乞ふ」（前掲『萩原朔太郎全集　第十三巻』）という葉書を出していた。これによれば、朔太郎は花外の詩の研究が重要な課題の一つであると考えていたことが判明する。この会とは、朔太郎を中心として同三九年七月二日から有楽町の喫茶店「パノンス」で開かれた「詩の研究講義の会」のことである。朔太郎が花外に言及することは少なかったが、つぶさに資料を見てゆけば、朔太郎は晩年に至るまで若手詩人にとって児玉花外の詩及び詩精神の研究が一つの重要な課題であると、認識していたことがこのことから判明するのである。

レジオン・ドヌール・シュバリエ勲章を贈られた松尾邦之助は、「辻潤と共に、西村伊作は近代自我人として全くオリジナルで純粋に過ぎた思想家であり、百年に一人しか出ない人と思われるような貴い存在であった」（松尾邦之助『風来の記』読売新聞社、一九七〇年）と述べているが、朔太郎は一九四〇年に京都から帰京した辻潤を歓迎していた。同年一一月の「皇紀二千六百年式典」が行われた夜に、朔太郎は「紀元二千六百年を轉機として日本は沒落するよ」と先見の明を述べていた（大谷忠一郎「萩原先生と私の處女詩集」前掲『萩原朔太郎全集　第十五巻』年譜）。確かに近代天皇制国家は滅んだので、朔太郎は正しい。

朔太郎には翌一九四一年（昭和一六）八月から肺結核の兆候を生じ、やがて一九四二年四月には、一九三四年（昭和九）七月以来詩の講義を担当して来た明治大学文藝科講師を辞任した。明大の講師であった朔太郎は、児玉花外を明大校歌の作詞者としていつも思い起こしていたのではあるまいか。

四　結びにかえて

朔太郎は、一九四二年の五月一一日に肺炎のために享年五七歳をもって一生を終える。朔太郎は花外より一二歳ばかり後輩ながら、花外の死する一年四カ月程前に亡くなったのである。朔太郎は花外評を残した時点ではよもや自分が花外よりも先に亡くなるとは考えなかったであろう。

ところで、「芸術に生きぬく」ということは如何なることであろうか。朔太郎にも「詩歌は悠久　新體制と藝術」（一九四〇年五月、『萩原朔太郎全集　第十一巻』）などがあるが、教育家・芸術家であった西村伊作を始め、花外、河井酔茗、与謝野晶子、大塚甲山、平出修（露花）、石川啄木、永井荷風、高村光太郎、宮沢賢治、斎藤茂吉などの国家・社会との係わりにおける比較研究の課題は重要であると思われる。

［主な参考文献］

野口存彌「社会主義詩人・児玉花外」（初期社会主義研究会編『初期社会主義研究』五号、一九九〇年）に始まり、以後同誌に発表されている一連の研究。

伊藤信吉『黒い鐘楼の下で――萩原朔太郎・その文化的自由主義』麦書房、一九八二年

昭和女子大学近代文学研究室『近代日本文学叢書』第五十二巻、昭和女子大学近代文化研究所、一九八一年

高柳洋吉編集・発行『高柳真三遺文集――追想のために』一九九一年

後藤正人『権利の法社会史――近代国家と民衆運動』「第十章　非戦運動・非戦教育運動と西村伊作」法律文化社、一九九三年）

梅田順一「『月に吠える』の出版の経緯――日本近代文学文庫から」（『明治大学図書館紀要　図書の譜』三号、一九九九年）

後藤『近代日本の法社会史――平和・人権・友愛』第七章「『教育の自由』の法社会史――文化学院の与謝野鉄幹・晶子、西村伊作をめぐって」（世界思想社、二〇〇三年）

補章　吉井勇と児玉花外——勇「耽々亭雑記」をめぐって

一　はじめに

歌人の吉井勇（一八八六～一九六〇年）と、韻文の先輩・児玉花外（一八七四～一九四三年）とは、気分や飲酒の趣味において共通点があると思われるにも拘わらず、とりわけ『吉井勇全集　第七巻　随想・随筆』（木俣修編・解説、番町書房、一九六四年）には二人の交流を示す作品は所収されていない。

しかしながら、勇は「耽々亭雑記——酔花外」という作品を発表しているのである。この作品は、雑誌『随筆』（一九二四＝大正一三年五月一日付。甲南大学図書館所蔵）に発表されている。全集に作品が漏れていることは珍しい現象ではない。

さて、この勇の「酔花外」は、一九一四年（大正三）頃にフィリピン革命の父・アギナルドを歌ったという花外へ「革命の子に注いだ涙」はいずこへ行ったのかと歌を呈したことや、長年に亙る「酒徒としての往復」などを綴ったものである。この作品は発表当時、父の故郷・山口県長門市に逗留していた花外にとっても、また勇にとっても、希有な事柄が示されている意義ある内容である。しかし、次に述べるように、誤解もあるので、花外研究の視点から検討・解説し、この作品を復刻しておきたい。本文は旧漢字、旧仮名遣いであり、原文を尊重したいが為に、そのままとしてある。

二　吉井勇「酔花外」の検討

まず勇は、スペインとアメリカの植民地主義に対して、花外がフィリピン人民の独立革命を指導してフィリピン革命政府を樹立したアギナルド将軍を「革命の子」として歌ったのではないかと述べている。勇はこうした花外へ時々歌を贈ったという。勇が思い起こすのは、花外の「東洋豪傑的な、それでゐて多情多恨の詩人的な、淋漓たる酔態ばかりである」という。アギナルドの片腕・マリアーノ・ポンセが中心となって草案を作成したと思われる一八九九年（明治三二）公布のフィリピン共和国憲法は国民主権・基本的人権の保障・三権分立などを規定しており、確かに当時アジアで最も優れていた内容であった（後藤『近代日本の法社会史――平和・人権・友愛』第七章「友愛の法社会史――学問と革命をめぐる南方熊楠と孫文」世界思想社、二〇〇三年）。

ところが、花外には勇の作品が発表される頃までには、昭和女子大学近代文学研究室編『近代文学研究叢書　第五二巻』（昭和女子大学近代文化研究所、一九八一年）や、私の発掘した作品などによれば、アギナルドやフィリピン革命を表題にした詩などはほとんどないのである。今後、花外の作品の全面的な研究によって確かめられねばならないことである。

勇がこの作品を発表した頃を勘案してみると、関東大震災が一九二三年（大正一二）九月一日に起こっており、花外は着の身着のままでやがて東京を脱出して、茨城県牛久の画家・小川芋銭を訪ね、北海道へ渡り、やがて青森県の蔦温泉で大町桂月と冬籠もりをして（後藤『歴史、文芸、教育――自由・平等・友愛の復権』和歌山大学法史学研究会刊、二〇〇五年）、翌二四年四月には先のように長門市へ大移動しているのである（二カ月余り滞在）。花外の作品は、一九二三年一〇月から翌年二四年五月の間、青森市の民権紙に由来する『東奥日報』に発表されたものがほとんどなのである。雑誌『社会主義』を通じて、花外の後進の詩人・野口雨情が花外へ心配して書簡を出しているが、勇は花外の作品に接する機会がなく、言外に関東大震災後の安否を問いつつ、こうした随筆を発表したのであると考えられる。

また、勇が花外へこの歌を贈ったのは、花外が『秋田魁新聞』の記者をやっていたときと述べているが、これは『秋田時事』の社長となった後藤宙外（一八六六〜一九三八年）に請われて、山田枯柳と共に、一九一四年五月に同社の記者となったことが正しい（半年間ほど）。但し、この時期については、勇の記憶は正しい。

勇と花外が初めて杯を交わしたのは花外が渋谷に下宿していた時代というのであるから、花外が大阪の新聞『評論之評論』の編集者時代に著名な詩に恵まれていた『社会主義詩集』を内務大臣・児玉源太郎によって頒布・発売禁止となり、尾羽打ち落とされて東京へ出て来た以後のことであろう。恐らく内村鑑三主宰の『東京独立雑誌』での活躍、そして早稲田や札幌農学校の後輩・西川光二郎と編集・発行した『東京評論』以後の厳しい時代ではあるまいか。後考を待ちたい。

勇が観た花外の外出する際の悠然たる態度・身なりなど、さもありなんという風情である。また花外が黒地の紋付きを外出の際に身につけていたのは、自裁したという父親の形見であろうか。なお勇は、坂本紅蓮洞（ぐれんどう）（雑文家、一八六六〜一九二五年）と浅草の「汚らしい酒肆」を覗いた際に、銚子を林立させて痛飲する花外を見たという。そういった所にも、勇は花外に連れられたことが二度ばかりあったのである。結びでは、かつての酒客のうち、中澤臨川（評論家、一八七八〜一九二〇年）や押川春浪（教育家・方義（まさよし）の養子で小説家、一八七〇〜一九一四年）など、積年の鯨飲によってこの世を去った人たちを勇は回想し、旧友の酒客の健在を祈った。そして改めて酒の先輩である大酒豪の花外のことを案じる勇であった。

三　［復刻］吉井勇「耽々亭雑記」（『随筆』一九二四＝大正一三年五月一日付）

醉花外

　そのむかし革命の子にそそぎたる涙はありや今の花外に
　私は嘗て秋田魁の記者として、北國に流雛の身となつてゐた兒玉花外のところへ、かう云ふ歌を贈つて戯れたことを記憶してゐる。それは今からもう十年程前のことで、まだこの外に數首の歌を贈つたのだが、今私の記憶に殘つてゐるのは、僅にこの一首の歌だけである。その昔此事實の志士アギナルドのために、花外は俠骨稜々たる詩を幾篇か作つた。私がここで「革命の子」と歌つてゐるのは、多分アギナルドを指して云つたもののやうに思ふ。兎に角私はこの歌で、花外に往年の意氣ありや否やを訊ねたのである。しかし私はこの歌に對して、花外が如何なる返信を得たか、これも今私の記憶に存してゐない。私がこの歌に依つて喚び起される花外の記憶と云へば、唯彼の東洋豪傑的な、それでゐて多情多恨の詩人的な、淋漓たる醉態ばかりである。
　私が花外と始めて酒中の交を訂したのは、彼が澁谷に下宿をしてゐる時代であつた。私もその當時その近くに僑居を構へてゐたので、それからは屢彼と私との間には、酒徒としての往復が續けられた。彼の下宿の一室の鴨居の釘には、恰も帽子のやうにいつも猿股が懸けてあつて、何處かへ飲みに出懸るとなると、彼は悠然と立ち上がつて、恰も帽子を被るやうにそれを穿いた。これには流石の私も、驚異の目を睜らずにはゐられなかつた。考へて見ればその頃は花外自身でも、帽子を被るやうな心持で猿股を穿いてゐたのに違ひない。何だか彼はその當時帽子を被つてゐなかつたやうにも記憶する。
　もう一つ私の記憶に殘つてゐるのは、彼がいつも黒地の木綿の紋付の羽織を来てゐることである。私は或る夜多分坂本紅蓮洞と一緒だつたと思ふが、淺草の方に酒を飲みに出懸て、或る汚ならしい酒肆の前を通ると、そこの奥の方で卓の上に徳利を林立させて、痛飲してゐる紋付の羽織を着た壮漢があるのを認めた。見るとそれはやはり花外であつた。私はさう云ふところにも一二度彼に拉して往かれたやうに思ふが、今はもうはつきりとした記憶がない。

私は多くの酒客を知つてゐる。が、多くは積年の鯨飲が累を成して、今はこの世に亡きものが多い。中澤臨川氏の如きがその一人である。押川春浪氏の如きがその一人である。私は相知る酒客の訃を聴く毎に、何となく戰友を失ふやうな悲壮な感に打たれるが、それと同時に亦往年の酒客の健在を祈らないではゐられないのである。

改めて花外を思ふ所以である。

［参考文献］

工藤与志男編『旗と林檎の国　児玉花外詩集』津軽書房、一九七〇年
桑原伸一『児玉花外詩集　在山口未公刊詩資料』白藤書店、一九八二年

終章　花外の人と詩情

これまで主に花外の詩文や花外をめぐる人々の作品を対象として、花外の人となりや詩情について種々の検討を積み重ねてきたが、花外の文学史上の位置や、その後の詩人たちへの影響などはここで繰り返す必要はないであろう。花外は、民衆派詩人、いや庶民派詩人のみならず、「社会主義・プロレタリア詩人」や「デモクラシー詩人」の先駆者であった。明治から大正にかけて、花外にとって、初期社会主義やデモクラシーは「自由・平等・友愛」の精神の象徴であったのである。花外の例えば初期の詩「松を刺して」は、実に軍国主義の時代にも愛唱されていたという幾つかの事実がある（安藤重雄氏の回想[1]、真鍋元之『ある日、赤紙が来て』光人社、一九九四年）。

このように花外の先駆的な詩の意義は、天皇制軍部によるファッショ的状況において、一九四三年九月の花外の死に対する日本文学報国会会長の徳富蘇峰の弔辞の中ですら、次のように評価されていたことを指摘するだけで十分であると考えられる。「我が国詩壇暁晨の時君が光彩の詩風は普く青年子女の胸襟に遍照せりひいては即ち今日尚我等が心奥に響きて止まぬものあるなり」（渡辺信勝『不二美　巻二』大東出版社、一九七六年）。

以下では花外の人となりと詩風の展開、そして花外の詩情の特質、及び今後の課題を明らかにしておきたい。

（一）花外の人と、詩風の展開

花外の人となりは、本論で紹介して来たように、少年期以来、母親との死別、初婚の妻と子供との別離、再婚の妻との死別、父・兄弟との死別から醸成された精神的打撃は大きかった。一方では、晩年を除いて、たとえば『東京独立雑誌』の詩「紡績工女」や「憐れなる鼠に」に見られるように、花外をして階級・階層的に弱い立場におかれた下層の人々や、小動物を素材として、多くは同情を謳わしめることとなった。自己の不幸な境遇の意識がこのように花外の弱者や小動物などを歌った作品には色濃く反映していたが、割りと早くして弱いものに対する友愛や共生の感情へと発展している。

他方では、花外は詩を発表して数カ月後には『東京独立雑誌』の詩「鶏の歌」のように社会進歩と係わるような気分を押し出してくる。と同時に英雄崇拝の感情も根強く存在した。花外の詩は、管見の限りでは、初めは中江兆民、大塩中斎、西川光二郎、ラサール、バイロン、蔵原惟郭などを謳ったように主にデモクラシー思想や社会主義思想に対する共感が基本であった。

しかし、とりわけ大正期では、花外はたとえば孫文、星亨、高杉晋作、黄興などの英雄を謳うことが多くなった。こうした観念の変化は、すでに明治期において史伝『源為朝』から、随筆集『東京印象記』・『紅憤随筆』・『日本艶女伝』・『哀花熱花』への変調にも反映していた。

もちろん花外は明確な社会主義者でも思想家でもなかった。まず花外は弱者への友愛と、初期社会主義への強い共感を示したが、詩作のうえでは、西川光二郎などの雑誌『光』に詩「ラサールの死顔に」（一九〇五＝明治三八年一二月五日付）を発表して以後、社会主義に共感する詩を割と忌避させることになった。この間、社会主義運動における親しい人たち（片山潜・西川光二郎など）の間における論争・決別などは、花外にとって社会主義に共感する気持ちを次第に失わせたのではないであろうか。

しかし花外は明治末から大正期には国内外のデモクラシーの動きに敏感に反応した。本文でも扱った孫文、黄興や詩「仏蘭西国民に寄す」に最も鮮明に現れたように、花外には国内外のデモクラシーを謳歌する気風が現れてくるからである。

やがて花外の詩が大きく旋回するのは関東大震災以後である。焼け出された花外はまず茨城の牛久へ、そして北海道へ渡り、やがて青森県の八甲田・十和田湖・奥入瀬では自然美に心を打たれた。そして父の故郷・長州へ入ってからは、とりわけ維新の勤王志士のような英雄・豪傑を謳うことが多くなり、その延長線上の一つに、「報国」の歌があったことと考えられる。しかし花外のそうした詩作には、かつての勢いはなかった。一九三五年頃から花外の発表される詩文は激減していたからである。

花外の詩風の展開には、詩想を視点に観るならば、四つの画期があるといえる。一つは主に「同情・友愛と社会主義共感の時代」、二つ目は一九〇六年以後の主に「友愛とデモクラシーの時代」と三つ目は一九二三年九月の関東大震災以後の「ロマンと郷土愛の時代」、そして四つ目は昭和初年以来の主に「ロマンと国家愛・家庭愛の時代」である。このように花外の人と、詩風には変化があった。

（二）　花外の詩情の特質

以上のように観てくると、花外の詩情が目まぐるしく変わったと考えるべきであろうか。しかし私は花外の詩情に一貫して流れているものがあると考える。花外の一貫して変わらないものはロマン性と社会性なのではないだろうか。もちろんロマン性も社会性も種々の内容があることはいうまでもない。

一方では、花外のロマン性は当然に友愛や情熱を伴いつつ、明治期を中心に盛んに日本社会の悲惨な状況や社会主義を歌い、大正期にはデモクラシーへの強い共感を歌い上げた。この花外の詩業は不滅の評価に値するといえよう。また晩年に向けて英雄・豪傑や国難打開を熱心に歌ったことに鮮明である。花外のロマン主義は、東京専門学校でバイロンを学んで以来、不変であった。

他方では、花外の詩文の社会性は日本資本主義の発展途上に伴った悲惨な状況におかれた人々に満腔の同情と友愛との精神で切実に謳い、これらの諸問題を克服するものと期待して、初期社会主義や、そしてデモクラシーや、民族独立などへの共感を謳った。やがて関東大震災は花外をして零落させ、茨城・北海道・青森・山口へと、いわば花外を食客の放浪の旅へと駆り立てた。花外が長州滞在中に周辺の要請を容れて、勤王の志士たちを謡い、やがて近代天皇制国家によるファッショ的な要請という社会風潮の中で、社会の支配的な要請に応じていったものと思われる。花外の社会性もまた一貫していたのである。

花外のロマン性と社会性とが有為転変していることに、面白さも含んでいたのである。世界史の激動する二〇世紀の九〇年代以降、児玉花外についての関心が次第に高まっているという現象の要因には、萩原朔太郎も多少述べているように（本書第三部第一三章）、過去の日本の激動期を、正に詩をもって生きて来たその真摯さにあるのではないだろうか。

従って児玉花外は、このような意味の社会的ロマン派詩人であると結論づけることができるのである。

児玉花外の詩文は、歴史的な意義を有するということである。花外の歴史を観る目は、『社会主義詩集』に大塩を歌った詩の他にも「本能寺の跡に立ちて」、雑誌『成功』に発表した「中江兆民を懐ふ」や、『花外詩集　附同情録』に木村長門守重成を歌った「英雄の碑」などを生み出している。その後、社会主義的心情の変遷を伴いつつ、史伝小説『源為朝』（千代田書房、一九一〇年）、詩集『英雄詩史　日本男児』（実業之日本社、一九一一年）、『日本艶女伝』（一九一二年）、『日本英雄物語』（一九一四年）、『詩伝乃木大将』（一九一六年）、『熱烈鉄火英雄伝』（一九一八年）などを発表していくのである。後年には山口県に長期滞在したことを契機に、長州の高杉東行（晋作）などの勤王の志士、藩閥政治家や軍人などを謳った郷土詩にも特徴が見えていた。

また、花外の詩は良く自然美を歌ったことにも特徴がある。青森県の八甲田山の山岳美・十和田湖の湖水美・奥入瀬川の渓流美や、長門市の青海島などの自然美を讃えて、学校校歌の作詞にも生きている。強い庶民感覚をもっていた花外の地理感覚と時代感覚は、『東京印象記』（金尾文淵堂、一九一一年）に見られるように、現在でも歴史地理学から注目されている。

さらに、大正期に花外は孫文や黄興などの英雄主義を度々称え、アジアの民族主義を謳っていることも特徴である。

同時に、花外はヨーロッパの愛国的な民族主義を、「仏蘭西国民に寄す」という大叙事詩にみられるように、フランス革命に触れつつ、ドイツの侵略に対するフランス国民の奮起を促す詩などに現れていた。花外は大正期に歌った世界情勢に関する詩を、彼自身は時事雑詩と名付けている。花外の詩に謳う英雄主義や政治は、彼一流の政治認識の故に、一段と輝きを得ることができたのである。

（三）今後の花外研究における課題

以上のような私の研究に直接に係わる花外研究にとっての課題は、花外と、『明星』派の評論家としても名高い弁護士・平出修[2]や、西川光二郎と交流のあった石川啄木との交差の有無にも強い関心が湧くのを覚える。また花外と多少近い関係にあった西川光二郎が東京市電運賃値上げ反対運動に際して凶徒聚集罪で入獄中に転向し、大逆事件が始まる一九一〇年（明治四三）以降、すなわち「冬の時代」以降における花外の精神についての深い考察も必要であろう。

とりわけ興味がもたれるのは、花外は同志社中学などで具体的に自由民権[3]などの自由主義思想とどのような出会いがあったのかという問題、そして『官報』にも報道された花外『社会主義詩集』の抑圧事件の詳細な研究である。

さらに今後の一般的な花外研究の課題として、一つは花外の伝記研究であるが、幸い野口存爾氏が丹念に追究しているので、その大成を期待したい。二つ目は、花外には変革的なロマンがあったのであるが、晩年になり、何を原因として現状追認的な詩情へと変わっていったのか、という問題である。このことは花外の社会性の内容の変化にも対応する問題である。三つ目は、郷土ないし地域に対する花外の認識の如何の問題である。大正期における花外と青森県との関係に比較して、花外と長州との関係はその後に及ぼした影響に相違が生じてくる。あるいは花外はなぜ青森の自然美や同地域との関係よりも、主に長州の保守性に順応したのであろうか。花外を漂泊の詩人と規定するよりも、花外にとって郷土や地域がもった意味を更に検討していくことが重要な課題であると思われる。

花外は明治大学校歌の原作詞者として著名であるが、作詞者として青森県の法奥小学校校歌や旧制八戸中学校祝歌、そして長野県立小諸商業学校校歌などに現れているように、「時代を超えた永遠なるもの」[4]を歌っているのである。こうした花外の詩想的特色を追及する課題を挙げておきたい。これからの若い研究者にも期待したいと思う。

注

（1）経営史、日本史、文芸史といった幅広い造詣を有していた安藤重雄氏（宮城県伊具郡丸森町出身、一九二八〜二〇〇六年）については、後藤「安藤重雄先生の人・教育・学風」（後藤編『法史学の広場』安藤重雄先生古稀記念・通巻第五号、和歌山大学法史学研究会、一九九九年）・「安藤重雄先生の想い出――陸奥と庶民の香り」（『大阪民衆史研究会報』一四四号、二〇〇六年）、後藤編「安藤重雄主要著書・論文目録」（『大阪民衆史研究会報』一八四号、二〇〇九年）、大塩事件研究会『大塩研究』五五号（二〇〇六年）所収の「会員の訃報」を参照。なお、後藤編『安藤重雄『海棠』等所収作品集』（和歌山大学後藤正人研究室、二〇〇〇年）・同編・解説『安藤重雄『啄木文庫』所収作品集』（同研究室、二〇〇六年）も残されている。

（2）近年の研究として、平出彬『平出修伝』（春秋社、一九八八年）、平出修研究会編『大逆事件に挑んだロマンチスト――平出修の位相』（同時代社、一九九五年）、清水卯之助『石川啄木――愛とロマンと革命と』（和泉書院、一九九〇年）、岩城之徳『石川啄木と幸徳秋水事件』（吉川弘文堂、一九九六年）、福西ゆかり「平出修の思想」（『平出修研究』第二十九集、一九九七年）などがある。

（3）たとえば、後藤『権利の法社会史――近代国家と民衆運動』第一章「自由民権運動と明治憲法体制」（法律文化社、一九九三年）、同「自由民権運動と法」（長谷川正安・渡辺洋三・藤田勇編『市民革命と日本法』日本評論社、一九九四年）、後藤『南方熊楠の思想と運動』序章「近代世界と南方熊楠」、第一部「自由民権とその時代」（世界思想社、二〇〇二年）、同『近代日本の法社会史――平和・人権・友愛』序章「近代日本の法社会史序説」第三章「『生存権』の法社会史――小作争議・職工争議・『交通権』運動をめぐって」（世界思想社、二〇〇三年）などを参照。

（4）後藤『歴史、文芸、教育――自由・平等・友愛の復権』（和歌山大学法史学研究会、二〇〇五年）、同「児玉花外作詞・小諸商業学校校歌について」（『大阪民衆史研究会報』一六四号、二〇〇八年）など。

あとがき

ここでは、主に本書各章の成り立ちについて、述べておきたい。

序章「児玉花外の詩情と人生」は新稿である。

第一部「児玉花外の詩文と真実」の第一章「花外の思想と人生」は、後藤「児玉花外『社会主義詩集』と大塩中斎顕彰――社会的ロマン派詩人の思想と行動」（『立命館大学人文科学研究所紀要』第七〇号、一九九八年）・「［新資料］児玉花外の随筆『中斎大塩先生の墓』」（『大阪民衆史研究会報』四九号、一九九八年）などの大幅な増補版である。

第二章「花外の『東京評論』所収の詩文」は新稿である。

第三章「花外の『評論之評論』所収の未公刊詩文」は、以下のような私の論文を補訂し、かつ同紙所収の花外の詩に新しい検討を加えたものである。後藤「児玉花外の随筆『木賃宿の一夜』について――西川光二郎・小塚空谷と共に」（その後、兵庫人権問題研究所『月刊　人権問題』二六二号、一九九八年）・「［新資料］児玉花外の随筆『花井お梅』について――詩人の同胞友愛の精神」（『月刊　人権問題』二六六号、一九九九年）・「児玉花外と民族主義――［新資料］花外の随筆『露人は人道の敵也』・『米人は偽義侠の國也』・『大挙して来れ』をめぐって」（『大阪民衆史研究会報』六一号、一九九九年）・「［新資料］児玉花外の随筆『無痛無恨の死』・詩『藤村操子を弔ふの歌』について」（前掲『月刊　人権問題』二七一号、一九九九年）。

第二部「児玉花外の大正デモクラシー」の第四章「花外の希望と悲哀」は、後藤「大正デモクラシーの光と影（上・下）――児玉花外の随筆『鈴蟲の死』、詩『支那の空へ・『秋葉散る黄興』をめぐって」（前掲『月刊　人権問題』

二七八、二八二号、二〇〇〇年）の補訂である。

第五章「花外の孫文・中国独立革命観――『孫逸仙に與ふる詩』・『孫逸仙今奈何』・『孫逸仙を送る』を中心に」（前掲『月刊　人権問題』二九二号、二〇〇一年）の補訂である。

第六章「花外のヨーロピアン・デモクラシー観」は、後藤「児玉花外のヨーロピアン・デモクラシー観――詩『佛蘭西國民に寄す』を中心に」（前掲同上二九三号、二〇〇一年）の補訂である。

第七章「転換期の相馬御風・小川未明を歌った花外の詩」は、後藤「転換期の御風・未明を歌った児玉花外の詩について――『塵の中より――相馬御風君へ』・『青い甕――小川未明に與ふ』をめぐって」（前掲同上二九〇号、二〇〇一年）の補訂である。

第八章「花外と平福百穂・小川芋銭との友愛」は、後藤「児玉花外の詩『百穂と芋銭』考――詩人と画家平福百穂・小川芋銭との交流」（『和歌山大学教育学部紀要　人文科学』四九集、一九九九年）の補訂である。

第九章「青森県における花外と大町桂月」は、後藤「青森県における児玉花外と大町桂月（一、二完）――花外の詩を中心に」（前掲『月刊　人権問題』二七六、二七七号、一九九九年、二〇〇〇年）の大幅な増補である。

第三部「児玉花外をめぐる人々」の第十章「花外をめぐる和歌山の児玉充次郎たち」は、後藤「［新資料］児玉怪骨（充次郎）『詩人児玉花外』について――後の粉河教会初代牧師と社会的ロマン派詩人」（前掲同上二七〇号、一九九九年）の増訂である。

第十一章「花外『社会主義詩集』抑圧に対する『評論之評論』の批判」は、後藤「児玉花外『社会主義詩集』抑圧に対する『評論之評論』の批判――［新資料］小笠原誉至夫『花外と詩集』、矢野天来『天来詩』、松崎天民『社会主義詩集の禁止』・『弱者の声』、佐伯乱峯『児玉花外君に送る』をめぐって」（『大阪民衆史研究』四六号、二〇〇〇年）の増補である。

第十二章「花外をめぐる関東大震災記念詩集の詩人たち」は、後藤「関東大震災記念詩集と児玉花外『焼かる、心』――詩話会編『災禍の上に』一九二三年」（前掲『月刊 人権問題』二四三号、一九九七年）の大幅な増補である。

第十三章「萩原朔太郎の花外評価」は、後藤「出版法に抑圧された萩原朔太郎と児玉花外――『萩原朔太郎全集』に未収録の『児玉花外を偲びて』をめぐって」（『萩原朔太郎研究會 會報』五一号、一九九九年）の補訂である。

補章「吉井勇と児玉花外――勇『耽々亭雑記』をめぐって」は、後藤「吉井勇と児玉花外――勇『耽々亭雑記』をめぐって」（『大阪民衆史研究会報』一四一号、二〇〇六年）の補訂である。

終章「花外の人と詩情」は新稿である。

本書に関して、主な研究報告を挙げておきたい。一九九六年三月に立命館大学人文科学研究所の近代日本思想史研究会にて「明治社会主義詩人の義民顕彰――京都生まれの児玉花外をめぐって」のテーマで報告、同年六月に大阪民衆史研究会総会にて「社会的ロマン派詩人の大塩中斎顕彰」のテーマで講演、同じく同志社大学アーモスト館での新島会例会にて「京都に生まれ同志社に学んだ社会派詩人・児玉花外について――新島襄・内村鑑三に係わって」のテーマで報告した。同年七月に京都市の与謝野晶子アカデミー（富村俊造氏主宰）で「『明星』と児玉花外」のテーマで講師を務めた。一九九七年七月に法制史学会近畿部会例会（同志社大学）で「近代日本における詩集の頒布発売禁止の嚆矢――児玉花外『社会主義詩集』をめぐる思想と行動」のテーマで、一九九八年二月に憲法・政治学研究会（京都市）で「児玉花外『社会主義詩集』と大塩中斎顕彰――社会的ロマン派詩人の思想と行動」のテーマで、同年一一月に新島会例会（同志社大学）で「詩人・児玉花外と画家の平福百穂・小川芋銭との交流」のテーマで、一九九九年四月に新島会例会で「萩原朔太郎と児玉花外――朔太郎全集に未収録の作品をめぐって」のテーマで報告した。二〇〇八年二月に憲法・政治学研究会の例会で「児玉花外の社会観と生涯――社会的ロマン派詩人の世界」のテーマで報告した。以上を含めて、これまで多くの先学・友人たちの教えを受けた。

本書で主に検討した『東京評論』、『評論之評論』や『女性時代』を所蔵する天理大学図書館、国会図書館、日本近代文学館を始め、『東京独立雑誌』を貸与された新田幸夫氏などのお世話になった。また文献収集については、国会図書館を始め、立命館大学、天理大学、同志社大学、甲南大学、北海道大学、大阪教育大学、早稲田大学や和歌山大学の各付属図書館などのお世話になった。さらに伊豆の上行院の調査では、渡辺信勝氏の御高配を得た。併せてお礼を申し上げる。ちなみに児玉花外の詩碑（青森、伊豆、長門）については、後藤『歴史、文芸、教育——自由・平等・友愛の復権』第二章（和歌山大学法史学研究会、二〇〇五年）を参照されたい。

＊

一九六二年（昭和三七）に、花外と交流のあった平福百穂の甥・富木謙治氏（当時、早稲田大学教授）から「保健体育」の講義を聴いたことは、今にして奇遇を感じている。

群馬県前橋市郊外の敷島公園内に萩原朔太郎記念館（萩原家の旧土蔵）を始め、朔太郎が文学創作・音楽活動に利用した書斎や、室生犀星・北原白秋・若山牧水などと交流した離れ座敷を眺めていた。同市広瀬川畔の「詩碑の小道」には朔太郎などの詩碑があり、朔太郎を中心とする市立前橋文学館がある。同館の前には萩原朔太郎の銅像が建っている。全て印象深いものであった。

前橋に利根の流れは激しかり朔太郎の詩魂乱れ想ほゆ

前橋の詩碑の小道は静かなり自転車の男腰を降ろしぬ

最後に、読者の方々のご批判・ご教示をお願いいしたい。

乙訓の茅屋にて

二〇一八年三月一五日

後藤正人

著者紹介

後藤正人（ごとうまさと）（京都府長岡京市在住）
一九四三年青森県と和歌山県の両親の間に出生。一九八八年和歌山大学教授。
現在は同大学名誉教授、中日本入会林野研究会代表委員、憲法研究所運営委員。

主な公刊単書

『社会科教育と法社会史』昭和堂、一九九二年
『権利の法社会史――近代国家と民衆運動』法律文化社、一九九三年
『土地所有と身分――近世の法と裁判』法律文化社、一九九五年
『南方熊楠の思想と運動』世界思想社、二〇〇二年
『近代日本の法社会史――平和・人権・友愛』世界思想社、二〇〇三年
『平和・人権・教育』宇治書店、二〇〇四年
『松崎天民の半生涯と探訪記――友愛と正義の社会部記者』和泉書院、二〇〇六年

監修・各巻解説

『松崎天民選集　全一〇巻』クレス出版、二〇一三年

主な共著

『市民革命と日本法』日本評論社、一九九四年
『近現代世界の平和思想』ミネルヴァ書房、一九九六年
『日本国憲法のすすめ――視角と争点』法律文化社、二〇〇三年
『総批判　改憲論』法律文化社、二〇〇五年
『平和憲法と人権・民主主義』法律文化社、二〇一二年

最近の主な論文

「二十世紀初頭、大阪における『貧民窟』の状態――松原岩五郎『最暗黒の東京』との比較を通じて」（『和歌山大学教育学部紀要　人文科学』五六集、二〇〇六年）

「田辺湾神島と史蹟名勝天然紀念物保存法――南方熊楠の指定運動をめぐって」（『中日本入会林野研究会　会報』二七号、現『入会林野研究』）、二〇〇七年）

「秋田雨雀の啄木研究の意義」（和歌山大学学芸学会『学芸』五四号、二〇〇八年）

「徳島県立憲法記念館をめぐる憲法意識」（『大阪民衆史研究』六四号、二〇一〇年。徳島県憲法記念館が正しい）

「入会権・入会集団の変遷について――兵庫県丹波市の『入会顕彰碑』をてがかりに」（『入会林野研究』三二号、二〇一二年）

「朝日新聞記者・松崎天民の新聞への提言と非戦論」（『大阪民衆史研究』七〇号、二〇一六年）

「逃散一揆と現代にいたる顕彰の法意識――南九州を対象とする百姓・幕藩関係をめぐって」（後藤編・刊『法社会史紀行』四号、二〇一七年）

「山城国乙訓郡金ヶ原村の入会権運動――近世・近代を通じて」（『入会林野研究』三七号、二〇一七年）

「高鍋藩に現れた神仏判然法の様相――朝藩期の『藩尾録』を中心に」（『大阪民衆史研究』七一号、二〇一八年）

著者紹介

後藤　正人（ごとう　まさと）
1943年　青森県と和歌山県の両親の間に出生。
1988年　和歌山大学教授。
現在は同大学名誉教授、中日本入会林野研究会代表委員、憲法研究所運営委員。
京都府長岡京市在住。
主な業績は巻末に記載。

児玉花外の詩文と生涯
社会的ロマン派詩人

2019年３月25日　第１刷発行

著　者　後藤正人

発行者　黒川美富子

発行所　図書出版　文理閣
京都市下京区七条河原町西南角　〒600-8146
TEL (075) 351-7553　FAX (075) 351-7560
http://www.bunrikaku.com

印　刷　亜細亜印刷株式会社

ISBN978-4-89259-815-9